D0925547

TERMINUS TEL-AVIV

Tel-Aviv Suspects, Éditions Les Escales, 2013 ; 10/18, 2014

Liad Shoham

TERMINUS TEL-AVIV

Traduit de l'hébreu
par Jean-Luc Allouche

LES ESCALES

Titre original : *Ir miklat* – עיר מקלט
© Kinneret, Zmora-Bitan, Dvir, 2013

Édition française publiée par :
© Éditions Les Escales, un département d'Édi8, 2014
12, avenue d'Italie
75013 Paris – France
Courriel : contact@lesescales.fr
Internet : www.lesescales.fr

ISBN : 978-2-36569-043-0
Dépôt légal : mars 2014
Imprimé en France

Direction éditoriale : Véronique Cardi
Secrétariat d'édition : Zoé Niewdanski
Correction : Virginie Manchado et Josiane Attucci-Jan
Mise en page : Nord Compo
Couverture : Hokus Pokus créations
Traduction : Jean-Luc Allouche

1

Quand Michal Poleg descend du bus et pose le pied sur la chaussée, la bise lui cingle le visage. Elle resserre aussitôt son imperméable autour de sa poitrine. Comme toujours, elle ne s'est pas suffisamment couverte et, comme toujours, elle n'a pas pris de parapluie. Heureusement, la « tempête » annoncée d'une voix dramatique par le présentateur de la météo connaît visiblement une accalmie. Il ne pleut pas. C'est toujours la même rengaine, songe-t-elle, quelques gouttes, et ça y est, c'est la tempête, mais les vraies, celles qui font des dégâts, elles, évidemment, on passe à côté. Typique de ce pays. Devant le bus qu'elle vient de quitter, une voiture blanche s'arrête, d'où jaillit un homme très grand. Il porte un blouson de cuir et la regarde fixement.

Lorsque Michal atteint le square de Milan, elle commence à presser le pas en direction de la rue Judas-Macchabée. Dans cinq minutes, elle sera chez elle. Sa journée a été éprouvante. Cela fait plus d'un an qu'elle travaille en tant que bénévole à l'AAR, l'Association d'aide aux réfugiés. Le vendredi, les bureaux ferment en général à 17 heures, mais avec des journées comme celles-là, froides et pluvieuses, ils ont plus de travail que d'habitude, et c'est pourquoi elle rentre si tard. L'association ne peut pas s'offrir le luxe d'avoir des horaires classiques. Il faut trouver des toits à ceux qui n'en ont pas. Elle sait bien, malgré tout, que quoi qu'ils fassent, ce ne sera jamais assez.

Michal traverse une mauvaise passe. Ces derniers temps, elle se sent régresser, comme si c'étaient ses premiers jours à l'association. Son flegme habituel, la cuirasse qu'elle s'est forgée pour se protéger se sont quelque peu craquelés. À ses débuts, elle écoutait, bouche bée et désespérée, les histoires qu'on lui racontait. De retour chez elle, elle s'affalait sur le canapé, un sachet de légumes surgelés sur le front, et fixait le plafond. Elle ne savait pas comment digérer toutes ces horreurs. Elle sentait qu'elle tâtonnait dans le noir, qu'elle avait été jetée dans un lieu étranger, sur une autre planète dont elle ne connaissait pas les codes. Avec le temps, elle avait appris quoi dire et à quel moment, s'il était possible d'aider ou non, et comment. Mais par-dessus tout : écouter et se taire. Cela, elle le devait à Hagos, leur interprète. C'est lui qui lui avait montré que le silence recelait sa propre puissance et qu'écouter les gens était parfois plus utile que de hurler à la face des dieux. C'est d'ailleurs exactement ce dont elle a envie en ce moment : hurler à la face des dieux, parce qu'Hagos, malgré la force de son silence, a été expulsé vers le pays maudit qu'il avait fui et y a été assassiné. Exactement comme elle le redoutait. Voilà. Son impuissance, son incapacité à changer les choses la démoralisent. Elle veut agir, et non se contenter d'avaler les couleuvres. Changer le cours des choses, et non se satisfaire d'éteindre des incendies.

Pour sa part, Michal Poleg sait par où commencer : elle a engagé un recours devant l'Ordre des avocats. Elle veut punir ce serpent de Yariv Ninio. Elle soupçonne l'avocat d'avoir dissimulé une note du ministère des Affaires étrangères qui aurait pu sauver la vie d'Hagos. Itaï s'était opposé à sa démarche mais elle s'était sentie investie d'une mission. Elle ne pouvait pas rester assise les bras croisés.

Alors qu'elle traverse le square, Michal repère du coin de l'œil l'homme au blouson de cuir à quelques mètres d'elle. Ses pas résonnent sur l'esplanade déserte à cause de la « tempête » et de l'heure.

Les réfugiés dont elle s'occupe ont besoin de la sentir concentrée et impliquée car sa nervosité rejaillit sur eux. Depuis la disparition d'Hagos, elle n'a plus personne à qui parler. Itaï est trop pris et, ces derniers temps, chaque conversation entre eux se solde par une dispute. Elle a du mal à parler avec Arami, le second et désormais unique interprète. Bien qu'il se montre plus que dévoué envers les réfugiés qui viennent les solliciter, elle se sent toujours coupable en sa présence, comme si la situation insoutenable des clandestins lui était due. Elle a le sentiment que, pour Arami, elle incarne le gouvernement. Riche, blanche et suffisante.

Michal se retourne discrètement. Deux mètres à peine la séparent de l'homme au visage placide qui vient de la fixer droit dans les yeux. La voilà, dans le vieux nord résidentiel de Tel-Aviv, un des quartiers les plus sûrs de la ville, pourtant tétanisée, elle qui se promène régulièrement aux alentours de la gare routière, là où se trouvent la plupart des réfugiés. Elle est toujours seule et elle n'a jamais peur. C'est juste que le racisme et les préjugés sont ancrés très profondément chez les gens ; le gouvernement et ce fumier de député, Ehud Réguev, aggravent la situation en menant une campagne incendiaire contre les réfugiés qu'ils diabolisent en les qualifiant de « dangereux », « d'ivrognes », « d'hommes violents », « de porteurs de maladies ». Comment leur expliquer qu'il s'agit d'individus comme eux, qui rêvent eux aussi d'une existence normale et paisible, que l'une des raisons pour lesquelles ils ont fui leur foyer et leur patrie est précisément d'échapper à la violence ?

Elle continue de hâter le pas, d'essayer de creuser la distance entre elle et l'homme qui la piste. Peut-être n'est-ce que pure paranoïa et qu'elle se trompe, tente-t-elle de se persuader. Elle tourne à droite dans une petite rue, juste pour en avoir le cœur net. Face à elle, se dresse le bâtiment de la Caisse maladie, dont les fenêtres sont plongées dans l'obscurité. Elle atteint le petit square, désert en ce début de soirée, qui pourtant grouille de gamins et de leurs nounous le matin. Le vent fait tourner les balançoires. Non, ce n'est pas le fruit de son imagination : cet homme la suit. Elle entend le bruit de ses pas dans son dos.

Dans le monde de Michal, il y a deux sortes d'Israéliens : ceux qui aident les gens qui souffrent et ceux qui font souffrir.

Dans une réalité aussi extrême, il n'y a pas de place pour les zones grises : ange ou démon. Elle n'a aucun doute sur la catégorie à laquelle appartient l'homme qui la file. Elle accélère l'allure. Son chemisier, trempé de sueur, lui colle à la peau. Elle n'a plus froid. Nom de nom, qu'est-ce qu'elle doit faire maintenant ? C'était une erreur de bifurquer dans cette petite rue. Qu'est-ce qu'il lui a pris ?

Bien qu'elle n'ait jamais rencontré cet homme au blouson de cuir, elle est sûre qu'il a été envoyé par les types avec lesquels elle s'est affrontée la veille, à la gare routière. Hagos lui avait explicitement demandé de les éviter, mais elle en avait été incapable. Sa mère a raison. « Ma petite Michal possède le don redoutable de se fourrer dans le pétrin... », comme elle aime dire en soupirant.

Deux mois se sont écoulés depuis qu'elle s'est adressée à la direction de la Lutte contre la criminalité économique et financière. La première démarche qu'elle a effectuée après l'expulsion d'Hagos. Michal leur a rapporté ce qu'Hagos lui avait dit. Elle avait même réussi à photographier le « banquier » à sa sortie d'un restaurant de la rue Finn. Quelqu'un devait payer pour ce qui était arrivé à Hagos. Car, quelque temps après que ce dernier lui eut parlé du « banquier », il avait été dénoncé à l'Office d'immigration, et la dissimulation du document par Yariv Ninio avait facilité son expulsion. L'assassinat d'Hagos ne tombait pas du ciel : il était dû au « banquier » et à Yariv Ninio.

Cependant rien ne s'était produit : le « banquier » continuait à traîner en toute impunité autour de la gare centrale. La veille, en l'apercevant à nouveau, elle n'avait pas pu se retenir. Elle venait de quitter le foyer pour femmes de Névé Sha'anan, qui l'abattait toujours autant, et elle l'avait vu déambuler au milieu des réfugiés dans son costume luxueux, plastronnant, mine de rien. Elle s'était approchée et avait commencé à l'invectiver en pleine rue : « Fils de pute », « Suceur de sang », « Criminel pourri dont l'argent finance le viol, la contrebande, les tortures et l'esclavage. » Elle n'a pas pensé un instant que toutes les femmes, apeurées à leurs fenêtres, assistaient à ce spectacle. On pouvait déceler le choc et la perplexité dans les yeux de ce truand. Un instant, elle avait cru qu'il allait lui répondre. Mais, avant qu'il ait le temps de prononcer un mot, deux costauds, ses gardes du corps, s'étaient jetés sur elle, l'avaient agrippée par le bras et éloignée, avec assez peu de délicatesse. Le « banquier » avait disparu dans le dédale des ruelles et détalé comme le lapin qu'il était. Ses gros bras l'avaient relâchée puis avaient poursuivi leur chemin. Elle n'avait pas flanché et avait continué à les suivre, en hurlant : « Salauds, ordures, racketteurs ! » Les passants la dévisageaient avec stupeur. « Pour qui vous bossez ? À qui vous remettez le fric ? » Michal savait que ces deux-là et le « banquier » n'étaient qu'un maillon de la chaîne, qu'au-dessus d'eux trônait un individu tout-puissant, sûrement un chef de la pègre, une pieuvre déployant ses bras pour détruire, dévaster, opprimer, exploiter.

Voilà ce qui arrive quand le gouvernement se désengage de ses missions, il se crée un vide. Ce vide, de nombreux types douteux le comblent. Faute de travail, on se réfugie dans l'alcool et les drogues ; faute de médecins, on a recours aux avortements clandestins, et, faute d'un système économique ordonné, de pouvoir confier ses revenus et les transférer de manière légale, surgit toujours un « banquier » pour brasser des millions de shekels. Les réfugiés n'ont pas le choix : ils ne peuvent pas se balader avec leurs biens sur eux, ils ont besoin de prêts pour survivre, de voies détournées pour faire parvenir en Afrique de l'argent à leurs familles. Et ainsi, à cause d'un gouvernement qui ferme les yeux, qui ne veut rien savoir, des individus sans pitié débarquent pour exploiter ces gens faibles et démunis.

Elle savait parfaitement que ses cris étaient vains. Le « banquier » continuerait à extorquer de l'argent, et les réfugiés, eux, à payer des intérêts léonins. Mais ces mafieux sauraient peut-être que quelqu'un les surveillait, qu'ils ne pourraient plus trafiquer à leur guise, que, malgré l'indifférence publique, quelqu'un se souciait des réfugiés. Elle sentait aussi qu'en agissant ainsi elle donnait un sens à la mort d'Hagos, qu'elle compensait le fait de ne pas avoir réussi à empêcher son expulsion. Certes, Hagos n'était pas très enthousiaste à l'idée qu'elle affronte le « banquier », mais elle était sûre que c'était par peur, à cause du statut précaire dans lequel l'État cantonnait ses semblables.

Elle jette à nouveau un regard derrière elle. L'homme continue à lui emboîter le pas. Peu lui importe que je voie son visage... Elle a même l'impression qu'il le désire. Elle se met à courir. D'abord, en trottant, puis de plus en plus vite. Elle l'entend accélérer le pas. Il court. Le bruit de ses pas résonne dans son corps.

Michal n'a pas le droit d'avoir peur et surtout elle n'a pas le droit de trahir sa peur devant eux.

Elle s'immobilise soudain et lui fait face, haletante.

— Qu'est-ce que tu veux ?

Il s'arrête et la fixe en silence, leurs regards s'affrontent. Nulle âme qui vive dans les parages. Le miaulement d'un chat la fait sursauter.

— Pourquoi tu me suis ?

Il ne bouge pas, le regard vide.

— Pour qui tu travailles ?

Elle peine à calmer sa respiration. Le mutisme de l'homme l'effraie.

Un bruit de pas à l'autre extrémité de la rue lui fait tourner la tête. Un autre homme, qu'on croirait le jumeau de celui qui l'a suivie, vêtu également d'un blouson de cuir noir, avance dans leur direction. Elle est coincée entre les deux, ne sait où aller. Son cœur menace d'exploser. Il faut qu'elle fasse quelque chose – tout de suite !

— Qu'est-ce que vous me voulez ?

Cette fois, elle ne peut dissimuler le tremblement de sa voix. Il lui importe peu de sacrifier sa vie pour quelque chose qui en vaille la peine, mais pas comme ça. Sans avoir obtenu quoi que ce soit, sans que rien n'ait encore été résolu.

Le premier homme se dirige vers elle. Elle voudrait crier, mais elle demeure tétanisée, sans pouvoir émettre un son.

La peur la paralyse. Comment a-t-elle pu tomber dans leur piège en s'engageant ainsi dans cette ruelle ?

Il s'immobilise à moins d'un mètre d'elle, elle a l'impression qu'il va la frapper. Elle porte la main devant son visage pour se protéger, mais l'homme agrippe son bras et le tord brusquement dans son dos. Un coup de pied au genou la fait plier. La douleur est foudroyante. Elle suffoque, mais eux ne s'interrompent pas. Un coup sur la nuque la fait chuter sur l'asphalte froid. Le sang emplit sa bouche et son nez. Un des deux hommes la retourne, s'assoit sur elle, la saisit à la gorge et colle son visage contre le sien. Une odeur âcre de parfum, qui lui donne la nausée, se dégage de l'individu. Elle tente de lancer des coups de pied, de se dégager, en vain. Elle ne veut pas mourir. Pas ici. Pas maintenant. Pas comme ça.

2

Itaï Fischer gare son vélo au râtelier installé près du théâtre Habima. Roni lui a recommandé la veille au téléphone :

— Dépose-le à cinq cents mètres au moins de son appartement, que tu ne te pointes pas chez elle en haletant ou en puant la sueur. De toute façon, il vaut mieux que tu fasses l'impasse sur le fait que tu te déplaces à bécane et que tu n'as pas de bagnole. Si elle te demande comment t'es arrivé ou où tu t'es garé, tu changes de sujet et tu bougonnes quelque chose du genre t'habites pas loin. Et souviens-toi : pas de conneries et de bla-bla sur la pollution, l'écologie ou l'engagement citoyen en faveur de l'environnement...

Itaï n'a pas eu le temps d'ouvrir la bouche que déjà Roni ajoute :

— Du moins, pas avant de coucher avec elle !

Cette discussion lui portait sur les nerfs. Toutes ces directives, comme s'il était un puceau de seize ans à qui il faut dicter sa conduite pour un premier rendez-vous. Vraiment hors sujet. De même, toutes les plaisanteries éculées sur son compte commençaient à l'agacer. Mais, bien qu'il eût vraiment envie de raccrocher le téléphone au nez de Roni, il s'était retenu. Roni était son meilleur ami, peut-être même le seul. Ils avaient grandi ensemble dans le même immeuble de Holon, étudié dans la même classe, servi dans la brigade blindée 188, et il savait que Roni l'aimait comme un frère et qu'il ne voulait que son bien. En outre, comme sa mère disait toujours : « Si quelqu'un t'énerve à ce point, c'est qu'il a raison. » Ça l'énervait toujours qu'elle dise ça.

Depuis que Miri l'a plaqué, il y a six mois, il n'a pas eu de liaison un peu sérieuse. Quelques baises, ici ou là, avec des bénévoles de l'association manifestement plus intéressées par le besoin de se détendre que par lui. Il n'a aucune explication à ce qui lui arrive. Le boulot, peut-être. Il travaille trop, dans un domaine trop exigeant, et rentre chez lui épuisé, physiquement et moralement. Ben, voyons, un peu facile de tout rejeter sur le boulot…

Il commence à gravir l'avenue, reprenant son souffle. Il aime rouler à vélo, pédaler vite, surtout en ce moment, en plein hiver, quand l'air est froid et pur. Les seuls moments de la journée pendant lesquels il retrouve son calme et peut réfléchir.

Il sort son portable de la poche. Au cours des vingt minutes du trajet, il a reçu trois messages, bien qu'on soit samedi : un Soudanais qui n'a pas perçu son salaire, un Érythréen que son propriétaire a jeté à la rue, et sa mère, qui lui souhaite « Bonne chance pour ton rendez-vous ». Il sait qu'il devrait s'emporter contre Roni qui a tout raconté à sa mère, mais il trouve ça plutôt drôle. En fait, il a compris que sa mère a tout manigancé ce manège, dès l'instant où Roni lui a déclaré : « Nous ne sommes plus tout jeunes » et « Il n'est pas bon de vivre seul. » Ce n'était pas la première fois qu'il se rendait compte que ces deux-là discutaient dans son dos. Quand Roni rentrait voir ses parents, la mère d'Itaï, qui habite deux étages au-dessus, « faisait un saut chez eux, par hasard », comme elle disait, juste comme ça, pour se mettre au courant. Bien qu'un bon nombre d'années se soient écoulées depuis qu'il a quitté le foyer parental, elle ne s'est pas encore résolue à ne plus pouvoir pénétrer chez son fils, juste pour « ranger » ses affaires et lui tirer les vers du nez. Quand il avait houspillé Roni pour cette collaboration, son ami s'était contenté de sourire et avait glissé : « Tu sais bien qu'il est impossible de freiner ta mère. » Comme c'était en effet impossible et qu'en fin de compte elle obtenait toujours ce qu'elle voulait, il avait décidé de passer l'éponge. Qu'ils causent entre eux, grand bien leur fasse ! Aux deux autres messages, il répondrait après son rendez-vous ou demain matin. À cette heure-ci, un samedi, il n'y avait rien à faire de toute façon.

Mais celui dont il attendait justement un coup de fil n'a pas téléphoné. Il se montre déçu de découvrir qu'il n'a pas eu d'appels de Gabriel. Hier, il lui a acheté des couleurs d'aquarelle et des fusains, et il est curieux de savoir s'il les a déjà utilisés. Certes, il tente d'adopter une attitude identique à l'égard de tous les demandeurs d'asile qui s'adressent à l'Association d'aide aux réfugiés, mais, évidemment, il se sent plus proche de certains d'entre eux. Gabriel, avec sa timidité et sa modestie, le charme. Bien sûr, le fait qu'il parle un anglais de très bon niveau les a aidés à se lier facilement. Il est plus aisé de s'exprimer avec quelqu'un sans intermédiaire. Il n'a découvert son don de dessinateur qu'à partir du jour où Gabriel a commencé à lui faire confiance et à s'ouvrir à lui. Cet adolescent possède un talent et une sensibilité peu communs.

« Dis donc, David, tu te rends compte à quoi ressembleront à la fin nos petits-enfants ? » avait grommelé sa mère à son père quand, au cours d'un repas familial, il avait évoqué les dessins de Gabriel.

* * *

En tournant à droite du boulevard Rothschild pour s'engager dans la rue Sheinkin, son portable sonne. Michal. Il soupire. Il a beaucoup d'affection pour Michal, bien que sa mère la qualifie de « fille compliquée ». Michal incarne le parangon suprême de « la » bénévole. Au bureau, chaque jour, dynamique et dévouée, se consacrant corps et âme à ses demandeurs d'asile. « Miss mes-kamikazes-chiites », comme Roni la surnomme. Mais, ces derniers temps, ils ont eu quelques anicroches. Elle souhaite que l'association adopte une attitude plus combative, qu'elle agisse à l'origine du problème et qu'elle ne se contente pas d'analyser ses symptômes. Lui s'y oppose. Il sent qu'il vaut mieux se concentrer sur un minimum d'objectifs et non se disperser. Une association aussi démunie que la leur ne possède pas les moyens de mener des combats donquichottesques ; leur but, c'est d'aider ces gens aux problèmes apparemment mineurs, quotidiens, mais qui, pour eux, sont insurmontables. Il réussit laborieusement à glaner quelques dons et à maintenir l'Association d'aide aux réfugiés hors de l'eau. Depuis que le député Ehud Réguev a commencé à accuser de trahison les associations comme la leur, cela devient encore plus complexe. Car, en fin de compte, ses propos, aussi virulents soient-ils, s'insinuent dans l'esprit du public. Rien de plus facile que d'effrayer les gens. Surtout, quand il n'existe pas de solution évidente, tangible, et que la réalité est si complexe et si dure. S'occuper de plaintes, d'appels devant la Cour suprême de justice, de luttes inexpiables, ne ferait que les anéantir et laisserait les demandeurs d'asile, si dépendants d'eux, sans aucun recours.

Hier encore, ils se sont querellés. Elle lui a raconté, malgré son opposition sans équivoque, qu'elle a engagé un recours devant l'Ordre des avocats contre Yariv Ninio. Dans son document, elle l'accuse d'être responsable de l'assassinat d'Hagos entre autres, d'agir selon des motivations racistes, et demande à ce qu'il se voie retirer son habilitation à exercer. Selon ce qu'elle prétend, le ministère des Affaires étrangères aurait produit une note stipulant que ceux qu'on expulsait d'Israël, au motif qu'ils n'étaient pas érythréens mais éthiopiens, couraient un danger mortel à leur arrivée en Éthiopie. Elle ajoutait que Yariv Ninio avait reçu cet avis et, non seulement l'avait-il dissimulé, mais, à plusieurs reprises, il avait prétendu devant le tribunal que les réfugiés ne couraient aucun danger.

Il bouillait de rage en apprenant ce qu'elle avait fait. Malgré sa profonde répugnance à l'égard d'individus de l'acabit de Ninio et de ce qu'ils représentaient, et même si, tout comme Michal, il était très lié à Hagos, leur interprète, et qu'il souffrait de sa mort, il ne pensait pas qu'une organisation comme la leur devait ouvrir un front contre le parquet, surtout que Michal n'avait aucune preuve qu'une telle note existât vraiment. Et cela ne valait certainement pas la peine d'entamer une procédure trahissant une implication aussi clairement personnelle. Au cours des débats du tribunal, à propos de l'appel d'Hagos pour éviter son expulsion, il avait parfaitement senti la tension personnelle entre Michal et ce Ninio, et il avait été certain que cela ne jouerait pas en la faveur d'Hagos. Il croyait l'avoir persuadée que ce serait une erreur de déposer sa plainte, mais il s'avérait qu'elle avait passé outre, dans son dos. Il s'en voulait de son manque de vigilance. C'était tellement prévisible de la part de Michal.

* * *

Il met son portable en mode « Silencieux ». Michal l'a déjà contacté la veille, pendant la nuit et à plusieurs reprises pendant la journée. Il a filtré ses appels. Il n'a plus la force de débattre avec elle. Même à propos de Gabriel, leur protégé commun, ils ne parviennent pas à s'entendre. Lui pense qu'il faut le laisser continuer à dessiner et à peindre librement, à s'exprimer, et quand viendra le moment et qu'il se dira prêt, l'aider à aller de l'avant. Michal, au contraire, n'a aucune patience. Jamais. Pour rien. Elle veut que les choses arrivent immédiatement. Il y a quelques jours, elle lui a reproché de ne pas faire jouer ses relations à l'école des beaux-arts Bezalel (son oncle y donne des cours) pour faire obtenir une bourse à Gabriel.

Il s'immobilise et regarde la rue bondée, les cafés débordant de clients. Un soleil inattendu a rompu la suite des jours pluvieux et jeté dans la rue tous les habitants de Tel-Aviv. Il passe la plus grande partie de ses journées dans un autre secteur de la ville, tout aussi peuplé, mais beaucoup moins plaisant. Si proche et cependant si loin. La jeune fille qu'il s'apprête à rencontrer, Ayélet, travaille avec l'épouse de Roni dans un cabinet d'architectes. « Une fille extra, en plus, c'est un canon, va pas nous bousiller ça », l'a chapitré Roni, en l'envoyant regarder sa page Facebook. Il a aimé ce qu'il y a découvert. Roni a toujours eu bon goût en matière de femmes. Leur conversation téléphonique a, elle aussi, été agréable.

* * *

— Bon, et à part le vélo, t'as pas d'autres instructions ? a-t-il interrogé Roni, après avoir respiré un bon coup et compté jusqu'à dix.

En fait, Roni avait préparé toute une liste : ne pas parler des travailleurs étrangers, des réfugiés, de la protestation sociale, des monopoles, des politiciens véreux et du coût des logements.

— Je te jure, je ne te comprends pas. Il y a tant de filles qui ne veulent que ça. Si j'étais à ta place... toi, tu fais tout simplement honte aux mecs. Au lieu de sortir et de prendre du bon temps, tu passes tes journées à tenter d'aider des gens dont les problèmes sont si graves qu'il n'y a aucun espoir pour eux. Alors, qu'en dis-tu, Itaï, est-ce que tu peux me faire une faveur ? Tu penses pouvoir tenir une conversation sans mentionner les femmes qui se font violer au Sinaï ?

Après ce discours solennel, il se devait de lâcher du lest :

— Le temps qu'il fait, ça te va ?

— Comme je ne te fais absolument pas confiance sur un autre sujet, la météo est une excellente idée, lui a rétorqué Roni.

— Bon, eh bien, je peux lui raconter à quel point le froid est cruel pour les demandeurs d'asile du square Lewinsky et lui décrire comment ils s'y réfugient, sous la pluie, tremblant de froid, affamés, et à quel point tout le monde s'en fiche ?

— Pas de problème. Continue avec tes vannes. Je peux juste te promettre une chose : tu ne tireras pas ton coup...

— D'accord, d'accord, j'ai bien noté : je peux uniquement parler de la manière dont la météo pèse sur la vie des habitants du nord de Tel-Aviv...

— Et emmène-la dans un endroit normal, tu vois, un café ou un pub, a renchéri Roni, ignorant la boutade d'Itaï. Pas dans une gargote de réfugiés ni à une manif. Ça, tu peux le faire ?

— Un café. Un café crème. Avec du sucre blanc. Surtout pas brun. Dommage que je n'aie pas de cahier sur moi...

— Et sur ta vie, Itaï (il pouvait entendre Roni sourire à l'autre bout du fil), si, qu'à Dieu ne plaise, elle commande un filet de poitrine de poulet, pas de grimaces, hein ! Tu respires un bon coup et, de ton côté, tu penses à sa poitrine à elle... Fais-moi plaisir, d'accord ?

* * *

Il continue à marcher et tourne dans la rue Melchett. Son portable sonne à nouveau.

Michal, encore elle. Il surmonte l'envie de lui répondre. C'est surtout le sentiment spontané de culpabilité qu'elle provoque en lui, sa manière de lui faire sentir qu'il ne se démène pas assez. Il sait que, de toute façon, demain, elle trouvera bien le moyen de lui passer un savon.

Roni a raison. De temps à autre, il a besoin d'une soirée libre. S'il lui répond, ils vont encore se disputer, et ça va l'énerver.

Plongé dans ses pensées, il ne prête pas attention à la fille qui avance dans sa direction.

Elle lui tend la main :

— Salut, Ayélet.

Le contact de sa peau est agréable, doux. Le parfum délicat qui émane d'elle et sa robe noire ajustée l'émeuvent.

— Salut, j'ai entendu dire qu'il y a un pub extra au coin de la rue.

Oui, ce soir, il va prendre un peu de vacances et oublier ses soucis.

3

Les rayons du soleil hivernal qui se réverbèrent dans la fenêtre aveuglent l'avocat Yariv Ninio. Par habitude, il tend la main de l'autre côté du lit mais le trouve vide. Sa vessie le presse. Il se soulève un peu, mais retombe aussitôt. Une douleur aiguë lui fend le crâne.

Il voudrait appeler Inbar, mais sa bouche est trop sèche. Sa langue, pâteuse.

Il reste couché, épuisé par un sommeil que l'on ne peut qualifier de réparateur. Ses tempes battent. Soudain, il se souvient qu'Inbar est partie jeudi à Eilat, avec ses copines. Enterrement anticipé de sa vie de jeune fille. Il n'a pas compris : leur mariage n'a lieu que dans deux mois, mais il n'a pas l'énergie pour affronter l'hystérie de sa future femme.

Il essaye à nouveau de s'asseoir, mais la nausée s'empare de lui.

Hier soir, il est sorti avec Kobi. Il ne devrait pas boire autant. Le lendemain matin, il le regrette toujours.

Il se force à se lever. Malgré le vertige et la migraine, il faut qu'il aille aux toilettes. Sa vessie menace d'éclater d'une minute à l'autre.

Une fois sur ses pieds, il halète. Ce n'est qu'à ce moment-là qu'il s'aperçoit qu'il a le nez bouché. Un tremblement parcourt ses membres au moment où il baisse le regard : il est habillé des pieds à la tête. Il a dormi dans ses vêtements, chaussures aux pieds, et sa chemise est maculée de taches brunâtres.

Un souvenir de la veille le frappe : il se tient devant l'immeuble de Michal, à l'injurier. Le voilà qui frappe à sa porte. L'appelle. Il veut lui dire en face ce qu'il pense de sa plainte. Et d'elle-même.

Il se précipite dans la salle de bains, la respiration lourde. « Va-t'en, Yariv, rentre chez toi. Tu es soûl » – les mots de Michal résonnent encore dans son cerveau.

Ses yeux s'agrandissent de stupeur devant son reflet dans le miroir. Son nez est tuméfié, des croûtes de sang obstruent ses narines. Des hématomes bleu foncé, qui ont commencé à noircir, lui font deux cocards sous les yeux. Nom de nom, que lui est-il arrivé hier dans la nuit ? Et, plus important que tout, qui lui a fait ça ?

4

Gabriel Takéla tente, à l'aide de mouvements vifs de son crayon, de saisir la courbure de l'aile d'un pigeon, posé sur un câble électrique au-dessus de lui, en train de contempler la rue. Trempé jusqu'aux os par la pluie, il s'en fiche. Tout comme il se fiche de la puanteur qui s'exhale des énormes bennes vertes encombrant l'arrière-cour du restaurant. Quand il dessine, il est entièrement absorbé. Même si ce n'est qu'une esquisse au crayon sur une page de cahier, il se coupe du reste. Dans ces moments-là, il ne pense ni au passé, ni au présent, ni au fait que rien ne viendra jamais améliorer sa situation.

Il a esquissé des arbres, des animaux, des bâtiments, des enfants, ici ou là, parfois des adultes – des Israéliens qu'il observe dans la rue. Il se sent obligé. Des formes et des couleurs l'assaillent, le supplient de les saisir. Mais les choses de chez lui, il ne les dessine pas. Pas plus que les femmes. Cela provoque en lui trop d'émotion et de nostalgie.

Avant-hier, Itaï lui a acheté une palette d'aquarelles et des brosses. Difficile de contenir sa joie. Il se languissait tant de dessiner avec des couleurs, insuffler de la vitalité au noir et blanc, jaunir les feuilles, verdir l'herbe et tenter de croquer un homme blanc. Il est si ému qu'il n'a pas encore ouvert son cadeau.

Il sait qu'il a du talent. Qu'il possède un bon coup d'œil et une main habile. Même Michal lui a demandé de la dessiner. Il ne voulait pas trop, mais il a fini par accepter. Michal et Itaï, c'est comme sa famille, la sœur et le frère qu'il n'a jamais eus. Il n'a personne en dehors d'eux. Avant, il avait Hagos. Mais Hagos est mort. Et avant, il avait Lydie. Mais Lydie aussi est morte. Amir, le patron du restaurant, leur accorde un quart d'heure de pause toutes les trois heures. Plus le déjeuner gratis, et les restes à emporter à la maison, après la fermeture. C'est un type bien, Amir. Il paie en temps et en heure, et même convenablement. John lui a dit que, d'après la loi, Amir devrait le payer davantage, mais ça lui suffit. Avant de trouver ce travail, il a enchaîné les petits boulots pour des gens qui payaient beaucoup moins et n'accordaient aucune pause.

À quelques mètres, trois jeunes Érythréens, des collègues, s'abritent de la pluie sous un auvent. Ils discutent et rient, mais Gabriel reste à l'écart. Avant, il n'était pas comme ça. Chez lui, il avait de nombreux amis et il aimait être le centre de l'attention. Mais c'était il y a longtemps. Aujourd'hui, il se sent différent.

Au moment précis où il commence à esquisser les pattes du pigeon, l'oiseau déploie ses ailes, et Gabriel le suit du regard dans son envol. Quand il repose le regard sur son cahier, son portable se met à sonner.

— Gabriel ?

Une voix féminine familière et tremblante résonne à l'autre bout de la ligne.

Son corps saisit aussitôt ce que son cerveau ne comprend pas encore.

Un frémissement lui parcourt l'échine. Est-ce possible ? Il redoute d'espérer. Il a rêvé tant de fois d'entendre sa voix. Il a imaginé cet instant, l'instant où il recevrait d'elle un signe de vie. Il s'est torturé si souvent pour ce qui était arrivé.

— Gabriel ?

Les larmes lui montent aux yeux. Une quinte de toux lui parvient de l'autre bout de la ligne.

* * *

Il la croyait morte. C'était ce dont tout le monde l'avait persuadé. Près de la frontière, avant que Rafik les eût libérés, il lui avait demandé où elle se trouvait. Rafik avait passé un doigt sur sa gorge, avec un sourire. Bien qu'il fût épuisé et faible, il sentait le sang lui monter à la tête. Il voulait le tuer. Sans se préoccuper des conséquences, sans penser qu'il était si proche d'Israël, la liberté à portée de main. Rafik brandit son pistolet et le chargea. Il le vit poser un doigt, le doigt qui auparavant était sur sa gorge, sur la détente. Sans les hommes qui étaient là et le retenaient en arrière, il lui aurait simplement tiré dessus, comme il avait vu jadis, dans leur village, un homme tirer sur un chien malade.

* * *

— Lydie ? souffle-t-il d'une voix apeurée, craignant encore d'y croire.

Sa voix tremble d'émotion.

* * *

La dernière fois qu'il l'a vue, c'était au Sinaï. Rafik l'avait repérée au premier coup d'œil. Ses regards les effrayaient tous deux. Dans les camps de réfugiés du Soudan, des rumeurs circulaient sur ce que les Bédouins faisaient aux femmes. Gabriel avait posé la main sur son épaule, pour signaler qu'elle lui appartenait, qu'elle avait déjà un homme, bien qu'elle ne fût en fait que sa petite sœur. Lydie avait couvert son visage autant que possible, tenté de se rendre invisible. Pendant les premiers jours, Rafik s'abstenait du moindre geste. Il se contentait de regarder. Gabriel en était soulagé. Sauf qu'au cours de la troisième nuit tout changea. Rafik réveilla Lydie et la traîna par les cheveux hors de la tente. Son frère se rua sur lui pour la défendre. Rafik n'était pas seul. Deux Bédouins l'agrippèrent fortement, l'empêchant de bouger. Malgré tous ses efforts, il ne réussit pas à se dégager. Rafik entraîna Lydie loin de la tente, tandis qu'elle criait et le suppliait. Elle aussi essayait de se débattre, mais n'avait aucune chance. Michaël, un des gars du groupe, s'était efforcé de lui venir en aide, mais un troisième Bédouin lui assena un coup de crosse en plein visage. Son sang giclait. Personne n'osa plus bouger.

* * *

— Lydie, c'est toi ?

Un hurlement à l'autre bout de la ligne lui glace le sang, suivi d'une quinte de toux rauque.

— Lydie ! crie-t-il maintenant, faisant tourner la tête de ses collègues.

— Gabriel, au secours... Sauve-moi... l'entend-il pleurer et tousser.

* * *

Après que Rafik a disparu avec Lydie, les Bédouins qui l'agrippaient commencèrent à le rouer de coups. Coups de pied au visage, au ventre, dans les côtes. Sans fin. Comme s'il était le ballon de chiffons avec lequel ils jouaient au foot à l'école. À un moment, il perdit connaissance. En se réveillant, il se retrouva enchaîné aux autres hommes du groupe. Michaël lui donna un peu d'eau. La profonde entaille que lui avaient laissée les coups de pied sur sa joue était infectée, et la fièvre le brûla pendant plusieurs jours. Ce n'est que grâce aux soins des médecins israéliens qu'il fut sauvé.

* * *

— Gabriel... ils me frappent... Au secours, fait-elle d'une voix implorante.

— Où es-tu ? Dis-moi où tu es ! crie-t-il, bouleversé.

Encore une quinte de toux.

— Lydie, qu'est-ce qui se passe ?

— Gabriel ? entend-il soudain une voix masculine.

— Rends-moi ma sœur. Qu'est-ce que tu lui fais ? s'écrie-t-il en pleurs.

— Écoute-moi bien, espèce de chien, si tu veux revoir ta sœur, file-moi 25 000 shekels. Tu as une semaine. Jeudi, trouve-toi rue Lewinsky, à côté du square, et quelqu'un va te contacter. Si tu n'as pas le pognon, on bute ta sœur, tu piges ?

Il ne sait quoi répondre. L'émotion d'avoir entendu sa voix, de savoir qu'elle est encore vivante, laisse rapidement place au stress et à l'effroi. Où va-t-il trouver une telle somme, en une semaine ? Le peu qu'il gagne, il l'envoie à sa mère restée au village.

— Pigé ?

— Aide-moi, Gabriel, au secours...

Lydie hurle, suppliant comme alors, au Sinaï. Il n'a pas réussi à la sauver la première fois, cela n'arrivera pas à nouveau.

— J'ai compris, j'ai compris, juste, laissez-la tranquille !

L'homme à l'autre bout de la ligne coupe la communication.

Pendant quelques instants, Gabriel demeure pétrifié, agrippant de toutes ses forces son portable.

Il a déjà entendu parler de gens qui ont reçu ce genre d'appel. Les Bédouins du Sinaï fixent un prix pour le passage en Israël et, au beau milieu du chemin, ils exigent davantage. Ils torturent ceux qui ne veulent pas payer. Les gens appellent leurs proches, leurs amis, quiconque pouvant trouver l'argent. Sinon, ils restent leurs otages.

L'homme à l'autre bout du fil s'est exprimé en tigrinya, sa langue maternelle. Lydie aurait-elle franchi la frontière ? Elle se trouverait déjà en Israël ?

Un tremblement secoue son échine à la pensée des tortures qu'elle a subies là-bas – il tend la main et palpe la cicatrice sur sa joue gauche. Comme les brûlures de cigarette sur ses mains et ses pieds, un autre souvenir pour toute la vie, offert par les Bédouins de Rafik.

Où Lydie se trouvait-elle pendant tout ce temps-là ? Que lui ont-ils fait ?

* * *

À l'arrêt d'autobus, il serre son carnet d'esquisses contre sa poitrine. Il a demandé à Amir de le laisser partir plus tôt. Le temps s'écoule. S'il ne parvient pas à trouver 25 000 shekels dans la semaine, sa sœur va mourir. Ces gens-là, il le sait, n'ont aucune conscience.

Il doit trouver un moyen. Il a promis à sa mère avant de se mettre en route qu'il protégerait sa sœur. Assailli par la honte et la culpabilité, il ne lui avait pas raconté dans ses lettres que Lydie n'était plus avec lui.

Mais où va-t-il trouver l'argent ? Il partage un appartement près de la gare centrale de Tel-Aviv avec quinze autres Érythréens. Cinq par chambre. John et lui dorment sur le même matelas. Cela lui a pris beaucoup de temps avant de pouvoir s'offrir le luxe d'un toit et d'un matelas.

Il a entendu parler de quelqu'un qui a reçu un appel comme celui qu'il venait d'avoir. L'homme s'est rendu à la police des Israéliens. Son fils a été assassiné.

Il doit contacter Michal et Itaï, tout leur raconter. Ce sont des gens intelligents et bons. Ils auront peut-être une idée de ce qu'il faut faire. Il appelle plusieurs fois le portable d'Itaï, en vain. En téléphonant à l'Association d'aide aux réfugiés, Naomi lui répond qu'il n'est pas encore arrivé et qu'il a une réunion importante à Jérusalem. Le téléphone chez Michal est occupé. Elle est sans doute encore chez elle ? Le dimanche, elle n'arrive à l'association qu'à 14 heures. Mais il n'a pas le temps d'attendre. Il doit lui parler avant. Tout de suite. Elle ne va pas se mettre en colère, elle va comprendre. Elle lui a toujours dit de ne pas hésiter à la contacter à n'importe quelle heure s'il avait des problèmes.

Il monte dans l'autobus et s'assoit. Il ne regarde pas les passagers. Eux non plus ne le regardent pas. Il sait déjà que, pour les Israéliens, lui et les autres Africains sont transparents. Ils peuvent se tenir à côté de toi sans remarquer ton existence. Prendre seulement garde de ne pas croiser leur regard ou de causer des problèmes. Car, alors, ils se rendent compte que tu es là et ils prennent peur. Et, quand ils ont peur, le pire est toujours à venir.

5

Yariv écoute d'une oreille distraite les conclusions de l'avocat Shlomo Lancry à la barre. La dernière chose pour laquelle il manifeste de la patience, ce matin, c'est de supporter les péroraisons moralisatrices de cet individu qui évoque, à grands effets de manche, la justice sociale et l'éthique, mais qui suce le sang de ses clients.

Le moindre mouvement de tête est un supplice. Il a nettoyé à grand-peine les croûtes de sang de son nez, mais ce dernier demeure gonflé et douloureux. Les deux aspirines avalées n'ont pas servi à grand-chose. S'il n'avait pas dû se précipiter au tribunal, il serait allé voir un médecin, bien qu'il sache que cela n'avait aucun sens. Lui qui a été infirmier militaire de première ligne, il a connu pas mal de cas de son genre. Il n'y a rien à faire pour un nez cassé.

Il avait aussi une autre raison qui lui avait fait préférer le tribunal : il ne voulait pas penser à ce qui était arrivé hier, pendant la nuit. Ce qui l'effrayait par-dessus tout, c'était de ne pas se rappeler comment il avait été blessé et ce qui était arrivé au juste avec Michal.

Mais, là, les trois choses qu'il désire sont de retourner chez lui, baisser les stores et se mettre au lit. Il n'a d'énergie pour rien, pas même pour Inbar qui l'a appelé d'Eilat. Comme s'il avait quelque chose à faire de savoir ce que Sivan pensait d'un dîner assis plutôt que d'un buffet... Il a perçu à sa voix qu'elle était vexée par son indifférence, mais il s'en fiche. Trop de choses graves le préoccupent.

Il n'a aucun doute que Michal va exploiter ce qui a pu se passer la veille pour le baiser. De toute façon, elle a déjà engagé un recours contre lui devant l'Ordre des avocats.

* * *

À peu près trois ans plus tôt, ils s'étaient fréquentés quelques mois. Il travaillait alors au bureau du procureur général et s'occupait d'affaires de viol, et elle était bénévole dans l'une de ces associations de femmes, qui prenaient en charge les appels d'urgence des victimes. Elle était pas mal, sans plus. Mignonne, un corps acceptable, un cul un peu trop rebondi. Il lui attribuait une note entre 6 et 7. Malgré ça, il doit avouer qu'elle l'attirait. Grosse surprise pour lui. Il ne pensait pas qu'une fille s'occupant toute la journée de femmes violées serait aussi sensuelle. Le sexe avec elle, il ne l'avait retrouvé avec aucune autre. Il lui avait mis le grappin dessus parce qu'il pensait que cela boosterait sa carrière, qu'il pourrait ainsi se voir attribuer des affaires de viol importantes, que Michal convaincrait les malheureuses victimes de s'adresser à lui. Espoirs déçus. Du moins, pas avec l'ampleur escomptée. Au bout de quelques mois, ils s'étaient quittés. Il en avait eu assez d'elle et de ses sermons. S'il y a bien une chose qu'il ne peut pas supporter, ce sont les moralisateurs, et Michal était la reine dans ce domaine.

Depuis leur séparation, ils se croisaient quelquefois. Pas seulement dans le cadre du travail, mais parce qu'ils habitent le même quartier, à quelques rues l'un de l'autre. Elle ne lui disait plus rien, et il était avec Inbar ; cependant, il n'avait jamais réussi à se sortir de la tête les gâteries qu'elle lui faisait. Il était prêt à parier qu'elle aussi y songeait, à chaque fois qu'ils se voyaient.

Malgré cette tension sexuelle entre eux, leurs rencontres étaient toujours restées courtoises.

Tout avait changé, il y a environ un an. Il venait de bénéficier au parquet de ce qu'il considérait comme une promotion significative puisqu'il avait pris en charge les appels de clandestins contre leur expulsion. Michal, qui avait trouvé le temps, en plus de l'aide qu'elle offrait à ces femmes violées et battues, de devenir bénévole dans une association d'aide aux réfugiés, avait commencé à le prendre en grippe. Il était convaincu qu'elle lui en voulait encore parce qu'il l'avait plaquée.

Chaque fois qu'ils se croisaient dans la rue, elle profitait de l'occasion pour exprimer ses remontrances. Ses vociférations l'excédaient. Ce qui le dégoûtait surtout, c'est qu'elle devait sûrement coucher avec ce Noir, son Hagos. Cette fille n'avait aucune inhibition dans ce domaine. Cela, il le savait de sa propre expérience.

* * *

— Maître Ninio ?

La voix sifflante de la juge coupe le fil de ses ruminations. Il a plaidé des dizaines de fois devant elle et n'en a pas une haute opinion. Aujourd'hui, il l'exècre purement et simplement. Sa voix lui vrille le crâne.

Il se lève, lui jette un regard furieux d'avoir interrompu ses pensées. Avant de partir de chez lui, il a essayé d'utiliser le maquillage d'Inbar pour dissimuler ses yeux au beurre noir. Piètre résultat. Inbar a la peau très claire, et il s'est mélangé les pinceaux entre toutes les crèmes, fioles, poudres et autre bazar. En arrivant au parquet pour récupérer le dossier, Aran, un collègue du bureau mitoyen, lui a demandé ce qui lui était arrivé. « Je suis tombé de vélo », a-t-il lâché en s'engouffrant dans son bureau. La juge aussi lui a posé la question au début de l'audience, et il lui a fourni la même réponse. En quoi ça les regarde ?

— Quelle est la position du parquet à propos de cette demande ? le questionne-t-elle avec une impatience manifeste.

Il comprend qu'il s'est perdu, une fois de plus, dans ses pensées et qu'il est là, bras ballants comme un demeuré au visage peinturluré. Il ne hait rien tant au monde que de se faire pincer par surprise.

— Le parquet s'y oppose, lâche-t-il à haute voix, bien qu'il n'ait aucune idée de quoi il s'agit.

S'opposer est un réflexe conditionné d'avocat. « Si tu n'as rien à dire, fais objection », les paroles de son mentor du temps de sa spécialisation lui reviennent en mémoire.

— Maître, consentez-vous à nous faire part des conclusions de votre opposition ?

Elle n'en démord donc pas !

— La demande de mon confrère n'est pas recevable. Car cette tentative revient à détourner les débats de leur objet réel, qui est de savoir si l'avis de l'État, statuant que la plaignante n'est pas érythréenne mais éthiopienne, est totalement inconcevable, débite-il à toute vitesse, puis il se rassoit de manière ostentatoire.

Qu'est-ce qu'elle a à le tarabuster ainsi ?

Elle lui lance encore un regard puis fait consigner son opposition par le greffier.

Même pas eu besoin de jeter un œil sur le dossier pour formuler son opposition. Il a plaidé un nombre suffisant de fois dans des dossiers défendus par Lancry. Celui-là les livre en gros et les rédige comme un empoté. Ces clandestins doivent ajouter à leurs malheurs le suivant : les avocats qui leur proposent de faire appel n'ont aucune chance de leur obtenir gain de cause et leur soutirent des sommes astronomiques. Lancry est le spécialiste de ces entourloupes : il promet le succès à ses clients, se fait payer d'avance, puis rédige des réquisitions dont le contenu est presque identique à celles déposées pour d'autres clandestins, toujours déboutés. Au moment de la sentence, ses clients se retrouvent en centre de rétention avant leur expulsion, impuissants à faire quoi que ce soit, alors que leur argent est déjà au chaud dans son coffre-fort.

* * *

Le débat s'éternisant, il replonge dans ses pensées. La plainte déposée contre lui par Michal le rend fou. Selon elle, il aurait transmis délibérément des faits mensongers à la cour, trompé, escroqué, et, à cause de lui, seulement à cause de lui, l'avocat Yariv Ninio, son petit ami noir a été assassiné.

Tout ça ne l'aurait pas empêché de dormir, mais elle a découvert l'existence du document. Cette note rédigée par ceux qu'Ehud Réguev surnomme, ironiquement, « les belles âmes du ministère des Affaires étrangères », selon lesquels les expulsés vers l'Éthiopie couraient un réel danger mortel. Michal a prétendu que dissimuler ce document revenait à tirer une balle dans leur tête. Elle a demandé sa radiation du barreau, l'interdiction d'exercer. Il bouillait de rage à la lecture de la plainte, surtout quand, à plusieurs reprises, elle le qualifiait de « raciste basique » et de « tueur en série sous couvert de la loi ».

* * *

Hier, attablé au pub avec Kobi, il l'a aperçue sur le trottoir d'en face avenue Ibn-Gvirol. Dès cet instant, impossible de penser à autre chose. L'idée qu'il doive justifier ses actes, se défendre de ses accusations, peut-être même rendre compte de leur ancienne liaison, lui faisait monter le sang à la tête. Il était sûr qu'il se trouverait un lot de bonnes âmes pour juger que cette plainte était la raison pour laquelle il n'avait pas encore obtenu la titularisation promise. Même s'il possède peut-être quelques amis dans les couloirs de l'Ordre, eux aussi ont leurs ennemis, et il est bien plus facile de s'en prendre à lui, Ninio, plutôt qu'à eux.

* * *

— Maître Ninio, c'est à vous…

Dès qu'il va prendre la parole, il le sait, elle va le harceler, affirmer que la position du parquet la trouble, menacer de trancher en faveur de la plaignante. Il va devoir affronter ses critiques et écouter ses reproches. Du coin de l'œil, il va surprendre la cliente de Lancry esquisser un sourire, persuadée que la magistrate a pris son parti, que la victoire est proche. Mais, tout comme lui, elle et Lancry savent que tout ça n'est qu'une farce. En fin de compte, la juge rendra un jugement favorable au parquet et validera l'expulsion. Car oui, plus de quatre-vingt-quinze pour cent des décisions de justice des clandestins en appel sont rejetés. Son taux de réussite : cent pour cent. Comme tout le monde, il veut lui aussi progresser et hériter d'affaires suscitant un large écho médiatique. Et qui bénéficie de ce genre de dossiers ? Les procureurs au palmarès de vainqueur.

Réguev a promis de s'occuper de lui. Yariv doit lui mettre la pression pour qu'il honore sa promesse. Il en a marre de ces affaires de poubelle, des clandestins et de leurs avocaillons. Ce n'est pas pour ça qu'il a choisi le parquet. Quelle clientèle privée pourrait-il attirer plus tard avec une spécialisation dans les dossiers de clandestins ? Il doit s'en détacher. Et le plus tôt sera le mieux.

* * *

La juge consulte sa montre.

— Je propose une suspension de séance d'une demi-heure. Reprise des débats à 14 heures, dit-elle en se levant.

Il remballe ses dossiers d'un air dépité. Une telle perte de temps, et sa tête qui va éclater, maugrée-t-il en son for intérieur.

— Moi, à votre place, j'aurais déjà laissé tomber, vous allez perdre, lui murmure Lancry en anglais pour que sa cliente comprenne.

— Oui, bien sûr, comme toujours... T'as l'habitude de me battre, hein ?

— Toi, t'as l'air d'avoir été déjà battu ce matin. Qu'est-ce qui s'est passé ? T'as chambré quelqu'un ?

Incapable de se maîtriser, il s'approche de Lancry et lui agrippe le revers de sa robe d'avocat.

— T'as pas intérêt à me chercher des crosses, Lancry. Ça serait pas une bonne idée, siffle-t-il en relâchant sa prise.

Lancry s'éloigne sans un mot.

Il pousse un soupir. Ce n'est vraiment pas son jour. Il avale deux autres aspirines, s'assoit à l'écart et extrait son téléphone portable de la poche. Bien que ce soit la dernière chose dont il ait envie, il n'a pas le choix. Il doit s'excuser auprès de Michal, même s'il ne se souvient pas de quoi. S'il parvient à la convaincre qu'il a fait tout ça parce qu'il est encore amoureux d'elle, par jalousie, quelque chose de ce genre, elle va fléchir, peut-être même retirer sa plainte. Il ne pouvait pas se permettre de la laisser ruiner sa carrière. Pas pour une bêtise pareille.

Même si cela fait longtemps qu'ils ont rompu, il a gardé son numéro de téléphone. Il martèle le sol du pied, nerveux, tandis que la sonnerie retentit. Ça le rend dingue d'avoir oublié l'incident de la veille. Il déteste par-dessus tout perdre le contrôle. Bon, pas grave. Il est sûr qu'elle va lui balancer illico ce qu'il a fait et ce qui est arrivé.

6

Ce n'est qu'en rallumant son portable à l'arrêt d'autobus qu'Itaï se souvient de Michal, après avoir filtré ses appels pendant tout le week-end avec l'intention de la rappeler pendant le trajet qui le conduirait à Jérusalem. Il est revenu si tard hier de son rendez-vous avec Ayélet qu'il s'est endormi dans le bus.

Aujourd'hui, il est de meilleure humeur. La conversation avec le potentiel donateur de Floride, à l'hôtel, a été fructueuse. Il n'a certes rien promis et n'a signé aucun chèque, mais tout de même... Il a déjà accumulé pas mal d'expérience en la matière ; ils ont discuté pendant plus d'une heure et demie. En général, ce genre d'entretien s'achève au bout de dix minutes. Contrairement aux autres, il n'a pas entonné sa rengaine habituelle : « La situation est grave, etc. » À ses yeux, il n'est rien de plus moralisateur et de plus prévisible que ce « La situation est grave ». Cela, il le sait désormais : les gens ne veulent pas savoir si « la situation est grave ». Ils ne veulent pas connaître les détails. Ils sont indifférents et Itaï n'obtiendra aucune aide de leur part. Ils débitent ce qu'on attend d'eux et passent leur chemin. David était différent. Il n'a pas raconté l'histoire de sa famille ni évoqué son « devoir moral d'aider les réfugiés ». Il s'est montré pragmatique, désireux de connaître le programme et les budgets requis.

Itaï conserve le goût délicieux de son rendez-vous avec Ayélet. Il a décidé de se conduire comme Roni lui a conseillé : ne pas jouer les Itaï Fischer et se laisser simplement aller. À sa grande surprise, ça a marché. Ainsi donc, il est capable de passer toute une soirée sans mentionner la Cour suprême de justice et la violation des droits de l'homme. Elle a ri de leurs histoires à Roni et lui (c'était d'ailleurs l'idée de Roni, pour être sûr qu'Itaï ne dirait rien qui puisse avoir un rapport avec son travail) et il a ri de ses histoires à elle – il y en avait beaucoup – et, dans le hall de son immeuble, ils se sont embrassés. Il s'est résolu à « ne pas jouer les Itaï Fischer » jusqu'au bout, a pris son courage à deux mains et lui a demandé si elle voulait qu'il monte pour un dernier café. Il doit avouer qu'il a été un peu rassuré quand elle lui a répondu : « La prochaine fois. » Il y a tout de même des limites aux métamorphoses qu'on peut subir en une soirée. Il a décidé de rentrer à pied chez lui. L'esprit libéré d'expulsés en sursis, de salaires en retard et de permis de séjour, il a joui de cette récréation qu'il s'était imposée.

« Itaï, c'est encore moi. » Il reconnaît la voix de Michal sur son répondeur, et ce n'est qu'à cet instant qu'il se souvient de son existence. « Pourquoi tu ne me réponds pas ? Ça fait deux jours que j'essaie de te contacter. Je ne comprends pas ton attitude. Pourquoi ignores-tu mes appels ? C'est quoi, ces plaisanteries ? Quand tu as besoin de mon aide, je te réponds toujours... »

Encore son ton réprobateur agaçant...

« Je ne veux pas te prendre la tête mais il faut que je te parle. C'est urgent », poursuivait-elle, provoquant chez Itaï un soupir. Pour Michal, tout est urgent, et le monde est soit noir, soit blanc. Les demandeurs d'asile sont, à ses yeux, des martyrs ; le gouvernement (surtout l'Office d'immigration), le Mal incarné et Réguev, le diable. Ninio, son porte-flingue. Il y a, d'un côté, les bons, de l'autre, les méchants, et chacun doit choisir son camp. Ses conceptions lui ont toujours paru un peu puériles. La réalité est légèrement plus complexe. La pauvreté et la misère ne fabriquent pas systématiquement des êtres bons. Et l'État d'Israël, qu'on le veuille ou non, ne peut pas et ne doit pas offrir la solution aux problèmes de l'Afrique.

« Je voulais te raconter les choses en tête à tête, mais tu ne me réponds pas, alors, peut-être que tu seras intéressé d'apprendre qu'on m'a agressée hier en rentrant chez moi. Deux hommes. Ils m'ont rouée de coups... »

Il se fige sur place au moment où le bus s'arrête et que les portières s'ouvrent devant lui.

« Écoute, ça va aller. Ces idiots voulaient juste me faire peur. Comme s'ils avaient réussi à me... »

Sous le choc, il s'assoit sur le banc de l'arrêt de bus. Michal agressée ? Mais par qui ? L'autobus redémarre, le plantant là.

« Mais ce n'est pas seulement à cause de ça que je t'appelle... J'ai découvert aujourd'hui quelque chose de sidérant. »

Il l'entend souffler de façon saccadée au téléphone.

« Pendant tout ce temps, nous n'avons rien vu... Il faut absolument que je te parle. S'il te plaît, s'il te plaît, rappelle-moi, à n'importe quelle heure. C'est extrêmement urgent. »

7

Malgré le froid, Gabriel est en nage. Il a fui l'appartement de Michal aussi vite que possible avant que le voisin ne l'attrape et n'alerte la police.

Il a franchi plusieurs rues et maintenant il ne sait où il se trouve. Il halète. Chaque parcelle de son corps le fait souffrir. L'*injera* qu'il a avalée ce matin avant de se rendre au travail lui reste en travers de la gorge. Lorsqu'il ne peut plus faire un pas, à bout de force, il s'arrête et, au coin d'une rue déserte, hoquetant et affolé, il vomit.

* * *

Il n'avait jamais eu l'intention de pénétrer chez elle. Même quand il s'est aperçu que la porte n'était pas verrouillée et qu'elle s'ouvrait en toquant, sous une légère pression. À ce moment-là, il est resté sur le palier et l'a appelée. Faute de réponse, il a pensé repartir comme il était venu. De toute façon, il la verrait dans quelques heures à l'Association d'aide aux réfugiés. Il s'était tellement précipité pour lui raconter ce qui était arrivé à Lydie qu'il n'avait pas réfléchi à ce qu'il lui dirait. C'est là qu'il avait entendu le voisin monter l'escalier et son chien aboyer. Il ne voulait pas causer de scandale. Michal lui avait parlé de ce voisin hystérique. Celui qui lui criait tout le temps dessus. Qui haïssait les Africains. Il avait aussi un peu peur du chien, qui aboyait chaque fois qu'il venait ici. Ce n'est qu'à cause de ça qu'il est entré chez elle.

* * *

D'un pas hésitant, il regagne la grande rue. La chemise souillée de vomi. Les yeux lui brûlent. La ville le terrorise à nouveau, comme quand il venait d'y débarquer. De sa vie, il n'avait jamais vu autant de gens, de voitures et d'autobus qu'à Tel-Aviv. Dans son minuscule village près de Keren, il connaissait tout le monde et tout le monde le connaissait. Les magasins autour de la gare routière, avec l'abondance de nourriture qu'ils offraient, puaient et l'affolaient. L'allure pressée des passants, le débit de leurs paroles lui donnaient le vertige. Son ignorance des lois de ce pays qui lui était inconnu, ce qu'il fallait dire ou non, ce qu'il pouvait dire ou non, tout cela l'effrayait au plus haut point.

Les gens le fixent du regard. Il titube. Il voudrait crier, hurler, expulser la douleur qui engourdit ses membres, mais il ne peut émettre aucun son. Son cerveau lui dicte qu'il y a des choses interdites et que, s'il veut survivre, il faut rester autant que possible sans visage. Transparent.

* * *

Il a compris immédiatement qu'elle était morte. Son visage tuméfié. Ses yeux grands ouverts, écarquillés, vides, ne laissaient aucun doute. Il avait déjà vu des morts : au village, au camp de réfugiés, en route vers Israël. Il voulait s'en approcher, recouvrir son visage, lui fermer les yeux, lui dire adieu, mais ses jambes le trahissaient. Il avait reculé, un pas après l'autre, avant de fuir l'appartement. Il n'avait pas remarqué le voisin devant la porte, derrière lui, et l'avait heurté. Le chien avait commencé à aboyer comme un dément, le voisin avait craché quelque chose qui ressemblait à un juron, et la vision de Michal gisant, livide, sans un souffle de vie sur le tapis rouge... Il ne pouvait pas supporter ça. Sa tête tournait. Espèce de trouillard.

* * *

En arrivant à la gare, épuisé, il s'était affalé sur un banc et s'était mis à pleurer. Il pleurait sur Lydie, Hagos, Michal, lui-même et sa vie maudite. Les passants le croisaient sans même lui jeter un regard.

Ici, chaque homme a son propre fardeau.

Au restaurant, il voit des Israéliens attablés qui s'esclaffent, La vie leur sourit. Ils jettent la nourriture sans y penser. Son existence à lui ? Malheurs, tristesse et déboires. Pourquoi ? Où est la justice, ici-bas ? Hagos et Michal étaient si bons. Ils aidaient des gens comme lui à trouver leur chemin au milieu de la confusion et de l'effroi. Sans eux, il n'aurait peut-être jamais quitté ce square. Maintenant, ils sont morts tous les deux, et le revoilà à son point de départ.

Et Lydie, qu'est-ce que sa petite sœur avait fait de mal ? Qu'allait-il faire maintenant ?

Itaï ! Il se lève et se dirige vers l'Association d'aide aux réfugiés. Soudain, il s'immobilise. Que va dire Itaï en entendant son histoire ? Il sait que ce dernier l'apprécie et se soucie de lui, mais gardera-t-il la même attitude après avoir appris qu'il s'est enfui de l'appartement comme un trouillard ?

Non. Ce n'est pas le bon moment pour parler à des Israéliens. Il a besoin de quelqu'un comme lui. Qui le comprenne. Mais qui ? Sa mère est loin et, bien qu'il se trouve en Israël depuis plusieurs mois, il ne s'est pas fait de véritable ami.

Arami. Il peut lui parler, lui qui travaille comme interprète à l'association. Il a entendu du bien de lui et s'est déjà confié à lui quelques fois. Les gens disent qu'il est efficace, qu'il donne de bons conseils, qu'il ne fait pas que parler. Les Israéliens aussi aiment bien Arami. Une fois, alors que Gabriel venait à peine d'arriver, il avait donné un coup de main au camp de rétention. Du coup, et parce qu'il parlait bien l'anglais, on lui a proposé un boulot d'interprète à la police et au palais de justice. Arami pourra l'aider. Il a tant besoin, en ce moment, d'une bouée de sauvetage.

8

Dès le moment où elle passe la porte du restaurant, Anat Nahmias est convaincue qu'on lui a tendu un piège. Elle n'a pas besoin de sa formation au cours d'officiers de police, ni de son expérience comme adjointe du chef de la cellule spéciale d'investigation criminelle, pour le renifler. Les indices sont flagrants sur la scène de crime : ses parents sont arrivés à l'heure. Sa mère, au cours de ses soixante années d'existence, n'a jamais été ponctuelle.

Ses parents avaient un rite : arriver partout avec un retard d'au minimum une demi-heure, sa mère haletant comme si elle venait de boucler un marathon, soufflant : « Je suis terriblement désolée, mais il fallait que je termine... » Et là, surgissait toujours quelque histoire sur une besogne qui, faute d'être achevée, provoquerait une tragédie effroyable.

À ce stade, son père entrait toujours dans la danse et clamait : « Elle va me tuer avec ses retards, elle va tout simplement me tuer. J'ai presque frôlé la crise cardiaque. » Puis, se tournant vers Anat, il lançait : « Ta mère est en train de préméditer le crime parfait. Indique-moi, mon Anat, un juge qui puisse l'inculper. Les tactiques de ta mère, il faudrait les enseigner à l'école de police. »

Non seulement ses parents sont arrivés à l'heure mais ils l'attendent main dans la main. Bien, maintenant, elle est sûre que quelque chose se trame et que ce quelque chose ne présage rien de bon.

Elle décide d'aller droit au but :

— Qui est malade ?

Ils se regardent avec stupeur.

— Papa a du cholestérol et moi, comme tu sais, je fais de l'hypertension. Mais, au final, Dieu merci... fait sa mère en tapctant trois fois la table en bois.

— Pourquoi penses-tu que quelqu'un est malade ? l'interroge son père.

— Juste comme ça, aucune raison... Je me suis trompée... Laissons tomber, répond-elle, soulagée.

Néanmoins, cette histoire de déjeuner lui semble suspecte. Elle n'a pas gobé l'histoire de sa mère. Ils auraient soi-disant pris un jour de congé et, comme par hasard, se seraient retrouvés sous les fenêtres de son bureau.

— En fait, mon Anat, se risque prudemment sa mère, ton père et moi, nous voulions te parler de quelque chose de très important.

Jusqu'à il y a quelques années, chaque fois que ses parents voulaient lui « parler », le sujet était toujours le même : la police. Ils ne parvenaient pas à comprendre comment leur fille si douée et si délicate avait décidé d'être flic. Cela fait des années qu'ils se moquent des « deux policiers » – le tandem dans lequel l'un sait lire, l'autre, écrire –, n'ont de cesse de clamer que la police israélienne est incapable de résoudre le moindre délit et prennent soin de se souvenir de chaque policier qui leur a dressé un P-V. Voilà que, brusquement, ils avaient fait de leur fille une flic. La mauvaise graine. Cela a pris des années à sa mère avant de pouvoir formuler ces quatre mots : « Ma fille est policière. » Jusque-là, elle disait qu'elle était « fonctionnaire du service public ». Aujourd'hui encore, elle prend soin de préciser, sur sa lancée : « Mais elle a aussi une formation d'avocate et elle a décroché deux diplômes universitaires avec mention très bien. »

Il lui a fallu beaucoup de temps pour convaincre ses parents que leurs asticotages en la matière étaient inutiles. Leur fille était policière, et rien n'allait y changer, point final.

Lorsque fut clos le chapitre du « Et si tu quittais quand même la police pour nous permettre de redevenir une famille normale ? », ses parents découvrirent (ou, pour être précis : sa mère) un nouveau sujet de préoccupation : leur fille avait dépassé les trente ans (trente-deux pour être précis) et elle était toujours célibataire. Qu'elle ait voulu et tenté de trouver un conjoint en vain importait peu à sa mère, qui considérait son célibat comme un affront personnel. Ainsi, au cours de chaque repas familial, elle se voyait contrainte d'entendre, à satiété, des divagations philosophiques sur le fait que Dikla, la fille Goldstein, avec ses dents de travers, elle, était déjà mariée ; qu'Efrat, la fille Zilberberg, avec son nez qui lui caressait les lèvres, venait d'avoir un bébé. Bref, il n'y avait que sa fille qui était seule. Bien qu'elle n'ait jamais rien dit et évacué les doléances maternelles par ces mots : « T'en fais pas, je trouverai bien quelqu'un qui voudra de moi un jour, je te le promets », elle aussi se souciait de sa situation. Parfois, au retour d'un nouveau rendez-vous raté ou devant des sites de rencontre sur Internet, la crainte s'insinuait en elle de rester coincée dans son célibat. Certes, elle regardait un peu de haut ses amies mariées, avec leur vie routinière ennuyeuse et monotone, occupées à courir derrière leurs bambins, mais il faut dire qu'elle les jalousait tout de même un peu.

Il était évident que sa mère avait fait le lien entre son statut de célibataire et son travail dans la police car, après tout, quel garçon sensé voudrait épouser une fille qui a un métier d'homme et qui s'occupe toute la journée de violeurs et d'assassins ? Et puis, pas question de dénicher un époux au travail, car qui sa fille aux deux diplômes décrochés avec mention très bien et sa formation d'avocate fréquenterait-elle : le policier qui sait écrire ou celui qui sait lire ?

* * *

Une serveuse vêtue de noir vient prendre leur commande. Sa mère dit qu'elle ne désire qu'un verre d'eau parce qu'elle n'a pas faim, ce qui ne fait qu'augmenter la tension. Pour la sempiternelle conversation « Regarde comme tu martyrises ta pauvre mère en restant célibataire », sa mère n'a pas besoin d'un théâtre, elle se contente, en général, de décrocher son téléphone.

— Bien, maman, c'est quoi, cette fois ? l'interroge-t-elle d'un ton excédé, après le départ de la serveuse.

— Écoute, mon Anat… répond sa mère, marquant une pause pour ménager son effet.

Elle a toujours eu le sens du drame.

— Oui, j'écoute…

— Ce n'est pas facile pour ton père et pour moi…

Encore une pause.

— Qu'est-ce qui n'est pas facile ?

— Je veux juste te dire avant tout que nous t'aimons et j'accepterai n'importe quelle réponse que tu me donneras, dit-elle en jetant un regard à son père qui opine de la tête.

— De quoi tu parles ?

— Vois-tu, mon Anat…

Encore un silence.

— Maman, continue, ça commence à m'agacer…

— Maman pense, intervient son père, que peut-être, mais pas de problème, mon Anat, je veux dire… nous avons… de toute façon, maman pense qu'il se peut que tu aimes les filles un peu plus que les garçons…

— Hein ? s'écrie-t-elle si fort que quelques clients tournent la tête dans leur direction.

— C'est à cause de tes vêtements, répond son père en désignant ses jeans amples et un peu déchirés. Maman a lu sur Internet que c'est la mode des…

— Il y avait un très bon article sur ce sujet, et j'ai tout compris, le coupe sa mère. Car quelle fille irait se faire policière si elle n'était pas…

Ses parents se taisent, regards rivés sur Anat.

— Ça va pas la tête ? Moi, lesbienne ? s'écrie-t-elle, rompant le silence, toujours sous le coup de la stupeur. *Primo* : rassurez-vous, je ne le suis pas. *Deuxio* : si je l'étais, croyez-moi que je n'aurais pas honte de le dire. Et, concernant le couplet sur la police, vraiment, c'est tellement absurde que je ne vais même pas relever.

— Alors, explique-nous pourquoi tu as dit à Ohad, le fils Blaustein, que tu ne voulais pas sortir avec lui ?

Elle n'a aucun doute sur le fait qu'elle pourrait se mettre en colère, mais ces derniers mots la font tordre de rire.

— Bravo, maman, vraiment, bravo... applaudit-elle.

— Anat, ma chérie, qu'est-ce qui te prend ? l'implore son père.

— Papa, je te l'ai déjà dit : l'un des plus grands ratages de la police israélienne, c'est de ne pas avoir engagé maman comme inspectrice. Les ruses que son cerveau fertile peut inventer...

— Anat, ça suffit, tranche son père. Nous sommes très heureux que tu ne sois pas... mais même si tu l'étais... nous aurions accepté parce que nous t'aimons, et qu'il n'y a rien de mal là-dedans. Mais ce n'est pas une raison pour insulter ta mère.

— Ce que je n'ai pas fait. Je vais t'expliquer de quoi il s'agit, dit-elle en fixant sa mère du regard, sans baisser les yeux. Maman sait bien que je ne suis pas lesbienne. Tout ce bla-bla à propos d'Internet n'est qu'un prétexte. Elle est simplement énervée parce que j'ai dit non à Ohad Blaustein après tous les efforts qu'elle a déployés auprès de sa mère à lui. C'est ça, le fond de l'histoire. Et ton rôle, là-dedans, est de...

— Mais pourquoi tu lui as dit non ? Est-ce que tu te rends compte de la gêne que j'ai ressentie face à Bilha ? explose sa mère en l'interrompant avant qu'elle continue à expliquer à son père qu'il n'est qu'un pion, rien de plus.

— C'est un charmant garçon, mais je ne sais pas... Voilà, je n'ai pas eu le déclic. Je n'ai pas refusé pour vous faire de la peine, ni à toi, ni à lui. Ça arrive. Comme je te l'ai dit au téléphone, je te remercie pour tes efforts.

— C'est simple, chérie, je ne te comprends pas, lui répond sa mère, posant la main sur son bras. Si tu continues comme ça... Qu'est-ce que tu attends, un prince charmant sur son destrier blanc ? Qu'est-ce que tu crois, moi, quand j'ai rencontré ton père...

À son grand soulagement, son portable sonne à ce moment même, tandis que son bipeur commence à vibrer au fond de son sac. Un don du ciel.

— Une seconde, c'est mon travail, interrompt-elle sa mère sur le point de raconter comment son père lui avait fait la cour et pourquoi elle avait refusé ses avances. Oui, il était grassouillet et non, il ne lui plaisait pas, mais elle avait fini par céder, et, tout compte fait, ce n'était pas si terrible ?

— Nahmias ? Elle reconnaît la voix d'Amnon, l'officier de permanence. Un cadavre de femme, 122, rue Shtriker. Possibilité d'homicide.

— J'y vais, répond-elle juste avant de raccrocher. Je dois m'en aller, nous avons un problème, fait-elle en ramassant ses affaires. Nous poursuivrons cette discussion passionnante plus tard, je vous le promets, dit-elle à sa mère qui semble dépitée.

— Qu'est-ce qui est arrivé ? le questionne son père.

— Potentiellement un meurtre.

Le changement d'attitude de son père à l'égard de la fonction de sa fille était intervenu à partir du moment où il avait commencé à lire son nom dans le journal.

— Et c'est toi qui vas t'en occuper ?

Il se montrait toujours aussi surpris.

— Je ne crois pas, est-elle obligée d'avouer. David, le chef de notre cellule d'investigation, se trouve à un congrès en Autriche. Ils risquent de transférer l'enquête à la Brigade criminelle.

— Mon Anat, tu ne peux pas te balader habillée comme ça dans la rue. Il fait un froid de canard, maugrée sa mère.

Elle lance un regard furtif à la silhouette que lui renvoient les miroirs suspendus un peu partout dans le restaurant. Son reflet est tout, sauf celui d'une inspectrice digne de ce nom. Elle prend un élastique et ramasse sa chevelure en chignon. C'est le maximum qu'une maigrichonne d'un mètre soixante, au visage constellé de taches de rousseur, puisse faire pour paraître adulte et professionnelle.

Son téléphone sonne à nouveau.

Les fortes quintes de toux qui s'en échappent ne lui laissent aucun doute : David, son patron. Elle n'a jamais rencontré un fumeur aussi acharné que lui et Dieu sait que les flics fument.

— Nahmias, je viens de parler avec le commissaire divisionnaire, lui annonce-t-il après avoir toussé de nouveau. Je veux que cette affaire reste chez nous. Dans trois jours, je serai de retour, et jusque-là, c'est toi qui t'en charges. Le commissaire va contacter le contrôleur général. Je lui ai dit de te faire confiance à deux cents pour cent et qu'il était inutile de m'attendre...

— Tu crois qu'ils vont accepter ?

Elle lance à nouveau un coup d'œil au miroir. Hier soir, elle a renoncé par paresse à se laver les cheveux, et maintenant ils sont tout crépus. Qui peut bien l'autoriser à diriger une enquête avec des cheveux qui se barrent dans toutes les directions ?

— J'y travaille et je fais tout ce que je peux de mon côté, dit-il en essuyant une nouvelle quinte de toux. Toi, contente-toi de faire le boulot.

Comme toujours, il coupe sans attendre sa réponse.

9

Plein d'espoir, Gabriel regarde Arami, attendant qu'il dise quelque chose, qu'il réagisse à l'effrayante histoire dont il vient de lui faire part, qu'il le rassure. Ils se tiennent dans une ruelle écartée, près de l'appartement d'Arami. Des gouttes de pluie s'écrasent sur l'auvent en plastique sous lequel ils s'abritent. Des poubelles jonchent le trottoir.

Arami continue à se taire, et ce silence fait croître la tension de Gabriel.

— Tu me crois ? le supplie Gabriel. Tu me crois que je n'ai rien à voir avec ça ?

— Bien sûr que je te crois, Gabriel. Je sais bien que tu ne l'aurais jamais assassinée.

Les mots d'Arami l'émeuvent au plus haut point, lui donnent l'impression qu'il n'est plus seul. Pour la première fois depuis le début de son récit, il le regarde droit dans les yeux. Le visage d'Arami a l'air sage et triste.

— Alors, que faire ?

Une peur glaciale lui serre le cœur.

— Je réfléchis, Gabriel, je réfléchis, répond Arami, s'avançant vers le fond de la ruelle.

Il le suit. Son cœur bat la chamade. Son cerveau va exploser.

— Il vaudrait peut-être mieux aller à la police, leur raconter ce qui est arrivé… glisse-t-il faiblement.

Arami ne dit mot, se contentant de regarder autour de lui, l'air nerveux.

— Je sais que tu dis toujours que notre vie n'a aucune valeur pour eux, que nous sommes comme des insectes à leurs yeux. Qu'on meure, qu'on vive, tout le monde s'en fiche. Mais peut-être... je veux dire, si je raconte ce qui s'est passé... que Michal était déjà morte quand je suis arrivé... peut-être que quand même...

— Ce n'est pas si simple, Gabriel, soupire Arami en s'asseyant sur un cageot de légumes retourné.

— Et puis, toi, tu connais des gens chez eux... Peut-être que si tu leur dis, que tu leur racontes que tu me crois...

Il avait entendu dire qu'Arami avait travaillé pour la police nombre de fois. On comptait peu de « happy end » parmi les réfugiés. À son arrivée, on l'avait incarcéré comme tous les autres. Et puis un vendredi soir, une Soudanaise s'était mise à hurler qu'elle était sur le point d'accoucher. Les soldats de garde étaient désemparés. Arami avait pris les choses en main. Il avait rassuré les soldats et avait fait naître l'enfant. Quand les Israéliens avaient compris qu'il maîtrisait parfaitement bien l'anglais, ils l'avaient embauché en tant qu'interprète dans la police pour le remercier. Michal lui a raconté qu'Arami assistait aux interrogatoires des Érythréens et leur expliquait ce que les policiers disaient, et vice versa. Parfois, on l'emmenait même au tribunal pour assurer les traductions. Il a déjà songé à se porter candidat pour exercer ce métier. Car lui aussi connaît très bien l'anglais. Son père, qui était prêtre, le lui avait enseigné. Mais Michal avait d'emblée balayé cette idée. Ils n'avaient aucun intérêt à aider la police. Des gens plus âgés comme Arami, qui avaient une femme et des enfants en Érythrée et devaient leur envoyer de l'argent, oui, ils n'avaient pas le choix. Lui pouvait toujours travailler ailleurs. Michal... Elle a toujours eu foi en lui. Et maintenant...

Arami interrompt le fil de ses tristes pensées :

— Il faut réfléchir. Ne rien décider dans la précipitation...

— Alors, et si on parlait à Itaï ? C'est un homme bon... suggère-t-il de mauvais gré.

Il a honte à la pensée de raconter à Itaï, face à face, ce qu'il a vu.

— Non, pas question, en aucun cas. Impensable de faire confiance aux Israéliens en ce moment, tranche Arami.

La pluie redouble et des trombes d'eau s'abattent sur l'auvent branlant. Les dents de Gabriel claquent de froid.

— Je ne peux plus revenir chez moi.

Arami acquiesce.

— Qu'est-ce que tu me conseilles, Arami ? Qu'est-ce que je dois faire ? l'interroge-t-il après un long silence entre eux.

Il commence à se demander si Arami le croit.

Arami finit par répondre.

— Pour le moment, la meilleure chose que tu aies à faire, c'est de te cacher dans le square.

Pour tous les réfugiés échoués à Tel-Aviv, le square Lewinsky était la première étape. Lui aussi a dormi là pendant le mois et demi qui a suivi son arrivée en Israël, sur deux cartons ramassés au marché, enveloppé dans une fine couverture que les associations distribuaient. Lorsqu'il pleuvait, il s'abritait sous le petit auvent du boucher, transi, le corps frissonnant. Au milieu des centaines de visages de nouveaux venus, il est facile de passer inaperçu.

— Je vais faire du mieux que je peux pour t'aider. Ils pensent peut-être que nous ne sommes pas des êtres humains, et seulement des singes descendus de leurs arbres, mais nous sommes bons. Je vais t'aider. Tu es l'un des nôtres, ajoute Arami en lui posant la main sur l'épaule.

Gabriel ne peut s'empêcher d'enlacer Arami avant qu'ils ne se séparent. Il ne parvient pas à se souvenir de la dernière fois où il a serré quelqu'un dans ses bras. La pluie n'a toujours pas cessé au moment où il traverse la chaussée. Il est trempé jusqu'aux os. Il faut qu'il se cache. La police doit être sûrement à ses trousses. Le voisin l'a vu et l'a injurié. Et même si tous les Noirs se ressemblent – la balafre sur sa joue, il s'en souviendra forcément.

10

Anat n'est pas particulièrement surprise en apercevant Eyal Ben-Tovim, de la Brigade criminelle, garer sa voiture à la lisière de la scène de crime. David l'a rappelée alors qu'elle était en route et avertie qu'Eyal « essaie de piquer l'affaire à la division », qu'il valait mieux qu'elle mette les gaz et arrive à la rue Shtriker aussi vite que possible. Certes, David se trouvait à un congrès de police en Autriche mais il menait cette affaire comme s'il était à Tel-Aviv. Au-delà des histoires d'ego et de fierté de la cellule, il y avait là un enjeu personnel entre David et Eyal, datant de l'école de police. Le fait que tous deux visaient le poste de commandant des affaires criminelles de la division d'Yftah entretenait leur rivalité.

— Qu'est-ce qui se passe, Nahmias, David te laisse te balader sans nounou ?

— Je préfère être seule qu'avec les types de la Brigade criminelle, lui réplique-t-elle en décochant un sourire forcé.

— Cette affaire nous revient. Appelle David et dis-lui de rester à Vienne, à fumer et à déguster des schnitzels, lui lance-t-il, tandis que tous deux se précipitent en direction de l'immeuble.

Un crime dans un endroit calme et sûr comme le nord de Tel-Aviv est un cadeau des cieux dans la course au grade de commissaire divisionnaire. Il y aura certainement une large couverture médiatique et la crème des crèmes de la police sera particulièrement attentive au déroulement de cette enquête : cela change des homicides habituels qui ne sont rien d'autre que bagarres entre drogués ou poivrots ou règlements de comptes entre délinquants.

Ils dépassent en vitesse les agents de police devant l'entrée de l'immeuble et gravissent les marches d'escalier. Dans une enquête, les premières minutes sont capitales. Leur tâche est de boucler la scène de crime, de tenter de figer la situation et de déchiffrer le lieu tel que l'assassin l'a laissé derrière lui. Bientôt, tout le monde va débarquer : l'équipe d'ambulanciers, l'identité judiciaire, le médecin légiste et, bien sûr, les gradés : le chef de la Brigade criminelle, celui des renseignements, le commandant de division, celui du quartier. À l'école de police, on leur enseigne qu'il est obligatoire de stériliser la scène et qu'il est interdit d'y introduire quiconque, pas même le patron de la police. Dans la vraie vie, évidemment, ce n'est pas vraiment le cas. À la porte de l'appartement, Amnon, l'officier de garde, et un autre homme qu'Anat devine être un des agents de police qui a reçu l'appel.

Amnon les met au courant :

— L'identité judiciaire, le médecin légiste et le laboratoire mobile sont en route. Les ambulanciers aussi. Mais, comme vous pouvez le voir, il n'y a plus grand-chose à faire.

Une jeune femme qui semble avoir à peine trente ans gît sur le plancher du salon. Ses yeux bleus sont grands ouverts mais, sous l'œil gauche, un hématome bleu gonflé. Sa joue droite porte une longue estafilade. Le côté gauche du cou laisse apparaître quatre petites ecchymoses tandis qu'une autre est visible sur le côté droit. Anat n'a pas besoin du médecin légiste pour constater que la victime a été étranglée, et que l'assassin a opéré d'une seule main. Qu'il était droitier. La tête de la victime est rejetée en arrière dans une position inconfortable. Elle aperçoit des hématomes sur sa main droite à travers les manches de son fin gilet blanc.

— Permettez-moi de vous introduire : Michal Poleg, âge : trente-deux ans, déclare Amnon. Célibataire, Nahmias, comme toi. Pas de casier judiciaire.

Comme toujours lorsqu'elle débarque sur ce genre d'affaires, plutôt que d'examiner le cadavre, ses collègues mâles la dévisagent, elle. Ils scrutent la moindre expression de dégoût ou, même mieux, une larme. Alors qu'elle venait d'être promue inspectrice, elle s'était exercée de nombreuses heures afin que son visage ne trahisse pas ses sentiments. Elle savait bien que les scènes auxquelles ils étaient exposés donnaient aussi la nausée aux hommes mais, parce qu'elle était une femme, elle n'avait pas le droit de le montrer.

Elle a vu aujourd'hui suffisamment de cadavres dans toutes sortes de situations atroces, qu'elle n'a plus besoin de prendre sur elle pour offrir un visage serein. Parfois, elle s'interroge sur ce que ses parents ou ses amis penseraient d'elle s'ils voyaient avec quel naturel elle se conduisait désormais devant des cadavres.

Eyal l'asticote :

— Regarde, Nahmias, elle a ta taille !

Les plaisanteries sur sa taille, elle en a aussi l'habitude. Elle ne répond pas.

Après avoir tous deux enfilé des gants, ils s'agenouillent, presque simultanément au-dessus de Michal, au moment où l'équipe de l'identité judiciaire fait son entrée dans la pièce.

— Photographiez et examinez tout à fond, lance-t-elle, tandis que les nouveaux venus lui lancent un regard dédaigneux.

À dire vrai, elle aussi se sent ridicule. David l'a rendue dingue pendant le trajet. Pour faire en sorte que cette affaire leur revienne, il l'a abreuvée d'ordres : « Pisse partout afin de marquer notre territoire », lui a-t-il ordonné dans son langage toujours aussi imagé.

— Bon, alors, qu'est-ce que tu en dis, Nahmias ? la questionne Eyal avec un air suffisant.

S'il avait été quelqu'un d'autre, elle aurait rétorqué « Je pense que, à ce stade, ça n'aurait aucun sens de lui faire subir un interrogatoire... », mais elle retient sa langue car elle sait pertinemment qu'Eyal est dénué du moindre sens de l'humour.

— À en juger par les traces sur le cou, elle a été étranglée. Il convient aussi, bien sûr, d'examiner si elle a été violée, bien que cela ne semble pas être le cas. Son jean n'a pas été défait.

D'un mouvement d'une coordination presque parfaite, ils palpent le corps pour vérifier la rigidité cadavérique.

— Pas encore vingt-quatre heures, s'empresse-t-elle de conclure avant même qu'il ne lui demande son avis.

Ils se relèvent et commencent à regarder autour d'eux pour analyser la scène de crime. L'ameublement du salon est constitué en majorité de bois massif. Un lustre en verre un peu chargé pend du plafond. Elle ouvre un tiroir de la commode. Une forte odeur de naphtaline s'en échappe. À l'intérieur, des draps blancs repassés aux broderies fleuries, le type de linge que sa grand-mère possédait.

Si elle avait dû deviner, elle aurait dit que cet appartement, avec son contenu, avait échu en héritage à Michal. Cette demeure ne convenait pas à une fille de son âge.

Au milieu des broderies accrochées au mur, elle remarque un délicat dessin au crayon de la victime contemplant un horizon inconnu. Elle s'approche du cadre et constate que l'artiste n'a signé que d'un « G ». Des livres et des journaux jonchent le sol et, posée sur un petit guéridon à côté du canapé, une bouteille de bière vide. La table basse du salon est brisée, le verre éclaté. Elle cherche une autre bouteille, un autre verre – elle se demande si Michal était du genre à boire seule –, mais ne trouve rien.

— On s'est battu ici !

Eyal se croit obligé de relever l'évidence.

Elle gagne la porte pour vérifier d'éventuelles traces d'effraction. Rien. Michal Poleg connaissait son assassin.

Mais il y a là quelque chose qui attire son regard. Elle approche son visage de la plaque métallique sombre. Elle ne les a pas vues en entrant parce qu'elle s'était dépêchée pour examiner le cadavre, mais sur le panneau extérieur de la porte, des taches de sang.

Elle fait un signe de la main à un membre de l'équipe de l'identité judiciaire pour en prélever un échantillon. Eyal la suit du regard.

— Tu as trouvé quelque chose ? la questionne-t-il d'un ton sceptique.

— Du sang, répond-elle d'une voix délibérément indifférente comme si elle parlait de la pluie et du beau temps.

Eyal lance à un membre de l'équipe, qui opine :

— Prélevez ça soigneusement et envoyez-le au labo.

Et comment aurait-il réagi si c'est elle qui avait prononcé ses mots ?

— Ça vaudrait le coup de parler avec le voisin de l'appartement d'à côté, s'interpose Amnon.

Tous deux lui lancent un regard étonné. L'interrogatoire des voisins n'est pas la priorité. Et sûrement pas dans ce quartier où le risque que l'un d'eux disparaisse brusquement est proche de zéro.

— Il a tout vu, explique-t-il. L'agent de police qui patrouillait me l'a dit.

— Bien. Veille à ce qu'ils mettent le moins de foutoir possible ici et qu'ils cherchent des empreintes digitales partout, ordonne Eyal qui sort précipitamment.

Anat a l'impression d'une course : qui va gagner le premier l'appartement d'en face ? En y pénétrant, ils aperçoivent un septuagénaire, vêtu d'une chemise à carreaux dont les pans dépassent de son pantalon en velours, sa chevelure clairsemée hirsute. Son salon ressemble à s'y méprendre à celui qu'ils viennent de quitter, encombré de meubles massifs et sombres, et il est en train de houspiller l'agent de police qui a l'air soulagé de leur arrivée. Celle qui, vraisemblablement, est son épouse, est assise sur un canapé recouvert d'un plastique transparent protecteur et essuie une larme, tout en caressant un molosse au pelage brun-blanc.

— Elle a saccagé le quartier, crie le voisin. Moi, j'ai rien contre eux. Mais chacun chez soi et Dieu pour tous. Les mélanges, c'est jamais bon. Ça produit, comme on dit, un cocktail meurtrier. Je le lui ai déjà dit... mais elle ? Elle s'en fichait... Maintenant, elle a eu ce qu'elle méritait.

— Chmouel, calme-toi, c'était une gentille fille... le coupe sa femme.

— Gentille ? Sa grand-mère était une femme gentille. Mais elle ? Bon, je n'aime pas dire du mal des morts...

L'expression sur son visage exprime précisément l'inverse, note Anat.

L'agent fait les présentations :

— Chmouel et Dvora Gonen.

Le molosse se dresse sur ses pattes et s'approche d'Anat. D'instinct, elle tend la main pour caresser la chienne. Elle adore ces animaux. Surtout, les gros dogues. Si Eyal n'était pas là, elle aurait sûrement demandé son nom. Ça aide les gens à s'ouvrir et à se sentir plus à l'aise. Mais lui considérerait certainement une telle question comme non professionnelle.

— Commandant de police Eyal Ben-Tovim et inspectrice de police Anat Nahmias, lance Eyal, insistant sur la différence de grades entre eux pour indiquer clairement qui était le patron.

Chmouel Gonen jette à Anat un regard étonné. Quand le public s'imagine un inspecteur, il pense toujours à un homme. Sûrement pas à une femme courte sur pattes, maigre, aux cheveux hérissés, au visage constellé de taches de rousseur et attifée de manière douteuse.

— C'est vous qui avez appelé la police ? le questionne-t-elle sur un ton direct, tout en éloignant la main de la chienne.

Il vaut toujours mieux débuter par de brèves questions factuelles.

— Eh bien, oui, je vois encore dans mes yeux ce Noir...

Elle note comment il se crispe et souhaite en rajouter une couche, mais Eyal la devance.

— Amnon ! crie-t-il en direction du couloir.

— J'ai déjà lancé des patrouilles. Pour le moment, on n'a rien, il a dû réussir à s'enfuir, répond Amnon en criant.

— Merde !

Quelque chose a changé sur son visage. Un rien, presque imperceptible, mais elle le connaît suffisamment pour le remarquer.

— Allons-y, commencez par le début, une chose après l'autre… dit-elle à Chmouel Gonen, s'efforçant d'avoir l'air de lui consacrer toute son attention.

— Vous êtes sûre ? Et si on attendait votre chef ?

— Ça va aller, je le mettrai au courant…

— Alors, comme je l'ai dit à ce policier, je montais l'escalier quand j'ai entendu des cris provenant de son appartement, lâche-t-il de mauvais gré.

— Qui a crié ? Vous avez reconnu la voix de Michal ?

— Oui, c'est ce que j'ai dit, fait-il d'un ton impatient.

— C'est très important, monsieur, vous l'avez entendue crier ?

Il la fixe à nouveau comme si elle était demeurée.

— Poursuivez, monsieur… je vous écoute, reprend-elle en puisant à pleines brassées dans ses réserves de patience.

— Il était sur elle, ce Noir-là…

Dvora Gonen gémit. La chienne s'approche d'elle et se love à ses pieds.

— Que voulez-vous dire par « Il était sur elle » ?

Anat sait qu'il faut lui tirer une description précise. Ce n'est pas avec des à-peu-près qu'on élucide des crimes.

— Ses mains étaient sur son cou à elle, elles l'étranglaient, dit-il en tendant les bras devant lui, en un geste de strangulation.

Anat se réjouit de tout le temps passé à exercer son visage à ne pas trahir ses sentiments. Ce que lui raconte Chmouel Gonen correspond aux indices sur le cadavre.

— Je sais que tout s'est déroulé très vite et que cela a été horrible pour vous… mais il importe d'essayer de reconstituer précisément, autant que possible, ce que vous avez vu, essaye-t-elle de lui donner une chance de revenir sur sa déclaration.

— C'est ce que j'ai vu, s'obstine-t-il en tendant à nouveau les mains et imitant le geste de l'assassin.

Inutile d'insister, décide-t-elle, on vérifiera avec le médecin légiste.

— Parfait. Que s'est-il passé ensuite ?

61

— Je lui ai crié de la laisser... Il a été surpris de me voir là et il s'est levé d'un bond. Il s'est dirigé vers moi, j'ai pensé qu'il allait me tuer... Mais j'ai hurlé de toutes mes forces « Au secours, à l'assassin ! », et il s'est affolé et a détalé... Mon cadavre aurait pu être là... Cet homme était fou... Le visage de Chmouel est rouge écarlate.

— Oh, mon Dieu !

Il semble que ce soit au tour de Dvora de gémir.

— Vous l'avez déjà vu ici ? demande-t-elle aux deux époux.

— Oui, il est déjà venu, s'empresse de répondre Chmouel. Ce n'est pas respectueux de dire du mal des morts, mais elle les aimait beaucoup de couleur noire... tous ces clandestins d'Afrique... Notre immeuble était devenu une antenne du ministère de l'Intégration... J'avais peur de sortir de chez moi... L'assassin aussi vadrouillait ici. Non que je sois raciste ou autre, et, entre nous, ils se ressemblent tous, donc il est difficile de faire la différence. Mais celui-là, je l'ai repéré, à cause de la cicatrice qu'il a sur le visage.

— Où se trouve cette cicatrice ? le questionne-t-elle avec l'espoir que, cette fois, il fournisse une réponse précise.

— Comme ça, ici, trace-t-il une ligne brisée sur sa joue. On voit tout de suite que c'est un criminel.

Anat jette un œil sur sa montre : 14 h 45.

— À quelle heure tout ça s'est passé ?

— Il y a deux heures et demie, à peu près.

Encore une anicroche. Elle va attendre, bien sûr, le résultat de l'autopsie, mais elle n'a pas l'impression que Michal Poleg ait été assassinée deux heures et demie plus tôt. Plutôt cinq, six heures, voire davantage.

— Est-ce que vous savez par hasard où elle travaillait ?

— Ben, voyons ! Dans je ne sais quelle organisation qui aide les Noirs, quoi d'autre ? Elle bosse avec tous ces crétins qui veulent transformer ce pays en foyer national de tous les bamboulas, comme si on n'avait pas assez de nos propres malheurs... Ce Noir a dû la surprendre avant son départ au travail...

De retour, Eyal lui fait signe de le suivre dans la cage d'escalier.

— Tu peux appeler David et lui dire qu'il a gagné. Je viens de parler à mes supérieurs : cette affaire reste chez vous, lui annonce-t-il d'un air suffisant.

Ça alors ! Vraiment ? Quelle surprise ! a-t-elle envie de répondre.

— Je lui transmets, lui sourit-elle poliment.

— Bon, eh bien, bonne chance ! fait-il en dévalant les marches.

Elle reste sur place à le suivre du regard. Dès que Gonen a prononcé le mot « Noir », elle a eu la certitude qu'Eyal allait prendre ses jambes à son cou. Parce qu'il y aurait un ramdam médiatique, mais pas le bon. Il y aurait aussi la pression du public, les hauts gradés exigeraient des résultats, et vite. Ehud Réguev, ce politicien hypocrite qu'elle a déjà aperçu à la télé montrer du doigt les clandestins, leurs maladies et la violence dont ils faisaient preuve, allait sûrement leur pourrir la vie. À chaque interviews, après en avoir fini avec les Africains, il s'en prend à la police, responsable, selon lui, de la situation.

Tous voudraient savoir pourquoi cela leur prenait autant de temps d'arrêter l'assassin alors qu'il y avait un témoin oculaire. Comment leur expliquer que, si un Africain décide de s'évanouir dans la nature, le retrouver est presque mission impossible.

11

Assis à son bureau, Yariv fixe le mail que lui a envoyé Doron Aloni, le procureur du siège. Ce dernier écrit qu'il souhaite le rencontrer dans deux jours, pour un entretien privé. Il n'est pas rare qu'Aloni l'appelle à son bureau, mais c'est en général pour parler d'affaires en cours. Non d'entretiens privés. Depuis qu'il a commencé à traiter les affaires de clandestins, les rapports se sont tendus entre Aloni et lui. Aloni n'apprécie guère ses liens avec Réguev. Au début, il a essayé de l'amadouer, de lui parler, mais Aloni l'a toujours renvoyé vers un subalterne. Mais pourquoi s'en faire ? Aloni est sur la fin. Dans six mois, la retraite. Réguev, en revanche, est bien accroché à son siège de parlementaire, avec les relations adéquates et en route vers les sommets.

Qu'est-ce qu'Aloni lui veut ? Serait-ce à cause de la plainte déposée par Michal ?

Pas du tout. Impossible. S'il s'agissait de cette plainte, il ne l'aurait pas formulé de cette façon mais aurait exigé sa réaction aux allégations de Michal. Par écrit. Ce n'est pas le premier procureur à recevoir une plainte contre lui, et c'est la manière habituelle d'Aloni de traiter ce genre de cas.

Non, il se passe quelque chose d'autre. Michal a dû sûrement profiter de son irruption de la veille, soûl et éructant des injures, pour se venger de lui.

Que va-t-il dire à Aloni ? Comment va-t-il se justifier ? Dans ces circonstances, même Réguev aurait du mal à le défendre : sans doute irait-il jusqu'à se dérober. Les histoires de clandestins, c'est son obsession, la mission de sa vie. Malgré tout le respect et l'estime que Réguev lui voue, ce dernier cesserait de soutenir quelqu'un qui ne sait pas se contrôler, s'enivre et va frapper à la porte d'une femme au beau milieu de la nuit. Même si cette femme se nomme Michal Poleg, qu'elle a, un jour, manifesté seule devant son bureau et que la simple évocation de son nom suffit à ce qu'il voie rouge.

* * *

Après avoir avait reçu la note du ministère des Affaires étrangères, il avait hésité. S'il s'était rendu chez Aloni, ce dernier lui aurait déclaré qu'ils devaient en faire état, que c'était leur devoir de procureurs. Mais cela signifiait aussi la défaite assurée dans toutes les affaires. C'est pourquoi il était allé voir Réguev, qui lui avait conseillé de faire disparaître ce document. Inutile de suivre les belles âmes des Affaires étrangères, parce que, ce qui était en jeu, c'était l'avenir d'Israël. Néanmoins, il temporisait encore. Lui n'était pas mû par la frénésie idéologique de Réguev. Parfois, le député réussissait à l'entraîner dans sa croisade, mais, en général, ça ne durait pas longtemps. Il ne se sentait pas investi à ce point : au fond, il n'aimait ni ne détestait les clandestins. Il en avait surtout marre d'eux. Leur misère l'horripilait. Leur pauvreté n'éveillait en lui que mépris. Leur odeur le répugnait. Il voulait avancer dans sa carrière et se dégager aussi vite que possible de ces affaires poubelles, s'occuper de dossiers vraiment importants.

La lecture de la plainte de Michal l'avait affolé. Et s'il avait commis une erreur en mettant tous ses œufs dans le panier de Réguev ? Occulter le document était peut-être un pari stupide de sa part ? Après tout, Réguev, en bon politicien madré, sait dire et promettre exactement ce que les gens souhaitent entendre.

En reprenant les choses calmement, il se détend. D'abord, Michal ne possède pas cette note en main propre. Quelqu'un a dû sans doute lui en révéler l'existence, mais elle ne l'a jamais vue de ses propres yeux, sinon, elle l'aurait jointe à sa plainte, ça ne fait pas un pli. Et sans cet avis, quelle preuve avait-elle ? Ensuite, Réguev a raison. Yariv n'est pas obligé d'utiliser chaque mémorandum qui lui est présenté. Le ministère des Affaires étrangères dit une chose, celui de l'Intérieur, une autre. Mais, en tant que procureur, il dispose de son propre jugement. Surtout quand l'appel est interjeté contre l'Intérieur et non contre les Affaires étrangères. Michal a cru que ce document était le Saint-Graal, grâce auquel on cesserait d'expulser ses Africains. Quelle idiote ! Même si elle l'avait trouvé, les partisans de Réguev se seraient démenés pour produire des dizaines d'avis contraires, et le docteur Yigal Chémech aux Affaires étrangères se serait vite retrouvé hors du ministère. La politique officielle, c'est l'expulsion. Aucune note ne pouvait empêcher cela d'arriver.

* * *

Son téléphone portable sonne. Inbar. Il décide de ne pas lui répondre. Il ne veut pas lui raconter ce qui s'est passé. Pas encore. Même si elle réussit à comprendre comment il s'est retrouvé ivre devant l'appartement de son ex, elle sera horrifiée à l'idée que ses blessures ne cicatrisent pas à temps et que, sur les photos du mariage, il affiche un nez tuméfié. Peu importe ses efforts pour lui expliquer que d'ici là il n'y aura plus aucune trace. Il vaut mieux qu'il affronte ça face à face, à son retour. Depuis qu'ils ont décidé de se marier, elle ne cesse de s'agiter avec l'organisation qui doit être parfaite, et chère, bien sûr. Il l'écoute disserter sans fin à propos de hors-d'œuvre, de cristaux Swarovski, de « scénographie » d'ambiance, de bouquets tressés, de world music et autres « concepts » dont il n'a strictement aucune idée et, surtout, dont il ne se soucie guère.

Il ferme sa boîte mail et décide de consulter un site d'informations de premier ordre pour se calmer.

Au final, tout va s'arranger. Il s'en tire toujours, après tout... Certains individus ont de la chance, il en fait partie. Peut-être affirmera-t-il que cette note n'a jamais existé, que Michal a tout inventé, que la douleur, du fait de la mort de son amant noir, l'a déboussolée. Mais qui est-elle, au juste ? Rien d'autre qu'une bénévole insignifiante d'une minable association dont personne n'a jamais entendu parler. Il peut déjà compter sur Réguev pour la démolir comme « l'une de ces belles âmes gauchistes » dont l'objectif est de saper les bases de l'État.

Il fait défiler la page jusqu'en bas, jusqu'à une annonce pour un spray augmentant le désir sexuel, mais soudain se fige. Il remonte en hâte en haut de la page. La migraine de la veille l'assaille de nouveau de toute sa puissance. Il reconnaît l'immeuble dont la photo illustre le titre principal : « Une femme âgée d'environ trente ans a été trouvée morte dans son appartement, à Tel-Aviv ».

12

Assis dans son fauteuil au salon, Boaz Yavin berce Sagui, priant pour qu'il s'endorme enfin. « Cette fois, c'est ton tour », lui a dit Irit en lui plantant son coude dans les côtes au moment où le bébé s'est encore réveillé. Il consulte sa montre. 2 h 30 du matin. Il est totalement épuisé. Cela fait plusieurs nuits qu'il ne ferme pas l'œil. « C'est à cause de ses dents, ça va lui passer », l'a consolé Irit en le poussant à bas du lit. Il a maugréé à voix basse et s'est retenu de lui rappeler ce qu'elle lui avait dit quand ils avaient décidé de faire un autre enfant : « Le troisième enfant grandit tout seul. »

Une lumière bleutée scintille sur l'écran. Il suit les images d'une rediffusion du journal télévisé en bâillant et ne cesse de caresser délicatement le crâne de Sagui. Soudain, sa main se fige.

Il reconnaît immédiatement la femme dont la photo envahit l'écran. Il y a quelques jours, elle l'a agressé en hurlant dans le secteur de la gare routière, et les hommes de main de Faro l'ont repoussée.

Malgré la fraîcheur du salon, son front est inondé de sueur en découvrant l'immeuble devant lequel stationnent la police et des ambulances.

Il augmente légèrement le son, espérant qu'Irit ne se réveille pas. La voix du présentateur, qui répète en boucle le mot « assassinat », le fait frissonner.

Quand il avait téléphoné à Izik pour lui rendre compte de l'altercation avec cette fille, ce dernier lui avait ordonné de quitter les lieux sur-le-champ. L'annulation de sa tournée dans ce coin l'avait réjoui, il détestait vadrouiller là-bas. Il espérait secrètement qu'après cet incident il serait dispensé de cette corvée.

Mais Izik était furieux. Beaucoup d'argent passait de main en main pendant ces « promenades », et il n'avait aucune intention de les annuler à cause d'une petite emmerdeuse.

Sur l'écran, une jeune policière déclare d'un ton grave : « À ce stade de l'enquête, nous étudions toutes les possibilités, aucune piste n'est à écarter. »

Il y aurait donc un lien avec l'incident de la gare ? Sagui se met à pleurnicher, et Boaz le berce à nouveau, l'esprit ailleurs, fasciné par l'écran et tentant de saisir un maximum d'éléments.

Il ne peut accuser personne d'autre que lui-même et sa cupidité.

Naguère, comptable salarié, il avait profité d'informations confidentielles pour jouer en Bourse. Cela se passait juste après la naissance de Chira, et Irit et lui avaient de gros problèmes d'argent. Il n'avait pas pu s'en empêcher. Ses supérieurs l'avaient démasqué et lui avait demandé de démissionner sans faire d'esclandre après les avoir remboursés, en échange de quoi ils ne le dénonceraient pas à la police. Il n'avait pas eu d'autre choix que d'accepter. Soudain, il se retrouvait avec une dette monstrueuse, deux enfants et sans travail. Il avait eu honte de révéler ce qui était arrivé à son épouse. Brisé, désemparé, son univers s'écroulait d'un coup.

Sauf que, comme dans un conte de fées, le salut lui était tombé du ciel. Une semaine après sa démission, un client de son cabinet, Izik, lui avait proposé de devenir son comptable privé. À l'en croire, en tant que client, il avait été impressionné par ses compétences et ne voulait pas renoncer à ses services pour la seule raison qu'il avait quitté le bureau.

Tout heureux, il avait béni le sort et accepté de bon cœur la proposition. Au début, tout s'était passé à merveille. Izik lui fournissait du travail et de nouveaux clients, le cabinet qu'il avait ouvert était florissant, et il gagnait dix fois plus qu'avant. Il mit plusieurs mois à réaliser qu'Izik n'était qu'un homme de paille et qu'il avait en fait travaillé pendant tout ce temps pour Simon Faro, un gros bonnet de la pègre. Aujourd'hui encore, il se maudissait de n'avoir pas tout plaqué dès l'instant où il avait compris. Encore une fois, l'appât du gain avait eu raison de lui. Il n'avait pas voulu renoncer à sa maison de la banlieue chic de Ramat Ha-Sharon, aux bureaux prestigieux, à son nouveau statut. Contrairement à la fois précédente, Izik lui avait bien fait comprendre que les dettes dans lesquelles il allait s'enfoncer ne seraient que de la petite bière en comparaison des problèmes qui l'attendraient s'il décidait soudain de partir ou de se livrer à des tripatouillages dans leur dos, comme il l'avait fait dans son boulot précédent. En réalité, ils connaissaient depuis le début les véritables raisons de sa démission.

Au lieu de tout laisser tomber, il s'y était plongé jusqu'au cou et avait accepté davantage de responsabilités. Un look de gentil garçon, à qui on donnerait le bon Dieu sans confession, un casier judiciaire vierge ; il n'y avait donc aucune raison de ne pas l'exploiter.

Aujourd'hui, il s'occupe de toutes leurs affaires financières. Faro a monté un système bancaire parallèle pour ceux qui ne peuvent pas avoir recours aux banques : réfugiés, travailleurs émigrants, étrangers, mais pas uniquement. Au-delà de la comptabilité régulière et des autres affaires de Faro, il sert aussi de « guichetier » de sa soi-disant banque.

Une fois par semaine, parfois deux, il se rend à la gare centrale, y reçoit de l'argent et en distribue. Son agent de liaison est celui que Faro surnomme le « Général ». C'est la journée de la semaine qu'il déteste le plus. Il essaie de ne pas penser aux affaires dans lesquelles trempe Faro. Il n'a jamais posé de questions, convaincu que ce qu'il voyait n'était que la partie visible de l'iceberg.

Quand le gouvernement avait commencé à exprimer sa volonté de renvoyer les Africains dans leurs pays d'origine, il avait été submergé d'espoir. Il écoutait avec passion les discours de Réguev et lui souhaitait bonne chance. Sans clients, plus de banque. Faro et lui se sépareraient en bons amis. Sauf que, très vite, il avait ouvert les yeux. Il y aurait toujours une banque parce qu'il y aurait toujours des Africains. Et, les Africains partis, il y en aurait d'autres. Pourquoi ? Parce que, dans la vie, tout est une affaire d'argent. Ils quittent leurs pays parce qu'ils en manquent ; ici, on les accueille parce que l'économie a besoin d'eux, tout comme l'État, de tâcherons et de petites mains. Le marché réclame des plongeurs dans les restaurants, des balayeurs de rue, des cueilleurs de fraises, des gens qui effectuent tous les travaux dont les Israéliens ne veulent pas entendre parler. Les économies développées ont besoin d'esclaves, et le tiers-monde en regorge. Il était coincé avec Faro. Tant qu'il y aura des clandestins, et il y en aura toujours, une banque comme celle de Faro existera.

Hier, Izik l'a appelé pour lui annoncer que Faro souhaitait qu'il s'envole lundi pour l'Argentine, y séjourne pendant quelques jours et boucle une nouvelle vente d'armes. Irit le jalouse de tous ces voyages. « Comme j'aurais aimé, moi aussi, faire une pause de temps à autre… », maugrée-t-elle, et, comme chaque fois, il lui explique qu'il s'agit d'un boulot pénible, que les vols long-courriers l'épuisent, et qu'elle n'a aucune raison de l'envier. Il va de soi qu'il a toujours gardé pour lui la véritable nature de ces expéditions et la peur qui s'empare de lui systématiquement.

Sagui s'est endormi sur son épaule. Il le regarde avec tristesse. Il est si beau. Si pur, si innocent.

Aux informations, ils diffusent à nouveau la photo de Michal Poleg, et Boaz a l'impression qu'elle lui lance un regard accusateur.

Mais quel choix avait-il ? Aujourd'hui, c'est elle, demain, ce sera son tour.

13

Dans l'obscurité, Itaï fixe le plafond. Depuis plus de trois heures, couché sur son lit, il se retourne dans tous les sens, incapable de trouver le sommeil. Après avoir écouté le message de Michal sur son portable, il a tenté de la rappeler à de multiples reprises, en vain. Sa ligne était toujours occupée. Il s'était précipité à son appartement. Mais, en arrivant chez elle, il avait compris qu'il était trop tard. Les fourgonnettes de la police, les équipes de la télé et les ambulances qui encerclaient l'immeuble ne lui laissaient aucun doute sur ce qui était arrivé. Ni sur le responsable.

* * *

Tout avait commencé avec Hagos. Quelque temps avant d'être interpellé, il avait évoqué, juste comme ça, le « banquier ».

Les demandeurs d'asile confient à l'association leurs misères, leurs craintes, les difficultés qu'ils affrontent. Ces conversations sont parfois très intimes. Mais Itaï sait que certains sujets sont tabous et qu'il vaut mieux ne pas poser de questions. Aujourd'hui encore, il ignore par exemple comment et où couchent tous ces hommes qui viennent leur demander de l'aide. L'argent qu'ils n'ont pas est un sujet récurrent, mais celui qu'ils possèdent, beaucoup moins.

Michal avait tenté de faire parler davantage Hagos, mais il ne souhaitait pas en dire trop, il ne voulait pas faire de bruit. Michal refusait de renoncer, persuadée qu'il était de son devoir de mener une guerre inexpiable contre les Israéliens qui tourmentaient les réfugiés. Hélas, contre les Bédouins, elle était impuissante.

— C'est à cause de ce qu'on a fait aux juifs après la Shoah, avait-elle expliqué une fois à Itaï, avec l'exaltation qui lui était propre. Quand tous les pays leur fermaient leurs portes... Cet État a été fondé par des réfugiés, tu ne comprends pas ? Comment des gens qui ont grandi dans ce pays peuvent-ils les exploiter ? C'est inconcevable...

Quand Hagos avait été arrêté et expulsé, elle s'était convaincue que les deux choses étaient liées. Il avait été éloigné parce qu'il en savait trop et en avait trop dit. Elle était parano – Itaï en est sûr.

Elle avait refusé de laisser tomber, déclaré que l'Association d'aide aux réfugiés devait mettre la lutte contre cette mafia au premier rang de ses priorités. Lui, bien sûr, avait balayé cette prétention. Bien qu'il ait éprouvé le même sentiment de profond dégoût que Michal, il était évident qu'une petite organisation comme la leur n'avait pas les moyens d'affronter des mafieux. Que le programme de Michal confinait à l'absurde, que ça mettrait en danger tout ce qu'il avait bâti. La dispute qui s'ensuivit entre eux avait été la plus violente de leur collaboration. Pour la première fois, il la prévint qu'il n'était pas d'accord, qu'elle pouvait prendre ses affaires et s'en aller.

Michal avait été surprise par son agressivité. Contrairement à d'habitude, elle ne voulut pas avoir le dernier mot et se contenta de murmurer qu'elle « y réfléchirait ». Le lendemain matin, elle avait reconnu qu'elle était d'accord pour laisser tomber. Elle irait déposer plainte à la police et les laisserait s'en occuper.

Malgré l'émotion qui l'étreignait, et peut-être à cause d'elle, il s'était frayé rapidement un chemin vers un groupe de policiers stationnant devant l'entrée de l'immeuble et avait demandé à parler à leur supérieur. Cela avait pris un peu de temps avant qu'un policier, grand et barbu, ne se libère et se présente comme Yaron. Itaï lui avait raconté tout ce qu'il savait : les tentatives de Michal pour le prévenir, le message qu'elle lui avait laissé, le « banquier ». Le policier l'avait écouté d'un air impénétrable et lui avait répondu qu'il allait « vérifier ses dires », puis il avait confisqué son téléphone portable.

* * *

Itaï rejette sa couverture et se lève. La migraine lui vrille le crâne. Michal lui avait menti. De même qu'elle avait manigancé derrière son dos la plainte contre Yariv Ninio, elle n'avait pas laissé de côté l'affaire du « banquier ». Dans son message, elle disait qu'ils ne réussiraient pas à lui faire peur. Elle avait sans doute dû faire quelque chose qui les avait mis à bout. En fin de compte, ce sont eux qui lui avaient donné une bonne leçon. Non seulement ils l'avaient battue mais ils l'avaient assassinée. Peut-être pour lui clouer le bec, peut-être pour la punir. Il ne saurait jamais le fin mot de l'histoire.

Pourquoi l'avait-il filtrée ? Elle l'avait appelé au secours, et lui, il l'avait ignorée. La pensée de ce qu'il serait arrivé s'il lui avait répondu l'obsède.

14

L'avocat Kobi Atkine jette un regard mitigé à son ami Yariv en train de sangloter. Cela fait six ans qu'il est avocat. Au cours de cette période, des centaines de clients se sont assis en face de lui en pleurnichant. Il avait pitié de la plupart d'entre eux, qui se présentaient en état de faiblesse, abattus, apeurés, et lui jetaient des regards pleins d'espoir. Lui, leur unique recours.

Il ne se faisait aucune illusion, convaincu que certains avaient commis des crimes abominables. S'il les avait aperçus à la télé, ou découvert leurs crimes dans la presse, il leur aurait souhaité à coup sûr une mort dans des conditions atroces, comme un bon citoyen respectueux de la loi. Sauf que son rôle d'avocat n'exige pas seulement de lui qu'il les défende mais également de ne pas les haïr, eux dont le monde vient de s'écrouler, qui vous regardent en vous suppliant de les aider. « La schizophrénie, maladie professionnelle de l'avocat » – il avait une fois entendu cette expression dans la bouche d'un confrère.

Yariv, il le connaît depuis l'université. De temps à autre, ils sortent le soir dans un pub, parfois, ils déjeunent ensemble. Son cabinet de la rue du Roi-Saül est à quelques minutes à pied du parquet.

En son temps, il s'était étonné que Yariv choisisse d'être procureur et se contente d'un salaire minable. Il avait toujours pensé que son ami accèderait aux cabinets prestigieux, les plus juteux. Mais Yariv lui avait expliqué que le parquet n'était qu'un tremplin : il travaillerait quelques années dans le secteur public et ensuite, avec l'expérience accumulée, et un carnet d'adresses bien gonflé, il se tournerait vers le privé. En entendant Yariv lui raconter les événements de la veille, il n'a pu s'empêcher de ressentir une certaine satisfaction. Ces dernières années, ils ont eu des dizaines de débats sur le rôle de l'avocat. La conception arrogante de Yariv, qui refusait de le comprendre – « Comment peux-tu défendre de telles pourritures ? » –, le chagrinait. Cela l'énervait encore plus que Yariv, exerçant la même fonction, n'envisage pas que le jour où l'on réduirait les avocats de la défense au silence, on devrait refermer les portes des palais de justice puis y éteindre la lumière.

Il se débarrasse rapidement de son sentiment de petit triomphe. Yariv a l'air si misérable et si désemparé qu'il se sent un peu coupable de penser cela.

Il devrait être honnête : il n'est pas tout à fait à l'aise après ce qui est arrivé la veille. Il a bien constaté que Yariv buvait trop, mais il n'a rien dit. Il ne se sentait pas vraiment concerné par ses lamentations à propos de Michal Poleg et de la plainte qu'elle avait déposée. C'était peut-être désagréable, mais pas la fin du monde. La commission d'éthique ne s'en prendrait pas à lui et il ne serait pas radié du barreau. Et elle n'enquêterait sûrement pas pour savoir s'il avait vu passer, oui ou non, l'avis du ministère des Affaires étrangères. En général, Kobi l'écoutait avec davantage d'attention, sauf que la jolie fille assise non loin d'eux lui faisait des œillades. Au bout d'un moment, il aborda la fille et laissa Yariv continuer à se pinter. Comprenant que la fille était disposée à passer à la vitesse supérieure, il avait demandé à son ami s'il ne voyait pas d'inconvénient à ce qu'il le laisse seul. Yariv avait accepté. Tout cela se passait aux environs de 2 heures du matin. Maintenant, il se sentait légèrement coupable. Il était sûr que Yariv se débrouillerait tout seul. Après tout, il habitait tout près. D'un autre côté, s'il n'avait pas été aussi excité par cette fille (dont il n'a pu, en fin de compte, rien tirer), son ami ne serait pas assis en face de lui, à cette heure, dans un tel état de désespoir.

— Je n'ai pas pu l'assassiner, lâche Yariv, en mouchant son nez de travers, avec une grimace de douleur. C'est qui, cette fille ? Qu'est-ce qu'elle est pour moi ? Rien. Et, à part ça, moi, un assassin ? Je ne suis pas du tout violent. Je n'ai jamais levé la main sur quiconque et sûrement pas sur une femme. Il n'y a aucun risque que ce soit moi qui l'ai tuée.

Kobi se tait. Après six années dans ce métier, il sait que nul n'est incapable de tuer. Parfois, c'est juste une question de circonstance, de point de rupture, ou de chance. D'autant que Yariv est plutôt soupe au lait, et il l'a déjà vu exploser de colère et perdre le contrôle. En outre, depuis l'instant où ils avaient aperçu Michal passer devant le pub, Yariv n'avait pas cessé de la maudire.

— Tu me crois quand je te dis que je ne me souviens de rien, n'est-ce pas ? Je te le jure, Kobi, je ne me souviens vraiment de rien. J'ai frappé à sa porte, elle m'a répondu de dégager, et c'est tout. J'ai oublié ce qui s'est passé ensuite…

Il opine de la tête. En tant qu'avocat, ça ne change rien qu'il le croie ou non. Son rôle est de représenter son client et de lui servir de porte-parole.

Ce n'est pas la première fois qu'il entend un client lui affirmer qu'il ne se souvient de rien. La plupart le disent en espérant que, ainsi, ce qui était arrivé n'aurait jamais existé. D'autres, en effet, ne se rappellent vraiment pas. Yariv était complètement beurré. Il avait reçu un coup qui lui avait défoncé le nez et lui avait laissé le visage tuméfié qui avait peut-être causé une légère commotion cérébrale. Dans de telles circonstances, il se pouvait tout à fait qu'il n'ait aucun souvenir.

Yariv brise le silence qui s'est installé entre eux.

— Je veux que tu m'accompagnes à la police.

Le métier que Kobi a choisi est décidément bourré de contradictions. La première chose à faire aurait été d'encourager Yariv à se rendre à la police pour l'aider à élucider ce crime. Mais Yariv s'est adressé à lui non parce qu'il est son ami mais parce qu'il est avocat.

— Pour quoi faire ? fait Kobi en se raclant la gorge.

Yariv lui jette un regard stupéfait.

— Nous allons décortiquer ce que tu sais, poursuit-il, les yeux dans les yeux. La fille est morte. Le problème est que tu ne sais pas si tu l'as assassinée ou non. Tout ce dont tu te rappelles, c'est que tu as frappé à sa porte, guère plus...

— C'est précisément ce que je vais déclarer à la police, le coupe Yariv.

— Très bien. Sauf que c'est là qu'ils vont commencer à fouiller, et nul ne peut prévoir ce qui va résulter de cette enquête. Il est plausible qu'ils parviennent à la conclusion que tu n'as rien à voir avec tout ça, mais l'inverse est tout à fait envisageable. Et il existe une troisième éventualité : qu'ils soient en plein brouillard mais, en l'absence d'un autre suspect, de décider que tu es le chemin le plus court et le plus commode pour boucler cette affaire. Crois-moi, ils se convaincront que tu es l'assassin avant de convaincre tes confrères du parquet.

Sidéré, Yariv le fixe sans un mot. Kobi s'aperçoit que le mot « assassin » l'a bouleversé. Une semaine plus tôt, une telle conversation aurait été absurde. Maintenant, les choses ne lui paraissent plus aussi improbables.

— Tout ce que je dis, poursuit Kobi, c'est qu'à cette heure tu ne sais rien. Il se peut que tu l'aies assassinée comme il se peut que non. Il y a de fortes probabilités que tu n'aies rien à voir avec ça. Comme tu me l'as dit, tu n'es pas un violent. Si tu vas à la police, ce « peut-être » peut aisément se transformer en « sûrement ». En supposant que personne ne t'ait vu, il n'y a aucune raison, à ce stade, que tu poses toi-même ta tête sur le billot. Et même s'ils trouvent tes empreintes digitales là-bas ou ton ADN, aucune chance qu'ils remontent jusqu'à toi. Tu n'as jamais été arrêté. La police ne t'a jamais prélevé d'échantillon. Elle n'a donc aucun moyen de savoir que c'est toi. Aller les voir maintenant serait une erreur.

Yariv ne moufte pas.

— Sauf si tu as envie de te confesser et de soulager ta conscience, bien sûr. Dans ce cas, la voie est libre : vas-y ! Raconte-leur ce que tu as fait et garde espoir. S'il s'avère que tu es le coupable, ils accepteront peut-être de requalifier l'« assassinat » en « meurtre »...

Yariv lui lance un regard épouvanté.

— Attends d'en savoir un peu plus. Inutile de se précipiter. Peut-être que quelqu'un d'autre l'a assassinée et que la police va le serrer ? Qui sait...

— Attendre jusqu'à quand ?

La voix de Yariv trahit sa détresse.

— Tu le sais bien : chaque enquête pour homicide se déroule sous le contrôle d'un substitut du procureur. La police informe le parquet dès le début. Ils se consultent, doivent recevoir des mandats pour toutes sortes d'actes nécessaires à l'enquête afin qu'ils n'aient pas à affronter une situation où ils auraient obtenu des preuves inutilisables devant un tribunal. C'est tout à fait possible...

Il s'interrompt. Il n'aurait rien dit de semblable à un simple client, mais Yariv est son ami. En outre, également un homme de loi.

Yariv hoche la tête. Kobi n'a pas besoin d'aller plus loin. En tant que procureur, Yariv bénéficie d'un énorme avantage : il peut vérifier des informations inaccessibles au commun des mortels.

Tous deux se taisent. Enfin, Yariv brise le silence :

— J'ai lâché toutes sortes de choses à propos de Michal, au pub... Quelqu'un les a peut-être entendues...

— Je ne pense pas que tu doives te préoccuper de ça, dit Kobi avec un geste de dédain.

— En outre, mon visage est tout gonflé. On m'a déjà posé la question, tu sais ? J'ai dit que j'étais tombé de vélo. Je n'ai pas réfléchi à ma réponse, je n'ai même pas de vélo. Je te l'ai déjà raconté : on me l'a volé... Qu'est-ce qui va se passer si la police découvre que j'ai pris des coups ? Que je n'ai pas de vélo ? Ça sent mauvais, je te le dis !

— Et pourquoi ils le découvriraient ? Pourquoi quelqu'un penserait-il à toi, de toute façon ? susurre Kobi d'un ton léger et péremptoire à la fois. Personne ne se souviendra de ce que tu as dit, ça rentre dans une oreille des gens et ça sort par l'autre... Raconte que tu es tombé d'un vélo gratuit de la municipalité... Crois-moi, tu t'inquiètes pour rien, ça n'arrivera jamais jusque-là.

Yariv se penche vers lui et lui agrippe le coude :

— Tu es mon alibi, Kobi. S'ils t'interrogent, tu pourras leur dire qu'il n'y a aucune chance, n'est-ce pas ? Que tu m'as vu... je veux dire...

Kobi ne répond pas. De toute façon, il en a trop dit. Pas question de mentir à la police.

— Je deviens fou, Kobi, je veux que tu me dises que tu me croies que je ne l'ai pas assa... que je ne l'ai pas assassinée, que c'est impossible, l'implore Yariv, la voix brisée.

Kobi reste silencieux.

15

Anat passe une fois de plus les doigts dans ses cheveux tandis que le docteur Yftah Sasson, le médecin légiste, décrit d'une voix monocorde et clinique Michal Poleg : constitution physique, âge, taille, poids, longueur de cheveux, cavité buccale, dentition, vêtements, etc.

La visite à l'institut médico-légal était la pire partie de son boulot. Ce n'était pas la vision du cadavre. Ni l'odeur. Sur les scènes de crime, elle a déjà découvert des cadavres en tous genres, certains même en état de décomposition avancée, et s'y est habituée. Contrairement à ce qu'elle s'imaginait pendant sa formation, les salles de dissection de l'institut ne sont pas des blocs opératoires stériles et froids. La grande table en aluminium, le lavabo, les carreaux en céramique et les couteaux lui évoquent plutôt la cuisine industrielle d'un kibboutz.

Ce qu'elle détestait, c'était regarder un cadavre dans cet environnement. Sur la scène de crime, il y a la cohue, des gens qui courent dans tous les sens. Le cadavre s'intègre aux autres indices. Ici, il gît seul : solitaire, exposé, vulnérable. Autour d'elle, le calme règne. La mort est palpable.

Elle baisse le regard au moment où l'équipe déshabille Michal. Elle lui paraît encore plus frêle que sur la scène de crime, presque une fillette.

Elle a interrogé les membres de la famille de la victime. De ses conversations avec eux, elle en a déduit que Michal était un drôle de numéro. Elle n'avait pas peur de dire ce qu'elle avait sur le cœur, de se dresser à contre-courant et d'en payer le prix. Elle n'avait pas de téléphone portable (elle haïssait les appareils électroniques) ni de permis de conduire (elle avait peur de tuer quelqu'un par inadvertance). Elle ne consommait ni viande, ni poisson, ni miel, ni œuf. Pendant certaines périodes, elle se contentait de fruits tombés des arbres. Elle n'avait pas d'autres occupations que son volontariat à l'Association d'aide aux réfugiés et à l'Association d'aide aux femmes victimes d'agressions sexuelles. Elle vivait en ascète, principalement de l'héritage que lui avait laissé sa grand-mère. Selon son frère, Michal estimait que, puisque sa grand-mère était rescapée de la Shoah et réfugiée, utiliser son argent pour secourir des réfugiés était la manière la plus digne de respecter sa mémoire. Cette conception mettait en rage sa famille.

Le docteur Sasson interrompt ses réflexions, désignant un hématome sous les côtes du côté droit :

— Ecchymose dans la région abdominale… Quelqu'un lui a décoché un coup de poing.

Cinquante heures se sont écoulées depuis qu'Anat s'est précipitée sur la scène de crime. Ce n'est qu'hier qu'elle s'est autorisée à regagner son appartement, rue Bloch, pendant trois heures, pour se doucher et se changer. Les deux dernières nuits, elle les a passées dans son bureau, dormant sur un matelas militaire à même le sol.

Elle détourne les yeux quand le docteur Sasson incise un scalpel dans le cadavre et commence à déplier la peau. Elle a pitié de Michal couchée là, impuissante, alors que des mains étrangères fouillent en elle, la dépouillant de ses vêtements et de sa chair.

Pour le moment, ils n'ont aucune piste. Hormis Chmouel Gonen, personne n'a vu un Africain quelconque s'échapper de l'immeuble. Ils ont ratissé tout le secteur à la recherche de caméras de surveillance. Il y en avait bien une dans l'épicerie du bout de la rue, mais elle n'avait rien enregistré de significatif.

Dans l'appartement, ils avaient trouvé des empreintes digitales de quelques individus, mais n'avaient pas relevé de concordance entre elles et leur fichier. Bref, l'assassin de Michal Poleg était inconnu de la police. En outre, le sang trouvé sur la porte de Michal n'était pas le sien. Celui qui avait perdu son sang à l'extérieur de l'appartement n'avait laissé aucune trace à l'intérieur.

L'équipe de médecins légistes retourne la dépouille de Michal.

— Nous y voilà, s'écrie le docteur Sasson, d'un ton satisfait.

— Quoi ?

— Elle a pris un coup violent sur la nuque, c'est ça qui l'a tuée.

— Un coup direct ? l'interroge Anat.

Elle supposait jusque-là que Michal avait été étranglée, à en juger par les traces sur le cou.

— Difficile à déterminer, répond Sasson en levant les yeux vers elle. Il y a de fortes probabilités que ce ne soit pas à cause d'une chute, mais d'un coup directement porté à l'aide d'un objet contondant.

— Et les traces de strangulation, les griffures sur le visage, l'œil au beurre noir, l'hématome au ventre ?

— Un jour, au maximum un jour et demi, avant sa mort.

Elle scrute le visage de Michal. Que lui est-il arrivé pendant les jours qui ont précédé sa mort ? Les coups qu'elle a reçus et son assassinat sont-ils liés ? *A priori*, il est peu vraisemblable que celui qui l'a frappée l'ait aussi assassinée. Si elle avait eu un compagnon, cette éventualité aurait été plausible, mais de ce qu'elle comprenait jusqu'à maintenant, ces derniers temps, Michal n'entretenait aucune relation amoureuse.

Yaron lui a rapporté ce que lui avait dit Itaï Fischer, le patron de Michal. Son collègue estime que les bavardages de Michal à propos d'un « banquier » qui la pourchassait n'étaient qu'un délire paranoïaque, à partir d'une bribe d'information sans aucun rapport avec la réalité. De pures affabulations. De son côté, Anat n'en est pas encore sûre. À ce stade de l'enquête, elle veut tout vérifier.

Son portable sonne, elle rejette l'appel. Même s'il est en Autriche, David entend être mis au courant de chaque détail – David, une sorte d'ange protecteur juché sur son épaule en train de fumer. Afin d'être sûr que l'enquête ne pâtit pas de l'absence du chef de la cellule d'investigation, Yohaï, le commissaire divisionnaire, souhaite tout savoir, lui aussi. Ils vont la rendre dingue : elle consacre la majeure partie de son temps à les mettre au courant au lieu de travailler.

— Vous avez une idée de l'heure de la mort ? questionne-t-elle Sasson, tandis que son portable sonne à nouveau.

Elle avait l'intention de laisser le médecin légiste terminer calmement sa dissection mais c'était sans compter son téléphone.

Sasson se gratte le crâne, tout en consultant rapidement ses notes.

— Entre 1 heure et 3 heures du matin.

— Vous en êtes sûr ?

Encore une surprise. Les incidents décrits par Chmouel Gonen s'étaient déroulés aux alentours de 11 heures.

— Absolument certain.

16

Gabriel essaie de se pelotonner en position fœtale. Trempé jusqu'aux os, il tremble de froid et claque des dents. Le soleil ne se lèvera que dans quelques heures. Jusque-là, la température continuera de baisser, et il aura encore plus froid. Autour de lui, d'autres hommes sont couchés, s'efforçant de s'abriter de la pluie.

Suivant le conseil d'Arami, il est retourné au square. Pendant la plus grande partie de la journée, il est resté assis sur la pelouse, à l'écart, essayant de ne pas attirer l'attention, de se fondre dans le paysage. Chaque jour, de nouveaux individus débarquent ici. Ils errent, choqués, déboussolés, apeurés. Tout comme lui lorsqu'il est arrivé. Pour qui désire se cacher, il est facile de se mêler à cette foule et de se faire oublier.

La vision de Michal gisant sans un souffle de vie, sa face livide sur le tapis rouge...

Quand il n'a pas cette image devant lui, il entend Lydie crier, l'appeler, implorant de lui sauver la vie. Ses cris le rendent fou.

Muré dans ses pensées, ses cauchemars, il ne parle à personne. Son corps frissonne de froid et de peur quand il songe à ce qui est arrivé. Il n'a aucune idée de ce qui se passe en dehors du square. Que pense Itaï de sa disparition ? Est-ce qu'on le recherche ? La police connaît-elle déjà son identité ? Michal est-elle déjà enterrée ? Il voudrait se rendre aux funérailles, prier, la remercier, lui faire ses adieux.

Il tente de fermer les yeux et de s'endormir. Malgré son épuisement, il ne parvient pas à trouver le sommeil. Ses membres sont raides. Son unique refuge, c'est le dessin. Lorsqu'il crayonne, il se sent apaisé ; absorbé par sa tâche, il oublie, un moment. Soudain, un brouhaha retentit autour de lui. Il ouvre les yeux. Les vagabonds se lèvent de leur couche. La police. Jusqu'à hier après-midi, il n'avait pas peur de la police. Érythréen de naissance, les gens comme lui sont protégés en Israël : on ne les expulse pas. Contrairement à Hagos, qui ayant séjourné avec sa famille quelques années en Éthiopie avait fourni le prétexte idéal aux Israéliens de considérer qu'il était éthiopien, lui n'a jamais franchi les frontières de l'Érythrée. En réalité, avant de se mettre en route avec Lydie, il n'avait jamais quitté son village.

Désormais, les choses ont changé : le voisin l'avait sûrement désigné comme l'assassin de Michal.

Il compte trois policiers. Ils braquent leurs lampes sur les visages des réfugiés.

Ils vont le trouver, l'emmener et, comme a dit Arami, le pendre sur la place publique. Les ravisseurs de Lydie ne recevront pas l'argent et ils la tueront.

Et s'il détalait ? Le grand policier qui se dirige vers lui se trouve encore à une cinquantaine de mètres. Il est agile. Il peut réussir. Mais si tout le square était encerclé ? Où s'enfuir ?

Le policier se penche sur un adolescent couché non loin de lui et l'aveugle avec sa torche. Le garçon lève la main pour se protéger de la lumière, tandis que l'autre le tire prestement par la chemise et le soulève. Au bout d'une seconde, il le relâche, et le garçon s'écroule à terre.

Son corps frémit. C'est clair : c'est lui qu'ils cherchent. Il veut fuir, mais il demeure prostré. La peur le paralyse.

Une forte pluie s'abat soudain au moment où le même policier éclaire celui qui dort juste à côté de lui.

Son cœur va exploser. Ils ne croiront jamais qu'il n'a rien à voir avec l'assassinat de Michal. Ils diront qu'il s'est enfui et s'est caché parce que c'est lui le meurtrier.

Il a le souffle coupé quand le policier se plante devant lui. La lumière de la torche brûle ses yeux. Il hausse l'épaule contre son visage, tentant de dissimuler la balafre. Avec l'obscurité, l'autre ne va peut-être pas la voir. Mon Dieu, faites qu'il ne la voie pas. Ce serait sa fin. Et celle de Lydie.

Les gouttes de pluie se mêlent à ses larmes.

Brusquement, le policier se relève et lui tourne le dos. Quelqu'un l'a appelé.

Il parle en hébreu avec un collègue.

Gabriel le regarde en silence, son cœur prêt à exploser, l'épaule plaquée contre la joue.

Le rayon de lumière est dirigé vers ses pieds.

Soudain, le policier fait volte-face.

Un pas, un autre.

Il s'éloigne.

17

Le commissaire divisionnaire ouvre leur briefing quotidien sur ces mots.

— Alors, Nahmias, t'as déniché notre client ?

Elle était là aussi hier, mais elle avait dû partir au bout de cinq minutes pour filer à l'institut médico-légal d'Abou-Kabir afin d'assister à l'autopsie. Jusque-là, elle ne l'avait jamais vu en tête à tête. Elle était toujours accompagnée de David. Au cours de ces réunions à trois, il ne la regardait presque jamais et s'adressait à David comme si elle était transparente. Ce face-à-face l'angoissait.

— Pas encore, mais nous n'en sommes pas loin.

Yohaï se lèche la lèvre supérieure sans dire un mot. Une partie de son stress provient du fait qu'elle a du mal à le cerner. Était-ce un signe de nervosité, de contrariété ou juste le besoin pressant d'humecter sa lèvre ? Elle connaissait David à la perfection mais elle avait mis du temps. Aujourd'hui, elle savait ce qui l'angoissait, ce qui l'énervait et l'essentiel : ce qui l'incitait à se lancer sur telle ou telle piste.

Elle hésite à évoquer le diagnostic du médecin légiste. La veille, elle a envoyé un mail à Yohaï avec les principales conclusions et a appelé sa secrétaire pour confirmer qu'il l'avait bien reçu. Aucune réaction de sa part jusqu'à présent.

— Vous vous êtes rendus sur son lieu de travail, l'association ? Vous les avez questionnés sur les gens qu'elle aidait ?

— Elle était très dévouée aux gens avec qui elle travaillait.

Anat éprouve le besoin de défendre Michal et ses principes devant Yohaï.

— Nous avons obtenu une liste de quelques personnes dont elle était très proche. Il y en a un, en particulier, avec une balafre sur la joue, qui correspond au signalement de Gonen. Nous concentrons nos recherches sur cet individu.

Elle décide de lui épargner les difficultés auxquelles elle fait face. Yohaï en est conscient, et les formuler ne servirait qu'à se donner des excuses. Le problème majeur, c'est le manque de racines et de vécu en Israël de ces réfugiés. Les gens comme cet Africain en fuite n'ont aucune famille sur laquelle exercer des pressions et qui pourrait révéler où ils se cachent. Pas d'amis de quartier, du collège, de l'armée. Pas d'adresse, ni de lieux de travail fixes. En outre, tous les Africains se ressemblent aux yeux des Israéliens, qu'ils soient témoins ou policiers, d'où la difficulté de les repérer et de les identifier. Même le portrait-robot effectué avec l'aide de Chmouel Gonen n'a rien donné. L'homme qui apparaissait sur le dessin avait l'air d'un Africain parmi les autres qui errent dans la gare centrale, exception faite de sa cicatrice.

Du point de vue des forces de l'ordre, et pas uniquement du leur, ces réfugiés, clandestins, et autres demandeurs d'asile – ou autre selon la vision politique de chacun – représentent une population inaccessible. « Un trou noir qui s'étend, dans les deux sens du terme », lui a résumé Guilad, l'officier des renseignements généraux.

— Et les représentants de leur communauté, vous leur avez parlé ? Ils ont tout intérêt à collaborer avec nous. Surtout en ce moment, avec les affrontements entre eux et les Israéliens. Nous, nous leur protégeons les fesses.

— Oui, j'ai parlé avec ceux que j'ai pu trouver. Ils ont promis de nous aider. Le problème, c'est qu'il y a de grandes chances pour que cet homme soit érythréen, et auquel cas, nous n'avons pas de communauté à laquelle nous adresser. Les Érythréens sont plus isolés, moins organisés que les Soudanais.

Yohaï fronce le nez.

— Nous avons aussi diffusé son signalement dans le secteur de la gare centrale. Nous avons interrogé des gens au cas où ils le connaîtraient, nous leur avons demandé de nous informer s'ils le croisaient. Nous avons proposé de l'argent. Entre-temps, nous avons reçu quelques informations de gens qui l'ont aperçu. À la suite d'un appel anonyme, hier, nous avons envoyé nos hommes à la gare, mais, pour le moment, nous n'avons rien trouvé.

— Bien, continuez à faire pression en ce sens. C'est justement là où il n'y a pas le sentiment d'une communauté forte et où l'argent manque qu'on trouve beaucoup d'indics. Quelqu'un va bien finir par le voir et le balancer, lâche-t-il en se tournant vers son écran d'ordinateur, lui signalant ainsi que leur entretien est terminé.

— Si je peux me permettre... Il y a quelque chose d'autre dont je voudrais te parler...

— Je t'écoute.

Il se tourne vers elle avec une répugnance manifeste en humectant de nouveau sa lèvre.

Elle prend une grande inspiration. Elle a compris que le silence sur son mail de la veille, pas même évoqué, n'est pas dû au hasard.

— L'hypothèse selon laquelle cet Africain est l'assassin de Michal repose entièrement sur le témoignage de Chmouel Gonen. Seulement voilà : ce voisin nous pose un certain nombre de problèmes. Certes, il a reconnu qu'il n'était pas en bons termes avec Michal, mais il n'a rien dit du fait que, l'année dernière, elle a déposé deux plaintes pour harcèlement contre lui. Deuxièmement, comme tu as dû sûrement le voir à la lumière des résultats de l'autopsie, il n'y a aucune chance que Gonen ait vu l'Africain assassiner Michal.

Yohaï lui lance un regard impénétrable, sans dire un mot.

— Au-delà de ça, enchaîne-t-elle précipitamment, sachant que le temps lui est compté, à part Chmouel Gonen, personne n'a vu l'Africain s'échapper de l'immeuble. Nous avons inspecté le secteur à la recherche de caméras vidéo. Nous avons questionné des voisins, et rien. Or, ce n'est pas un quartier que fréquentent souvent les Africains.

— Qu'est-ce que tu essaies de me dire au juste, Nahmias ? Que ce Gonen a tout inventé ? Qu'il l'a peut-être lui-même assassinée parce qu'elle a porté plainte contre lui ?

— Non. Ce n'est pas ce que je dis. Je ne crois pas qu'il a agressé Michal et inventé cette histoire. Il ne m'a pas l'air suffisamment malin ni doté d'assez de sang-froid. Et je le crois absolument quand il dit qu'il a vu un Africain sortir de l'appartement de Michal, mais ce qu'il faisait là est une autre affaire. Je pense que nous devons continuer à étudier d'autres pistes. Ne pas nous concentrer uniquement sur celle-là... Il se peut que les évidences nous égarent... lâche-t-elle en se redressant sur sa chaise, tentant de paraître sûre d'elle et professionnelle.

— Bien, supposons... lâche-t-il d'un ton impatient. Quoi d'autre ?

— D'abord, il y a la famille de la victime. On ne peut pas dire qu'elle soit un symbole d'amour et d'harmonie. Ils ont fait appel au tribunal contre le testament de la grand-mère qui a laissé tous ses biens, dont son appartement de la rue Shtriker, à Michal. Son frère cadet m'a raconté que l'ouverture du testament de la grand-mère a provoqué la fureur de la famille, que Michal aurait exercé une influence malhonnête sur la grand-mère... Surtout le beau-frère qui, à en croire le frère cadet, a convaincu les parents d'aller en justice... Michal elle-même n'a pas laissé de testament, et donc, après sa mort, l'appartement revient à la famille...

Yohaï lui fait signe de la main de poursuivre. Cette histoire de famille, elle en est sûre, le laisse de marbre.

— Autre chose : le sang sur l'autre côté de la porte...

— Qui peut être celui de notre homme. Nous ne le saurons qu'en le cueillant... l'interrompt-il.

— Bien sûr, mais, en tout état de cause, c'est un peu étrange qu'il n'y ait du sang que de ce côté-là...

Yohaï grimace et elle comprend qu'elle doit accélérer. Bon, il a peut-être raison. Cette histoire de sang, ils ne l'élucideront que lorsqu'ils auront un suspect.

— Et il y a aussi, bien sûr, le message qu'elle a laissé à Itaï Fischer. L'histoire des coups qu'elle a reçus, ce qu'elle a découvert... Fischer affirme que c'est lié à une bande de la pègre. Selon moi, cela vaut vraiment le coup de vérifier. Cette femme a connu une dernière semaine infernale...

— Yaron m'a dit que ce ne sont que pures affabulations, que ces accusations ne reposent sur aucun fait, la coupe-t-il.

— Oui, je sais, mais... continue-t-elle, tout en enregistrant le fait que Yaron ait été voir Yohaï dans son dos.

— Et alors ? Où veux-tu en venir avec ça ? C'est quoi, ta théorie, Nahmias ?

— Je n'ai pas encore de théorie, répond-elle, en insistant sur le *encore*, et je ne pense pas que je doive avoir une théorie à un stade aussi prématuré de l'enquête. Nous devons continuer à recueillir des infos, ne pas fermer la porte à d'autres pistes pour le moment. L'Africain est une éventualité, mais, à mon avis...

— Je l'ai entendu ton avis, la coupe-t-il en se tournant à nouveau vers son écran. On va passer un marché, d'accord, poupée ? D'abord, tu me trouves ce gars, ensuite, on reparle de tes autres pistes.

— Je sais bien qu'il est important de le retrouver et, comme je te l'ai dit, nous faisons de réels progrès dans ce sens... Mais, d'un autre côté, je demande de ne pas concentrer tous nos efforts sur cette piste. Donne-moi...

Elle décide de ne pas renoncer, bien qu'elle sache qu'elle n'a aucune chance. Il faut qu'elle apprenne à travailler avec lui.

— Vous ne faites pas assez d'efforts, toi et ton équipe, Nahmias ! J'exige des résultats, pas des spéculations. D'abord, le Noir, ensuite on parlera autant que tu veux, si c'est toujours nécessaire. Dommage que tu perdes tout ce temps assise là, en face de moi, alors que tu pourrais être déjà au boulot.

18

Au moment d'ouvrir la bouche, la voix d'Itaï se met à trembler. La veille, il a écrit puis effacé, rédigé puis encore effacé son éloge funèbre ; il a eu du mal à croire qu'il écrivait l'oraison de Michal. Il s'éclaircit la voix. Une foule nombreuse a envahi le cimetière. Sa mère, qui a l'habitude de juger les enterrements selon l'ampleur de l'assistance, aurait qualifié celui-ci d'« honorable ». Le soleil était aussi de la partie après les derniers jours pluvieux, et le ciel bleu dégagé. Il est tout heureux de voir que quelques-uns de « ses Africains » sont là. Elle le mérite. Il cherche des yeux Gabriel, en vain. Au cours des deux derniers jours, il l'a appelé sans cesse, mais son ami n'a pas répondu. Il voulait lui raconter lui-même, lui parler, le consoler. Il se fait du souci pour lui. Il sait à quel point Gabriel et Michal étaient proches. Sa disparition l'inquiète.

Soudain, il repère Yaron, le grand policier barbu qui l'a interrogé. Se sont-ils rapprochés, depuis, de l'assassin de Michal ? Il est conscient que l'information qu'il leur a transmise est légère. Il l'avait dit aussi, à l'époque, à Michal quand elle lui avait montré la plainte qu'elle s'apprêtait à déposer à la police. Exactement comme celle contre Yariv Ninio : elle contenait beaucoup d'accusations, mais pas une seule preuve. Il craignait que la police ne la prenne pas en considération, mais il s'était abstenu de lui en faire part car il le savait : si elle pensait que cela ne servirait à rien de porter plainte, elle reviendrait à son plan antérieur et tenterait d'agir de manière plus directe. Mais, à présent, les choses ont changé. Désormais, la police ne peut plus les ignorer Michal et lui. Si seulement elle n'avait pas dû mourir pour qu'on l'écoute.

Hier, à 2 heures du matin, il a jeté à la corbeille un brouillon du texte qu'il avait l'intention de lire. Michal méritait mieux qu'un discours gorgé de platitudes sur une femme au grand cœur qui ne craignait pas de nager à contre-courant, qui vivait son intime vérité et était prête à en payer le prix, etc. Ce genre de clichés mortuaires...

— Je vais vous raconter l'histoire d'un homme qui a été sauvé et de l'individu qui l'a sauvé, commence-t-il.

Il aurait pu raconter de nombreuses histoires mais, en fin de compte, il avait choisi d'évoquer celle de Mahrid Alfadal. Il était là quand, à 20 h 30, un chauffeur de taxi avait toqué à la porte de l'association pour leur livrer un « colis », selon ses termes, envoyé de l'hôpital Soroka. Ils étaient descendus et, à leur grande stupeur, ils avaient découvert un homme vêtu d'un pyjama d'hôpital, avec une main et une jambe paralysées, tenant en main le sachet d'urine d'un cathéter, assis sur le trottoir. Avant de pouvoir obtenir quelques détails, le chauffeur était remonté dans son taxi, leur avait fait un salut de la main et avait démarré. De la poche du pyjama pointait un bout de papier froissé : le bulletin de sortie de l'hôpital. Cet homme, demandeur d'asile originaire du Soudan du Nord, avait été blessé par des tirs de soldats égyptiens près de la frontière, avait réussi à passer en Israël, puis avait été recueilli par Tsahal et envoyé à l'hôpital. La période d'hospitalisation venait de s'achever ; or, les demandeurs d'asile ne peuvent bénéficier que de soins d'urgence, rien de plus. À Soroka, tous les employés étaient déjà rentrés chez eux. Dans les bureaux de l'administration publique, il n'y avait plus personne à cette heure. Que faire ? Itaï n'avait pas de budget, aucune possibilité d'héberger des demandeurs d'asile dans un état sanitaire aussi dégradé. Ils n'étaient qu'une minuscule organisation tentant de garder la tête hors de l'eau. Michal, elle, n'avait pas hésité. Elle avait emmené Mahrid chez elle, s'était occupée de lui pendant des semaines, l'avait nourri, vêtu, logé, s'était préoccupée qu'il reçoive les soins médicaux nécessaires. Pendant ce temps-là, elle avait appris à découvrir en lui l'être humain car, aux yeux de Michal, tous ces réfugiés étaient d'abord des personnes, et non « un réfugié de plus », ou « encore une autre histoire », voire « encore un problème ». Oui, il était avant tout un être humain. C'est ainsi qu'il s'avéra que le « colis », qui, à cause du choc et du traumatisme, n'ouvrait presque pas la bouche au début, était un avocat qui avait fait ses études en Angleterre et était revenu au Soudan, animé du sens de sa mission. Arrivé là-bas, il s'était retrouvé en danger de mort, traqué par les autorités. Mahrid avait fui, échoué en Égypte et de là, en Israël.

Du coin de l'œil, il aperçoit un policier parler dans son téléphone portable. Il détourne le regard, furieux et offensé. Ce comportement grossier est si typique de la police israélienne, se dit-il.

Il se racle à nouveau la gorge et poursuit la conversation qu'il a eue, ce matin, avec Mahrid. Ce dernier l'a appelé de Londres, avec une seule requête : « Aujourd'hui au cimetière, exprime un ultime merci à la femme qui m'a sauvé la vie. »

Il avait l'intention d'ajouter quelques mots sur la personnalité singulière de Michal, sur son pacifisme combatif, pourquoi elle avait refusé d'apprendre à conduire par peur de heurter quelqu'un, et combien il était injuste qu'un être de sa trempe soit victime de la violence, mais sa gorge est nouée, et il passe le micro au père de Michal.

Autour d'eux, le silence plane.

* * *

En quittant le cimetière, il croise le groupe des policiers. L'un d'eux, il s'en rend compte, est une femme assez petite, maigre, plutôt mignonne. Elle lui rappelle un peu Michal. Peut-être à cause de ses minuscules mensurations.

— Vous avez prononcé un beau discours, lui dit-elle au moment où il la croise, avec un léger sourire.

— Merci, murmure-t-il en lui rendant son sourire.

La famille de Michal est restée figée pendant tout son éloge funèbre, et il ne sait ce qu'ils en ont pensé.

Il reconnaît la voix de Yaron, qui se tient à côté de la policière, lorsqu'il l'entend dire :

— On va se revoir très bientôt, Fischer…

19

Anat avait étudié chaque visage présent au cimetière. Le cliché policier veut que le délinquant ne retourne pas nécessairement sur les lieux de son crime, mais que les assassins se rendent toujours aux funérailles pour vérifier que leur victime ne va pas brusquement se réveiller. Elle estimait l'assistance à environ deux cents personnes. Hélas pour elle, elle n'avait pas le don de sa mère qui revenait des enterrements avec le nombre précis de présents, la liste de qui était là, qui n'était pas là et, surtout, « celui dont l'absence confine au scandale ».

Le soleil ne faisait qu'illusion. Il faisait froid. En outre, elle avait envie d'aller aux toilettes.

Le père de Michal avait récité le *Kaddish* d'une voix monotone. Comme elle l'avait dit à Yohaï, dans la famille de la victime ne régnaient ni l'amour ni l'harmonie. Les parents avaient réagi avec retenue à l'annonce de l'assassinat de leur fille. Quand elle leur avait raconté que Michal avait reçu des coups avant d'être tuée, la mère avait dit qu'elle n'était pas du tout surprise, que « sa » Michal « aimait pousser les gens dans leur retranchement ». C'était l'une des raisons pour lesquelles Anat s'était réjouie en apprenant que le tribunal avait rejeté l'appel des parents de Michal visant à annuler le testament de la grand-mère à l'époque. Non seulement parce qu'elle était choquée par la réaction de cette famille « normale » à l'égard de sa petite brebis galeuse, mais surtout parce que Michal qui, pendant la majeure partie de sa vie semblait engagée dans de grands combats qu'elle avait perdus, avait triomphé au moins une fois.

Comme le lui avait ordonné Yohaï, elle avait concentré les efforts de l'équipe sur la recherche de l'Africain. C'était aussi la volonté de David, bien qu'il ait été d'accord avec elle sur le fait que l'hypothèse qu'il fût l'assassin soulevait de nombreuses incohérences. Lors de leur dernier entretien téléphonique, David a fait plus d'une allusion aux pressions insistantes du député Ehud Réguev pour serrer le « Nègre ». Les gens comme Réguev disposent d'informateurs dans la police, qui se sont empressés de lui « fuiter » que le voisin avait vu un homme noir assassiner Michal. La poursuite d'autres pistes, pour l'heure, ne ferait que confirmer la sempiternelle allégation rabâchée par Réguev : la police israélienne restait les bras croisés devant cette « plaie » qu'étaient les clandestins et, pire que ça, elle les aidait, afin d'« acheter la paix sociale ».

— Avance sur cette piste et, à mon retour en Israël, nous ferons une nouvelle évaluation de la situation. En fin de compte, nous finirons par trouver le véritable assassin, que ça plaise ou non à Réguev. Et ne te laisse pas impressionner par Yohaï, il veut la même chose que nous. Sauf qu'ils le harcèlent, et ça le panique. Cherche l'Africain et, à mon retour, je vais évoquer devant Yohaï les autres pistes éventuelles, lui avait-il dit avant de quitter l'hôtel pour gagner l'aéroport.

Il y a toutes les chances que leur Africain en fuite s'appelle Gabriel. Au cours des discussions avec les membres de l'Association d'aide aux réfugiés, son nom était revenu plusieurs fois sur le tapis comme quelqu'un de très proche de Michal. Elle se souvient du dessin accroché dans le salon de la jeune femme, signé d'un « G ».

L'équipe de l'association leur a fourni avec réticence quelques détails sur son adresse et son lieu de travail, mais partout où ils se sont rendus, on leur a déclaré qu'il avait disparu, qu'on ne savait pas où il se trouvait. Amir, le patron du restaurant où il travaillait, avait raconté que Gabriel avait demandé à quitter plus tôt son travail le jour où on avait découvert la dépouille de Michal, après que, à en croire les autres employés, il eut reçu un appel téléphonique. Anat avait essayé de vérifier le contenu de cet appel et la raison pour laquelle il avait dû quitter en hâte le restaurant, mais n'avait pas obtenu de réponse. Amir avait confirmé que Gabriel portait une balafre sur la joue. Anat n'avait pas creusé ce détail avec l'équipe de l'association, pour ne pas donner l'impression qu'ils recherchaient spécialement Gabriel. Elle était convaincue que, s'ils avaient le moindre soupçon, les membres de l'association refuseraient de lui lâcher d'autres informations. Tous ceux qui lui avaient parlé de Gabriel affirmaient que c'était un garçon charmant, délicat, avec une âme d'artiste. Ils l'aimaient beaucoup. Elle craignait qu'en insistant à son sujet quelqu'un ne l'avertisse et ne l'aide à se cacher.

Elle sait que tous ceux-là suspectent la police d'agir pour des motivations qui n'ont à rien voir avec leur fonction. Réguev, lui, la soupçonne d'œuvrer en faveur des Africains ; les organisations qui les aident, elles, pensent exactement l'inverse.

Elle a lu aussi les notes rédigées par la cellule d'application de la loi de l'Office d'immigration quand Gabriel, comme tous les Africains attrapés par l'armée (en fait, ils franchissent la frontière puis attendent que l'armée vienne les ramasser), a été transféré à la prison Kétsiot, un des centres de rétention. Là-bas, on faisait le tri entre ceux qu'il était possible d'expulser et ceux qui ne pouvaient pas l'être. Sur place, Gabriel avait raconté qu'il venait d'Érythrée parce que sa mère l'avait poussé à quitter leur pays pour éviter le service militaire, et sa sœur, empêcher le viol et les mauvais traitements. Au Sinaï, sa sœur avait été capturée par leurs passeurs bédouins, et, depuis, il ne l'avait plus revue.

Gabriel avait reçu un permis de séjour temporaire et, tous les trois mois, il venait se faire enregistrer au ministère de l'Intérieur. Selon la loi, les demandeurs d'asile sont tenus de fournir une adresse valide et informer de tout changement de leur lieu de résidence. Dans la pratique, ils ne le font pas.

De ce qu'elle a compris, personne ne s'en insurgeait. Yaron pense que le fait qu'il fuie et se cache prouve que Gabriel est bien l'assassin de Michal. De son côté, Anat en doute. Les gens comme Gabriel fuiront devant chaque signe de danger. Même s'ils n'ont tué personne. Ils ont seulement l'habitude d'être traqués. Si Gabriel avait vraiment assassiné Michal, elle parierait dans ce cas sur un crime passionnel. Pour l'heure, ce n'est qu'une intuition, nourrie uniquement par le dessin exécuté par Gabriel. Non seulement Michal y apparaît plus belle que dans la réalité, mais ses traits affichent une tendresse et une sérénité qui, à en juger par tout ce qu'elle a appris sur son compte, ne caractérisaient pas particulièrement son comportement. Gabriel avait saisi en Michal quelque chose que les autres ne percevaient pas, quelque chose qui provenait, semble-t-il, d'une connaissance intime.

* * *

Yaron avait brisé le fil de ses pensées :
— Ce Fischer, c'est son patron !
Itaï était un garçon grand, légèrement grassouillet, des cheveux bouclés, des mains robustes et une voix caverneuse, qui s'était brisée au moment de prendre la parole. Il avait bien parlé, avec un air douloureux et beaucoup d'émotion. Il portait une chemise blanche un peu étriquée et un jean bleu, comme s'il assistait à une cérémonie du Souvenir à l'école primaire.
Sa mère croit qu'elle ne veut fréquenter aucun policier parce qu'ils sont tous analphabètes. Rien de plus faux. La plupart de ses collègues sont diplômés. La majorité a décroché une maîtrise, à cause, entre autres, des avantages financiers qu'offre une spécialisation. La raison essentielle qui fait qu'elle n'est jamais tombée amoureuse d'un policier tient surtout à ce que son environnement de travail est très machiste et que ces types-là n'étaient pas trop son genre. Elle n'est pas non plus très sociable. Quand, à l'occasion, la

cuirasse se fissure et qu'elle plaisante avec ses collègues, ça se termine le plus souvent par cette phrase : « Si tu n'avais pas été une femme, je t'aurais bien dit quelque chose... »

Au beau milieu de l'éloge funèbre de Fischer, son portable avait sonné. Elle l'avait ignoré. Non seulement ce n'était pas poli, mais elle écoutait avec attention cet Itaï, l'histoire qu'il racontait.

— Yohaï veut te parler d'urgence, lui avait dit Yaron qui, lui, avait répondu à l'appel.

— Éteins ça !

C'est toujours urgent avec Yohaï.

Yaron lui avait lancé un regard furieux. Il avait toujours eu des doutes sur elle, comme de nombreux autres collègues au commissariat, d'ailleurs. Non seulement c'était une femme, mais une femme jeune, elle ne resterait pas policière toute la vie. Elle en avait pleinement conscience, et c'est pourquoi elle essayait d'exercer son autorité hiérarchique le moins possible sur eux.

Elle dévisageait la foule, essayant d'évaluer les réactions à l'émouvant texte que prononçait Fischer.

Quand il était passé à sa hauteur, elle n'avait pas pu se retenir et l'avait félicité.

À travers les entretiens menés avec les membres de l'Association d'aide aux réfugiés, ils avaient compris que Gabriel était aussi proche de Michal que d'Itaï, et c'est la raison pour laquelle ils avaient décidé de ne lui poser aucune question à son propos, à ce stade, pour ne pas entraver le bon déroulement de l'enquête. Ils avaient découvert que Gabriel était un sujet constant de discussions entre Itaï et Michal, à l'instar d'un couple de parents qui a du mal à décider de l'avenir de leur enfant. Ils s'étaient querellés plus d'une fois, surtout à propos de leur travail, mais, à en croire tous leurs interlocuteurs, ces disputes avaient trait au contenu même de leur action et découlaient de leur dévouement commun en faveur de leurs protégés. Selon les employés de l'association, la plupart du temps, Itaï lui laissait le dernier mot. « Il a un cœur gros comme ça ! », lui avait dit une fille, qui sans nul doute était amoureuse de lui.

Anat ne voulait tirer aucune conclusion pour le moment. Trop tôt. Mais il y avait tout de même quelque chose à dire de l'attitude de Yaron rejetant en bloc la théorie de Fischer. Elle avait lu la plainte déposée par Michal contre « le banquier ». Il n'y avait là rien de tangible. Des spéculations, des témoignages entendus de la bouche de gens dont Michal refusait de donner le nom – selon elle, pour les protéger. Qu'elle ait vu quelques Israéliens en costards vadrouiller dans la gare routière centrale et entendu toutes sortes de rumeurs, ça ne permet pas de bâtir une théorie. En outre, Anat part du principe que Michal connaissait son assassin, mais elle n'a strictement aucune idée de l'identité de ce « banquier » ni de celle de son patron.

Fischer lui avait lancé un regard perplexe, qu'elle avait trouvé attirant.

En sortant du cimetière, elle avait appelé Yohaï. Le faible espoir que l'Africain balafré soit présent avait été déçu.

— David s'est cassé la jambe en Autriche, lui annonce-t-il sans préambule, de son ton terre à terre.

— Hein ? Comment c'est arrivé ? Il va bien ?

— La division centrale ne veut pas de cette affaire. Ce qui signifie que nous l'avons sur les bras.

Yohaï avait balayé ses questions.

— Tu te sens capable de t'occuper de ça ?

— Oui, a-t-elle répondu d'instinct.

Silence. Sans doute a-t-elle répondu trop vite. Elle pouvait l'imaginer dans son bureau encombré de paperasse en train de s'humecter les lèvres.

— Bien, cette affaire est la tienne. Ne me déçois pas, Nahmias, et tiens-moi au courant.

Puis il avait coupé la communication.

Elle avait souri légèrement. Michal Poleg était son premier assassinat.

20

Allongée au côté de Yariv, Inbar dort profondément. Sa respiration paisible l'agace. Cela fait plusieurs jours qu'il est incapable de fermer l'œil. Elle n'a aucune idée de ce qui lui arrive, elle est si candide. Il lui a raconté qu'il s'est blessé en se cognant à une armoire. Sa fiancée, elle, sait bien qu'on lui a volé son vélo et qu'il a horreur de se servir de ceux de la ville. Inbar a accepté sa version sans poser de questions. Elle n'a pas levé un sourcil, ne l'a pas interrogé, ni ne lui a demandé depuis quand il se cognait contre les armoires. Comme il s'y attendait, ce qui la préoccupait surtout, c'est si ça passerait avant le mariage. « Je veux aussi un photographe qui fait du noir et blanc, et un autre pour la couleur », avait-elle enchaîné à propos des fastidieux préparatifs de la soirée qui ne faisaient qu'exaspérer Yariv.

Il doit se ressaisir. Se calmer. La moindre broutille le contrarie, il s'embrouille avec tout le monde. La veille, au tribunal, il est allé jusqu'à hausser le ton devant la juge Sassover. En fait, il l'a proprement engueulée. Par chance, elle n'en a pas fait tout un plat mais a annoncé une interruption de séance de dix minutes, pour lui permettre de retrouver son calme.

Aux infos, ils ont parlé de l'enterrement de Michal. Il sait qu'il devrait éprouver de la tristesse et de la pitié à son égard, mais il ne ressent que de la colère.

Il lui en veut de la plainte qu'elle a déposée, d'avoir été assassinée ; il en veut à Aloni qui l'a poussé à prendre cette affaire de clandestins ; à Réguev qui l'a encouragé à rester au parquet et à continuer. Et à la situation merdique dans laquelle il est enfoncé jusqu'au cou.

Heureusement, la dernière tirade de la déclaration de Réguev lui a insufflé un peu d'optimisme. Le député a rejeté le meurtre de Michal sur les clandestins et suggéré que c'était la fin prévisible de tous ceux qui s'en approchaient. Peut-être que Réguev sait quelque chose, a-t-il songé, plein d'espoir. Mais non. Il connaît bien Réguev : c'est systématiquement sa première réaction après un incident de ce genre.

Inbar se retourne de son côté et tend la main pour l'enlacer. Il se recule, fuit tout contact. Ce secret gît entre eux et le pousse à la détester. Hier, ils devaient rencontrer le photographe du mariage, mais il a annulé à la dernière minute. Il n'a pas la tête aux photographes en ce moment. Il sait qu'elle est déçue, mais elle n'a pas dit un mot. Même sa résignation l'agace. Elle ne s'aperçoit donc pas qu'il est à la ramasse ?

Il rejette la couverture d'un geste brusque et se lève. Dehors, la pluie tombe à verse et il fait un froid de canard, mais lui est en nage. En passant devant la cuisine, il jette un œil à l'horloge clignotante du four à micro-ondes : 2 h 46.

Il a appelé plusieurs fois Kobi pendant la journée. Il doit parler à quelqu'un ; Kobi est le seul à savoir et le seul à être tenu au secret professionnel : il ne pourra donc rien révéler à quiconque. Il est conscient que son ami commence à en avoir assez de lui, il l'a perçu dans sa voix. Mais il ne peut s'en empêcher. Il veut qu'on lui dise que tout va s'arranger, que la police ne risque pas de toquer à sa porte, à chaque instant.

Il va et vient dans l'appartement, comme chaque nuit.

Hier, il a lu sur Internet un article à propos de la mémoire et de l'oubli. Le cerveau dispose de systèmes d'autodéfense : il occulte des visions pénibles et peut même parvenir à les refouler.

C'est peut-être ce qui lui est arrivé. S'il ne se souvient plus de rien, c'est parce que c'est lui qui l'a assassinée.

21

En pénétrant dans une ruelle du quartier Shapira, Itaï croise des adolescents traînant sur les trottoirs, qui fument et discutent bruyamment. Des enfants noirs et d'autres aux yeux bridés zigzaguent à vélo. Deux petits déguenillés jouent au bord de la chaussée. Un vieillard extrait une bouteille en plastique d'une benne débordant d'ordures.

Il gravit les marches d'un immeuble décrépi, se fraie un chemin au milieu de monceaux d'immondices. Une âcre odeur d'urine assaille ses narines ; piètre consolation, l'hiver a chassé les cafards.

Naguère, on y vendait de l'héroïne, et les camés de Tel-Aviv prenaient place dans la longue file qui s'étirait jusqu'à l'entrée. Depuis, la police a chassé les dealers, et les demandeurs d'asile les ont remplacés. Quelques épaves israéliennes demeurent encore : des laissés-pour-compte sans suffisamment d'argent pour s'échapper de là, abandonnés à leur sort par les autorités publiques.

Il toque à une porte. Sur celle-ci comme sur les autres portes de l'immeuble, des chiffres sont placardés en gros caractères. Il ne s'agit pas du numéro de l'appartement, mais du montant du loyer. De temps à autre, le propriétaire débarque, efface la somme précédente et inscrit une nouvelle. L'interdiction de location aux étrangers, décrétée par quelques rabbins, a porté ses fruits, et, du coup, les prix grimpent.

Les gens ne comprennent pas que, tant qu'on n'aura pas trouvé une solution structurelle, globale, ils n'ont pas intérêt à rendre la vie des demandeurs d'asile encore plus difficile qu'elle ne l'est déjà. Quand on accule ainsi les gens, la déflagration survient, avec son cortège de victimes. Sans parler de la dégradation des valeurs et du prix que la société finit par payer.

Les gouttes d'eau ruissellent de vêtements détrempés accrochés pêle-mêle sur une corde à linge bricolée au premier étage.

Michal lui manque. Il se creuse la tête pour comprendre ce qu'elle voulait lui dire, ce qu'elle avait découvert. Comme ils discutaient pour un oui ou pour un non, il lui semblait qu'ils se chamaillaient tout le temps. Ce n'est que maintenant, alors qu'elle n'est plus là, qu'il constate à quel point elle l'a aidé, à quel point il lui faisait confiance et se reposait sur ses conseils.

Hier, sa mère l'a engueulé au téléphone : « Ça suffit, ça suffit avec ces Africains ! Ton père et moi, nous devenons mabouls. Qu'est-ce qu'on a fait au bon Dieu pour que tu aies enfoncé cette lubie dans ta cervelle ? » Il s'est hâté de la saluer et de couper la communication.

Roni aussi lui a administré une volée de bois vert quand il lui a demandé si son épouse pouvait prévenir Ayélet qu'il ne pouvait pas se rendre à leur rendez-vous : « Espèce de taré, j'ignore comment tu t'y es pris, mais tu lui plais. Ce dont tu as besoin, ça n'est pas de te claquemurer, mais sortir pour prendre du bon temps, baiser. Tu te souviens encore comment on fait ça ? » Il a promis à Roni d'y réfléchir, bien qu'il sût qu'il n'y avait aucune chance. « Attends, attends un peu, dans deux mois, on a notre période de réserve militaire. J'ai l'intention de te prendre la tête du matin au soir, jusqu'à ce que tu comprennes à quel point t'es tordu », a juré Roni.

* * *

« Itaï Fischer, de l'Association d'aide aux réfugiés », crie-t-il, faute de réponse, face à la porte verrouillée.

Il y a quelques mois, Gabriel a surmonté sa honte et a accepté de lui montrer son logis.

La porte s'ouvre. Une jeune femme, coiffée d'un foulard en laine, lui fait face. Il se souvient vaguement de son visage. Une lourde puanteur de fumée de cigarettes, de friture et d'épices pimentées assaille ses narines.

— Je cherche Gabriel, dit-il en reculant un peu.

La femme le fixe de ses yeux vides, sans un mot.

— Il habite toujours ici ?

— Besoin médicaments, fait-elle, prise d'une quinte de toux.

— Viens à notre bureau, et on va voir comment t'aider, répond-il avec un sourire.

— Pas nourriture, frigo cassé, toujours pluie, froid, pas habits chauds.

Il se tait. Ruse classique des demandeurs d'asile : ils te poussent à te sentir coupable, pour leur donner des choses, de l'argent, de la nourriture, des médicaments, des soins. Avec Michal, par exemple, ça fonctionnait au quart de tour. Avec lui, beaucoup moins. En tant qu'Israélien, il a suffisamment de raisons de se sentir coupable à leur égard. Mais pas à cause de la situation des demandeurs d'asile. Après tout, nous ne sommes pas responsables de la détresse en Afrique. Ils ont débarqué chez nous sans qu'on les invite. Mais maintenant qu'ils sont là, nous leur devons, à eux et à nous-mêmes, de nous conduire de la manière la plus humaine possible. La culpabilité n'a rien à voir là-dedans. Israël n'a aucune raison de se sentir responsable.

— Gabriel habite toujours ici ?

— Enfants très faim !

Elle fait un signe de tête vers l'intérieur de l'appartement, avec une nouvelle quinte de toux.

À ses débuts à l'association, il était agacé du fait que, les rares fois où il demandait quelque chose aux réfugiés avec lesquels il travaillait, ils exigeaient aussitôt une contrepartie et ne remerciaient presque jamais. Avec le temps, il a appris à faire l'impasse sur la politesse, à adopter une certaine distance. Il a compris que les démunis étaient obligés de recourir à des manipulations pour simplement survivre. Il est injuste de juger des affamés à l'aune morale des repus. Il aide ces gens – qu'ils lui plaisent ou non – parce qu'ils ont besoin de ce qu'il peut leur apporter. L'action le gratifie. « On fait ce qu'on doit faire » – il se souvient de la litanie de sa grand-mère qui, en bonne juive allemande, ne s'était jamais plaint de rien dans sa vie, contrairement à sa belle-fille.

Il tire 50 shekels de son portefeuille et les lui remet. Le billet disparaît aussitôt dans les plis de sa robe.

— Gabriel parti !

— Tu sais où ?

— Personne sait. Un jour, parti. Pas revenu. La police chercher aussi ici.

— Pourquoi ?

Tout son corps se raidit.

La femme se tait.

— Pourquoi ? Pourquoi la police a cherché Gabriel ?

— Eux croire lui assassiner femme blanche.

Il est suffoqué. Brusquement, il comprend que, tandis qu'il croyait que la police était aux trousses du « banquier », elle traquait Gabriel.

22

En quittant le bureau de la procureure Galit Lavi, Yariv se retient de pousser un rugissement de joie.

Quand il a appris qu'elle avait été désignée substitut du procureur dans l'affaire de l'assassinat, il a presque renoncé à fouiner pour tenter de savoir ce que la police avait en main. Galit était connue au parquet pour son instinct sûr et son intégrité sans faille. Inutile de signaler qu'il ne la supportait pas et que, de son côté, elle n'en était pas précisément dingue.

L'injonction de silence émise par la police n'a pas amélioré, pour autant, son humeur. Il se dispute sans cesse avec Inbar – toujours à propos de cette histoire de mariage et de l'argent qu'elle ne cesse de dépenser.

Passant devant le bureau de Galit, il avait glissé la tête et avait constaté son absence. Zohar, sa stagiaire, lui avait dit qu'elle était partie tôt. Il a compris aussitôt qu'une occasion en or s'offrait à lui. En général, il ne prêtait guère attention aux stagiaires mais, là, il avait un but. Un seul regard à cette Zohar, à sa chevelure teinte, à ses ongles soignés, à son décolleté généreux, et il avait compris que celle-là était disponible. Quand il lui avait parlé de ses potes célibataires qui mouraient d'envie de trouver enfin « une fille sérieuse », il avait remarqué une lueur embraser ses yeux. Il était évident qu'elle allait lui révéler tout ce qu'il souhaitait entendre.

Bien entendu, il n'avait pas fallu beaucoup de temps pour que Zohar lui apprenne que la police recherchait un clandestin africain balafré. En outre, le voisin de Michal Poleg l'avait vu l'assassiner. Celle qui dirigeait l'enquête, c'était cette policière, Anat Nahmias, qu'il avait vue à la télé. Zohar lui avait raconté que, pour le moment, l'enquête piétinait. Le suspect courait toujours.

Il avait ressenti un énorme soulagement. C'était l'un de ces Africains. Voilà tout. Les Noirs qu'elle aimait tant l'avaient assassinée. Lui-même n'a rien fait. Ce n'est pas lui, l'assassin. Comment a-t-il pu penser ça de lui-même ? Il n'est pas violent. Lui, tuer ? Quel soulagement !

Il ne lui reste plus qu'à savoir ce qu'Aloni lui veut. Leur rendez-vous est prévu pour demain. Peut-être vaudrait-il mieux parler à Réguev avant à toutes fins utiles ? Hier, il a reçu de sa part un mail élogieux après que le tribunal a validé l'expulsion d'un autre clandestin dans une affaire qu'il avait plaidée.

Finalement, tout s'arrange. Dans deux mois, il se marie. Réguev le protège. Il a toute la vie devant lui.

Pourvu que cette policière, cette Nahmias, trouve enfin ce Noir.

23

Gabriel gagne à grandes enjambées la ruelle près du magasin d'ordinateurs où il a donné rendez-vous à Arami. Il a l'impression que tous les passants le dévisagent et qu'ils savent qu'il essaie de se cacher. C'était pareil en Érythrée, la police se trouve partout. Elle espionne, elle enquête et elle file. Ils ont probablement des milliers d'oreilles et d'yeux qui leur rapportent chaque fait suspect, et qui traquent l'homme à la balafre sur la joue.

Depuis le dernier épisode avec les policiers, il a changé de square. Il ne peut plus aller travailler, ni même se rendre à son appartement. Tout est trop dangereux. Il ne parle qu'à Arami.

Gabriel ne peut faire confiance à personne. Il y a ici des gens tordus, dont le cerveau est dérangé après ce qu'ils ont vécu en Afrique, ou ce qu'on leur a fait subir au Sinaï. Lui aussi a été témoin de choses atroces, a traversé l'enfer, mais il s'est toujours juré de ne pas fléchir, de ne pas gâcher l'éducation qu'il a reçue. Ses parents lui ont inculqué des valeurs, mais peu de personnes ici étaient comme lui. Les épreuves qu'ils ont endurées les ont laissés sans conscience ni morale. La faim n'aide en rien. L'alcool non plus.

Itaï a essayé de l'appeler à plusieurs reprises, mais il ne lui a pas répondu. Il a peur, et plus le temps passe, plus il a honte.

Hier, il a quitté le square pour se rendre dans un cybercafé. Il a enfin réussi à entrer en contact avec son oncle en Espagne. Il lui a raconté qu'il avait besoin d'argent pour Lydie : s'il ne réunissait pas la somme de 25 000 shekels d'ici quatre jours, ils la tueraient. Son oncle vit là-bas depuis dix ans, il a un boulot fixe de jardinier à la municipalité de Barcelone. Gabriel a pleuré en évoquant les hurlements de sa sœur et ses quintes de toux. Son oncle lui a promis de lui transférer 10 000 shekels. C'est tout ce qu'il a.

Demain ou après-demain, il saura où obtenir l'argent. Son oncle va remettre la somme à quelqu'un en Espagne qui a des relations en Israël. C'est comme ça qu'ils transfèrent l'argent. De ces 10 000 shekels que son oncle va remettre, il en recevra 8 500 dans le meilleur des cas, une fois que tous les maillons de la chaîne auront pris leur dû.

De son côté, il a 3 600 shekels.

Arami a promis de lui en donner 2 000.

En tout et pour tout, il a donc 14 100 shekels. Où va-t-il dénicher le reste ?

Il avance d'un pas pressé, les yeux rivés au sol. Mieux vaut ne pas croiser le regard des gens.

Une bande bruyante d'Érythréens de son âge avance vers lui.

Il se plaque contre un mur dans l'espoir de les éviter.

L'un d'eux se plante sous son nez :

— Hé, toi, où tu vas comme ça ?

Une tête de plus que lui et manifestement deux fois plus costaud. Il pue l'alcool.

— Nulle part. Excuse-moi…

— Je t'ai posé une question, fait-il en lui barrant le passage.

— S'il te plaît, je suis en retard à mon travail, répond-il, les yeux implorants.

Ils se toisent pendant un millième de seconde. Comprenant son erreur, Gabriel baisse aussitôt la tête. Trop tard. L'autre l'a identifié. Il le perçoit dans son regard.

Il faut réagir vite, avant qu'il ne soit tard, lui dicte l'alarme de son cerveau.

Il se dégage en un mouvement de la prise du garçon et se met à courir.

— C'est l'assassin, attrapez-le ! l'entend-il crier à ses potes.

Il détale à toute allure. Sans savoir où aller. S'enfuir. Rester libre. Ne pas se faire prendre.

— Stop !

Il entend le bruit de leurs pas dans son dos, ils courent, ils vont le rattraper.

Un passant essaie de lui barrer le passage, mais il réussit à l'esquiver.

Il court aussi vite que possible. De toutes ses forces. Il ne faut pas se laisser capturer. Pas maintenant. Chaque minute de chaque jour est vitale pour libérer Lydie. Il faut qu'il quitte l'artère principale. Ce n'est que dans les petites rues reculées qu'il a une chance de leur échapper.

Il tourne à droite à la première occasion et se retrouve dans une ruelle. Des gamins sautillent sur un matelas en lambeaux. Il les contourne rapidement. Puis un groupe de femmes en pleine dispute. Un homme corpulent assis devant un brasero le suit du regard.

Il halète. Il ne faut pas s'arrêter. Il faut continuer. La vie de Lydie en dépend. Se retournant, il aperçoit deux gars qui continuent à le pourchasser.

Il bifurque dans une autre ruelle, puis une autre. Au bout, une benne à ordures barre presque entièrement le passage. Il saute rapidement au-dessus du monceau de déchets et dépasse les poubelles. Ignore les injures des éboueurs.

Il se retourne une nouvelle fois. Il a réussi à les semer. Gabriel est peut-être sauvé. Il emprunte une autre ruelle.

Un mur de béton menaçant se dresse devant lui. Il se plante devant, haletant. En nage. Fin de partie. Piégé.

Du coin de l'œil, il remarque un vieillard, appuyé sur une canne, en train d'entrer dans une maison.

L'occasion ou jamais. Ce n'est que comme ça qu'il pourra leur échapper.

Il se précipite dans la direction du vieil homme et, avant que ce dernier ne referme la porte, se glisse à l'intérieur.

La pièce dans laquelle il s'introduit est vaste et éclairée, de longues rangées de chaises en bois sont alignées les unes derrière les autres. Dans le fond de la salle, se dresse une tribune recouverte d'une nappe blanche. Une odeur de détergent plane dans l'air.

Ils sont seuls. Le vieillard et lui. Le silence règne autour d'eux.

L'aspect de la pièce le désoriente et l'émeut à la fois. Il sent qu'au milieu de la désolation il a trouvé une oasis. C'est si différent de la décrépitude du voisinage. Si pur, si propre, si briqué. Un frisson lui parcourt l'échine au moment où il comprend où il se trouve. Depuis que son père a été assassiné, il y a des années, il n'a pas mis les pieds dans une église. Il est incapable d'écouter la voix d'un autre prêtre, de voir un étranger occuper la place qu'il identifiait à celle de son père.

Il cherche la croix, la figure du Christ.

Non ! Ce n'est pas une église. Au lieu de Jésus, il découvre partout les symboles des juifs.

Il tourne son regard vers le vieillard debout à côté de lui. Les mains levées. Sa canne tombée à terre.

— *No money, no money*, bredouille-t-il.

Il le regarde, stupéfait et confus, ne sachant comment réagir. Jamais un Israélien n'a eu peur de lui. Et sûrement pas ceux qui portent une kippa. Michal lui a dit un jour que les juifs orthodoxes étaient les pires et qu'il fallait s'en méfier plus que tout. Itaï lui avait répondu que c'était une bêtise, qu'il y en avait de toutes sortes et qu'il ne fallait pas généraliser. Comme toujours, il n'avait pas su convaincre Michal. Ce sont les juifs orthodoxes qui avaient imposé l'interdiction de louer des logements aux réfugiés, qui étaient derrière les campagnes d'incitation à la haine, regarde, le ministre de l'Intérieur est un orthodoxe, avait-elle crié à la face d'Itaï.

L'homme qui se tient devant lui, mains levées, ne lui semble pas effrayant. Au contraire. Son attitude soumise a quelque chose d'émouvant.

Il voudrait le rassurer, mais sans savoir comment.

— *It's OK. It's OK*, lui dit-il avec un sourire.

Le vieillard ne bouge pas.

Il fait la seule chose qui lui vient à l'esprit : il se signe et s'agenouille devant la tribune.

Le vieillard lui lance un regard surpris et baisse les bras. Ils se tiennent face à face, silencieux. Des coups à la porte les font sursauter tous deux. Quelqu'un appelle en hébreu. Le vieillard lui fait signe de le suivre. Ils quittent la salle principale et se faufilent dans une petite pièce retirée. Il entend l'ouverture de la porte d'entrée derrière eux et des gens pénétrer à l'intérieur.

24

En quittant le foyer d'accueil des femmes de Névé Sha'anan, Itaï décide de retourner à pied à l'association pour se changer un peu les idées. Il affronte toute la journée la misère et la détresse des gens, mais des destins brisés comme ceux de ces femmes, il n'en existe pas ailleurs.

Dans un minuscule appartement aux allures de labyrinthe, elles sont entassées les unes à côté des autres sur des matelas souillés posés à même le sol. De vieux jouets traînent un peu partout, des poussettes déglinguées, des ustensiles de cuisine noircis s'entassent le long des murs. L'odeur de renfermé due au manque d'hygiène est étouffante. Une partie des femmes sont enceintes, d'autres ont déjà accouché.

Toutes ont vécu la même histoire : elles ont été violées par des passeurs bédouins dans le Sinaï.

À l'association, il règne toujours une grande cohue. Les gens parlent. Crient. Pleurent. Parfois, ils rient. Mais, au foyer, ne règnent qu'un silence et un désespoir ambiant qui suintent des murs et se mélangent à la puanteur. Les femmes sont muettes. Emmurées. Elles considèrent ce qui leur est arrivé comme une punition. Croient que c'est leur faute, ont honte de raconter ce qu'on leur a fait subir, redoutent le monde extérieur. Elles souhaitent qu'on les laisse en paix, oublier et si possible, se débarrasser du poison qui croît dans leur ventre.

De temps à autre, le calme est rompu. Des geignements de bébés qu'on n'a pas eu le temps d'avorter, des nourrissons dont personne ne veut.

Dalia, l'assistante sociale, et son équipe restreinte essaient de les remettre sur pied, leur apprennent à coudre, tricoter, exécuter des travaux faciles qui les aideront à subsister par elles-mêmes quand elles se retrouveront dehors. On libère celles qui sont capables de se débrouiller seules. La demande est forte, et il n'y a pas de place pour toutes. L'association essayait de suivre de loin celles qui avaient quitté le foyer.

Bien qu'il soit venu plusieurs fois ici, Itaï est toujours aussi ébranlé et a besoin de temps pour récupérer.

Sauf qu'aujourd'hui ce qui le secoue est entièrement différent.

Dalia l'a conduit dehors, dans la ruelle étroite et encore mouillée par la pluie, pour lui raconter que les filles ont vu quelques jours auparavant Michal s'affronter, tout près du foyer, à trois Israéliens, dont l'un d'eux était en costume-cravate. Elle les traitait de voleurs, d'exploiteurs de réfugiés. Tandis qu'elle criait sur l'un d'eux, les deux autres l'avaient agrippée par les bras et l'avaient repoussée plus loin.

Cela aussi, bien sûr, il l'ignorait.

Dalia a essayé de convaincre les filles témoins de la scène d'aller voir la police, bien entendu, en vain. Elles ne font confiance à personne. Sûrement pas aux flics ni aux hommes.

Depuis qu'il a appris que la police suspecte Gabriel, il s'efforce de trouver le moyen de les convaincre que c'est absurde, qu'ils suivent une mauvaise piste. Il sait qu'aller leur dire que Gabriel est incapable de commettre un tel acte est inutile ; il a besoin de quelque chose de plus tangible.

Ce que Dalia lui a raconté peut aider à persuader la police que la plainte de Michal était fondée. Il ne s'agit plus seulement de ce qu'elle a vu et pensé, mais de ce qu'elle a fait : elle lui a menti, elle n'a jamais abandonné cette affaire et a défié ces hommes, qui étaient, sans nul doute, le « banquier » et ses gardes du corps. D'après les filles, ils lui ont sauté dessus. Ce sont certainement eux qui l'ont rouée de coups en bas de chez elle. Des hommes de main de la pègre mêlés à des histoires d'argent. Ils ne laisseraient pas une môme comme Michal, avec sa grande gueule, mettre le nez dans leurs combines. Elle s'est un peu trop approchée d'eux, ils l'ont tout simplement liquidée. Écrasée comme une mouche. La police ne peut plus fermer les yeux sur ce crime.

25

L'assassinat de Michal Poleg tracassait Simon Faro. Ce genre de bavure peut causer des ravages. Le plus souvent, la police fait tomber des personnes comme lui, non pour de gros forfaits, mais pour des broutilles. Exactement comme ce meurtre.

L'an dernier, il a travaillé d'arrache-pied pour monter son réseau financier à la gare centrale. Il l'a conçu, programmé et bâti, et il est très fier de sa réussite. Aujourd'hui, le circuit qu'il a mis en place manipule des dizaines de millions de shekels et si ces Noirs continuent d'affluer, il pourra aussi bien doubler, voire tripler ses gains. Le fait que la confidentialité absolue soit la condition *sine qua non* de ce business le frustrait. Plus d'une fois, il a rêvé d'être lui aussi interviewé par la presse économique, comme d'autres hommes d'affaires. Il détaillerait ce nouveau réservoir de profits qu'il avait repéré, les décisions courageuses qu'il avait prises et les bénéfices qu'il en avait retirés. Il s'imaginait dans un café, un magnétophone sur la table, tandis qu'un journaliste zélé noterait ses propos rapidement, le visage admiratif devant tant d'esprit d'initiative. « Et tout ça, je l'ai fait de mes dix doigts, dirait-il au reporter sous le charme. Moi, je ne suis pas né avec une cuillère d'argent dans la bouche... »

Mais il n'a pas d'autre choix que de chasser ce genre de chimères. Les gens comme lui ne peuvent être interviewés que lorsqu'ils ont déjà la corde au cou. En outre, aucune chance que les culs serrés de Tel-Aviv acceptent de le reconnaître comme un homme d'affaires légitime.

Qui d'autre que lui peut saisir le potentiel économique offert par ces Noirs qui ont commencé à grouiller autour de la gare centrale ? Les gens ont besoin d'une banque pour déposer et transférer leur argent, obtenir des prêts. Besoin humain fondamental, comme les paris, les bordels... Si lui ne leur fournissait pas une solution, quelqu'un d'autre le ferait. Le système légal les affole ; en outre, il les soumet à une bureaucratie pesante, leur impose des commissions insensées. Quand le ministère de l'Intérieur a commencé à envoyer ses sbires devant les agences bancaires de la gare centrale pour interpeller les réfugiés, son circuit a atteint des sommets. Il a donc ordonné à ses hommes de faire circuler l'info : sa banque, elle, n'a ni guichets, ni contrôleurs, et les commissions sont dérisoires. Dans sa tête, il a même composé une ritournelle commerciale. Le genre de chanson de Naomi Shemer ou des chorales militaires. Une rengaine efficace, facile à retenir. Faro adore les chansons du bon vieux temps.

Sa première activité dans ce domaine a débuté avec les Bédouins du Sinaï. Ceux-là ont une méthode de travail bien huilée. Ils conviennent avec les Noirs du prix du passage en Israël et, au beau milieu du chemin, ils exigent davantage et ne libèrent pas le Noir avant qu'il paie son dû. Et ce Noir, où peut-il trouver le pognon ? Il appelle ses proches en Israël, en Europe ou n'importe où dans le monde et leur demande de régler la dette. Tout cela est bien beau, mais il reste un problème : comment transférer l'argent d'Israël aux Bédouins du Sinaï ? C'est là qu'il entre en scène. Une organisation comme la sienne dispose des facilités de caisse et de transfert de biens et d'argent. Il travaillait déjà main dans la main avec les Bédouins du Sinaï grâce au trafic de drogue.

Le business a certes commencé avec eux, mais, depuis, il a pris son envol. Un exemple, un Noir X veut transférer une partie de son salaire à sa famille... Comment faire ? Il y a quelques années, Faro a essayé de collaborer avec les Asiatiques. Il voulait monter un système de transfert d'argent des Philippins, Népalais, Chinois et autres bridés à leurs familles avec le moins de bureaucratie possible et de faibles commissions. Son idée a essuyé un échec cuisant et il a perdu beaucoup d'argent. Sauf que tout ce qui avait échoué avec les Asiatiques a réussi avec les Africains. Contrairement aux Asiatiques, le flux ne va que dans un seul sens. Personne pour aller au Soudan ou en Érythrée depuis Israël. Ensuite, si les Asiatiques peuvent demander à leurs proches de collecter l'argent en ville, pour les Africains, il s'agit de le transférer à des familles habitant en plein désert, dans des camps de réfugiés, des gens dont personne n'a jamais entendu parler. Et enfin, les Asiatiques possèdent des passeports, ils peuvent donc passer par la Banque postale. Contrairement à ces derniers, la majeure partie des Africains est totalement démunie. Ils ont besoin de quelqu'un comme lui qui dispose de beaucoup de liquide, sait transférer l'argent, n'exige pas de paperasse et prend une commission tout à fait raisonnable.

Ce qu'il ne fallait pas négliger non plus, c'était le réseau dont disposait Faro sur tout le continent africain.

Cela fait de nombreuses années qu'il y écoule les surplus de l'armée. Le ministère de la Défense lui vend les armes censées parvenir à quelque pays ami (bien que les fonctionnaires sachent que ce n'est pas le cas), et lui se préoccupe de les répartir. Le ministère de la Défense ne pose pas trop de questions, et lui ne dit rien. Car l'armée n'utilise plus ces armes, et tant qu'il ne touche pas aux technologies avancées, personne ne se montre trop curieux.

Oui, vraiment, ces Noirs sont tombés à point nommé.

Une autre activité qu'il a fait fructifier à merveille : celle des dépôts. Ces Africains ne peuvent pas ouvrir un compte en Israël. Et même ceux qui le peuvent subissent mille tracas auprès des banques. Du coup, les gens se baladent avec de fortes sommes sur eux, parfois même tout ce qu'ils possèdent. Ils sont souvent victimes de racket de la part d'autres Africains. Faro et ses hommes sont donc venus leur proposer une solution : leur confier leur argent liquide. Au début, ça n'a pas marché. Ils ne voulaient pas s'en séparer.

Et sûrement pas le confier à des Israéliens. Il a fallu leur expliquer que, s'ils ne le déposaient pas, on le leur prendrait. Les premiers à tenter le coup s'étaient exécutés mus par la peur, mais les suivants l'avaient fait de bon gré. Ils avaient compris que ce qu'ils confiaient, ils le récupéreraient presque intégralement : la commission était plus que raisonnable. Tout compte fait, Faro rendait service à la police.

Aujourd'hui, le système est parfaitement huilé. Il transfère de l'argent, le garde en dépôt, prête à des gens licenciés du jour au lendemain pour subsister jusqu'au prochain salaire ou à ceux qui ont besoin de liquide pour libérer leurs proches détenus au Sinaï. Ils ne le font pas de gaieté de cœur, mais sont conscients qu'ils n'ont pas le choix.

Si ces Noirs ne gaspillaient pas une partie de l'argent qu'ils gagnaient dès qu'ils le touchaient, s'ils réfléchissaient un peu plus à long terme, Faro doublerait ses bénéfices ! Mais, contre ça, il ne peut rien. Leur foutue mentalité et leur éducation merdique.

Au demeurant, une partie de son argent, c'est l'État qui le lui fournit. L'idée lui est venue en lisant quelque chose sur les Templiers. Il se trouve que ces bâtards d'Allemands ont fait pas mal de fric pendant les croisades. Ils disposaient de relais sur la route de la Terre sainte et disaient aux croisés : « La Terre sainte est un pays dangereux, laissez-nous votre argent, et, à votre retour, vous le récupérerez. » Celui qui revenait l'empochait vraiment. Mais beaucoup ne sont pas revenus, et les Templiers ont gardé l'argent. Pareil avec les Noirs. Pour chaque expulsé ayant déposé son argent chez lui : bénéfice net.

Monter une pareille opération, ce n'est pas une sinécure. Il a dû dégoter des Africains pour lui servir d'intermédiaires auprès de leurs congénères. Ses propres hommes n'entraient pas en contact avec les bénéficiaires finaux. Non seulement ça résout les problèmes de communication et de confiance avec les Africains, mais ça dresse un cloisonnement sain. Au début, ç'a été difficile et compliqué, mais dès que le « Général » l'a contacté et qu'il l'a associé à cette affaire, tout a fonctionné comme sur des roulettes. C'est vrai, le « Général » lui procure un avantage stratégique, comme on dit. Il ne s'attendait pas à dénicher quelqu'un comme ce type-là. Il recrute les clients et gère les intermédiaires. Il est très efficace et très ambitieux. Pour que ce business carbure comme il faut, il fallait aussi trouver les personnes adéquates à l'Office d'immigration et leur graisser la patte pour qu'ils expulsent les réfugiés les plus juteux. Parfois, il arrive qu'on coince un Noir et qu'on lui déclare : « Tu n'es ni érythréen ni éthiopien, et donc, maintenant tu vas dire *bye-bye* Israël ! » C'est souvent l'entreprise de Faro qui a agi en sous-main.

Il espère encore dénicher quelqu'un au parquet. Ce serait la cerise sur le gâteau. Maîtriser les oppositions du gouvernement et négocier qui serait expulsé ou non feraient fleurir son entreprise de manière spectaculaire. Pour le moment, ça n'a pas marché. Mais il se montre patient. Des fonctionnaires de l'Office de l'immigration et des policiers travaillent pour lui ; il finira bien par débusquer quelque procureur.

Quand il a appris que Michal Poleg avait déposé plainte devant la direction de la Lutte contre la criminalité économique et financière contre celui qu'elle appelait le « banquier », ça ne lui a fait ni chaud ni froid. Ses informateurs lui ont juré qu'il n'en sortirait rien. Cela lui a même plu qu'elle ait surnommé Boaz d'un qualificatif aussi honorable que celui de « banquier ».

Seulement, quand cette Poleg a abordé Boaz en pleine rue et a commencé à crier, ça l'a davantage inquiété. Ce genre d'esclandres, ce n'est pas bon pour le business. Il lui a envoyé Gal et Noam pour lui faire un peu peur, en espérant clore ainsi cet incident, mais ses gars se sont emportés et l'ont rouée de coups. Il n'aimait pas ça. Il est contre la violence gratuite et, à plus forte raison, envers les femmes, mais bon, ce n'était pas la fin du monde.

Et voilà que cette idiote a été assassinée. Pour autant qu'il le sache, ça n'est pas l'œuvre d'un de ses hommes. Depuis l'affaire de David Méchoulam[1], qui avait décidé de jouer dans

---

1. Voir *Tel-Aviv Suspects*, du même auteur, Les Escales Noires, 2013.

la cour des grands au point de presque tuer une procureure, il surveille ses hommes comme le lait sur le feu.

Même si sa bande n'est pas impliquée dans ce meurtre, il ne peut dormir sur ses deux oreilles. Dès qu'une enquête est lancée, on ne sait jamais jusqu'où elle va mener. En outre, bon nombre de flics seraient aux anges de lui attribuer un tel crime. Il n'a vraiment pas besoin de ça en ce moment.

À sa grande joie, son petit doigt lui a soufflé que la police est aux trousses d'un Africain avec une balafre sur le visage. Il a donné l'ordre explicite à Izik de faire jouer toutes leurs relations pour trouver ce Noir et le livrer à la police. Au besoin, il pouvait payer des gens pour le coincer. Et pourquoi pas lui proposer à lui aussi de l'argent, à envoyer à sa famille. Surtout pas de tapage... Il devait rester en retrait pour développer son affaire et la stabiliser. Beaucoup jalousent sa réussite et ne pensent qu'à lui piquer une part du gâteau. Les maudites organisations terroristes aussi ont saisi le potentiel qu'offrent les Noirs. Les Soudanais musulmans versent une partie de leur salaire aux membres du Hamas en Israël, qui le transfèrent en Cisjordanie pour acheter des armes et tuer des Israéliens. Ces gens du Hamas ont des agents de liaison au Soudan qui reversent l'argent déposé par un proche en Israël à sa famille au Soudan. Exactement comme lui. Sauf que, pour lui, c'est du business, pour eux, du terrorisme.

Il a besoin de Boaz Yavin. La semaine prochaine, il veut l'envoyer en Argentine. Une grosse affaire de vente d'armes l'attend là-bas. L'assassinat de Michal Poleg ne tombe vraiment pas au bon moment.

Alors, *yallah*, au boulot, il faut capturer cet Africain balafré le plus vite possible et le livrer à la police. Le « Général » va devoir s'impliquer davantage à ce sujet et produire des résultats. Bon Dieu, il a quand même une entreprise à gérer !

26

Arami l'attend dans une ruelle proche de son appartement. Ils devaient se retrouver hier mais, après la course-poursuite Gabriel a eu peur de retourner au même endroit. Il a réussi à s'échapper une fois, il n'aurait peut-être pas de seconde chance.

— La police te recherche, ils patrouillent partout et disent aux gens de leur signaler un homme avec une balafre sur la joue ! lui a annoncé la veille Arami au téléphone quand Gabriel lui a raconté ce qui lui était arrivé.

Alors c'était vrai. Une sueur froide perle à son front. Les mots « La police te recherche » le ramenaient en arrière, à une autre époque, au pays qu'il avait fui. Il avait franchi des milliers de kilomètres pour accéder à une vie meilleure, et le voilà de retour à la case départ.

— Je suis désolé, Gabriel, j'ai essayé, je ne peux pas réunir l'argent promis, lui déclare Arami le visage défait, après une accolade.

Gabriel lui lance un regard désespéré. Il comptait sur lui. Où va-t-il trouver le reste ? Le temps file. Il ne pourrait pas payer. Entre-temps, Lydie souffrait le martyre. Elle avait l'air très malade. Arami interrompt ses idées noires :

— Écoute-moi, Gabriel. Hier, il est arrivé quelque chose qui peut résoudre au moins un de tes problèmes...

— Qu'est-ce qui s'est passé ? l'interroge-t-il, plein d'espoir.

Il a besoin d'entendre de bonnes nouvelles, d'entrevoir une lueur au bout du tunnel.

— Quelqu'un m'a abordé juste au moment où je sortais de l'association et m'a posé des questions à ton sujet. Je ne le connais pas, mais c'est un homme d'important. Il m'a dit qu'il te cherchait...

— Moi ? Qu'est-ce qu'il me veut ?

— Il veut te donner de l'argent. Avec ça, tu pourrais libérer Lydie...

Gabriel le fixe, tendu.

— Mais il pose une condition...

— Quelle condition ? Je suis prêt à tout pour la libérer !

— Il veut que tu ailles voir la police pour leur dire que tu as assassiné Michal.

27

Yariv fixe l'écran d'ordinateur sur lequel il rédige sa réponse à la plainte que Michal Poleg a déposée devant l'Ordre des avocats. Ces derniers jours, son humeur est très changeante. Parfois, il se dit qu'il est hors de danger et que rien ne peut l'atteindre. La police traque l'Africain. Tous les efforts sont concentrés sur cette piste.

À d'autres moments, il éprouve un sentiment de désespoir mêlé à la frayeur, comme hier, quand Galit Lavi a pénétré dans son bureau et lui a reproché d'avoir osé tirer les vers du nez de sa stagiaire afin d'obtenir quelques détails sur l'enquête. En d'autres circonstances, il lui aurait répondu et ne se serait pas laissé humilier de cette façon. Mais il a eu si peur qu'il s'est excusé lamentablement, bafouillant que c'était par simple curiosité et qu'il était vraiment désolé.

Il espérait qu'elle se contenterait de ça mais ne pouvait pas en être certain. Et si elle se rendait à la police ? Les flics étaient capables de changer brusquement de piste. Il a appelé Kobi à nouveau, qui lui a répondu qu'il n'avait aucun souci à se faire. Galit aime penser qu'elle est plus maligne que les autres et ne rate pas une occasion de le faire sentir. Selon Kobi, elle n'exploitera pas l'incident. Et quand bien même elle le ferait, qu'est-ce que cela changerait ? La police recherche un clandestin noir non un procureur blanc. En outre, Kobi avait ri, depuis quand la police abandonne la piste qu'elle a choisie ?

Il relit la plainte. Michal écrit que le meurtre d'Hagos est la conséquence directe de ses propres agissements, de son refus obstiné d'admettre que les expulsés couraient un danger. Mais Michal est morte et cette plainte n'intéresse personne. L'Ordre des avocats ne va pas croiser cette information avec le ministère des Affaires étrangères. Ils s'en fichent. Certes, il doit encore rédiger la réponse à cette plainte, bien que son auteur soit mort, mais ce n'est que pure formalité administrative. Ils refermeront ce dossier qui ira dormir dans les archives. Pourquoi devrais-je me justifier ?

« Le soussigné ignore le mémorandum auquel la plaignante fait allusion », commence-t-il à taper à toute vitesse sur les touches, regardant les mots s'inscrire sur l'écran. Oui, c'est ce qu'il convient de faire. Nier. S'il n'a rien reçu et ignore l'existence de ce document, il n'a donc rien fait de mal.

28

Gabriel se poste au coin de la rue, fixant l'immeuble si familier. Il a choisi le coin le plus sombre et le plus isolé pour lui offrir la meilleure visibilité possible. Quand une autre lumière s'éteint, il sait que le moment est venu. Il jette des regards autour de lui et, n'apercevant personne, il quitte sa cachette. Ce quartier est bondé dans la journée, grouillant de gens venus faire réparer leurs voitures dans les garages. Mais, la nuit, pas un chat. Il traverse rapidement la chaussée. Pas le temps de s'arrêter. Il est obligé de s'en tenir à ce qu'il a décidé. C'est le seul moyen de sauver Lydie. Quel avenir a-t-il dans ce pays ? Les Israéliens ne veulent pas de lui. Chaque jour, de nouveaux Érythréens débarquent et il est de plus en plus difficile de décrocher un boulot. Il ne pouvait pas partir non plus. Aucun État ne voulait de lui. Et retourner en Érythrée signifiait signer son arrêt de mort.

Au-delà de la peur et de l'angoisse, il éprouve une honte indicible. Qu'aurait dit son père s'il avait su ce que son fils s'apprêtait à faire ?

Il monte les marches de l'escalier. Aucun bruit. Et s'il n'était pas seul ? Pour que son plan fonctionne, il devait être seul.

Il toque à la porte.

— Qui est là ? Qui est-ce ?

29

Anat n'avait pas l'intention d'interroger elle-même Itaï Fischer mais, un quart d'heure avant le rendez-vous fixé avec lui, ils avaient reçu une information : on avait aperçu l'Africain balafré dans le secteur de la gare centrale, et Yaron qui, de fait, lui servait d'adjoint, voulait à tout prix foncer pour procéder à son interpellation. Elle ne l'en avait pas dissuadé. Leur enquête piétine, et ses hommes avaient besoin d'action. En l'occurrence, enfiler les gilets pare-balles, piaffer pendant les briefings opérationnels et s'engouffrer dans les fourgons de police en faisant du vacarme dans les rues de la ville comblent la plupart des flics. Elle sait d'expérience qu'elle n'a pas intérêt à s'imposer dans ce genre d'équipées.

La conception de base de la police est gravée dans le bronze : les femmes sont principalement bonnes à fouiller les détenues et à enregistrer les plaintes des victimes de viol. Elles sont inutiles, voire représentent un fardeau dans les opérations impliquant l'emploi de la force, comme des rixes ou des arrestations. C'est pourquoi, délibérément, elle s'abstient de se rendre sur les lieux où l'usage des bras est probable, pour ne pas déranger l'esprit de corps viril de ses collègues. Le fait qu'il fasse si froid facilite sa décision : elle pourra aussi bien réfléchir un peu calmement.

Cinq jours se sont écoulés depuis la découverte du cadavre de Michal Poleg, et jusque-là, aucune trace de Gabriel. Ce matin, lors de la réunion quotidienne avec Yohaï, il n'a pas caché son mécontentement sur sa façon de mener cette enquête. « Je veux des résultats, pas de la parlote ! », a-t-il martelé d'un ton dédaigneux. Cette fois, du moins, il ne s'est pas humecté la lèvre. Elle a décidé de passer outre et, au lieu de rentrer dans son jeu et d'énumérer tout ce qu'ils avaient obtenu jusque-là, elle lui a demandé de sa voix la plus suave s'il pensait qu'il y avait quelque chose à faire qui n'ait pas été encore effectué. Bien évidemment, il était resté muet.

Fischer les avait appelés au moment précis où ils quittaient le bureau de Yohaï, demandant à rencontrer d'urgence le responsable de l'enquête. Comme Yaron l'avait interrogé la première fois, elle avait décidé qu'il valait mieux le laisser le recevoir. Entre-temps, ils avaient reçu l'appel à propos de Gabriel, et Yaron s'était précipité pour jouer au gendarme et au voleur.

* * *

— Vous avez dit que c'était urgent. Que se passe-t-il ?

Elle décide d'aller droit au but. La plupart des individus réagissent différemment à un interrogatoire policier : Itaï, lui, semble nerveux. Et essayer de le dissimuler accentue sa nervosité.

Il passe la main dans ses cheveux bouclés et épais. Action inhabituelle chez les hommes de son âge. Qui mieux qu'elle pourrait le savoir ? Elle a suffisamment fréquenté de trentenaires pour le prendre pour acquis.

— Je voudrais savoir dans quelle direction s'oriente votre enquête, lance-t-il, gigotant, mal à l'aise, sur son siège.

Elle décide d'accroître son malaise et sa tension :

— Et, à votre avis, c'était si urgent ?

— Michal était une bénévole très dévouée. J'ai travaillé longtemps avec elle. Il est donc naturel... Avant-hier, vous êtes venus dans nos bureaux, et je n'étais pas... alors, j'ai pensé...

Elle ne dit mot. Le silence oppresse les gens tendus, et, du coup, ils s'épanchent.

— Si j'ai bien compris, vous recherchez Gabriel...

Elle se contente d'opiner de la tête.

— Puis-je savoir pourquoi ? Comment se fait-il que vous ayez décidé soudain que c'est lui le principal suspect ?

Sa voix est un peu agressive, il croise les bras sur la poitrine.

Elle pourrait lui rétorquer que ça ne le regarde pas, que c'est lui, l'objet de cet interrogatoire, et non elle, mais elle continue de se taire.

— Gabriel n'a pas assassiné Michal. Elle l'a aidé et lui voulait du bien. Pourquoi l'aurait-il tuée ? Je comprends qu'il est plus facile d'épingler un Africain... Alors, comme ça, le travail de sape d'Ehud Réguev envers les réfugiés fonctionne à merveille sur la police ?

Son attaque semble lui redonner de la vigueur, sa voix retrouve de l'assurance.

Le portable d'Anat vibre. Yaron. Ils ont « localisé » leur cible. « Bonne chance », lui répond-elle aussitôt par texto.

— Alors, qui a assassiné Michal Poleg ?

Le message de Yaron la réjouit. Enfin. Jusque-là, elle a eu l'impression de poursuivre un fantôme. Le gars s'était évanoui dans la nature sans laisser de trace. On dit toujours qu'il est difficile de disparaître en Israël, que le tempérament fureteur des Israéliens vous rattrape toujours. Vous pouvez changer de ville, de travail, ce sera vain : les nouveaux voisins voudront toujours savoir dans quel collège vous avez étudié, l'unité dans laquelle vous avez servi à l'armée, pourquoi vous n'êtes pas marié, comment se fait-il que vous n'ayez pas d'enfants et quels amis vous avez en commun. De leur côté, les Africains ont créé une nouvelle réalité dans le pays : l'anonymat.

Les lieux qu'elle a visités depuis le début de cette enquête l'ont stupéfiée. Au cœur de Tel-Aviv, un autre pays souterrain a surgi avec ses propres saveurs, odeurs, couleurs et mœurs. Elle sentait qu'elle avançait en territoire inconnu, avec des lois et des règles qu'elle ne comprenait pas, un système de fonctionnement qui lui était inconnu. Elle essayait d'interpréter cette réalité, de déchiffrer les visages et les propos de ces individus, sans vraiment posséder les outils pour y arriver.

Mais, par-dessus tout, cette immersion l'avait usée. Elle avait pitié de ces Africains vivant dans une misère crasse et cruelle, et non moins de ces Israéliens qui habitaient encore dans ces quartiers où, parce qu'une vingtaine, parfois une trentaine de clandestins avaient pénétré dans les appartements mitoyens, ils n'osaient plus mettre le nez dehors.

En tant qu'inspectrice, son rôle est de tenter de comprendre les gens, d'analyser leurs motivations, leurs préoccupations et leurs espoirs. Plus elle approfondit, plus elle comprend que la situation est complexe et inextricable. Les soldats évitent de porter secours aux Africains qui parviennent jusqu'à la barrière frontalière, pour ne pas encourager d'autres clandestins à débarquer, et ils se voient fustigés par les associations de droits de l'homme. Au bout de quelques jours, les organisations terroristes profitent de la présence des Africains pour assassiner un soldat venu leur apporter de l'aide. Les gens croient qu'il existe des solutions miraculeuses à des situations complexes. Elle, en tant que policière, sait bien qu'il n'existe pas de solutions toutes faites. Parfois, il n'en existe même aucune.

— J'ai dit à votre adjoint, Yaron, qui était l'auteur de ce crime... Michal est allée plus loin que la plainte qu'elle a déposée. Elle a photographié l'un de ces types, les a interpellés devant des passants, s'est disputée avec eux. Ils l'ont écartée. Ces gens-là n'hésitent pas à recourir à la violence. Ce sont certainement ceux qui l'ont frappée devant chez elle. Pourquoi ne l'auraient-ils pas aussi assassinée ?

Les simples citoyens avaient toujours des théories. Ils viennent vous voir avec une solution toute trouvée et sont persuadés que la police n'y a jamais pensé. De leur côté, les policiers s'efforcent justement de ne pas bâtir de théories mais de commencer par recueillir le plus grand nombre de données. Ils savent aussi que, parfois, ça n'existe pas, une solution claire comme de l'eau de roche.

Son portable vibre encore. Texto de Yaron : « Dans une minute. »

— Je vous dérange ?

— Pas le moins du monde. Nous avons pris en considération ce que vous avez déclaré. Nous avons également connaissance de la plainte que Michal a déposée en son temps à la police. Nous prenons au sérieux chaque information qui nous parvient.

Il lui lance un regard sceptique.

Pour lui prouver que ce n'est pas pur bavardage, elle prend un des gros classeurs posés derrière elle, l'ouvre à l'endroit où est classée la plainte et le tourne vers lui.

— Vous connaissez l'homme qu'elle a photographié ?

Il fait non de la tête.

— Avez-vous la certitude que ces hommes l'ont attaquée ? poursuit-elle en refermant le classeur et en le poussant de côté.

L'agression violente qu'a subie Michal avant de se faire tuer continue de la préoccuper, bien qu'elle ne croie toujours pas que cela ait un rapport avec le meurtre. Elle reste persuadée que Michal connaissait son assassin : elle lui avait ouvert sa porte. Ils avaient bu une bière. Selon le contenu de la plainte et ce qu'Itaï lui raconte, Anat comprend qu'elle ne connaissait pas l'identité de ce « banquier ».

Le portable vibre encore une fois.

Ses jambes flageolent. Les mots clignotent sur l'écran : « Désolé, ce n'est pas lui. » « Pourquoi ? » répond-elle, déçue. « Ce gars a au moins quarante ans, la balafre est sur la joue droite. Erreur d'identification. »

Itaï brise le silence. Il a l'air désespéré.

— Inspectrice Nahmias, je vous supplie de me croire, Gabriel n'est pas l'assassin... Vous devez passer outre les préjugés et le bourrage de crâne. Le fait qu'il soit africain n'en fait pas automatiquement un assassin. Ni qu'il ait pris la fuite et se cache de la police. Les gens comme lui viennent de pays où le régime pourchasse les citoyens, les opprime et les torture. Se rendre à la police pour raconter ce qu'ils savent ne fait pas partie de leur mode de fonctionnement. Vous devez aussi comprendre : ils ignorent notre langue et nos normes. Les Israéliens leur font peur. Dès qu'ils aperçoivent un policier, ils pensent aussitôt « torture » et « expulsion ». Il convient de remettre les choses dans ce contexte culturel particulier.

Ses airs supérieurs commencent à agacer Anat.

— Il n'y a aucun préjugé en l'occurrence, monsieur Fischer. Juste des faits et des preuves. Contrairement à vous qui êtes si sûr que Gabriel n'est pas l'assassin, moi, j'ignore s'il l'est ou non. Ce que je sais, en revanche, c'est que quelqu'un l'a vu devant la porte de Michal le jour où elle a été assassinée. Pour le moment, nous le recherchons sans le trouver. Lorsque nous le retrouverons, nous vérifierons chaque donnée. Si vous avez un moyen de nous aider, je vous en saurais gré. Autrement... fait-elle en se levant.

— Je vous demande tout au plus ceci : lorsque vous l'interrogerez, ne partez pas du postulat qu'il est l'assassin de Michal, mais écoutez-le. Écoutez-le vraiment. Gabriel n'est pas un suspect ordinaire. Il a des circonstances atténuantes qu'il faut comprendre. Ces individus sont le jouet d'autres personnes. La plupart font l'objet de chantage, de menaces, et vivent dans la peur permanente. Il faut lire entre les lignes, savoir regarder au-delà des mots. Le fait qu'ils avouent quelque chose ne signifie pas qu'ils soient réellement coupables... l'adjure-t-il, toujours assis.

— Je vous le promets, fait-elle avec une impatience manifeste. Pour votre information, sachez que cela fait aussi partie de notre travail. Maintenant, si vous voulez bien...

Tout d'un coup, elle se fige et fixe Fischer, qui la dévisage, vissé à sa chaise. Manifestement, il a tenté de lui dire quelque chose. Trop préoccupée par cette poursuite ratée, elle ne l'a pas vraiment écouté.

— Vous savez où il se trouve, n'est-ce pas ?

Elle se rassoit et plante son regard dans ses yeux. Il hoche la tête.

— Oui, inspectrice Nahmias. Je sais où il se trouve, il est venu me voir et m'a tout raconté. Et c'est pourquoi je suis convaincu qu'il n'a pas assassiné Michal...

30

Itaï reste seul dans la pièce. Nahmias a semblé bouleversée quand il lui a raconté comment Gabriel avait déboulé dans son bureau, ce qu'il lui avait dit et où il se trouvait à présent.

— Restez ici, ne bougez pas, lui ordonne-t-elle en quittant la salle.

* * *

Bien qu'il eût remué ciel et terre pour le retrouver, Itaï s'était affolé quand, au soir, il l'avait vu débarquer dans son bureau. Quelque chose sur le visage de Gabriel l'effrayait. Il paraissait préoccupé, aux aguets, nerveux.

— Gabriel, où étais-tu passé ? Je me faisais un sang d'encre. Je te cherche depuis plusieurs jours.

Gabriel fuyait son regard.

— J'ai fait quelque chose de terrible, Itaï. S'il te plaît, je t'en supplie, ne m'en veux pas, lui avait-il dit, la voix tremblante.

Puis, d'un coup, il s'était mis à sangloter.

Il le fixait, tétanisé et horrifié.

— Qu'est-ce que tu essaies de me dire ?

La voix d'Itaï tremblait aussi.

Gabriel n'avait pas répondu, ne cessant de pleurer.

— Ça a un rapport avec Michal ?

Gabriel avait levé le regard, les yeux gonflés de larmes.

— Oui... C'est moi qui l'ai fait... Je... Je l'ai tuée... avait-il bredouillé, en passant les mains sur son visage.

Devant sa confession, Itaï, interdit, avait eu un geste de recul. Il espérait que Gabriel lui dise qu'il fuyait la police qui voulait l'arrêter pour un crime qu'il n'avait pas commis. Incrédule, il l'avait presque supplié :

— Ne me dis pas ça, Gabriel. Pourquoi me dis-tu ça ?

Il savait à quel point Gabriel et Michal étaient liés.

Gabriel continuait à se taire, l'air perdu et désespéré.

— Qu'est-ce qui s'est passé ? Raconte-moi ce qui est arrivé. Pourquoi as-tu fait ça ?

— Je veux que tu m'accompagnes à la police.

— Non, pas avant que tu me dises pourquoi !

Face à toutes les émotions qui le submergeaient, seuls ces mots lui avaient échappé.

Il se sentait impuissant et désarçonné devant Gabriel en larmes. Il avait l'habitude de voir de nombreux réfugiés s'effondrer devant lui et avait appris à distinguer les comédiens des individus à bout de force. Il savait que Gabriel appartenait à la seconde catégorie.

— Je croyais que tu l'aimais, elle t'a aidé... Alors, pourquoi ?

— C'est vrai, je l'aimais, elle était comme une grande sœur pour moi.

— Dans ce cas, que s'est-il passé ?

Gabriel ne répondait toujours pas.

— Tu voulais lui prendre son argent ? Elle ne t'aimait pas comme, toi, tu l'aimais ?

— Non, non, pas du tout !

— Gabriel, regarde-moi droit dans les yeux et dis-moi que tu as assassiné Michal.

Toute cette situation lui semblait bizarre. Illogique. Gabriel s'en prendre à Michal ?

L'Africain baissait les yeux.

— Je vais t'accompagner à la police mais, d'abord, regarde-moi dans les yeux et dis-moi que tu l'as tuée.

* * *

137

Il gagne la porte du bureau de Nahmias et l'entrouvre. Il en a assez d'attendre. L'excitation qu'il a perçue dans le regard de la policière quand il lui a parlé de Gabriel l'a exaspéré. Plus Itaï avait posé de questions à Gabriel, plus ses aveux lui avaient paru invraisemblables. Il ne pouvait rien dire de l'assassinat. Et, surtout, il était incapable d'expliquer pourquoi il s'en était pris à Michal. Il savait que les gens n'avouent pas comme ça et qu'ils se portent rarement volontaires pour se rendre à la police. Mais les demandeurs d'asile vivent dans une réalité incompréhensible. Le désespoir, la faim, le sentiment d'insécurité, le racket dont nombre d'entre eux sont victimes peuvent les conduire à agir de manière tout à fait illogique.

En outre, il connaît Gabriel : il sait que ce n'est pas un assassin. Quand il lui a demandé si quelqu'un l'obligeait à dire ce qu'il venait de lui dire, si on le faisait chanter, il avait paru paniqué. Son instinct lui disait qu'il avait touché le point sensible. Mais, quand il avait essayé de lui extorquer un nom, Gabriel s'était muré dans le silence.

Pas de doute : pour la police, l'affaire sera aussitôt bouclée. Ils ne l'écouteront pas comme lui-même l'a écouté, et ils vont prendre sa déclaration comme un fait avéré, un don du ciel. L'aveu représente, après tout, « la reine des preuves », la preuve suprême. Car « nul n'est tenu de s'accuser soi-même » - il se souvient de ce principe juridique cité à satiété dans les arrêts de la Cour suprême de justice. Avouer signifie donc être coupable. Même si Gabriel était israélien, son aveu suffirait à l'inculper.

L'issue est connue. Gabriel va être accusé d'un meurtre qu'il n'a pas commis. Et le véritable assassin continuera à se balader dans la nature.

Pour inciter la police ou l'Ordre des avocats à agir, il faut leur présenter des pièces à conviction irréfutables. Dans le cas de Michal, il n'y a pas de « pistolet fumant ». Elle-même n'a pas du tout eu de pistolet.

* * *

Le couloir est vide. Il voulait accompagner les policiers, pour s'assurer qu'ils se conduisaient correctement avec Gabriel, mais ils avaient refusé. Nahmias lui avait promis qu'ils agiraient délicatement, que pas un cheveu ne tomberait de la tête de Gabriel. Et s'il avait commis une erreur ? Il aurait dû se montrer plus déterminé. Ne pas leur révéler sa cachette avant de se mettre d'accord sur la manière dont ils allaient procéder à son arrestation. Lui et son éternel esprit d'escalier... Mais c'est la première fois. Même quand il travaillait en tant qu'avocat, il fuyait les affaires criminelles comme la peste.

Il arpente la pièce, agité. S'il veut aider Gabriel, s'il veut expier l'indifférence qu'il a manifestée à l'égard de Michal et lui rendre justice, il faut faire quelque chose, agir.

Il ne se rappelle même pas à quoi ressemble le « banquier ». Michal lui avait montré des photos, mais beaucoup de temps s'était écoulé depuis.

Il jette à nouveau un regard en direction de la porte. Il doit revoir cette photo. Il ne peut pas rester les bras croisés. Il doit aider Gabriel en incitant la police à se lancer sur la bonne piste.

La pensée de ce qu'il s'apprête à faire le perturbe. Il n'a pas beaucoup de temps. Dans une minute ou deux, la policière va sûrement revenir. Même si elle lui avait été reconnaissante de lui apporter Gabriel sur un plateau d'argent, il avait perçu dans son regard la désapprobation d'avoir laissé Gabriel seul. Et qu'arriverait-il s'ils ne le trouvaient pas dans le square ? Pourquoi ne l'a-t-il pas amené immédiatement à la police ? Gabriel voulait l'accompagner. C'était même la raison pour laquelle il l'avait contacté. Mais Itaï voulait d'abord parler à l'inspectrice, et, bien qu'il sût qu'il n'y avait aucune chance de la convaincre, il ne voulait pas renoncer d'emblée.

Il tire le classeur et, d'un geste rapide, l'ouvre. Que ferait-il si elle pénétrait à brûle-pourpoint ? Qu'allait-il lui dire ?

Il feuillette en hâte les documents à la recherche de la plainte.

Il a toujours cru qu'il fallait respecter les règles du jeu. « Poltron », lui lançait Michal. « Sensé et réaliste », répondait-il. Si elle le voyait en ce moment... Il épluche le classeur. Rien. Il recommence depuis le début. C'est forcément là-dedans. Nahmias lui a montré la photo. Il pousse un soupir de soulagement en les découvrant. Trois clichés du « banquier ».

Il tire son portable de la poche et, d'une main tremblante, photographie les instantanés. Une fois, une seconde, pour plus de sûreté, puis referme vivement le classeur et le repose à sa place.

Au moment de se rasseoir, encore troublé par son forfait, la porte s'ouvre, laissant apparaître Nahmias.

31

Au bruit des sirènes de police, un frisson parcourt l'échine de Gabriel. Il se sent si seul, la faim tord ses entrailles. Jadis, il avait de grands rêves : devenir un peintre célèbre et faire ainsi honneur à sa famille. Il voulait tomber amoureux, fonder une famille, avoir des enfants. En Érythrée, il n'y avait aucun espoir ; en Israël, il espérait améliorer son sort. Mais ici aussi, il n'y a plus aucun espoir. Cela allait même être pire que prévu.

Hier soir, il s'est rendu à l'Association d'aide aux réfugiés pour voir Itaï, même si, au départ, il ne voulait pas s'adresser à lui. Il souhaitait plutôt que ce soit Arami qui le conduise à la police, mais ce dernier l'avait orienté vers Itaï.

La police et les tribunaux l'emploient comme interprète, lui avait expliqué Arami, parce qu'il n'existe pas beaucoup de gens connaissant à la fois l'anglais et le tigrinya. C'est pourquoi, si Gabriel ne révèle pas qu'il parle l'anglais, il y a de fortes probabilités qu'ils fassent appel à Arami pour traduire. Mais si la police a vent de leur amitié, les chances qu'ils fassent appel à lui en tant qu'interprète seraient réduites à néant.

— Tout ira bien, Gabriel, l'a-t-il encouragé avant qu'ils ne se séparent, comme ça, tu auras deux amis là-bas, Itaï et moi. Si tu ne sais pas quoi dire, je t'aiderai. Ne leur montre à aucun prix que tu comprends ce qu'ils disent. Joue les abrutis. De toute façon, ils sont déjà persuadés que nous sommes des demeurés. Je te verrai là-bas, au poste.

L'Israélien a dit qu'il était prêt à payer 20 000 shekels s'il se constituait prisonnier et avouait le meurtre de Michal. Et si ce type ne respectait pas sa promesse et ne le payait pas ? Il voulait changer l'ordre de la transaction, mais Arami lui a dit que c'était impossible : le gars n'accepterait pas.

Arami ne connaît pas cet homme et la raison pour laquelle il veut qu'il avoue le meurtre de Michal, mais il est d'accord sur le fait qu'il y a de fortes chances qu'il soit lui-même l'assassin ou du moins qu'il travaille pour le compte de l'assassin. La pensée que le véritable meurtrier ne paierait pas pour son crime et que lui-même l'aiderait à échapper à son châtiment le torturait. Mais avait-il le choix ? Y avait-il une autre option ? S'il n'accepte pas leur proposition, Lydie va mourir, la police finira par le rattraper, mais lui ?

Michal est morte désormais, lui a dit Arami, plus personne ne peut rien pour elle. Lydie est toujours en vie, elle, et on peut la sauver. De plus, s'ils se rendaient à la police pour tout leur raconter, les Israéliens ne les croiraient pas. Pour eux, tous les Africains sont malhonnêtes, des profiteurs, venus s'incruster dans leurs maisons et tenter de les gruger. La justice, c'est le cadet de leurs soucis. La vérité, encore plus. Ils ne pensent qu'à eux-mêmes. Engoncés dans leur racisme, leur haine. S'il faut se rendre à la police, autant en retirer quelque chose...

Hier soir, il a prié Jésus et lui a demandé pardon. C'était la deuxième fois depuis que les soldats avaient exécuté son père. La première, c'était dans le désert, avec Lydie, au moment où ils étaient persuadés qu'ils allaient mourir. C'était surtout pour donner du courage à sa sœur. Parce que lui, il en voulait à Jésus d'avoir laissé assassiner un homme aussi bon que son père. Mais, hier, pendant la nuit, il a senti qu'il le devait, et les mots ont jailli naturellement de sa bouche.

Itaï lui a proposé de venir dormir chez lui, mais il a refusé. La discussion avec lui avait été plus pénible encore qu'il ne l'avait imaginé, et il craignait, en restant avec son ami, de flancher et de lui révéler la vérité. Il détestait lui mentir.

Arami lui avait dit qu'à la police on ne lui poserait pas beaucoup de questions. Pour eux, tous les Africains sont des délinquants, et si l'un d'eux vient leur dire qu'il est coupable, cela ne ferait que les conforter dans leur propos. Il espère qu'Arami a raison. La réussite de son plan dépend du fait qu'ils le croient ou non.

Ils ont fini par décider qu'il resterait dormir dans le bureau d'Itaï et qu'au matin il regagnerait le square de la rue des Sages-d'Israël, à Névé Sha'anan. Là, il patienterait, le temps qu'Itaï aille parler à la police. Il n'a pas fermé l'œil de la nuit. Ce qui l'attendait l'effrayait. Des gens qui avaient séjourné dans les prisons israéliennes lui avaient raconté que les conditions y étaient relativement bonnes, qu'on ne frappait pas les détenus, qu'il y avait des douches et des repas gratuits. Mais personne de sa connaissance n'avait été emprisonné pour homicide. Les Israéliens se comportaient sûrement autrement dans ces cas-là. Peut-être même qu'ils voudraient se venger d'un Africain qui a tué l'un des leurs.

Et peut-être qu'ils vont l'expulser, comme ils l'ont fait pour Hagos. Quand son ami est arrivé en Éthiopie, ils l'ont envoyé en Érythrée, et là, ils l'ont assassiné. Cela pourrait lui arriver.

* * *

Trois fourgonnettes de la police se garent dans un crissement de freins. Leurs sirènes l'assourdissent, lui donnent des frissons. Il a la bouche sèche. Ce matin, il s'est tellement dépêché de décamper qu'il n'a même pas bu d'eau. Il n'était pas un gros mangeur, mais depuis l'assassinat, il n'avait presque rien avalé.

Les policiers quittent leurs véhicules et se mettent à courir dans sa direction. Quelqu'un lui crie des ordres dans un mégaphone, mais il ne comprend rien. Trop de bruit. Le policier arrivé le premier dégaine son arme.

* * *

Un soir, pendant le dîner, des soldats avaient fait irruption chez eux en Érythrée. Ils avaient empoigné son père et l'avaient traîné dehors. Sa mère criait. Lydie et lui pleuraient. Dans le jardin, ils lui avaient tiré plusieurs balles dans le crâne. Bien qu'il n'ait eu que huit ans, cette vision ne l'a plus jamais quitté : son père gisant à terre, sans un souffle de vie, baignant dans son sang. Quand il a abandonné son village, sa mère lui a dit que c'est à ce moment-là qu'elle avait décidé de l'envoyer à la première occasion, avec Lydie, dans un autre pays parce qu'ils n'avaient aucun avenir dans le leur.

* * *

Les policiers continuent de courir dans sa direction, hurlant des mots incompréhensibles. Leurs armes sont directement pointées sur lui.

Soudain, il a terriblement froid. Il sent que la tête lui tourne et il s'écroule sur le sol.

32

Assise à son bureau, Anat épluche les documents de l'enquête. Au cours de la demi-heure écoulée, elle a reçu un appel du commissaire divisionnaire et même du contrôleur général pour la complimenter. À en juger par leurs propos, elle comprend que la nouvelle de l'arrestation de Gabriel s'est répandue comme une traînée de poudre jusqu'aux hauts gradés et même jusqu'aux oreilles de certains politiciens, dont ce Réguev, qui a téléphoné en personne au contrôleur général pour le féliciter.

Même si le message était plutôt clair, elle n'a rien dit et s'est contentée de les remercier poliment. Ce n'est que lorsque le porte-parole de la circonscription l'a appelée pour lui demander explicitement de boucler son enquête dans les deux heures, parce qu'il souhaitait diffuser la nouvelle aux infos du 20-heures et permettre aux trois chaînes de télé d'envoyer des équipes pour l'interviewer, qu'elle s'est énervée.

Cela n'allait pas être aussi simple. Quand le suspect ne comprend pas la langue et qu'il faut recourir à un interprète, l'inspecteur se retrouve en position d'infériorité. La spontanéité disparaît et la fluidité de l'interrogatoire est rompue.

Elle n'a jamais mis en examen d'Érythréens, et cela la préoccupe. Les tactiques qui fonctionnent d'habitude avec les Israéliens risquent de ne pas porter leurs fruits dans ce cas de figure. On peut toujours effrayer les Israéliens en les menaçant de révéler à leurs proches ce qu'ils ont commis, que leur arrestation va provoquer la honte des leurs. Mais la

145

famille de ce suspect se trouve à des milliers de kilomètres d'ici. Sur quels boutons doit-elle appuyer pour faire pression sur Gabriel. Lui montrer une photo de Michal Poleg ? Lui énumérer tout ce qu'elle a fait pour lui ? Les leviers de manœuvre sont propres à chaque culture. Guilad, l'officier des renseignements généraux, lui a déclaré que le meilleur moyen de faire pression sur eux, c'est de les menacer de les emprisonner. Ces gens-là sont contraints de travailler : ils ont des dettes, et leurs familles dépendent de l'argent qu'ils leur envoient.

Yaron l'a rassurée, avec une tape sur l'épaule, avant qu'elle ne parte à Névé Sha'anan interpeller Gabriel : « Ça va aller, Nahmias. Tout va bien se passer. » Il lui a proposé d'y aller à sa place. Au commissariat, Yaron était celui capable de mettre à table n'importe quel prévenu. Il leur retourne tellement le cerveau qu'ils finissent par avouer. Elle l'a remercié et a décliné sa proposition. Cette enquête est la sienne.

* * *

La porte s'ouvre, Yaron pénètre dans la salle.

— Il est à toi, Nahmias, lui lance-t-il sur un ton qui masque à peine son envie d'ajouter : « Alors, ne merde pas. »

— L'interprète est arrivé ?

— Oui, il est là. Joshua a dit qu'il ne pourrait venir que demain. Mais on a eu du pot, Arami se trouvait dans le coin et il est libre.

— Excellent ! fait-elle avec un sourire.

Elle aime bien travailler avec Arami. Il connaît parfaitement l'anglais et c'est un pro. En outre, elle lui voue une affection particulière depuis qu'elle a appris la manière dont il a aidé les soldats à accoucher une Soudanaise.

Elle se lève, lisse sa chemise d'uniforme. Mieux vaut mener une telle enquête en uniforme. Elle respire un bon coup. À elle de jouer.

33

Gabriel sursaute au moment où la porte s'ouvre. Une policière, petite et maigre, pénètre la première, suivie de son collègue grand et barbu, celui qui l'a arrêté au square, celui dont l'arme était pointée sur lui. De peur, il s'était évanoui, et le colosse lui avait versé de l'eau sur le visage et donné quelques gifles pour le réveiller.

Ils l'avaient menotté aux pieds et aux mains et l'avaient introduit dans cette pièce vide, à l'exception d'une table et de quatre chaises en plastique. Il regarde autour de lui pour repérer des taches de sang sur les murs. Aucune trace. Ça le rassure un peu.

Le policier lui a préparé un thé trop sucré et lui fait signe de tout avaler. Comme il ne boit pas assez vite, il lui crie quelques mots en hébreu qu'il ne saisit pas.

La policière lui sourit et lui dit « Bonjour ». Il ne répond pas. Chez lui, en Érythrée, les policières sont souvent plus cruelles que les soldats.

Il ravale un soupir de soulagement en voyant Arami pénétrer dans la salle d'interrogatoire. Il se retient de se lever et de lui montrer à quel point il est heureux de le voir. Arami l'a averti que, si les policiers s'apercevaient qu'ils se connaissaient, ils le feraient sortir aussitôt.

Bien que lui-même ait dit qu'il prendrait ses précautions, Arami ne peut s'empêcher de lui adresser un sourire à la dérobée. Cette attention lui insuffle du courage et le sentiment qu'il n'est plus totalement seul.

Arami s'assoit à côté de lui et, à l'insu des policiers, lui tapote doucement le genou sous la table.

La policière lui demande en anglais son nom, Arami traduit, et il répond. D'autres questions sur ses origines, sa famille, la manière dont il est arrivé en Israël, où il a travaillé, où il habite. La policière note rapidement ses réponses sur une feuille posée devant elle.

Soudain, elle cesse de l'interroger et se met à lui exposer les droits que la loi israélienne accorde aux personnes dans sa situation. Il ne comprend pas tout, et, à dire vrai, ça lui importe peu. La policière ne se préoccupe pas vraiment de savoir s'il comprend ou non. Elle semble répéter un discours qu'elle a déjà débité un millier de fois. Arami profite de son laïus pour lui expliquer qu'il veille sur lui et qu'il espère que tout se passera bien. Il lui révèle que l'homme qui a promis l'argent paiera demain.

La policière lui demande s'il souhaite un avocat, et Gabriel fait non de la tête.

Un bref instant, il s'affole en comprenant qu'il a répondu avant qu'Arami ne traduise, mais il semble que la policière ne l'ait pas remarqué.

Arami lui dit qu'il le trouve très courageux et espère que ses propres enfants seraient aussi loyaux à l'égard de leur famille que lui. Gabriel sent ses yeux se remplir de larmes. Ensuite, la policière se tait, la mine grave, puis lâche :

— Itaï Fischer prétend que vous êtes responsable de l'assassinat de Michal Poleg.

Arami lui traduit.

Il se tait. Son cœur bat la chamade.

Elle lui demande si c'est la vérité, et Arami traduit.

Il aspire une grosse bouffée d'air. Le moment de vérité. Itaï lui a expliqué qu'après être passé aux aveux devant la police il n'y aurait plus d'échappatoire. Il ne pourrait plus regretter. Il pense à Lydie et à l'argent qu'il va toucher. Il fait ça pour elle. Il doit se montrer courageux.

Arami hoche légèrement la tête pour lui indiquer que c'est bien, qu'il prend la bonne décision. Ce geste lui donne du courage.

Il opine du chef en baissant le regard.

— Je veux que vous me le déclariez.

Il relève le regard et déclare d'une voix posée :

— Michal est morte à cause de moi.

Arami traduit.

Aucun muscle ne tressaille sur le visage de la policière, qui continue à le fixer, la mine toujours aussi grave. Le grand policier, lui, sourit. Il essaie de le dissimuler, mais on voit bien qu'il est aux anges.

— C'est vous qui l'avez tuée ?

Arami traduit, et Gabriel acquiesce.

— Dites-le plus fort, gronde le policier.

Et, après avoir attendu qu'Arami lui traduise, il dit d'une voix tremblante :

— J'ai tué Michal.

Assis en face de lui, les deux flics se taisent. Le policier ne cache plus son sourire, s'étire et croise les mains derrière son crâne. Sa collègue continue à le dévisager.

— Pourquoi ?

La question qu'il redoutait. Il se tait, baisse les yeux, espérant qu'elle laisse tomber et passe à autre chose.

Mais elle n'en démord pas et répète sa question. Arami traduit.

Peut-être qu'Itaï les a convaincus qu'il n'est pas l'assassin ? Peut-être a-t-il compris qu'on l'a payé pour qu'il avoue le meurtre.

— Aide-moi, Arami, dis-moi ce que je dois dire, le supplie-t-il.

34

Anat les interrompt :

— Qu'est-ce que vous chuchotez entre vous ?

L'aparté entre Arami et Gabriel la met mal à l'aise. Elle n'apprécie pas la présence d'un intermédiaire entre elle et le prévenu. Cette enquête, elle veut la mener à sa guise, et leurs échanges lui donnent l'impression qu'elle perd le contrôle. Sa question était courte et sans détour. Il ne faut pas tant de temps pour la traduire.

— Il demande que vous répétiez la question, dit Arami.

— Allez, plus vite ! le bouscule Yaron, excédé.

Arami baisse le regard d'un air soumis et dit quelque chose. Gabriel lui répond. Arami lâche à la fin d'une voix calme :

— C'était une erreur.

— Comment ça, une « erreur » ? s'écrie-t-elle, en essayant de capter le regard de Gabriel.

Elle a le sentiment qu'il comprend tout ce qu'elle dit.

Arami traduit, et Gabriel lui répond. Elle attend qu'Arami lui traduise à elle, mais il continue à parler avec le prévenu.

Elle cherche à comprendre ce qu'ils se disent à travers leurs expressions du visage et leurs gestes, en vain. Elle tente de compter les mots pour savoir si leur nombre correspond à la longueur de ses questions, mais leur langue ne lui permet pas de distinguer où commence un mot et où un autre s'achève.

Elle sent qu'elle perd la main. Il ne faut pas lâcher prise, surtout pas dans les moments décisifs de l'enquête.

— Cessez votre manège ! tonne Yaron en abattant le poing sur la table.

Sa voix puissante et le coup qu'il porte interrompent la discussion entre les deux hommes qui jettent à Anat un regard médusé.

— Je veux que tu me traduises exactement ce qu'il a répondu, dit-elle d'une voix suave.

Elle n'a pas le choix. Elle a besoin d'Arami. Si elle calme les esprits, il sera plus facile de maîtriser la situation.

Du coin de l'œil, elle voit Yaron lui jeter un regard réprobateur.

35

Gabriel ne dit plus un mot.

— Comment ça « un accident » ? répète la policière en ne cessant de le fixer.

Le ton de sa voix indique qu'elle ne le croit pas. Itaï non plus ne l'a pas cru. Il souhaitait qu'il dise que ce qui était arrivé avec Michal n'était pas de sa faute, que c'était impossible, que Gabriel était son protégé et qu'il avait confiance en lui, qu'il n'était pas un assassin. La policière, de son côté, veut l'entendre dire qu'il a assassiné Michal avec préméditation, que, justement, ce n'était pas un accident.

— Dis-leur que vous vous êtes disputés, et que ce n'était pas prémédité. Elle t'a donné de l'argent et voulait que tu la rembourses, mais toi tu n'avais pas les moyens de le faire, lui souffle Arami.

Il opine de la tête.

— Qu'est-ce que vous vous racontez ? les interrompt-elle à nouveau.

— Je lui ai expliqué la question, répond Arami d'un air candide.

— Eh bien, qu'il réponde, lance le policier à bout de nerfs.

Gabriel avait l'intention de lui fournir la réponse qu'Arami venait de lui suggérer, mais la policière le coupe, le regard planté dans ses yeux.

— Vous avez eu des relations sexuelles avec Michal, n'est-ce pas ? Elle ne voulait plus coucher avec vous. C'est pour ça que vous l'avez assassinée ?

152

— Non ! Impossible ! Elle était comme ma sœur ! répond-il en anglais sans réfléchir.

Le piège. Il est tombé droit dedans.

La policière dit quelques mots au grand policier. Il a l'air de bouillir de colère. Il se lève d'un bond, agrippe Arami et le tire de sa chaise.

— Sois courageux, Gabriel, lui crie-t-il. Je vais t'aider. Je te le jure ! Je vais libérer Lydie. Ne les laisse pas te briser. Ils ne sont pas meilleurs que nous. Nous sommes plus forts qu'eux. N'oublie pas ça.

— Avertis-moi dès que Lydie sera libre, le supplie-t-il avant que les policiers le jettent dehors.

— Ne t'inquiète pas, Gabriel, tout va bien se passer !

La porte se referme derrière Arami. Gabriel est seul à présent.

36

Après qu'on lui a signifié fermement qu'il ne pouvait assister à l'interrogatoire, Itaï quitte le poste de police. Il avait songé quelques instants à représenter Gabriel mais avait repoussé aussitôt cette éventualité. Certes, il était avocat mais il ne s'était jamais occupé de droit criminel. Ce serait une folie et totalement irresponsable de sa part. Au lieu de quoi, il s'était donc soucié qu'un avocat commis d'office soit désigné au plus vite par l'aide juridictionnelle. Toutefois, en gagnant la rue, une profonde culpabilité le saisit, comme s'il abandonnait Gabriel à son sort.

Malgré la montagne de travail qui l'attend, il ne veut pas retourner à son bureau. Il sent qu'il doit faire quelque chose et certainement pas rester assis les bras croisés à son bureau. Dehors, la nuit tombe. Il a passé toute la journée au poste. La faim le tenaille, et il a froid. Ce matin, il s'est dépêché de partir de chez lui sans prendre de blouson. Il entre dans un restaurant ouvrier et commande un houmous.

Il prend son portable et regarde un moment les photos du « banquier » photographié par Michal. Le « banquier » a été saisi devant un restaurant. Difficile à dire s'il en sort ou s'il passe seulement dans les parages. Itaï ne connaît pas cette adresse, mais, en agrandissant le cliché, il aperçoit une plaque de rue fixée dans le coin supérieur d'un immeuble. Il ne réussit pas à déchiffrer le nom, mais devine qu'il est court. Le nombre de rues dans le secteur de la gare routière avec ce genre de restaurants est assez limité. Il mise sur la rue Finn. Il s'essuie les lèvres puis se lève. Il déniche rapidement le restaurant en question. Comme il s'y attend, l'établissement est bondé. La possibilité de pouvoir parler à un client discrètement est très faible.

Hier, il a hésité à demander aux réfugiés qui fréquentent leur association si quelqu'un connaissait ce « banquier » mais il s'est abstenu. La vocation de l'association est d'offrir un asile : les gens viennent pour chercher un secours, une consolation, une sécurité. Le but n'est pas de les angoisser avec des questions. L'assassinat de Michal représentait un traumatisme suffisant. L'association devait demeurer une enclave protégée.

La cohue dans ce restaurant le remet légèrement d'aplomb. Toute la journée, les travailleurs sociaux comme lui voient les réfugiés dans leur détresse. Leur vie, telle qu'ils la décrivent, n'est qu'une longue odyssée dans laquelle une tragédie chasse la suivante. Il est heureux de se rappeler qu'il existe des lieux où ils peuvent se laisser aller, oublier quelques instants leurs misères quotidiennes.

L'odeur de bérberé envahit ses narines. Cette épice, de couleur rouge orangé, les Érythréens l'ajoutent dans chaque plat. Son parfum âcre règne dans tous les restaurants, réussissant à couvrir la puanteur des poubelles de la rue.

Cette cantine n'est pas différente des autres rades de la gare routière : une salle minuscule et sombre qui, jadis, a dû sûrement servir de boutique. Des tables et des chaises en plastique noir disséminées partout. À une extrémité, se dresse un bar coiffé d'une piteuse guirlande de Noël. Sur un mur sont accrochés un drapeau de l'Érythrée et des tapisseries multicolores évoquant la vie paysanne en Afrique.

La clientèle est exclusivement masculine. Attablés ensemble, ils partagent les chaises, serrés. Tous mangent avec leurs doigts et puisent dans une grande cocotte en étain posée au milieu. La cocotte est tapissée d'*injera* − grande crêpe grise et spongieuse au goût acidulé, nappée de zingui, la viande de bœuf, de doro, les cuisses de poulet à la couleur rouge sombre due à un mélange particulier d'épices, ou de chiro, un plat végétarien orange à base de farine de pois chiches, assaisonnée d'oignons et d'ail revenu avec des tomates. Il scrute la salle à la recherche d'une place. Un serveur, qui est probablement le propriétaire, lui désigne une table à l'écart avec une chaise libre. En s'avançant, il sent tous les regards l'épier. Rares sont les Israéliens qui se risquent dans ce genre d'endroits même si, lorsqu'ils y viennent, l'accueil est chaleureux. Il tente de repérer des visages connus. Son association voit passer beaucoup de monde. Mais il ne reconnaît personne.

Après qu'il s'est installé, le serveur dépose devant lui le menu entièrement écrit en tigrinya. « Juste un thé », dit-il sur un ton d'excuse. Bien qu'il ait essayé à plusieurs reprises de goûter à cette nourriture, il n'aime pas la cuisine érythréenne. Même si les couleurs pourpre, rouge et orange sont une fête pour les yeux, les mets sont tantôt trop épicés, tantôt trop fades. Il se souvient qu'une fois Michal lui a avoué du bout des lèvres qu'elle aussi ne les appréciait pas vraiment. Confession exceptionnelle de sa part. Michal était un être absolu : quand elle aimait, elle aimait corps et âme. Comme lorsqu'elle détestait. Il était difficile de lui soutirer une critique à propos des demandeurs d'asile, qu'elle s'entêtait à appeler tous des « réfugiés ». Il se souvient qu'il n'a pu s'empêcher de rire quand elle lui a révélé, honteuse, ce qu'elle pensait vraiment de leur cuisine. Elle, bien sûr, n'avait pas saisi ce qu'il y avait de drôle là-dedans.

À la table voisine, une discussion animée a lieu. De temps à autre, des éclats de rire fusent. Il essaie de comprendre le sujet de leur discussion mais n'y parvient pas. Sa maîtrise du tigrinya n'a jamais été aussi bonne que celle de Michal.

Les gens lui jettent des regards de temps à autre et il leur sourit poliment.

Quand le serveur lui apporte son thé, il sort son téléphone portable et lui montre l'écran.

— Excusez-moi, connaissez-vous par hasard cet homme ?

Le serveur prend l'appareil et observe les photos, puis le regarde.

— Vous connaissez cet homme ? répète-t-il.

Le serveur hoche de la tête pour dire non et lui rend en hâte son téléphone.

— Il a perdu quelque chose, et je veux le lui rendre, ment Itaï.

— Désolé, connais pas, lâche le serveur en tournant les talons.

Quand il est entré, le restaurant était déjà plein, mais les gens ne cessent d'arriver et s'agglutinent autour des tables occupées, se faisant des accolades en signe d'affection et d'intimité, selon la coutume des Érythréens. Il remarque que certains ne restent pas pour s'asseoir mais qu'ils semblent gagner une autre salle qu'il ne voit pas de là où il est.

Un garçon d'une vingtaine d'années, assis près de lui, lui sourit. Il profite de l'occasion pour lui montrer les photos. Le garçon prend le portable de bon gré mais, en regardant les clichés, il hausse les épaules :

— Connais pas, désolé.

— Vous pourriez demander à vos camarades ? Je voudrais beaucoup parler à cet homme, lui dit Itaï.

Autour de la table, il y a six autres personnes. Il les observe tandis qu'ils se passent le portable de main en main. De temps à autre, ils chuchotent entre eux. Deux d'entre eux le dévisagent, et quand il croise leurs regards, ils baissent les yeux.

— Désolé, monsieur, nous ne le connaissons pas, lui dit le garçon en lui rendant son téléphone, se tournant légèrement pour lui offrir son dos.

Itaï a passé suffisamment de temps avec les demandeurs d'asile pour saisir que ce geste imperceptible signifie un refus absolu de coopérer.

Il demande l'addition. Chez lui, il réfléchirait à un autre moyen d'obtenir des réponses.

Il jette un regard à la télé suspendue au-dessus de la porte d'entrée. Un artiste africain qu'il ne connaît pas chante dans un micro, mais sa voix est étouffée par le brouhaha ambiant.

La porte s'ouvre, livrant passage à trois Africains. Il est difficile de ne pas voir qu'aussitôt tous les regards se tournent dans leur direction et que le niveau sonore baisse prodigieusement.

Les trois hommes, dont l'un porte une sacoche de cuir noir, traversent le restaurant et disparaissent derrière le bar. Les clients reprennent leurs occupations.

Le serveur se tient devant lui. « 5 shekels », dit-il en anglais. Itaï veut lui demander qui sont ces individus, mais il sait qu'il n'obtiendra pas de réponse.

Il reste assis quelques minutes de plus. Il se passe quelque chose là-bas. Peut-être le même genre de transaction bancaire illégale que Michal a débusquée ? Pour que la police se remue, il fallait qu'il lui apporte quelque chose de concret. Une preuve. Et s'il entrait là-dedans et photographiait la scène, réussirait-il à convaincre la police ?

Un autre homme pénètre dans le restaurant et le traverse aussitôt.

Itaï se lève. L'occasion ou jamais.

Il lui emboîte le pas et traverse les tables bruyantes. L'homme contourne le bar et pénètre dans un couloir sombre à l'odeur de renfermé. Le cœur d'Itaï bat plus fort que jamais. Il jette un regard en arrière. Personne n'a l'air de l'avoir remarqué. L'homme tourne à droite en direction d'un autre couloir. Une forte odeur de tabac plane dans l'air, il tousse. Au bout du couloir, il s'immobilise. Il sort son portable et actionne la caméra. L'homme toque à une porte blanche. Au bout de quelques secondes, quelqu'un lui ouvre, et il s'engouffre dans la pièce.

Itaï approche de la porte, et tend l'oreille. Des voix d'hommes s'échappent de la pièce.

Il hésite à frapper à la porte, mais avant qu'il ne se décide, elle s'entrouvre. Un Africain élancé lui barre le passage. Itaï mesure un mètre quatre-vingt-cinq, mais le type le dépasse d'une tête et est bien plus costaud que lui.

— Les toilettes ?

Ce sont les deux mots qui lui viennent spontanément. Le mastard secoue la tête et lui fait signe de déguerpir.

— C'est quoi, ça ? Qu'est-ce qui se passe là-dedans ?

— Ouste ! Dégage !

L'homme le repousse, le faisant un peu trébucher.

— Laissez-moi entrer...

Son ton est implorant. Qu'est-ce qui lui arrive ? On dirait un gamin de cinq ans.

L'homme le repousse à nouveau, cette fois plus vigoureusement, et il tombe presque à la renverse. Le serveur se tient derrière eux et les observe.

— Qu'est-ce que vous essayez de cacher ?

Itaï se relève, son portable pointé vers le type.

Il a le souffle coupé avant même de ressentir la douleur du coup. Le type lui a décoché un coup de poing monstrueux dans le ventre. Itaï tombe à genoux. Il a du mal à respirer. Son téléphone glisse de sa main.

37

L'énergie avec laquelle Chmouel Gonen s'engouffre dans son bureau provoque la méfiance d'Anat. Une demi-heure à peine après l'avoir appelé pour procéder à un tapissage de suspects, et le voilà déjà qui débarque. Fin prêt. Elle n'apprécie pas les témoins trop zélés : ils causent toujours des problèmes. En général, elle procède d'abord à une reconstitution avec le prévenu et ensuite seulement à l'identification, mais cette fois, ses supérieurs ont exigé d'inverser l'ordre. Le prestige de la police bat de l'aile, du coup, l'institution n'entend pas rater une occasion de prouver au public qu'il se trompe à son endroit. Les phrases qu'a énoncées Gabriel – « À cause de moi, Michal est morte » ou « J'ai tué Michal » – seront diffusées en boucle dans tous les médias. Le tapissage représente l'obstacle qu'il faut écarter aussi vite que possible pour accéder à la gloire médiatique.

À la fin de l'interrogatoire, Yohaï est venu la féliciter :

— J'étais sûr, dès le début, que la situation était sous contrôle avec toi, l'a-t-il flattée en lui serrant la main.

Elle a joué le jeu jusqu'au bout et l'a remercié poliment. Ses propos l'auraient davantage réjouie si, cinq minutes avant qu'il ne descende des sommets de son cabinet, David ne l'avait pas appelée d'Autriche pour lui révéler que la veille Yohaï avait fait pression pour qu'il rentre dare-dare.

Elle-même ne sait que penser de cet interrogatoire. Gabriel lui semble davantage apeuré que coupable. Tous sont trop convaincus de sa culpabilité – tous, sauf elle.

— Il a avoué. Nous n'avons exercé aucune pression sur lui, nous ne l'avons pas menacé, nous ne lui avons pas retourné le cerveau à l'assaillir de questions pendant des heures... Qu'est-ce que tu veux de plus ? lui a demandé Yaron. C'est pour ça que t'es encore célibataire : rien ne te satisfait jamais ! Sérieusement, Nahmias...

Il efface son sourire devant le regard glaçant qu'elle lui jette.

— De toute façon, est-ce qu'on a des preuves qui contredisent sa version ? Quelque chose qui démontre que ce n'est pas lui ? Rien !

Elle envie son assurance, sa capacité à fournir une réponse claire, dénuée de la moindre ambiguïté. Il faut faire comme ceci. Il faut faire comme cela. Il l'a fait. Il ne l'a pas fait. Et, dans le cas présent, il l'a fait. Pour elle, les choses sont toujours plus complexes.

Elle s'en voulait tellement de ne pas avoir détecté que Gabriel parlait anglais. Elle aurait dû vérifier ce point auprès d'Itaï Fischer, du moins, ne pas supposer d'office que ce n'était pas le cas. Au début de l'interrogatoire, elle avait eu l'impression que Gabriel comprenait ce qu'elle lui disait mais elle avait mis cette intuition sur son manque d'expérience en matière d'enquêtes avec des Africains. Même quand elle lui avait demandé s'il souhaitait prendre conseil auprès d'un avocat, il avait fait non de la tête avant d'entendre la traduction. Elle l'avait clairement remarqué mais avait décidé de passer outre parce qu'elle n'était pas encore sûre de saisir toutes les données de la situation. Elle ne voulait pas faire pression sur lui à une étape aussi prématurée de l'enquête.

Elle en voulait à Yaron de n'avoir pas vérifié scrupuleusement la connexion entre Arami et Gabriel. Elle lui avait pourtant demandé de le faire, mais il avait répondu que rien ne s'opposait à recourir aux services de cet interprète. Ce genre de bévue peut facilement entacher gravement la validité des aveux. Elle devrait mieux tenir la bride à Yaron. Elle avait essayé de limiter la casse et avait répété ses questions à Gabriel. Il avait heureusement fourni les mêmes réponses que lorsqu'Arami était encore présent.

À en croire Gabriel, il n'avait pas eu l'intention de tuer Michal. C'était une erreur. Elle avait réussi à lui faire dire du bout des lèvres qu'ils s'étaient disputés à propos d'argent. Combien d'argent lui devait-il ? Cela, il l'ignorait.

Il avait continué à prétendre que c'était arrivé au cours de la matinée, alors qu'elle-même savait avec certitude que l'assassinat avait été commis pendant la nuit.

Au final, aux deux questions décisives – « Comment ? » et « Pourquoi ? » –, les réponses de Gabriel étaient loin d'être satisfaisantes.

Ce que lui avait expliqué Itaï, qu'il se pouvait que Gabriel ne dise pas la vérité, que quelqu'un le fasse chanter ou le menace, ne quittait pas son esprit. Voulait-il assumer la culpabilité de quelqu'un d'autre ? Et dans ce cas, de qui ? Contrairement à Itaï, elle est toujours persuadée que Michal connaissait son assassin. Gabriel connaissait-il celui qui le faisait chanter ? Et de quoi pouvait-on le menacer ?

* * *

Ils avaient en général un mal fou à recruter des individus disposés à participer à un tapissage. Et là, un coup de fil à un contremaître, et ils en recevaient quinze. Ils en ont même dégoté six portant une cicatrice sur la joue. Si la somme qu'on leur réglait était dérisoire aux yeux des Israéliens, les Africains accouraient, eux, de bon cœur.

Le seul retard à la séance d'identification était dû au fait qu'ils devaient attendre l'avocat commis d'office à cette affaire.

Chmouel Gonen se tenait à côté d'elle et semblait tendu.

— J'ai peur d'avoir une crise cardiaque en le voyant. Il m'a presque assassiné, ce Nègre, comme il a assassiné cette fille.

Elle tente de le rassurer en lui répétant qu'il n'a rien à craindre : la police le protégeait et le protégerait.

Elle l'observe d'un air concentré au moment où les hommes se sont alignés. Gonen avait porté rapidement son regard de l'un à l'autre. Trop vite. Or, à cause des différences ethniques, une telle identification était malaisée, elle le lui avait expliqué avant d'entrer dans la salle.

— Numéro 4, déclare-t-il au bout de quelques secondes.

— Vous en êtes sûr ?

— Numéro 4. Cent pour cent. Je m'en souviens parfaitement.

— Regardez encore une fois.

— Inutile. Le 4, je vous dis.

Elle n'avait pas prononcé un mot. Gabriel portait le numéro 7.

38

Bien qu'éveillée, couchée sur un matelas trop fin, Lydie garde les paupières closes. La pièce est plongée dans l'obscurité, seul un rai de lumière s'infiltre sous la porte. Une forte odeur de sueur et de sperme stagne dans l'air, lui colle à la peau, au matelas et au drap dont elle s'est enveloppée.

Son corps est endolori. Cela fait déjà deux semaines qu'elle est malade. Elle tousse tout le temps. Les fortes quintes la font frissonner de tous ses membres. Recroquevillée sous le drap puant, elle a froid et claque des dents.

La pièce est minuscule. Lydie est seule. Enfermée depuis des mois, elle ne voit pas le monde extérieur, entend seulement le bruit des voitures de la ville.

Outre le matelas, la pièce contient un petit lavabo, un seau pour ses besoins et les préservatifs que les hommes laissent derrière eux. Ahmad veille soigneusement à ce qu'ils aient des capotes et que, chaque soir, elle se lave dans le lavabo. La marchandise doit rester fonctionnelle...

Ces derniers jours, il n'introduit plus d'hommes. Ses quintes de toux dégoûtent les clients, lui a-t-il lancé, en colère.

Quand elle était encore en bonne santé, elle n'arrêtait pas. La plupart du temps, ils étaient deux ou trois. Le maximum, ce fut six. Tous Africains comme elle. Certains se couchaient sur elle et la pénétraient aussitôt. D'autres voulaient qu'elle les suce. À la chaîne. L'un après l'autre, ils se frottaient contre sa peau, forçaient son corps, déversaient leur sperme en elle.

La première fois, au Sinaï, c'était Rafik. Elle avait pleuré, crié, l'avait supplié de la laisser tranquille. Elle n'avait que dix-sept ans et était encore vierge. En guise de réponse, il lui avait enfoncé la crosse de son arme dans le ventre et asséné son poing sur le visage. Il avait posé le doigt sur sa bouche pour lui signaler de se taire, puis passé rapidement sa main sur sa gorge pour bien lui faire comprendre ce qui lui arriverait si elle n'obéissait pas. Elle n'a plus jamais pleuré devant lui. Uniquement quand elle se retrouvait seule, et même ça, elle avait cessé. Quand Rafik lui amenait ses amis, elle ne prononçait pas un mot.

Elle n'est pas la seule dans l'appartement. Dans les autres chambres, d'autres femmes sont couchées comme elle. Elle entend les cris d'Ahmad quand il les engueule, les pas des hommes qui se pressent dans les chambres. Parfois, tard dans la nuit, elle les entend pleurer.

Trois fois par jour, la porte s'ouvre, et Ahmad lui jette sa nourriture : du pain, des tomates, un concombre. Parfois, il ajoute du riz et des pois chiches. Quand Ahmad est de bonne humeur, il double sa ration. Parfois, il lui apporte même de la viande.

Sinon, lorsque la porte s'ouvre, ce n'est que pour introduire des clients. Elle ne les regarde jamais en face, elle se contente de fixer un point de la pièce et se mord les lèvres lorsque la douleur n'est plus supportable. Ahmad lui fait parfois signe de gémir, lorsque les clients paient davantage.

Au début, elle essayait de dissimuler son visage. Elle craignait que quelqu'un ne la reconnaisse, quelqu'un de son village en Érythrée ou des gens croisés en chemin avant d'arriver ici : dans le camp de réfugiés du Soudan, en Égypte, dans le Sinaï. Elle ne voulait pas que quelqu'un sache. Sa réputation était en jeu. Les gens parlent. Les ragots courent à toute vitesse, enjambent les frontières. Sa mère pourrait l'apprendre. Gabriel aussi. Quelle honte !

Quand Ahmad a compris qu'elle essayait de cacher son visage, il l'a battue. Il prend une commission sur les clients qu'il lui amène, elle a un beau visage, alors, hors de question de le cacher !

Il y a quelque temps, peut-être un mois, ou plus, un client l'a reconnue. Il s'appelait Fotsom. Lui aussi était érythréen. Il faisait partie du groupe qui avait voyagé dans son camion du Soudan jusqu'en Égypte. Pendant plusieurs jours, ils étaient tous entassés sur le plancher du véhicule, recouverts de sacs vides, de crainte d'être repérés aux barrages de police. Pour passer le temps, ils décrivaient les villages d'où ils venaient. Ils rêvaient d'un nouveau pays, de la vie qui les attendait là-bas.

Elle lui a chuchoté à l'oreille d'aller parler à Dalia, l'assistante sociale du foyer d'accueil des femmes de Névé Sha'anan, pour lui dire où elle se trouvait ou, au moins, lui dire qu'elle n'avait pas disparu comme ça, sans un mot d'adieu. Mais elle était la seule personne que Fotsom pouvait prévenir. Surtout pas Gabriel. Il ne devait pas savoir qu'elle était en Israël. Ahmad les avait alors surpris et avait brusquement tiré Fotsom en arrière. Il l'avait averti que, s'il ne désirait pas se retrouver avec un pruneau dans la cervelle, il devait la fermer, parce qu'avec ses relations il pouvait retrouver n'importe qui. Ensuite, elle avait entendu un coup et Fotsom étouffer un cri de douleur.

* * *

Il y a quelques jours, Ahmad a fait irruption dans sa chambre et l'a rouée brusquement de coups. Au ventre, des gifles, des coups de poing. Elle ne comprenait pas ce qu'elle avait fait pour mériter une telle correction.

— J'en ai marre de toi, hurlait-il. Ici, c'est pas un hôtel ! T'es là, vautrée comme une vache, à bouffer et à tousser tout le temps. Les clients ne veulent plus de toi. Ils ont peur que tu les contamines...

Il l'a agrippée par le col, s'est juché sur elle et l'a plaquée contre le plancher.

— J'ai appris que t'as un frangin en Israël... Appelle-le et dis-lui de venir te prendre... Marre de toi... Ton frère a beaucoup de pognon... S'il me règle, je te laisse partir, pigé ?

Elle a opiné de la tête. Était-ce possible ? Aurait-elle une chance de quitter ce bouge ?

— Pour que ton frère veuille bien ramener une pute comme toi, tu dois le supplier, pigé ? Sinon, il va te laisser ici. Que va-t-il faire de toi, qui portes la honte ? Tu vas faire comme je te dis, et comme ça, ton frangin va venir te chercher, pigé ?

Son nez pissait le sang.

Elle était si heureuse d'entendre la voix de Gabriel. Elle voulait lui dire qu'elle était désolée de tout ce qui était arrivé, qu'elle se languissait de lui, mais craignait que, si elle n'obéissait pas à la lettre à Ahmad, il l'empêcherait de revoir son frère pour toujours.

Elle se conduisit comme Ahmad lui avait ordonné.

Depuis, elle attend. Pour le moment, rien ne s'est produit.

Elle couvre la bouche de sa main après une nouvelle quinte de toux. Ahmad lui a dit que, s'il l'entendait tousser encore une fois, il la tuerait.

Dehors, la pluie continue à tomber. Elle a froid et tremble de tous ses membres.

39

Anat gravit les marches de l'escalier du 122, rue Shtriker à Tel-Aviv. Devant elle, Gabriel, menotté, appuyé au bras de Yaron, claudique. Derrière elle, Nimrod avec sa caméra. Elle perçoit parfaitement ses halètements. Quelques mois auparavant, au cours de la reconstitution d'un autre homicide, il lui a proposé un rancard, bien qu'il ait au moins vingt ans et cinquante kilos de plus qu'elle. Elle avait songé à accepter, juste pour voir la tête de sa mère, elle qui ne cessait de lui répéter que l'apparence extérieure ne faisait pas tout.

Sous l'escalier, elle entend Amit Guiladi, le journaliste spécialisé dans les affaires de justice, piailler à tue-tête au téléphone. Il les attendait sous l'immeuble, à leur arrivée sur la scène de crime. À l'en croire, il aurait obtenu l'autorisation du porte-parole de la police pour se joindre à la reconstitution.

Anat lui déclare sur-le-champ qu'il n'est pas question qu'il les accompagne. Non seulement elle n'aimait pas cette nouvelle pratique de la police, mais une crainte supplémentaire s'ajoutait à son refus : elle n'avait aucune idée de la manière dont se déroulerait la séance et de ce que dirait Gabriel.

— Ne sois pas stupide, Nahmias, l'apostrophe Guiladi tandis qu'il s'acharne à contacter le porte-parole pour lui prouver qu'il a ce droit. J'ai compris de la bouche de tes supérieurs que tu risques d'être promue. Tu as tout intérêt à avoir un gars comme moi à tes côtés. Aujourd'hui, pas question d'avancer sans une presse bienveillante et des relations publiques. Une fille intelligente comme toi n'a pas besoin de moi pour le comprendre, n'est-ce pas ?

Par bonheur, le porte-parole n'est pas joignable, et elle en profite pour ordonner à tout le monde de continuer vers les étages.

— Tu commets une erreur, lui chuchote Yaron tandis qu'ils continuent de grimper. Qu'est-ce que ça peut te faire s'il nous accompagne ? Tout le monde le permet.

Elle jette un regard à Gabriel, tout tremblant, trébuchant sur les marches.

La dernière chose dont elle a besoin, c'est d'un tapage médiatique.

— Nous avons besoin de calme et de silence, répond-elle à Yaron d'une voix tranchante.

Depuis qu'il a merdé avec Arami, elle a décidé de lui resserrer la bride.

* * *

Plus tôt dans la matinée, elle avait accompagné la famille de Michal sur sa tombe, à la fin des sept jours de deuil. Il y avait ses parents, sa sœur, son frère et son beau-frère. Cette situation intime qui lui était imposée la gênait. Eux aussi s'étaient tus en la voyant approcher.

Le père avait marmonné le *Kaddish* à la hâte et il avait eu l'air de vouloir aussitôt en finir. Le reste de la famille se tenait coi, regards fixés sur la sépulture fraîche. Une fois la prière achevée, la mère s'était épongé les yeux dissimulés derrière de grosses lunettes de soleil.

Au cours des derniers jours, elle avait vérifié l'alibi de chacun d'eux. Les parents se trouvaient ensemble dans leur appartement de Ramat Aviv. Roni, son frère cadet, en compagnie de sa petite amie. Dana, la sœur aînée, avec ses enfants. Chlomi, le beau-frère, en voyage d'affaires en Belgique.

Au moment de se disperser, Roni avait suggéré d'inscrire sur la stèle une phrase tirée du Talmud : « Quiconque sauve une âme d'Israël est considéré comme ayant sauvé l'humanité tout entière. »

— D'Israël ? Ils sont d'« Israël », peut-être, ceux qu'elle a aidés ? avait craché le père avec dédain.

— Qu'est-ce que ça change ? C'est une histoire de principe... Michal était une femme bien qui aidait les autres... avait répondu le frère.

— Il y a une grande différence : si elle avait aidé des Israéliens, peut-être que tout ça... ce meurtre n'aurait pas été commis, était intervenu le beau-frère.

La mère s'était interposée :

— Chlomi, s'il te plaît, il s'agit d'une discussion de famille...

— Et alors ? Je ne fais pas partie de la famille ? Quand vous avez besoin d'argent, il n'y a pas plus « famille » que moi, hein ! Quand vous êtes venus pleurer que votre fille dilapidait l'héritage...

— Vous allez cesser cette comédie immédiatement, avait explosé le père, en faisant un geste dans la direction d'Anat.

Tous s'étaient tus d'un seul coup, fuyant son regard.

Anat avait soupiré, contrainte de donner raison à Yohaï. Cette famille était certes horrible, mais aucun risque qu'elle ne produise un assassin.

Michal avait ouvert sa porte à son assassin, à une heure tardive de la nuit. Si elle avait été à sa place, Anat n'aurait introduit chez elle aucune des personnes présentes ici, de jour comme de nuit.

* * *

Elle se tient près de Gabriel et de Yaron devant la porte de Michal. Quand Nimrod reprend son souffle, elle lui ordonne de mettre en marche sa caméra.

Elle a décidé de confier la direction des opérations à Yaron. Après tout, il possède une meilleure expérience qu'elle en matière d'homicides.

L'échec de l'identification des suspects ne la préoccupe pas outre mesure. Si Gabriel avait été israélien, ce tapissage aurait revêtu une signification dramatique. Dans le cas présent, elle l'était moins. Il était naturel que Chmouel Gonen s'entête. D'un autre côté, cela avait renforcé l'intuition qu'elle avait. Son témoignage était tendancieux. N'importe quel « Africain » aurait fait l'affaire, selon Gonen. Aurait-elle rayé trop vite ce dernier de la liste des suspects ?

Yaron signale, pour les besoins du procès-verbal, le lieu, l'heure et la liste des personnes présentes. À compter de cette minute, le chronomètre est enclenché. Chaque action est filmée et enregistrée. Au moment de produire l'acte d'inculpation, l'avocat de Gabriel sera à même de voir en temps réel tout ce qu'ils ont effectué.

Yaron demande à Gabriel de décrire, pas à pas, ce qui est arrivé. La règle veut que les enquêteurs aient le droit de poser des questions neutres mais, en aucun cas, d'orienter les réponses du suspect.

Déboussolé, Gabriel les regarde, sans lâcher un mot.

— Allez, je vais vous aider, dit Yaron sur un ton impatient devant son inertie. Vous êtes venu ici. Vous avez frappé à la porte ? Sonné ?

Gabriel hoche la tête pour dire non.

— Vous avez frappé à la porte ou vous avez sonné ?

Yaron détache chaque mot comme s'il s'adressait à un attardé mental.

— La porte était ouverte, murmure Gabriel.

Yaron et Anat échangent des regards. Elle lui fait signe de la main de poursuivre. La réponse est surprenante. Mais, au moins, il parle. L'angoisse qui l'étreignait était qu'il se taise pendant la reconstitution ou qu'il dise des choses qui ne concordent pas avec les indices qu'offrait la scène de crime.

— Où se trouvait-elle quand vous êtes entré dans l'appartement ?

Gabriel désigne le salon de la main.

— Montrez-moi où exactement...

Gabriel s'avance jusqu'à l'endroit où se trouvait le cadavre de Michal.

Anat se place à l'endroit que Gabriel a indiqué.

— Et qu'est-ce qui est arrivé alors ?

Gabriel baisse les yeux, sans répondre.

— Qu'est-ce qu'elle vous a dit ? Et vous, qu'est-ce que vous lui avez dit ?

Yaron le mitraille de questions, Anat lui fait signe de se calmer.

Silence.

— Comment elle se tenait ? lui demande Anat. Elle vous tournait le dos ? Elle était de face ?

— Dites-nous, bon sang ! lance Yaron, excédé.

Silence.

— Gabriel, s'interpose-t-elle, je vois bien que tout ça est difficile pour vous. C'est normal. Voilà, on va respirer un bon coup, et vous allez nous raconter ce qui s'est passé. C'est tout ce que nous désirons : savoir ce qui s'est passé. Vous nous racontez, et ensuite, on s'en va. Je vous le promets.

Gabriel garde les yeux baissés.

Yaron se gratte le crâne. Elle connaît ce tic. Et sa signification.

Nimrod intervient :

— Je crois qu'on a un problème avec l'appareil... Je l'éteins pendant une minute.

Cette panne ne pouvait pas tomber à un meilleur moment.

Yaron profite de l'occasion, soulève Gabriel et l'attire vers lui.

— Écoute-moi bien, espèce de dégénéré, le tutoyant soudainement, la comédie a assez duré...

Anat hésite à s'en mêler, préfère s'abstenir. Yaron n'avait pas encore franchi la limite.

— On va changer de méthode, si tu ne nous racontes pas précisément ce qui s'est passé et comment tu l'as tuée. On va arrêter de jouer les gentils et commencer à se conduire avec toi comme chez vous, là-bas en Afrique. Peut-être même qu'on va t'y renvoyer et laisser tes potes s'occuper de ton cas...

— Ça suffit, Yaron, assez ! lui lance-t-elle calmement.

Elle les sépare et prend place près de Gabriel.

Il faut agir vite. Au début de l'enregistrement, ils ont annoncé l'heure de départ. Chaque minute qui passe, avec la caméra éteinte, accroît les risques d'invalidation de cette reconstitution.

— Tiens, Nahmias, s'il te plaît, le porte-parole est en ligne, j'ai l'autorisation d'être ici, entend-elle Guiladi derrière elle.

— Fais-le sortir, s'il te plaît, dit-elle à Nimrod qui se précipite sur Guiladi, le poussant avec sa grosse bedaine en dehors de l'appartement.

— Casse-toi, bas les pattes, gros lard, entend-elle Guiladi derrière la porte refermée. Nahmias, tu fais la bourde de ta vie. La dernière chose dont tu as besoin, c'est que je sois ton ennemi ! Tu m'entends ?

— Venez, racontez-moi ce qui est arrivé, se tourne-t-elle vers Gabriel en lui parlant doucement, ignorant les cris de Guiladi dans la cage d'escalier. Vous avez étranglé Michal ?

Elle choisit cette hypothèse pour lui permettre de parler plus facilement et de nier au moins quelque chose.

Gabriel la regarde sans un mot. Vous l'avez étranglée ? Si ce n'est pas le cas, pas de problème, vous pouvez me dire que non...

— Oui, je l'ai étranglée... lâche-t-il à voix basse.

Yaron et elle échangent des regards. Cette reconstitution va leur péter à la figure. Au commissariat, Yaron avait suggéré d'avoir ce qu'il appelle une « conversation préliminaire » avec Gabriel. Pour le mettre en condition. Mais elle a refusé d'emblée.

Anat respire profondément.

— Bon, on va reprendre depuis le début, Gabriel...

— Laisse-moi m'en occuper... lui dit Yaron, en la repoussant presque, à force de frustration.

— Yaron, ça suffit !

— Et tu lui as donné un coup avec la bouteille de bière qui se trouvait là. Elle est tombée et elle a reçu un coup sur la tête. C'est ça ? poursuit Yaron, ignorant Anat.

— Yaron, tu vas cesser tout de suite ! Qu'est-ce qui te prend ? Tu débloques ou quoi ?

Gabriel reste coi.

— C'est ça ? poursuit Yaron, sans prêter attention à sa collègue.

Gabriel acquiesce. Yaron se tourne vers Nimrod :

— Ta caméra fonctionne maintenant ?

— Ne la rallume pas, lui ordonne-t-elle. Il n'y aura pas de reconstitution.

Tous les regards se tournent vers elle.

— Il est submergé par l'émotion… Impossible d'organiser une reconstitution efficace…

Son cœur bat la chamade, mais elle réussit à garder son calme. Elle devrait retourner au poste et réfléchir calmement à ce qu'il venait de se passer.

— Anat, ne sois pas stupide… C'est comme ça que ça marche, tu ne comprends pas ? Laisse tomber… lui lance Yaron.

— Fais attention, Yaron ! Ici, c'est moi qui commande et je te dis qu'on ne fera pas de reconstitution.

* * *

— Qu'est-ce qui se passe là-dedans ? Vous avez déjà fini ?

Guiladi est toujours là, à les attendre sur le palier. Anat l'ignore et dévale l'escalier.

— Le porte-parole m'a promis que vous me montreriez la reconstitution, la poursuit-il. Si tu ne me crois pas, je te le passe sur mon portable.

— Il n'y a pas de reconstitution, dit-elle en se tournant vers lui, hors d'elle.

— Pourquoi ?

— Parce que c'est comme ça. Point, s'écrie-t-elle en continuant à dévaler l'escalier.

40

Simon Faro est tellement fou de rage qu'incapable de se maîtriser, il hurle sur Izik et Boaz qui se tiennent devant lui, penauds. D'habitude, il crie peu. Les gens sont plus dociles quand ils ne savent ni quand ni pourquoi on va leur tomber dessus.

Cela fait plusieurs jours qu'il est dans un état de stress permanent. Son deal avec l'Argentine l'empêche de dormir. Depuis des années il joue les intermédiaires dans la vente d'armes mais jamais à une aussi vaste échelle.

Il ne s'agit pas seulement de l'ampleur de ce business. La destination aussi pose problème. D'habitude, il écoule des armes au Nigeria, en Éthiopie, en Namibie. Mais jamais encore au Soudan, État boycotté par toute la planète et frappé d'une interdiction universelle de se fournir en armements.

Il n'aurait pas trempé dans cette affaire si on ne lui avait pas garanti une cargaison directe de drogues en provenance d'Égypte, grâce aux réfugiés qui ne cessaient d'affluer en Israël. Il se faisait pas mal de fric avec les réfugiés. Les prostituées et les paris clandestins payaient aussi mais, la drogue, ça restait la reine du business. Depuis le bordel de l'autre fois avec David Méchoulam, béni soit-il, sa filière du Liban est presque démantelée. Or, il n'y avait pas de place pour le vide dans l'univers de Faro : quand une source est tarie, il y a toujours un autre fournisseur pour pallier le manque. Faro ne peut pas se permettre de laisser ça arriver.

175

Il faut se rendre à l'évidence : il est dos au mur. Il n'irait jamais vendre des armes aux Iraniens ou aux Syriens, ni même écouler des armements perfectionnés. Là, le Soudan du Nord, c'était une autre histoire. Des surplus militaires. Des Noirs qui assassinent des Noirs ? Et alors.

Boaz est censé s'envoler pour l'Argentine et boucler l'affaire. Cette transaction revêt deux aspects : l'un, légal, l'autre, non. Pour qu'elle soit un succès, la partie légale doit être inattaquable. Chacun des documents doit être signé jusqu'au dernier tampon.

Et voilà qu'Izik vient lui annoncer que cette Michal Poleg a photographié Boaz dans le secteur de la gare centrale, que la police détient des copies des clichés et qu'une espèce de mariole du nom d'Itaï Fischer, un pote de la défunte, vadrouille dans le coin en montrant les photos de Boaz à la Terre entière. Il a même eu le culot de pénétrer dans l'un de ses relais, où, heureusement, les Africains l'ont dégagé en le rouant de coups.

— Dis-moi, tu joues les mannequins ou quoi ? engueule-t-il Boaz. T'as pas vu qu'on te photographiait ? Où t'as rangé tes yeux ?

Boaz marmonne quelque chose d'incompréhensible. Faro se tourne vers Izik :

— Et toi ? Bon, lui, admettons, mais toi, comment tu t'aperçois pas qu'on le photographie ? Comment cette fille, un mètre cinquante à tout casser, a-t-elle réussi à vous embobiner ? Non, mais j'aimerais comprendre, dites-moi…

Izik ne moufte pas. Les deux savaient qu'il valait mieux se la fermer devant Faro.

— Et comment se fait-il que vous ignoriez que ces putains de photos étaient entre les mains de la police ?

— Simon, je te jure, cette plainte, c'est du vent… Personne ne l'a lue et ne va la lire, et sûrement pas maintenant qu'on leur a dégoté l'assassin… lâche Izik d'une voix tremblante. Je te jure, le gars s'est rendu à la police et a avoué. Personne ne va s'emmerder avec cette plainte.

— Ouais, mais maintenant qu'on a ce Fischer dans les pattes, qu'est-ce qu'on fait ? On le bute ? explose-t-il en tapant du poing sur la table.

Izik a l'intention de répondre que ce ne serait sûrement pas une mauvaise idée. Mais le regard de Faro le pétrifie. On n'exécute personne sans qu'on y soit contraint ! C'est la doctrine du boss.

Son problème, c'est qu'il bosse avec des crétins. S'il ne devait faire usage que de la force physique, il n'aurait que l'embarras du choix. Mais quand il s'agit de faire fonctionner ses méninges ? Sur qui pouvait-il s'appuyer ? Comment diriger un business avec les ânes qui l'entourent ? Comment prospérer quand la stratégie repose sur les épaules d'un seul homme ?

Boaz, après tout, n'est pas totalement stupide. Mais comment avait-il pu se laisser prendre en photo ? S'il l'avait pu, il l'aurait foutu dehors. Mais il l'aurait remplacé par qui ? Il ne dispose pas de suffisamment de grosses tronches. C'était ça, son problème.

Au moins, la fille a photographié Boaz et pas le « Général », sinon ils se seraient retrouvés dans un véritable merdier.

Boaz consulte sa montre. Il ne le fait pas ouvertement, bien sûr, mais Simon a noté le geste imperceptible de la main. Ce petit con devait être aux anges. Il déteste se rendre à la gare routière et crève d'envie d'en être dispensé. Peut-être qu'il faudrait lui rafraîchir la mémoire sur la raison pour laquelle il se trouve là et sur ce qu'il a fait pour lui. Si Faro n'avait pas parlé en personne à ses anciens patrons, il serait au trou à cette heure-ci.

— Monsieur Yavin, est-ce que je t'ennuie ? T'as un rendez-vous quelque part ? Je te retarde, peut-être ? lui lance-t-il en le toisant.

— Non... Pas du tout... Je... bredouille Boaz.

— Bien. Vous deux, vous dégagez !

Dans ces circonstances, ce serait une erreur d'envoyer Boaz en Argentine. Il faudrait couper tout contact. Peut-être lui dire de quitter le pays. Voire envisager une mesure plus radicale. Et la vente d'Argentine doit avoir lieu. Mais où ça le mènerait ? Il n'avait pas vraiment le choix. Il allait envoyer Boaz.

Après tout, en affaires, il fallait aussi prendre des risques.

41

— Il faut que je te parle !

Anat fait irruption dans le bureau de Yohaï. Il faut qu'il l'écoute et comprenne ce qu'elle a fait avant qu'il ne l'apprenne de la bouche d'un autre. Sur le chemin de retour au commissariat, Yaron et elle n'ont presque pas échangé un mot. Elle bouillait de rage en repensant à la façon dont il s'était comporté là-bas. Suggérer de manière aussi grossière une déposition à un prévenu ? Il avait dépassé les limites. En arrivant au bureau, elle a demandé à Yaron d'accompagner Gabriel à la salle d'interrogatoire, en lui précisant qu'elle se rendait chez Yohaï.

— Tu es en train de creuser ta tombe, Nahmias. Fais fonctionner un peu tes méninges, tout le monde n'est pas contre toi. Tu bosses dans un système et tu dois le comprendre... lui a susurré Yaron d'une voix paisible en emmenant Gabriel.

— Dis-moi vite ce que tu as à me dire, lui lance Yohaï. J'ai rendez-vous avec le boss mais je veux t'entendre d'abord. Comment s'est déroulée la reconstitution ?

Elle se tait. Bien qu'elle ait très envie de lui expliquer ce qui s'est passé, elle ne souhaite pas le faire brièvement, alors qu'il a la tête ailleurs.

— Vas-y, parle, la presse-t-il tout en sortant de la pièce.

— La reconstitution a été catastrophique, dit-elle en lui emboîtant le pas. Le prévenu n'a rien dit. Yaron a tenté de lui mettre la pression et a commencé à lui suggérer ses réponses. Le suspect n'a fait que se refermer davantage. J'ai été obligée d'interrompre l'enregistrement avant que tout s'écroule.

— Tu as fait quoi ?

Il s'immobilise et la toise. Son ton affole Anat, elle a un mouvement de recul. Ils se tiennent devant une salle bourrée de policiers.

— Laisse tomber, on en parlera plus tard, chuchote-t-elle.

La dernière chose dont elle a besoin, c'est d'un scandale devant tout le monde.

— Non ! Tout de suite ! Je veux qu'on en discute maintenant !

— Je n'avais pas le choix ! Yaron a…

— Écoute-moi, ma mignonne, et écoute-moi bien ! T'as complètement déraillé ou quoi ? T'as tes ragnagnas, c'est ça ?

Elle en reste muette, sidérée. Du coin de l'œil, elle s'aperçoit que tous ses collègues les dévisagent. Elle est écarlate.

— C'est quoi, notre boulot d'après toi ? Faire mumuse ? Tu avais un prévenu avec des aveux passés de son propre gré et sans pression, et toi… toi… Toi, tu as simplement bousillé tout ça, t'es venue et t'as tout fait merder… Est-ce que tu comprends ce que tu as fait ?

Les jambes d'Anat se dérobent sous elle. Certes, elle ne s'attendait pas à ce que Yohaï saute de joie en apprenant ce fiasco. Elle aussi éprouve une énorme déception après l'échec de la reconstitution, mais elle ne s'attendait pas à ça. Cette humiliation publique.

— Et pour quoi tout ça, pour qui ? Je te le demande, hein, pour qui ?

— Yohaï, calme-toi… Allons en parler tranquillement, lui chuchote-t-elle, le visage en feu. Il y a des incohérences dans cette affaire, même sans l'histoire de la reconstitution. Il faut qu'on repense tout depuis le début. Je ne crois pas que Gabriel soit l'assassin…

Malgré tous ses efforts, elle ne parvient pas à refréner le tremblement de sa voix. Elle n'a l'a jamais entendu s'exprimer de cette façon. Jamais elle ne s'est sentie aussi insultée. Mais de quoi t'étonnes-tu, ma fille ? Racisme et sexisme se sont toujours tenus par la main.

Maintenant, Yohaï hurle, cramoisi :

— Alors, dis-moi, je te prie, pourquoi il a avoué ? Réponds-moi !

Elle se racle la gorge et balbutie :

— Comme tu le sais, les gens ont de nombreuses raisons de faire des aveux...

Tous les regards sont rivés sur eux. Elle les connaît tous. Elle travaille avec eux. Comment pourra-t-elle surmonter un tel lynchage ?

— Écoute-moi, ma jolie, et écoute-moi bien à nouveau. (Encore une fois, il la coupe net. Une veine de son front est sur le point d'éclater.) Je suis dans la police depuis plus de trente ans. J'ai pas besoin de ne je sais quelle gamine diplômée en droit dont, bien sûr, la raison principale de son engagement dans la police, c'était d'emmerder maman et papa avec une petite rébellion juvénile, pour me donner des leçons. Tu as eu en main des aveux dignes du manuel d'instruction. Un individu se pointe, de sa propre initiative, s'assoit devant vous et, sans la moindre pression, vous déclare : « Je l'ai tuée. » Dans ces conditions, nom de nom, explique-moi ce qui cloche !

Yohaï commence à s'éloigner, et elle s'empresse de le rattraper. Au moins, ses collègues ne pourront plus les entendre.

— Et pour quoi, je te le demande, pour quoi ? (Il s'immobilise soudain en lui plantant son regard dans les yeux.) Si encore on avait eu un suspect avec des ténors du barreau qui nous auraient rendus chèvres. Mais tout ça pour quelqu'un qui s'est mis à table, pour lequel tu n'as pas un seul indice qui contredise son témoignage. Et, en plus, sous l'œil des médias ? J'y crois pas, c'est simple, j'y crois pas...

— Je n'ai pas laissé entrer ce journaliste, s'empresse-t-elle de répondre.

— Bon, c'est déjà ça...

Anat n'a pas l'impression pour autant que cette information calme sa fureur. Elle prend une profonde inspiration.

— Je suggère qu'on en reste là et que nous en discutions dans une heure, il faut aussi penser à la suite... dit-elle paisiblement.

Cela n'a aucun sens de lui courir après dans les couloirs, alors qu'il ne cesse de lui hurler dessus.

— C'est la seule bonne idée que j'entends sortir de ta bouche.

Sur ces bonnes paroles, il la plante là.

42

Yariv mord dans sa pita, savourant le goût des croustillantes boulettes de pois chiche. Dehors, le soleil et le ciel dégagé contribuent à égayer son humeur.

Il avait tort de redouter sa conversation avec Doron. Aloni voulait l'informer de sa titularisation. Bien sûr, il lui a annoncé d'un air de dégoût à peine déguisé. Il était évident que cette mesure lui était imposée d'en haut et qu'il n'y pouvait rien.

— Je vais te donner un conseil, Ninio, lui a-t-il lancé à la porte de son bureau. Les politiciens sont des girouettes : ils vont et viennent. En tant que procureur, ta loyauté doit s'attacher à la loi, et non à tel ou tel individu...

Yariv l'a regardé impassiblement. Qu'est-ce qu'il y comprend, cet Aloni ? Il appartient à la vieille école. Il n'a pas saisi que le monde a changé, que les règles du jeu d'antan ne fonctionnent plus...

Aussitôt revenu dans son bureau, il a appelé Réguev pour le remercier.

— Tu es promis à un brillant avenir, Ninio, lui a-t-il dit, et Yariv a dégusté chaque mot.

Et dire, oui et dire, qu'il y a quelques jours encore, il divaguait, l'esprit en folie, à cause de cette affaire avec Michal, à essayer de vérifier s'il se pouvait qu'il l'ait assassinée, hésitant à se rendre à la police... heureusement qu'il ne l'avait pas fait !

Il ne se souvient toujours pas de ce qui est arrivé là-bas, mais quelle importance ? Il n'est pas l'assassin, c'est le clandestin érythréen le coupable. Quand il avait eu connaissance de ses aveux, il avait sauté de joie.

Il s'étire dans son fauteuil, aux anges. Il pense à Inbar, à son odeur, à sa peau douce. Cela fait longtemps qu'ils n'ont pas couché ensemble. Il en a marre de se masturber devant l'ordinateur. Il a justement besoin d'elle. Peut-être ce soir même. Cela leur fera du bien.

Demain, il doit encore se taper en appel un nouveau clandestin. Encore l'une de ces histoires à vous fendre le cœur. Il va devoir une nouvelle fois déclarer que, « malgré toute notre empathie, nous n'avons pas d'autre choix que de l'expulser ». Et, comme toujours, cela se produira.

Cette titularisation arrive à point nommé. Elle lui offre l'immunité. Lui permet de poser ses conditions. Désormais, la première chose qu'il doit effectuer, c'est de cesser de s'occuper des clandestins. Ils lui sortent par les yeux. Le problème, c'est de convaincre Réguev. Il faut qu'il trouve quelqu'un que Réguev exècre, et à la peau blanche. On en ramasse à la pelle. Il se souvient comment Réguev injuriait Michal et ses camarades en train de manifester sous ses fenêtres. Surtout Michal, qui menait la manifestation et était restée longtemps après le départ des autres. Une telle bataille conviendrait au poil à Réguev.

Il allume son ordinateur.

Les battements de son cœur s'accélèrent au moment où il découvre ce titre : « Échec de la reconstitution ». Il se mord la lèvre jusqu'au sang.

43

Anat bout de rage. Elle est furieuse contre Yohaï et la façon qu'il a eu de s'adresser à elle. Elle est certaine que, si elle avait été un homme, il n'aurait pas osé lui parler sur ce ton. Elle sent que tout ce qu'elle a essayé de construire, lentement et sagement, s'est écroulé au moment où il l'a humiliée devant ses collègues.

Mais elle est aussi en colère contre elle-même, contre sa propre attitude.

Elle ne regrette pas d'avoir interrompu la reconstitution : c'était la bonne décision. Elle sait aussi que bien des policiers ne pensent pas comme elle à ce sujet. Elle est persuadée que la plupart se conduisent comme Yaron, enfreignent les règles – illogiques de leur point de vue – et donnent ainsi un coup de pouce à la manifestation de la justice. Mais elle ne croit pas à ces tours de passe-passe. La méthode, les lois existent, et il convient de s'y tenir. Elles ne sont certes pas parfaites et aboutissent parfois à des résultats problématiques, mais, au final, elles fonctionnent et, sans elles, tout s'effondrerait.

Elle ne s'en veut pas d'avoir été obligée d'interrompre la reconstitution mais de ce qui s'est passé ensuite. Elle savait que sa décision rendrait Yohaï hystérique, elle aurait dû mieux l'anticiper. Yaron l'avait pourtant avertie que c'était ce qui risquait de se produire, mais elle ne l'avait pas écouté. Elle s'est dépêchée de gagner le bureau de Yohaï. Pourquoi une telle précipitation ?

Elle s'en veut de s'être montrée faible, de n'avoir pas résisté. Yohaï a raison sur le papier : Gabriel a avoué sans avoir subi la moindre pression. Ce n'est pas rien... Les gens ne s'accusent pas simplement comme ça. Et sûrement pas, avec une peine aussi lourde à la clé. Mais il s'est montré trop empressé de poser la tête sur le billot... Gabriel n'avait aucune idée de la manière dont Michal avait été assassinée et il était prêt à accepter n'importe quelle version qu'on lui aurait présentée. Lorsqu'elle lui a demandé si Michal avait été étranglée, il a opiné. Devait-elle se contenter de ses aveux et déclarer l'affaire « bouclée » alors qu'il reste tant de zones d'ombre ? La confession était peut-être considérée comme « la reine des preuves », mais, après tout, l'institution de la royauté n'était plus ce qu'elle était.

Elle doit donc exploiter cette péripétie et en tirer une leçon : la prochaine fois qu'elle ira voir Yohaï, elle ne va pas se mettre à pleurnicher qu'on lui met des bâtons dans les roues. Arriver avec des faits, des nouvelles pistes d'enquête.

Ce qu'elle doit faire, c'est reprendre tout depuis le début. « Ne rien laisser au hasard », comme disent les policiers dans les séries télévisées.

Par exemple, lorsque Chmouel Gonen lui a raconté, au cours du premier interrogatoire, que la nuit où Michal a été assassinée il a entendu des cris à l'extérieur de son appartement, Anat ne s'était pas attardée sur ce point, ni vraiment posé de questions. Elle avait supposé qu'il s'agissait de « l'Africain en fuite ».

Elle peut encore réparer ses erreurs. Chaque enquête connaît des impasses. C'était juste un contretemps. Ce qui compte, c'est le résultat final. Il faut qu'elle reprenne confiance en elle. Elle est une bonne policière, elle le sait.

Elle remue la souris d'un côté puis de l'autre pour réactiver l'ordinateur en veille. Les jeux l'apaisent. Elle va faire quelques parties, puis procéder à une nouvelle évaluation de la situation.

Elle entend battre son propre cœur lorsqu'elle découvre sur la page d'accueil le titre suivant : « Selon le porte-parole de la police, une nouvelle reconstitution sera faite dans quelques jours, dès le retour d'un bref séjour à l'étranger du commissaire divisionnaire David Carmon, directeur de la cellule spéciale d'investigation criminelle ».

Elle se mord la lèvre jusqu'au sang.

44

Gabriel attend. Le grand policier l'a jeté dans la pièce et l'a abandonné là. Depuis, il n'est pas revenu. Et s'ils l'avaient oublié ? Peut-être qu'après ce qu'il s'est passé dans l'appartement ils ont compris que ce n'était pas lui l'assassin ? Quand ils sont arrivés là-bas, il s'est figé. La présence de Michal était encore palpable. Il s'attendait à la voir débarquer à tout moment de l'autre chambre, lui décocher un sourire. Il avait remarqué que le portrait qu'il avait fait d'elle avait été ôté du mur. Qui l'avait emporté ? Il se souvient du jour où il l'avait dessinée. « J'ai été chez le coiffeur à cause de toi, alors, fais-moi belle », avait-elle ri. Il était sûr qu'elle ne tiendrait pas en place plus de cinq minutes. À sa grande surprise, elle n'avait pas bougé pendant deux bonnes heures.

Les bons souvenirs se mêlent aux mauvais, ceux de la reconstitution. Non seulement il n'avait pas su quoi répondre à leurs questions, mais il avait eu du mal à s'exprimer, à leur dire qu'il l'avait tuée. Il l'aimait et la respectait tant... Il savait ce qu'il aurait dû dire, mais s'en était montré incapable.

Quand la policière s'était placée à l'endroit précis où il avait vu Michal, il avait eu du mal à retenir ses larmes. Elles se ressemblaient un peu – même taille, même visage aimable. Mais il s'était souvenu que celle-là n'était pas vraiment de son côté. Il ne voulait pas pleurer devant elle.

Il faut qu'il se ressaisisse. Il faut qu'ils le croient. Sinon, l'Israélien ne va pas payer Arami, et Arami ne pourra pas libérer Lydie. Si Michal était encore en vie, elle lui aurait dit que c'est comme ça qu'il devait se conduire.

Il jette un regard du côté de la porte. Il ne se rappelle pas si le grand policier l'a verrouillée en sortant. Peut-être que tout ce qu'il a à faire maintenant, c'est de s'enfuir d'ici, de chercher un autre moyen, meilleur, pour libérer Lydie.

Il se lève. Bien que ses mains et ses pieds soient menottés, il peut encore bouger.

Il avance à petits pas vers la porte. Même si elle n'est pas verrouillée, où pourra-t-il se rendre ainsi entravé ? La tristesse s'abat sur lui. La police va le rattraper, comme elle a rattrapé Hagos, comme elle en a rattrapé d'autres, et va l'expulser.

Il inspire un bon coup avant d'appuyer sur la poignée. Si elle cède, c'est peut-être un signe. Un signe de Dieu pour lui dicter quoi faire.

La porte s'ouvre d'un seul coup et lui heurte le front. Il tombe à la renverse. Le grand policier le surplombe de toute sa taille :

— Où tu crois t'en aller comme ça ?

Avant qu'il ait le temps de répondre ou de réagir, le policier l'agrippe au collet, le soulève et le pousse violemment vers la table.

Il essaie de se relever mais, plus vif, le policier lui plaque une main robuste sur la poitrine.

— T'as voulu te tailler, espèce d'abruti ?

Gabriel fait non de la tête, le dos en bouillie.

Le policier le soulève à nouveau et le fait asseoir violemment sur la chaise.

— Écoute-moi bien, lui crie-t-il, la bouche collée à son visage. Dans quelques minutes, le chef va débarquer, et toi, tu vas lui raconter exactement ce qui s'est passé. Tu vas lui dire que t'avais plus d'argent et que tu voulais que Michal Poleg t'aide. Elle n'a pas voulu, et toi, tu t'es mis en colère contre elle. T'as pris une bouteille de bière et tu lui as donné un coup violent derrière le crâne. Elle est tombée et a brisé la table. Quand t'as compris qu'elle était morte, tu t'es enfui de l'appartement. Personne ne t'a vu. Mais, le matin, tu t'es brusquement souvenu que t'avais laissé la bouteille dans l'appartement et t'as eu peur qu'on t'attrape. C'est pourquoi t'es retourné là-bas. Le voisin de Michal t'a aperçu, et tu t'es encore sauvé.

Gabriel l'écoute sans réagir. Bien que l'anglais du policier soit mauvais, il a compris. Dieu lui a envoyé un signe. Non celui auquel il pensait, mais un autre. « Les voies du Seigneur sont impénétrables », affirmait toujours son père. On lui offrait une deuxième occasion de raconter comment il avait assassiné Michal. S'il fait les choses bien, l'Israélien payera Arami et Lydie sera libérée.

— T'as compris ? lui demande le policier d'une voix menaçante.

Gabriel opine de la tête.

— Je veux que tu répètes ce que je viens de te dire, je veux t'entendre le répéter !

Gabriel répète ses propos. Dans le moindre détail. En parlant, il sent le sang couler de sa lèvre inférieure.

Quand il a fini, le policier lui tapote l'épaule.

— Bravo, t'es peut-être pas si abruti que ça.

Le policier quitte la pièce.

Le voilà à nouveau seul. Il effleure délicatement son visage, du bout du doigt, pour éponger un peu de sang qui n'a pas encore coagulé.

La porte s'ouvre, le grand policier est de retour en compagnie d'un autre policier, courtaud, corpulent et chauve.

Le grand policier s'approche de lui, et Gabriel esquisse un léger mouvement de recul. Cette fois, à sa grande joie, il ne le touche pas, se contentant de ranger la table et les chaises.

L'autre policier les regarde, tout en s'humectant la lèvre.

45

Ligotée, Lydie est couchée sur le plancher de la voiture, le visage recouvert d'un tissu noir. Quelques minutes plus tôt, Ahmad a fait irruption dans sa chambre, l'a agrippée et a attaché ses mains. « Viens, espèce de pute, on se taille », a-t-il crié en la traînant.

Depuis le coup de fil à Gabriel, il ne s'est rien passé. Elle dormait seule dans la chambre, enveloppée dans la fine couverture. De temps à autre, la porte s'ouvrait, et Ahmad lui balançait son repas. Ses quintes de toux redoublaient. Elle appelait Gabriel dans l'obscurité, le suppliait de venir la délivrer. Elle priait. S'il ne venait pas rapidement, elle le savait, elle mourrait dans cette pièce.

Elle ne demande pas où on l'emmène. Elle se souvient parfaitement de la dernière fois où on l'avait entraînée aussi brusquement : au Sinaï. Rafik avait voulu se débarrasser d'elle en s'apercevant qu'elle était enceinte et l'avait jetée.

« *Yallah*, casse-toi d'ici, que les juifs s'occupent de toi », il avait lancé, puis il l'avait conduite à la frontière et lui avait ordonné de se mettre à courir. Les soldats égyptiens lui avaient tiré dessus, mais elle n'avait pas cessé de courir. C'était l'occasion ou jamais d'échapper à l'enfer de Rafik, aux viols quotidiens, aux humiliations, à ses coups et à ceux de ses amis. Elle se souvenait de ce qu'on racontait sur Israël à l'église. Le pays du *milk and honey*. La Terre sainte. Le lieu où Jésus est né. Elle avait couru à perdre haleine. Surtout, franchir la frontière. Fuir loin de Rafik, arriver en Terre

191

promise. Elle ignorait le sort de Gabriel, mais elle croyait de toutes ses forces qu'il était déjà là-bas, à l'attendre. Les soldats israéliens l'avaient emmenée en prison, avec tous ceux qui avaient réussi à passer. Depuis qu'elle avait quitté sa maison, c'était la première fois qu'on lui donnait un repas chaud, la possibilité de se doucher. Un médecin était venu l'examiner. On lui avait demandé d'où elle venait, pour quoi faire, ce qu'elle avait subi en route et pourquoi elle était arrivée jusqu'en Israël. Au bout de deux semaines, ils l'avaient relâchée avec un ticket de bus pour la gare routière centrale de Tel-Aviv et une adresse où on s'occupait des femmes dans sa situation.

Là, elle avait rencontré Dalia. Son ange gardien. Elle avait fait la connaissance de nombreuses femmes comme elle. Toutes portaient dans leur ventre un bébé qu'elles n'avaient pas désiré. Certaines étaient arrivées trop tard, et il n'y avait plus rien à faire. Lydie avait menti sur la durée de sa grossesse parce qu'elle avait compris que les Israéliens n'avortaient les femmes enceintes de quelques semaines seulement.

Dalia l'avait réconfortée. Lui avait répété qu'elle n'avait pas à avoir honte. Ce que Rafik et ses amis lui avaient fait, elle n'y était pour rien. La plupart des femmes venues d'Afrique en Israël rencontraient en chemin des types dans son genre. Dalia lui avait promis que, désormais, tout irait mieux, et Lydie avait même commencé à le croire. Elle ignorait que Rafik l'avait vendue à Ahmad. Ils lui avaient fait passer la frontière pour que les médecins israéliens la fassent avorter. Après seulement, elle pourrait servir à nouveau, et c'est là qu'Ahmad l'avait kidnappée du foyer. C'était le plan depuis le début : Rafik ne voulait pas la sauver en la confiant aux Israéliens, il n'avait fait que la transmettre à d'autres mains.

Maintenant, Ahmad aussi en avait assez de Lydie.

Depuis qu'elle est malade, elle ne reçoit plus aucun client. Où l'emmènent-ils, cette fois ? Elle sait que Gabriel remuera ciel et terre pour l'aider, mais la somme qu'exige Ahmad lui semble démesurée. Comment Gabriel pourrait trouver autant d'argent ?

La voiture freine.

Sa mère voulait qu'elle quitte leur maison avec Gabriel. « Vous n'avez aucun avenir ici », leur répétait-elle, les poussant à s'en aller, à partir. Pauvre maman. Elle n'avait aucune idée de l'endroit où elle envoyait ses enfants.

Ahmad ouvre la portière et l'agrippe. « *Yallah, yallah* », crie-t-il en la tirant à l'extérieur du véhicule. Chaque jour, elle a prié Dieu pour trouver un moyen de s'échapper de la prison d'Ahmad. Et, maintenant, alors que c'est le cas, elle a peur. Qu'est-ce qui l'attend dehors ?

Son corps est tout endolori lorsqu'elle atterrit sur une surface dure. « Casse-toi ! » Ahmad lui lance un coup de pied. Son corps se recroqueville dans l'attente du coup suivant. Autour d'elle, un brouhaha. Où se trouve-t-elle ?

Le nouveau coup n'arrive pas. Elle entend Ahmad s'éloigner.

Elle reste à terre, sans un geste, tremblant de froid. Perçoit des voix autour d'elle. Des voitures. Des klaxons. Elle n'en est pas complètement certaine, mais il lui semble entendre un moteur démarrer. Elle voudrait ôter le tissu qui recouvre ses yeux, mais ses mains sont ligotées.

— Viens, je vais t'aider, entend-elle la voix d'un homme au-dessus d'elle.

Il parle en tigrinya.

Elle ignore la voix. D'autres personnes s'attroupent autour d'elle.

Qu'est-ce qu'Ahmad lui a fait ? Où l'a-t-il emmenée ? À qui l'a-t-il vendue ?

Le tissu sur ses yeux tombe d'un seul coup. Quatre hommes se tiennent au-dessus d'elle. Ils vont la violer. Ahmad l'a relâchée pour l'offrir à une meute de loups.

Elle les regarde, craintive. Non. Pitié.

Une main se tend vers elle, elle recule. Elle claque des dents. Le froid de la nuit pénètre ses os.

Elle cherche Gabriel du regard, mais il n'est pas là.

— Gabriel ? Gabriel, où es-tu ? crie-t-elle.

— Je m'appelle Arami, je suis l'ami de Gabriel, lui murmure un homme inconnu, tendant la main pour effleurer son visage.

Ahmad aussi connaissait son nom. Il avait attendu que les Israéliens lui ôtent le bébé, qu'ils la soignent, qu'elle guérisse, puis était venu pour l'emmener pour en faire une putain.

Elle ne veut plus subir cet enfer. Elle n'a plus la force. Cette fois, elle va lutter. Peu importe s'ils la tuent. De toute façon, sa vie est finie.

— Lydie…

Elle sent son haleine sur sa joue.

— Non ! hurle-t-elle en lui mordant la main.

46

Anat sonne à la porte de l'appartement numéro 3, du 122, rue Shtriker. Depuis la publication de l'article sur un site Internet, personne ne lui a adressé la parole au commissariat. David ne l'a pas appelée d'Autriche.

Jusqu'à nouvel ordre, se rassure-t-elle, tant qu'elle n'a pas reçu d'instruction officielle, elle dirige toujours la cellule spéciale d'investigation et est en charge de l'enquête.

Les aboiements du chien lui parviennent de l'autre côté de la porte. La dernière fois qu'elle a vu Chmouel Gonen, c'était pour le tapissage de suspects.

Son épouse entrouvre la porte.

— Chmouel se repose, lâche-t-elle, le visage fermé.

— J'ai quelques mots à lui dire. Ce sera bref, répond Anat tout en caressant le dogue qui se frotte contre sa jambe.

— Il s'en veut d'avoir échoué à l'identification des suspects... grommelle Dvora sur un ton accusateur, en lui barrant le passage.

— Je suis vraiment désolée, madame Gonen, lâche-t-elle d'une voix douce bien qu'elle n'ait selon elle aucune raison de s'excuser. Cela arrive, parfois on se trompe pendant le tapissage, il n'y a pas de problème... Nous ne lui reprochons rien. Il ne s'agit pas d'un examen qu'on réussit ou non.

— C'est exactement ce que je lui ai dit, madame Nahmias, mais il voulait tellement vous aider... Sentir qu'il aidait la police d'Israël... Vous ne comprenez pas ce que représente la police pour nous.

Dvora Gonen sort sur le palier et referme la porte derrière elle pour bien lui faire comprendre que, si cela ne dépendait que d'elle, elle n'entrerait pas.

— Je comprends, mais je dois lui poser quelques questions. C'est important.

Anat est déterminée à ne rien lâcher, bien qu'elle trouve l'attitude protectrice de Mme Gonen à l'égard de son époux plutôt ridicule

— Et moi, je dis : « Ça suffit ! », lance Dvora en haussant la voix, dans l'intention de provoquer un scandale, songe Anat en ravalant un sourire. Ça suffit ! Assez ! Jetez ce Noir en prison et occupez-vous des affaires sérieuses. Pourquoi vous en prendre à de bons citoyens comme nous avec ce genre de bêtises ? Ce député, là, comment il s'appelle ? Réguev ? C'est lui qui a raison. Vous feriez mieux de leur donner ce qu'ils méritent au lieu de passer votre temps à les protéger.

— Votre époux nous a raconté qu'il avait entendu des cris pendant la nuit où Michal a été assassinée. Je voudrais l'interroger sur ce point... répond-elle calmement.

Ne pas réagir à ses agressions et afficher un ton serein. C'est la meilleure des solutions à adopter pour déstabiliser son interlocuteur. Cela, elle l'a appris à l'époque où elle patrouillait.

Dvora balaie l'air d'une main dédaigneuse :

— Ah bon, vraiment ! Chmouel n'entend rien, la nuit...

— Pardon ? Vous dites ?

— Il roupille comme une bûche, murmure Dvora en se penchant vers elle. Et il ronfle aussi...

— Il nous a dit de manière explicite que la nuit de l'assassinat...

— C'est moi qui ai entendu, la coupe Dvora.

— Et qu'avez-vous entendu ?

Elle n'avait même pas songé à l'interroger. Puisque Chmouel avait déclaré avoir vu Gabriel, tout avait été centré autour de lui. Certes, ils avaient bien questionné les voisins pour savoir s'ils avaient entendu ou vu quelque chose, mais ils avaient négligé Dvora. Au moment où son époux avait croisé Gabriel, elle jouait au bridge avec ses amies.

— Ben... quoi... des cris... Quelqu'un l'appelait et l'injuriait aussi...

Dvora élevait la voix.

— C'était un homme ou une femme ?

— Un homme, pour sûr, un homme, répond Dvora avec une once d'arrogance. Une femme ne crierait pas comme ça au beau milieu de la nuit, et en plus, des injures comme celles-là...

— Avez-vous reconnu cette voix ? Avez-vous vu qui criait ? Savez-vous qui était-ce ?

Dvora fait non de la tête.

— Et que s'est-il passé ensuite ? Avez-vous vu ou entendu autre chose ?

— Non. Ces cris me dérangeaient, alors, j'ai augmenté le son de la télé... C'est pas mes oignons, ce qui se passe chez les autres...

Anat lui lance un regard sceptique.

— Il y avait un bon film, je ne voulais pas arrêter en plein milieu...

Pour la première fois, il lui semble percevoir comme une excuse dans la voix de Dvora Gonen.

Anat lui fait face, en silence. Quelque chose dans ce qu'elle vient de lui dire la perturbe... Brusquement, elle comprend.

— Vous avez dit qu'il l'injuriait ?

Dvora acquiesce.

— En hébreu ?

— Ben, évidemment. Je suis peut-être vieille mais sûrement pas sourde.

47

La foule grossit autour de Lydie. Elle les regarde, apeurée. Qu'est-ce qu'ils lui veulent ? Qu'est-ce qu'ils vont lui faire maintenant ? Elle craint que l'homme dont elle a mordu la main ne la frappe. Bien qu'elle ait vu sur son visage que la morsure lui a fait mal, il n'a pas levé la main sur elle. Ni ne l'a insultée. Il a juste demandé aux gens de s'éloigner.

Personne n'a bougé.

Il se penche vers elle.

— Je m'appelle Arami, je suis l'ami de Gabriel.

Le nom de son frère lui donne des frissons dans le dos.

— Où se trouve Gabriel ? dit-elle, la voix brisée.

— Il n'est pas là, il m'a demandé de venir te chercher... lui chuchote-t-il d'une voix douce.

Non ! Encore un piège. Ahmad aussi lui parlait gentiment au début. Quand elle l'avait rencontré en dehors du foyer, il lui avait proposé de l'accompagner à sa voiture pour une balade dans Tel-Aviv. Pour voir la ville. Quand elle a refusé, il l'a attrapée par ses vêtements et traînée de force à l'intérieur.

Elle essaie de se redresser mais la tête lui tourne.

Arami lui tend un bout de papier.

— C'est un mot de Gabriel, il m'a demandé de te le donner, il t'explique tout là-dedans...

Lydie regarde Arami, puis le papier, sans parvenir à se décider. Il essaie de t'appâter... L'alerte retentit dans son cerveau.

— Là-dedans, il te demande de rester avec moi jusqu'à son retour. Je suis son ami...

Elle remue la tête énergiquement. Non. Elle n'ira nulle part et n'acceptera rien de cet homme, elle a retenu la leçon. Elle essaie à nouveau de se lever mais tombe en arrière.

— Tiens, prends ça, c'est de l'eau, lui dit Arami.

Elle ne voulait pas céder mais la tentation est trop forte. Elle a trop soif et s'empare de la bouteille. Tandis qu'elle boit, Arami prie les gens de s'en aller, de les laisser seuls.

— Merci, lui dit-elle en lui rendant la bouteille.

Il lui sourit. Depuis quand quelqu'un ne lui a pas souri comme ça ?

— Viens, Lydie, je vais m'occuper de toi...

Il la regarde d'un air grave, lui tend à nouveau la main.

— Non !

Quoi qu'il advienne, elle ne doit pas le laisser la toucher. Personne ne doit la toucher. Plus jamais.

Il ne dit rien. La foule qui les entourait a déjà commencé à se désintéresser de la scène et se disperse. S'il avait voulu l'enlever, il l'aurait déjà fait.

Elle rassemble toutes ses forces pour tenter de se redresser. Ses jambes flageolent, elle va s'effondrer. Il faut qu'elle s'en aille, qu'elle fuie cet homme.

Les gens s'écartent, la laissent passer. Arami ne l'empêche pas de partir.

Elle regarde autour d'elle, essayant de se repérer. Certes, quand elle séjournait au foyer, elle ne mettait jamais le nez dehors, sauf exceptionnellement, quand Dalia l'emmenait faire un tour.

— Où vas-tu ?

Il commence à la suivre, maintenant une distance respectable.

Elle tente de l'ignorer, continue à marcher sans savoir où elle va, prend garde à ne pas tomber. Les lumières environnantes, le vacarme des voitures, la cohue la font souffrir. Pendant des mois, elle est restée claquemurée, et la voilà dehors, balancée au beau milieu d'une grande ville dont les bruits l'effrayaient. « Dis-moi au moins où tu vas, que je puisse informer ton frère... »

Elle lui lance un regard. Il n'a pas l'air d'un sale type et, tant qu'elle se trouve dans la rue, au milieu des gens, elle se sent protégée. Et s'il disait la vérité ? Si Gabriel l'avait véritablement envoyé la chercher ?

Avant qu'elle n'ait le temps de regretter ses paroles, elle laisse échapper l'adresse du foyer.

— Chez Dalia ? Tu connais Dalia ? lâche-t-il, surpris.

Elle opine de la tête.

48

Anat sort en vitesse de sa voiture et se précipite dans l'immeuble. Dehors, la pluie tombe à verse. Dans sa hâte, elle a oublié de prendre un parapluie. Elle a conduit comme une folle. Les questions posées à Dvora Gonen lui donnent un sentiment d'urgence. Ses intuitions ne l'ont pas trompée. Elle allait peut-être réussir à le prouver. Jusque-là, les analyses du sang trouvé à l'extérieur de la porte avaient été sommaires, juste bonnes à déterminer le groupe sanguin. Il fallait creuser davantage.

Elle décide de faire un saut à l'institut médico-légal d'Abou-Kabir, pour s'entretenir avec Gricha. Deux mois auparavant, ils s'étaient retrouvés assis côte à côte lors d'un séminaire. Elle n'avait pas vraiment réussi à se concentrer sur la conférence car Gricha ne cessait de tout commenter. Des remarques cyniques qui l'avaient dérangée tout au long de la journée.

Le séminaire achevé, il l'avait invitée à visiter leurs « laboratoires ultra-perfectionnés ». « Tu vas pas le croire, c'est du lourd ! l'avait-il appâtée avec son fort accent russe qui avait fait sourire Anat. La CIA, à côté... »

Elle avait voulu s'y rendre, mais elle n'avait cessé de repousser sa visite comme tout ce qui n'avait pas de rapport direct avec ses affaires en cours.

En pénétrant dans le laboratoire, elle trouve Gricha penché au-dessus d'un microscope ; elle se revoit au cours de biologie du collège.

Elle sait qu'il subit une pression énorme. Le laboratoire qu'il dirige est la seule institution scientifique du pays consacrée à l'identification de victimes, de parties du corps et d'os. Il est le seul à effectuer des analyses d'ADN afin d'élucider des crimes particulièrement délicats. « Voilà pourquoi j'ai pu bénéficier d'une petite équipe pour m'aider », lui avait-il expliqué en son temps, mentionnant en tout et pour tout deux assistantes.

— Oh, inspectrice Nahmias, comme c'est gentil de faire un saut chez nous. Nous aussi, nous nous sommes beaucoup languis...

— Je suis venue voir ce qui se faisait de nouveau dans le monde de la science, dit-elle pour essayer de l'amadouer, tout en sachant que cela sonne faux.

— Ben, voyons, c'est la raison pour laquelle vous tous, vous débarquez ici... Les policiers, c'est bien connu, sont des mordus de science...

Comme toujours, il prononce cette phrase sur un ton totalement neutre, mais Anat le connaît suffisamment pour comprendre qu'il la taquine.

Elle voudrait lui rétorquer un mot bien senti, mais n'y parvient pas. Exactement comme lors de ses rendez-vous avec de potentiels soupirants. Elle essaie de faire rire, de se montrer piquante, et finit toujours par lâcher une banale phrase boiteuse qui la gratifie, dans le meilleur des cas, d'un sourire forcé.

— Et dans le cadre de ton intérêt pour la science, tu t'es peut-être dit : « Et si Gricha me faisait une petite analyse ADN ? » Je me trompe ?

— Tu lis en moi comme dans un livre ouvert !

Elle a besoin de réponses le plus vite possible. Avant que David ne revienne et qu'elle ne soit dessaisie de cette affaire.

— Quelque chose d'urgent qui ne peut pas attendre, sans doute ?

Elle acquiesce.

— Tous les mêmes ! Tout est toujours urgent, urgent, urgent ! Mais obtenir le budget pour que Gricha embauche un assistant supplémentaire, ça, non, *nada*.

Elle se tait. Si elle a appris au moins une chose à propos de Gricha, c'est qu'il ne faut surtout pas l'interrompre lorsqu'il commence à se plaindre.

— Bon, vas-y, parle. J'ai entendu dire que tu avais été promue. Et, bien sûr, je parie qu'on te savonne la planche. Pas facile d'être une femme dans la police... pas plus qu'un immigrant...

— Est-il vrai qu'une analyse ADN peut déterminer si un homme est un Blanc ou non ?

Bien qu'elle connaisse la réponse, elle pose la question pour lui donner l'occasion de faire le beau. Elle n'est peut-être pas dotée d'un humour très affûté, mais elle connaît assez bien les hommes pour savoir qu'ils adorent montrer aux femmes qu'ils en savent plus qu'elles. Surtout ceux souffrant d'un complexe d'infériorité.

— L'ADN peut tout dire, inspectrice Nahmias. Il existe un allèle particulier présent chez 99,9 % des Blancs, mais qui est presque inexistant chez les Asiatiques et les Noirs.

— Dans ce cas, tu serais capable de me dire si le sang trouvé sur une scène de crime appartient à un Blanc ou à un Noir ? le questionne-t-elle, yeux grands ouverts et visage candide.

— Ben, évidemment. C'est pourquoi l'État d'Israël n'est pas chien avec moi et me verse un gros salaire : 6 000 shekels par mois, grommelle-t-il.

Pas dupe, elle voit bien que ses questions le flattent.

Dvora Gonen lui a déclaré que celui qui a toqué à la porte de Michal l'avait injuriée en hébreu. D'ordinaire, elle aurait rendu compte sur-le-champ d'une telle révélation mais, étant donné les circonstances, elle a préféré attendre, ne pas prendre de risques. Les témoins sont versatiles. Lorsqu'elle ira voir Yohaï, elle veut que l'hypothèse qu'elle lui exposera s'appuie sur une base plus solide que les simples propos d'une femme âgée et acariâtre. Elle veut des preuves irréfutables. Scientifiques.

— En combien de temps tu peux m'effectuer cette analyse ? lui demande-t-elle, le regard implorant. J'en ai vraiment besoin, Gricha, et le plus rapidement possible, ajoute-t-elle de sa voix la plus douce devant son silence.

Si les résultats confirment ses soupçons, l'assassin de Michal Poleg n'est pas un réfugié africain noir, mais un Israélien blanc. Et pas n'importe quel Israélien. Un Israélien que Michal connaissait et auquel elle n'avait pas hésité à ouvrir sa porte à une heure tardive.

49

— Je croyais que tu avais arrêté de fumer... lance Itaï à Dalia.

Tous deux se tiennent devant le foyer. Le coup que le vigile lui a assené dans le restaurant lui fait encore mal, surtout quand il exécute des gestes brusques. Si le serveur ne l'avait pas traîné dehors, le vigile aurait continué à le tabasser. Quand on lui demande à l'Association d'aide aux réfugiés pourquoi il marche le dos courbé, il répond qu'il a heurté un trottoir avec son vélo. Sa mère, qui n'a jamais regardé d'un bon œil toute cette passion pour le vélo, a profité de l'occasion pour lancer une nouvelle pique : « Et comment tu vas te trouver une fille, maintenant ? Non seulement tu gagnes trois francs six sous, mais, en plus, tu boites ? Tu veux ma mort, c'est ça ? »

Dalia et lui profitent d'une brève accalmie pour sortir s'aérer. Dans certains coins de la ville, les gens respirent le bon air des rues après la pluie. Ici, la seule odeur notable est celle des poubelles.

Quelques heures après l'arrivée de Lydie chez elle, Dalia l'a appelé. Lydie ne cessait de poser des questions au sujet de Gabriel. La dernière fois qu'Itaï se trouvait au foyer, il leur avait parlé de Gabriel, et Dalia avait fait le rapprochement.

Dalia hausse les épaules.

— Chaque jour, je me dis : un tel niveau de violence et de misère ne peut pas être battu, et chaque jour, je réalise que c'est le cas, dit-elle en soufflant la fumée de sa cigarette.

Un bébé à moitié nu rampe dans leur direction, les mains souillées par la crasse du plancher. Dalia jette son mégot, le prend dans ses bras. La petite fille lui sourit, puis à Itaï, qui à son tour fait une grimace qui fait rire l'enfant.

— La pauvre, je ne veux même pas imaginer ce que cette fille a dû subir, dit Dalia en berçant le bébé qui laisse au passage des traces noires sur ses vêtements.

— Elle t'a raconté quelque chose ? l'interroge-t-il en continuant à grimacer devant la fillette.

Il a quitté son bureau aussi vite que possible pour se rendre au foyer, mais Lydie s'était endormie avant son arrivée. Dalia fait non de la tête.

— Elle a passé son temps à demander où était Gabriel.

— Est-ce qu'elle sait où elle était enfermée ?

— Absolument pas. Ils lui ont bandé les yeux quand ils l'ont kidnappée ici, tout comme lorsqu'ils l'ont rejetée à la rue.

Ils se taisent, regardant la fillette agrippée à Dalia.

Gabriel lui avait parlé de sa sœur et de ce qui lui était arrivé. Il était persuadé qu'elle avait été assassinée au Sinaï. Le fait qu'elle réapparaisse, ici, n'était pas dû au hasard. Ses ravisseurs ne l'avaient pas relâchée sans raison. Quelqu'un a payé une rançon, et celui-là ne peut être que Gabriel. Mais il ne pouvait pas avoir réuni l'argent tout seul. Et pourquoi quelqu'un l'aurait-il aidé ? Il aurait volontiers accepté l'hypothèse de la police selon laquelle Gabriel aurait tué Michal pour cet argent, s'il n'avait pas su que Michal n'avait jamais possédé de telles sommes. Il lui avait déjà prêté plusieurs fois de l'argent car, en tant que bénévole, elle ne percevait aucun salaire.

— Comment est-elle arrivée ici ?

— Un homme l'a amenée, celui qui avait aidé à mettre au monde un enfant au centre de rétention, qui leur a montré que tous les Africains n'étaient pas nécessairement des singes... Tu sais bien, l'ami de ce pauvre Hagos, qui travaille chez vous...

— Arami ?

— Oui, Arami, opine Dalia, qui commence à chantonner pour la fillette.

Il n'est pas vraiment surpris d'apprendre qu'Arami a aidé Lydie, Arami est comme ça.

Depuis son arrestation, Itaï a rendu visite à Gabriel à plusieurs reprises – son titre d'avocat lui ouvre bien des portes –, mais ces entrevues l'avaient profondément frustré. Il s'était évertué à convaincre Gabriel de lui raconter la vérité, de lui révéler qui étaient les gens qui l'avaient persuadé de s'accuser, mais il n'avait rien dit, le regard rivé au sol, ses yeux ne croisant jamais ceux d'Itaï.

La seule chose que Gabriel voulait savoir, c'était si Arami lui avait parlé, s'il l'avait contacté. Quand Itaï lui avait demandé pourquoi, il n'avait pas répondu. Tout comme Arami s'était défilé quand il avait évoqué les questions de Gabriel.

Maintenant, tout est clair.

Il faut absolument qu'il parle à Arami, et vite. Il avait enfin une piste. S'il avait su où retrouver Lydie, il saurait peut-être de qui Gabriel avait reçu l'argent et à qui il l'avait donné. Il n'a plus aucun doute : Gabriel a payé quelqu'un pour que sa sœur soit libérée et la contrepartie était la suivante : s'accuser d'un crime qu'il n'avait pas commis. C'est cet homme qui a assassiné Michal, et d'une façon ou d'une autre, il est lié au « banquier ».

50

Plongé dans la préparation de son audience, Yariv oublie tout le reste. Il n'y a pas de plus grande excitation pour lui que la joute judiciaire et l'idée d'une potentielle nouvelle victoire.

Il lève les yeux d'un classeur bourré de documents au bruit des coups qu'il entend à la porte. Sur le seuil apparaît Galit Lavi, accompagnée d'une policière de petite taille qui lui semble familière pour une vague raison.

— Je te présente l'inspectrice Anat Nahmias, chef de la cellule spéciale d'investigation du meurtre de Michal Poleg, fait-elle en entrant dans la pièce.

Maintenant, il comprend mieux pourquoi elle lui dit quelque chose. Il leur jette un regard étonné. Il ne s'attendait pas à cela.

— Je sais que tu t'intéresses à cette enquête, et Anat vient juste de me mettre au courant des derniers détails. J'ai pensé que vous souhaiteriez en discuter...

Lavi lui décoche un sourire forcé. Il la maudit intérieurement. Comme il la hait !

— En effet, j'aimerais te poser quelques questions. Tu penses pouvoir m'accorder un peu de temps ?

Nahmias est une fille maigre, la chevelure bouclée un peu hirsute. Elle a son âge, peut-être un peu plus jeune. Quand il travaillait au parquet, il avait appris que les inspectrices qui paraissent les plus innocentes sont les plus impitoyables.

— Pour quoi faire ? s'étonne-t-il, tentant d'afficher un visage serein.

— Si j'ai bien compris, tu étais en relation avec la victime...
Il ne répond pas. Il ne mord pas à l'hameçon. Pour éviter le
piège que lui a tendu Galit, il faut qu'il garde son sang-froid.
Kobi l'avait prévenu que, de toute façon, on l'interrogerait.
— Bien, je vous laisse. Au revoir.
Galit lui sourit à nouveau, cette fois, avec un air de défi
manifeste, et tourne les talons. Comment a-t-elle osé lui
tendre ce piège ? Il aurait dû comprendre de lui-même qu'une
femme comme elle ne passerait pas outre le fait qu'il ait
soudoyé sa stagiaire pour aller fureter dans un dossier. Sa
revanche.
— Je peux ? dit la policière en montrant le siège.
— À dire vrai, je suis très occupé. J'ai une audience importante demain. Peut-être une autre fois ?
— Juste quelques minutes, je te promets de ne pas t'acca-
parer trop longtemps, répond-elle en s'asseyant sans attendre
sa réponse.
Il la fixe sans un mot. Cette visite prétendument
impromptue le met sous pression. Quelle en est la raison ?
Savent-ils quelque chose ? S'ils le soupçonnaient, ils l'auraient convoqué pour l'interroger, essaie-t-il de se rassurer.
La police n'aurait pas raté l'occasion d'offrir le spectacle de
l'interpellation d'un procureur. Il connaît leur méthode à la
perfection.
— Bien, en ce qui concerne Michal Poleg, j'ai cru
comprendre que tu la connaissais...
— Oui, il y a quelques années... Nous étions en couple. Ça
n'a pas marché. Nous nous sommes séparés d'un commun
accord, répond-il en s'éclaircissant la voix.
Anat ne dit rien, se contentant de le regarder.
— Dans deux mois, je me marie... lâche-t-il précipitamment, comme pour mieux signifier qu'entre Michal et
lui il n'y avait plus rien.
— *Mazal tov !* lui dit Anat chaleureusement.
Hier, Inbar et lui s'étaient disputés une fois de plus, et il
avait fini par lui hurler qu'il en avait assez de « son mariage »,
avant de claquer la porte et de déguerpir.

— Si j'ai bien compris, elle a porté plainte contre toi...
Yariv s'empourpre. Et voilà, ça commence...
Il se redresse sur son siège et commence à débiter tout
ce que Kobi et lui avaient conclu de dire si on l'interrogeait
sur ce point : différends idéologiques, bords opposés en politique, plainte sans fondement, appui total du parquet, etc.

— Elle t'accuse de faits très graves... Cette note que tu as
reçue du ministère des Affaires étrangères et que tu aurais
dissimulée...

— Je t'arrête tout de suite ! Je n'ai pas reçu la note dont
elle parle et je ne peux pas accepter ce que tu sous-entends...
s'écrie-t-il, tentant de cacher son émotion.

La policière se tait.

— Tout est dans la réponse que j'ai rédigée : je n'ai jamais
eu cette note entre les mains, si tant est qu'elle existe d'ailleurs...

Yariv s'était dépêché de soumettre sa réponse. Il pensait
que personne ne tomberait dessus et que la plainte serait
enterrée. Erreur fatale. Il faudra sans doute qu'il en touche
un mot à Réguev, lui raconter ce qu'il a dit. Après avoir
reçu la fameuse note du ministère de la Justice, il la lui avait
transmise, et Réguev lui avait conseillé de la mettre sous clé.
Ils se doivent d'être sur la même longueur d'onde à ce sujet.
Parler d'une seule voix.

L'inspectrice continue de le toiser d'un air narquois.
Saurait-elle des choses que lui-même ignore ?

Il faut qu'il manifeste de l'assurance, montre qu'il contrôle
la situation, qu'il n'a pas peur.

— Nahmias – il la regarde droit dans les yeux, comme
Kobi lui a dit de faire. Si tu me demandes s'il y avait quelque
chose de personnel entre Michal Poleg et moi, après toutes
ces années, la réponse est non. Nous avons eu une histoire
il y a longtemps. C'est fini. J'ai continué mon chemin. Elle,
le sien.

— Néanmoins, tu es allé voir la stagiaire de Galit pour
obtenir des détails sur l'enquête, rétorque-t-elle d'une voix

égale pour bien lui faire comprendre que son petit discours ne l'a pas impressionnée outre mesure.

— Je ne suis pas sûr de comprendre où tu veux en venir... Ces questions ne me plaisent pas beaucoup.

— Je veux juste savoir pourquoi tu t'intéresses tant à notre enquête, c'est tout, poursuit-elle sur le même ton calme et irritant.

— Comme je l'ai dit à la procureure Galit Lavi, j'ai commis une erreur. Simple curiosité, voilà tout. Je suis désolé. Tout de même, nous nous fréquentions autrefois, je voulais... Bon, tu comprends...

Il hait le fait d'être obligé de s'excuser devant elle.

Face à face, ils ne pipent mot. Il a l'impression qu'elle souhaite l'entendre ajouter autre chose, mais il ne sait quoi.

Il rompt le silence, le premier.

— En ce qui concerne la plainte... Ça ou rien, c'est du pareil au même. Je n'y ai même pas prêté attention... Tu sais, beaucoup de gens déposent des plaintes contre nous.

Anat ne répond pas.

— Tu connais ça sûrement, à la police... Les gens adorent se plaindre, ils croient qu'on les persécute, dit-il en esquissant un sourire.

— On a déjà déposé des plaintes contre toi dans le passé ? réplique-t-elle sans sourire.

— J'entends insister sur le fait que la plupart des plaintes déposées contre les avocats sont déboutées. C'est une chose très courante.

Yariv réalise soudain qu'il est sur la défensive.

— Nous ne parlons pas d'autres plaintes... lui rappelle-t-elle.

— C'est exact, Nahmias, nous parlons d'une plainte ridicule qui ne m'a pas empêché de dormir une seconde.

Il sourit intérieurement devant le silence de l'inspectrice. Il lui a fermé son clapet. Il hésite à se lancer dans le monologue cher à Réguev des « ennemis de l'État » et des « Israéliens bouffés par leur haine », mais décide de s'en abstenir. Même elle a compris.

— Quand as-tu revu Michal Poleg pour la dernière fois ?

— J'essaie de me rappeler, Nahmias... Je ne sais pas... Nous n'habitions pas loin l'un de l'autre... Parfois, on se croisait à l'épicerie, dans le quartier. Le monde est petit... Je ne sais pas... Quelques semaines, quelques mois, je suppose. Vraiment difficile à dire...

Il a lâché la réponse qu'il avait répétée, y compris les balbutiements de rigueur. Seuls les coupables, lui a expliqué Kobi, se souviennent précisément de chaque détail.

— T'es-tu rendu récemment dans son appartement ? le questionne-t-elle sans qu'un muscle de son visage ne bouge.

— Non, répond-il du tac au tac.

Elle se rapprochait un peu trop. Kobi lui avait conseillé de garder la main.

— Je ne comprends vraiment pas ces questions... Avec tout le respect que je te dois et ma volonté d'aider la police de mon pays, il est inconcevable que tu viennes ici...

— Qu'as-tu fait pendant la nuit où Michal Poleg a été assassinée ? le coupe-t-elle en se penchant vers lui.

— J'étais dans un pub avec un ami...

Il s'efforce de conserver un ton détaché.

Elle prend dans son sac un petit cahier et un stylo, lui signale qu'elle souhaite d'autres précisions.

— Ma fiancée était en voyage à Eilat, et je suis sorti boire un verre avec mon ami, Kobi Atkine... Tu le connais peut-être ?

— L'avocat ?

Elle lève les yeux, et lui opine de la tête.

— Quand avez-vous quitté le pub ?

— Je ne sais pas... Minuit, quelque chose comme ça...

— Et ensuite ?

— J'ai été me coucher. Seul.

Elle note quelque chose dans son cahier puis le regarde.

— Je suis désolé, Nahmias, mais je suis vraiment... j'ai une grosse audience demain... Et, à mon sens, nous en avons fini, n'est-ce pas ?

— Oui, bien sûr, dit-elle en se levant.

Il l'accompagne vers la sortie, pour être sûr qu'elle parte.

— Tu t'es fait mal on dirait, dit-elle sur le seuil, avec un geste de la tête en direction des cocards estompés sous ses yeux.

— Oui, je suis tombé de vélo... un accident...

Encore une réponse préparée.

— Quand ça ?

— En allant au boulot... Un accident stupide...

— Bien, j'espère que ça passera avant le mariage.

51

Itaï jette un œil sur la cohue à l'extérieur de son bureau et attend que ça se calme. Il consulte sa montre toutes les dix secondes. Depuis qu'il a vu Dalia, il est persuadé de connaître le mobile du meurtre de Michal, le coupable, et le plus important : comment remonter jusqu'à lui.

Il guette, impatient, le moment où il pourra en discuter avec Arami mais, heureusement, il n'aura pas à attendre longtemps.

— J'ai besoin de ton aide, Itaï, lui lance Arami en pénétrant dans son bureau. Je veux que tu informes Gabriel que Lydie, sa sœur, est saine et sauve. Que tout va bien. Dis-lui aussi que j'ai essayé de venir le voir, mais qu'on ne m'a pas laissé entrer.

Itaï songe à afficher un visage surpris, afin d'en apprendre un peu plus, mais balaie aussitôt cette idée.

— Je sais, Arami, Dalia m'a raconté que tu l'as libérée et, à vrai dire, j'espérais beaucoup en parler avec toi.

* * *

— Je ne peux pas t'aider, Itaï, je ne sais rien.

Face à lui, Arami joue les innocents.

À l'en croire, Gabriel a payé pour que Lydie soit relâchée. Il ne sait pas à qui ni combien. Il a tout arrangé : le moment et le lieu où sa sœur serait libérée, avant de se constituer prisonnier à la police. Il s'est adressé à Arami pour aider Lydie et s'occuper d'elle, et c'est ce qu'il a fait. Il n'en sait pas plus... Itaï n'a pas l'ombre d'un doute : Arami ment. Quand il avait commencé à travailler à l'association, il se montrait frustré et blessé chaque fois que des personnes pour lesquelles il s'était démené lui racontaient des histoires abracadabrantes. Avec le temps, il s'est fait une raison et ne prend plus personnellement à cœur leurs bobards. Les gens qu'il aide ne sont pas forcément des saints, et oui, parfois, ils mentent.

Mais, cette fois-ci, c'est différent. Il est furieux. Non seulement parce qu'Arami est salarié de l'association, et qu'ils se connaissent depuis longtemps, lui un homme sage et père de famille, mais surtout à cause de la situation présente. Oui, il s'attendait à plus venant de lui.

Itaï n'a pas l'intention de le laisser s'en sortir si facilement.

— Tu as vu l'homme qui l'a jetée à la rue ?

— Quelqu'un l'a fait sortir d'une voiture, puis a démarré, répond Arami, en haussant les épaules.

— Et tu ne sais pas qui c'est ?

— Non. Gabriel m'a dit quand et où je devais me trouver, et c'est ce que j'ai fait.

— Mais où Gabriel s'est-il procuré l'argent pour payer ? s'énerve Itaï.

Arami fuit son regard.

— Les gens de notre communauté s'entraident. Beaucoup de gens aiment Gabriel. Moi aussi, je lui ai donné un peu, lâche-t-il du bout des lèvres.

Il sait bien qu'ils s'aident les uns les autres, mais il n'a aucun doute qu'il s'agit de dépannage. Des individus plongés dans un combat quotidien pour survivre, qui envoient le peu qu'ils gagnent à leurs familles, sont incapables de réunir des dizaines de milliers de shekels, la somme exigée le plus souvent dans ce genre de cas. Surtout quand les menaces et le racket sont aussi courants.

— Pourquoi Gabriel a-t-il avoué le meurtre de Michal ?

Itaï tente de briser le mur de silence derrière lequel se cache Arami, mais ce dernier hausse les épaules.

— Tu crois qu'il l'a assassinée ?

Pas un mot de l'interprète.

— Arami, aide-moi... c'est Gabriel qui est en cause, pas Michal. Tu penses franchement qu'il aurait pu la tuer ?

Itaï joue sur une corde sensible, mais Arami lui retourne un regard vide de toute expression.

Il tente une autre approche :

— Il y a un resto, rue Finn. Je pense qu'il abrite des activités illégales que Michal avait peut-être découvertes.

Arami se tait toujours.

— Je m'y suis rendu, j'ai essayé de voir ce qui s'y passait. À part des coups, je n'ai rien trouvé...

— Tu dois faire attention, Itaï, fait Arami en se levant.

— Parle-moi, Arami, dis-moi ce que tu sais, répond Itaï en se levant, lui aussi. Je crois que ces types-là, dans le resto, ou leur boss ont assassiné Michal parce qu'elle les gênait, poursuit Itaï.

— Désolé, dit Arami, en tournant les talons et se dirigeant vers la porte du bureau.

* * *

Il avait tellement espéré convaincre Arami de parler. Il s'était même imaginé qu'ils iraient tous les deux voir cette inspectrice, Anat Nahmias, et qu'ils lui raconteraient tout ce qu'ils savaient. Peut-être... peut-être que les déclarations d'Arami lui feraient comprendre que la police faisait fausse route, que la solution était ailleurs.

Gabriel avait menti pour protéger sa sœur. Arami en sait certainement plus qu'il ne le prétend et ne rompra pas sa promesse faite à Gabriel. Il ne dira rien. Itaï le sait depuis longtemps : peu importe le mal qu'il pourra se donner pour les aider, jamais ces réfugiés ne lui accorderont leur confiance absolue. Ces gens-là ont traversé l'enfer avant d'arriver jusqu'ici. On leur a menti, on les a exploités, trahis.

Difficile, après ça, de faire confiance à nouveau. Il ne sera jamais l'un des leurs.

Il restera toujours un homme blanc.

C'était quelque chose qui décevait beaucoup Michal et qu'elle avait du mal à digérer. Maintenant, il regarde s'éloigner de son bureau Arami, qui le laisse sans réponses, et lui aussi est déçu.

Si Arami n'accepte pas de parler, Gabriel sera inculpé et le véritable coupable continuera à se balader, libre comme l'air.

Il doit réfléchir de manière moins conventionnelle, se dit-il en palpant ses côtes endolories. Jusqu'à maintenant, il avait essayé de ne pas faire de vagues et n'avait rien obtenu. Il allait commencer à gueuler. À rendre l'affaire publique.

Un plan s'échafaudait.

Ironie du destin, puisque Michal lui disait toujours que c'était la seule façon d'agir.

52

Gabriel a les yeux rivés aux lèvres de son avocat. Leur troisième ou quatrième rencontre. Tous ces rendez-vous se ressemblent. L'homme de loi parle, et lui se tait.

L'avocat est furieux. Il le lui a dit à plusieurs reprises. Il veut que Gabriel lui confie ce qui s'est passé avec Michal.

— Je ne peux pas me rendre au tribunal avec un dossier vide. Je ne veux pas me ridiculiser. Tu comprends ?

Il le lui dit encore et encore et pointe sur lui un doigt accusateur.

Ce que lui explique l'avocat sur la loi israélienne ne l'intéresse pas. Ce qui lui importe, c'est de connaître l'état de Lydie.

Arami lui avait promis de l'informer dès qu'elle serait libérée. L'absence de nouvelles le démoralise, l'a poussé à suspecter Arami, à penser que lui-même s'était peut-être sacrifié pour rien. Mais, maintenant, après la visite d'Itaï, après qu'il lui a révélé que Lydie était libre, il regrette d'avoir eu de telles pensées. Arami a essayé de venir le voir à plusieurs reprises, mais on lui a interdit l'accès.

De savoir Lydie libre le comble de bonheur. Ce qu'il endure a une raison, et il y a un dessein à chaque chose en ce monde. Il voudrait en apprendre encore plus sur sa sœur. Si elle va bien, où elle était pendant tout ce temps et ce qu'elle a subi. De la lucarne de sa cellule, il aperçoit la pluie. Est-elle chaudement vêtue ? Et ses quintes de toux qu'il a entendues au téléphone ? Avare de détails, Itaï lui demande de raconter ce qui est arrivé et, en échange, il lui en dira plus sur Lydie. Mais c'est impossible. Itaï en sait déjà trop. Son avocat le prend pour un demeuré. Il détache les mots les uns des autres et parle à haute voix. Il lui demande sans cesse s'il a compris. Pour lui, cela a été un moyen radical de savoir à quels Israéliens il avait affaire : ceux qui s'exprimaient comme l'avocat éveillaient toujours sa méfiance, contrairement à des personnes comme Michal et Itaï. Ces deux-là s'adressaient à lui comme à un autre adulte, un être humain en somme. La petite inspectrice aussi lui parle comme ça.

Il aurait souhaité qu'Itaï soit son avocat, mais ce dernier lui a expliqué que c'était impossible, qu'il n'était pas assez compétent. Cela n'avait pas d'importance. N'importe qui serait meilleur que celui qu'il avait en face de lui.

La prison lui pèse. Qu'est-ce que ça peut faire qu'il ait un lit bien à lui et des repas à heure fixe ? Il va étouffer. Il n'a aucun espace pour bouger.

Chez lui, en Érythrée, tout était ouvert. On pouvait parfois marcher pendant des jours sans croiser âme qui vive. Il y avait de l'air. Énormément de soleil. Il se languit de ces vastes espaces. Du sentiment de liberté. Être tout petit face à l'immensité de la nature. Respirer à pleins poumons. À Tel-Aviv, tout était construit. Bruyant. Public. Tout n'était que fumée, foule et des voitures.

Et maintenant, en prison, tout est encore plus étroit. Fermé. Il se terre dans un coin de sa cellule. Sans bouger. Esquisse des dessins dans sa tête parce qu'on ne lui donne pas de papier et de crayon. Ses jambes veulent courir. Ses poumons, un air pur. Mais ses pieds n'ont pas de place où s'élancer, et ses narines ne respirent que puanteur et moisi.

Ils sont huit dans la cellule. Des Israéliens uniquement. Ils l'ignorent presque complètement et, les rares fois où ils lui prêtent attention, ils l'insultent ou lui demandent de faire des choses pour eux, comme s'il était un esclave ou un domestique. Un colosse au crâne tatoué l'a même frappé, lui a balancé un coup de pied au cul, puis son poing sur le visage. Personne n'est intervenu. Après ce qui est arrivé avec Rafik au Sinaï, il a appris qu'il valait mieux ne pas réagir, ne pas leur montrer qu'il souffrait. Ils ont fini par laisser tomber. Ça ne les intéressait pas de rouer de coups un sac inerte. Même le colosse en a eu marre.

Son avocat affirme qu'il veut l'aider, que, s'il parle, il pourra le faire sortir de là. Non seulement il ne le croit pas, mais il n'a absolument pas le droit de parler.

La condition qu'a fixée l'homme qui lui a donné l'argent était qu'il se déclare coupable de l'assassinat de Michal. Avant de se séparer, Arami lui a fait jurer de ne pas enfreindre sa promesse :

— Si tu dis la vérité, il va tuer Lydie et veillera à notre expulsion à tous deux, exactement comme ce qu'il s'est passé pour Hagos. Ce type-là a beaucoup de relations et d'influence.

Il faut qu'il se montre fort. Qu'il ne cède pas. C'est son destin, et il doit s'y résigner.

* * *

Contrairement aux fois précédentes, son avocat a l'air particulièrement satisfait. Il va même jusqu'à lui sourire. L'inspectrice chargée de son cas a été dessaisie de l'enquête. Il a rencontré son adjoint qui la remplace dans cette affaire, et il lui a affirmé que compte tenu des nouvelles circonstances, le parquet serait davantage disposé à une transaction judiciaire.

L'avocat estime qu'il s'agit d'une excellente nouvelle et qu'ils peuvent exploiter la situation à leur profit.

— On va travailler là-dessus. Tu comprends ? Fais-moi confiance, Gabriel, lui dit-il, avec une euphorie manifeste, c'est ma spécialité. Eux vont dire vingt-cinq ans, et nous demanderons quinze. On finira par se mettre d'accord sur vingt. Si tu te conduis en garçon sage, dans treize ans, tu es dehors. Tu comprends ?

Tous ces chiffres lui donnent le tournis.

Il se penche vers lui, détachant chaque mot avec une lenteur exaspérante :

— Alors, qu'est-ce que tu en penses ? On dit d'accord ? J'ai besoin de ton autorisation. Je ne veux pas te forcer la main, compris ? Mais c'est une transaction honnête. Treize ans, quinze ans maximum, et tu te retrouves dehors, tu comprends ? Tu pourras tout recommencer de zéro, tu saisis ?

53

Réfugiée dans son bureau, Anat avait épluché chaque ligne des documents étalés sur sa table.

Au début de l'enquête, quand elle avait eu connaissance de la plainte déposée par Michal contre Yariv Ninio, elle ne lui avait pas accordé une importance excessive. Les déclarations de Michal lui avaient paru quelque peu hystériques, exaltées ; sa formulation, dramatique et exagérée, comme le passage dans lequel elle prétendait que Yariv avait dissimulé au tribunal une note du ministère des Affaires étrangères et, ainsi, « fiché une balle dans la tête » des demandeurs d'asile. Or, le véritable problème ne résidait pas dans son style mais dans son contenu : elle n'apportait aucune preuve à ses allégations. Anat était convaincue que Michal n'avait jamais lu l'avis qui, à l'en croire, avait provoqué l'expulsion d'Hagos.

Mais ce que lui avait raconté Dvora Gonen l'a incitée à examiner d'un œil neuf cette histoire. Yariv Ninio n'était sans doute pas le candidat idéal dans le rôle de l'assassin, à cause d'un mobile aussi léger (tout au plus, une plainte devant l'Ordre des avocats), mais il était indubitablement un homme blanc que Michal connaissait et avec laquelle il était en mauvais termes. En outre, comme son expérience le lui avait appris, elle ne devait pas juger les mobiles selon ses propres critères mais se mettre dans la peau des autres. Ce qui pouvait lui paraître anecdotique et sûrement pas un motif suffisant pour tuer pouvait potentiellement l'être pour d'autres. Après tout, elle avait déjà travaillé sur une affaire de meurtre où un homme avait assassiné son épouse à cause de cette simple question : qui allait devoir descendre la poubelle ?

Elle avait empilé les documents de manière méthodique, en avait perforé les marges puis les avait rangés dans un classeur neuf.

Au départ, elle n'avait pas eu l'intention d'interroger ce Ninio. Elle s'était rendue au parquet pour prendre l'avis de Galit Lavi, lui faire part des zones d'ombre de cette affaire et lui suggérer de ne pas se hâter pour établir un acte d'accusation.

Sans s'étendre sur le sujet, elle avait laissé le doute planer sur la culpabilité de Gabriel, convaincue que Lavi saurait capter le message. Bien sûr, la police serait au courant de sa visite à la procureure, et elle serait accusée de traîtrise. Pas moins. La police et le parquet sont censés travailler main dans la main, opérer comme un seul bloc mais, dans la réalité, l'harmonie est loin de régner entre eux, la tension entre les deux instances de la loi est palpable. De ce qu'elle avait entendu dire et de ce qu'elle savait de Galit Lavi, Anat espérait pouvoir compter sur elle.

Au cours de leur entretien, elle avait évoqué devant Galit, presque en passant, la plainte déposée par Michal contre Yariv Ninio. Elle avait saisi que cette information ne lui était pas inconnue et qu'elle la préoccupait. Devant son insistance, Galit lui avait révélé la tentative de Ninio de soutirer des informations à sa stagiaire au sujet de l'affaire Michal Poleg.

Cette révélation l'avait alertée et, même si elle ne s'était pas préparée à interroger Yariv Ninio, elle avait décidé de prendre le risque et d'obéir à son intuition.

A posteriori, elle s'en était réjouie. Ce Ninio n'avait fait que conforter ses doutes. Elle avait pleinement conscience qu'il avait joué la comédie et déployé des efforts inouïs pour paraître impassible. Et il lui semblait qu'il s'attendait, d'une manière ou d'une autre, à être interrogé et qu'il avait préparé ses réponses à une partie des questions.

De même, l'affolement qu'elle avait saisi dans son regard quand elle avait remarqué les cocards l'avait incitée à creuser la piste Ninio.

Il lui avait affirmé avoir transmis sa réponse à l'Ordre des avocats à la plainte déposée contre lui par Michal ; aussi, le premier appel qu'elle effectua fut celui au barreau pour examiner les termes précis de sa réponse. Moins d'une demi-heure plus tard, elle lui parvenait par courrier électronique. Les mots « Je suis inspecteur de police » produisent des merveilles : les gens sont prêts à beaucoup pour aider la police, plus qu'ils n'ont besoin ou ne doivent. Contrairement à Michal Poleg, elle ne s'est pas heurtée à un silence éloquent ou à une fin de non-recevoir...

Elle s'attendait à ce que la réaction de Ninio soit longue et polémique, mais elle était brève et *ad hoc*. Il démentait toutes les allégations de Michal, l'une après l'autre. Concernant la note du ministère des Affaires étrangères, il répondait sèchement qu'il n'avait pas eu connaissance d'un tel mémorandum.

Cette réponse la décevait. Il semblait que cette plainte ne l'avait pas beaucoup troublé et qu'il n'y voyait rien de plus qu'un léger désagrément.

Cependant, et malgré ce qu'elle avait lu, elle avait décidé de continuer à enquêter. Si elle souhaitait se forger une hypothèse de travail solide, elle n'avait pas le droit de laisser des zones d'ombre. Malgré ce qu'elle venait d'apprendre, elle ne rayait pas encore Yariv Ninio de la liste des suspects.

L'appel téléphonique suivant avait été au ministère des Affaires étrangères. Après avoir parlé à une dizaine de fonctionnaires, elle était tombée sur le docteur Yigal Chémech, attaché au département d'Afrique. Or, Michal aussi était remontée jusqu'à lui : elle s'était rendue à son bureau et l'avait même blâmé pour la position adoptée par le ministère des Affaires étrangères au sujet des demandeurs d'asile et des dangers qui les guettaient à la suite de leur expulsion.

Yigal Chémech avait reconnu devant Anat l'existence d'un tel mémorandum. Michal n'avait donc pas inventé cette note. Toutefois, le haut fonctionnaire lui avait juré ses grands dieux, à plusieurs reprises, qu'il ne l'avait pas montrée à Michal ni n'avait reconnu explicitement son existence. Sans doute y avait-il juste fait allusion...

— J'ai eu suffisamment d'ennuis à ce sujet, avait-il soupiré, d'un air accablé.

En fait, ce spécialiste avait bien rédigé, quelques mois plus tôt, un mémorandum dans lequel il faisait valoir qu'un réel danger menaçait les expulsés d'Israël en Afrique.

— À dire vrai, je me suis contenté de reprendre les recommandations du ministère des Affaires étrangères britannique dans ses rapports remis aux Nations unies. Rien de bien nouveau, et sûrement rien de révolutionnaire... C'est ce que tout le monde sait...

Il avait ajouté devant Anat qu'il avait transmis sa note aux ministères de l'Intérieur et de la Justice. La policière lui avait demandé de lui en adresser une copie.

Malgré les efforts du fonctionnaire pour minimiser cette affaire, Anat avait saisi aussitôt l'importance de ce mémorandum. Au cours des dernières nuits, avant de se coucher, elle s'était plongée dans ce que d'aucuns baptisaient « le problème des réfugiés ». Des arrêts de justice qu'elle a compulsés, elle a retiré quelques notions sur la bataille acharnée qui se livrait dans les prétoires quant à la définition de leur nationalité : on ne peut pas expulser les Érythréens et les Soudanais du Nord. Ils bénéficient d'une protection collective à cause de la situation régnant dans leur pays et des dangers qu'ils courent à leur retour là-bas.

Avec les Éthiopiens, en revanche, l'expulsion est autorisée sans aucune limite.

En effet, l'Éthiopie et l'Érythrée ne sont pas des pays étrangers l'un à l'autre. Ils sont voisins, certes, mais ce n'est qu'en 1993 que l'Érythrée a obtenu son indépendance de l'Éthiopie, après une guerre prolongée. Ce qui signifie que, dans le passé, une partie des Érythréens étaient des citoyens éthiopiens et en connaissent parfaitement la langue. Le ministre de l'Intérieur avait donc décidé d'exploiter cette faille...

Un mémorandum tel que celui du docteur Chémech était susceptible de combler cette faille : il prédisait un danger mortel pour les Érythréens expulsés d'Israël au prétexte qu'ils seraient en fait éthiopiens. Ce mémorandum, véritable bouée de sauvetage, pouvait sauver des vies.

Certes, ces indications, comme il lui avait précisé, avaient fait déjà l'objet de publicité par différents organismes dans le monde, mais son mémorandum était le premier rédigé en hébreu, sur papier à en-tête du ministère des Affaires étrangères israélien. Et comme Chémech l'avait parfaitement compris, voilà qui faisait la différence.

De surcroît, ce document avait une portée supplémentaire : si ce mémorandum était ajouté aux débats d'une cour de justice, cela annoncerait la fin de Yariv Ninio, l'enfant chéri du ministère de l'Intérieur, et des individus de l'acabit d'Ehud Réguev, qui avaient bâti leur carrière sur l'incitation à la haine des Africains.

Désormais, dénicher ce mémorandum constitue la première étape. Elle doit prouver que Ninio l'a bien eu en main. Dans ses conclusions présentées devant l'Ordre, il a nié l'avoir reçu.

À sa grande joie, il lui faut peu de temps pour identifier l'interlocuteur adéquat au ministère de la Justice. L'avocate Hen Sabbataï, du département des affaires internationales, lui confirme qu'elle a bien reçu ce document du ministère des Affaires étrangères.

Elle aussi tente de dédramatiser l'affaire :

— C'est tout au plus un mémorandum de valeur consultative…

— Et qu'en avez-vous fait ?

— Je l'ai transmis à qui de droit.

Anat aurait pu l'entendre hausser les épaules à l'autre bout du fil.

— À maître Yariv Ninio, par exemple ?

Après un long silence, maître Sabbataï répond, d'une voix hésitante, qu'elle n'est pas sûre d'être habilitée à répondre à une telle question.

— Je dirige une enquête sur un assassinat. Vous pouvez me répondre maintenant, au téléphone, ou attendre d'être convoquée au poste pour un interrogatoire.

— En effet, je le lui ai envoyé.

Cette fois, elle a répondu illico. Anat n'a plus aucun scrupule sur la façon de mener la discussion, décidément, les ficelles les plus grossières fonctionnent avec tout le monde. Même avec les avocats.

— Êtes-vous sûre qu'il l'a reçu ?

— Oui.

— Comment pouvez-vous en être aussi persuadée ?

— J'ai son mail sous les yeux. Il m'a répondu : « Merci. »

* * *

Anat se rencogne dans son fauteuil. David est censé atterrir en Israël cet après-midi et reprendre les rênes de l'enquête. Tel qu'elle le connaît, il est évident que cette affaire va être bouclée en un ou deux jours. La police va transmettre au parquet la recommandation explicite d'inculper Gabriel pour l'assassinat de Michal Poleg.

Une erreur, selon elle, mais dans les circonstances présentes, nul ne l'écoutera. Depuis le fiasco de la reconstitution, au commissariat on l'évite comme une pestiférée. Aucun collègue ne lui adresse la parole. Avant d'embarquer à l'aéroport, David lui a envoyé un texto : « Ça va aller. Je veille sur toi. Fais profil bas. »

Elle relit le mémorandum et le mail reçu du ministère de la Justice.

Michal Poleg s'était lancée dans sa croisade à l'aveuglette. Elle avait déposé sa plainte devant l'Ordre des avocats, tout en ignorant qu'elle était fondée. Mais Yariv Ninio, lui, le savait parfaitement. Contrairement à ses assertions, il avait bien reçu cette note et l'avait dissimulée, puis avait menti. Anat n'a aucun doute sur le fait qu'il avait bien saisi les conséquences de ses actes si cette histoire était rendue publique.

Ce qu'elle avait trouvé constituait une avancée, certes, mais ce n'était pas assez.

Elle avait besoin de plus.

Au moins, maintenant, elle savait où chercher.

54

Itaï a les yeux rivés sur son ordinateur, attendant nerveusement que la page du site Internet soit actualisée. Une demi-heure plus tôt, le journaliste lui a envoyé un texto annonçant la publication de son papier dans quelques minutes. Mais, pour l'heure, nulle trace de l'article en question. La lenteur de sa machine ne fait qu'augmenter son stress. Ras-le-bol de travailler avec du matériel aussi obsolète, ras-le-bol que rien ne fonctionne convenablement autour de lui !

Il avait beaucoup hésité avant de contacter Amit Guiladi. Jusque-là, il avait évité autant que possible les rapports avec les médias. Il avait dérogé à sa règle une seule fois, et ça lui avait servi de leçon. C'étaient ses débuts à l'Association d'aide aux réfugiés. Il souhaitait exercer une pression sur le ministère de l'Intérieur afin d'empêcher l'expulsion de Sue, une jeune Thaïlandaise qui éditait un journal au service de sa communauté. Entre autres questions, le journaliste lui avait demandé de décrire Sue. Bien sûr, il n'avait énoncé que des propos élogieux : Sue était charmante, intelligente et jolie. Le lendemain, il avait découvert l'article, dont le sous-titre mêlait sans vergogne son désir d'aider Sue et... son faible pour les massages thaïlandais. Certes, il n'y avait aucun rapport entre les deux dans le corps du papier, mais le mal était fait. Non seulement pour Sue, qui finit par être expulsée, mais pour la réputation de son association et les objectifs qu'il avait souhaité atteindre. Sans parler des ravages sur sa propre mère, qui profita de l'occasion pour acquérir le jour même une concession funéraire pour son père et elle, sous prétexte que ses frasques honteuses allaient la mener tout droit au tombeau. Itaï lui avait proposé en plaisantant d'abréger le processus : déménager près du cimetière.

— Rigole, rigole, bientôt, tu pleureras ! avait-elle conclu avec l'une de ses sentences favorites.

Sauf qu'aujourd'hui Itaï ne peut pas rester passif. Une femme qu'il estimait a été assassinée et un jeune homme qu'il affectionne croupit en prison. Il ne s'explique pas pourquoi il éprouve le besoin de protéger Gabriel mais il entretient une relation spéciale avec lui – celle d'un parent ou, du moins, d'un frère aîné. Ce n'est pas seulement son caractère pondéré, sa modestie et sa connaissance de l'anglais qui facilite la communication avec lui, mais surtout son talent de dessinateur qui laisse entrevoir à Itaï qu'il peut aspirer à un avenir meilleur. Sa mission est d'aider les demandeurs d'asile à vivre dans des conditions acceptables. Ses espoirs ne vont pas au-delà : ces réfugiés n'ont aucun futur dans ce pays et ne seront jamais associés à la société israélienne. La plupart n'échapperont jamais à ce qu'ils vivent aujourd'hui. Mais, dans le cas de Gabriel, les choses étaient différentes, il savait que son ami réussirait à s'en sortir. Il le voulait aussi pour lui. Itaï aspirait à une victoire. Enfin.

Voilà pourquoi il n'abandonnerait pas Gabriel.

Il avait choisi Guiladi parce qu'il avait compris, à ses papiers, que le journaliste avait assisté à la reconstitution organisée par la police. Il avait aussi lu à son sujet qu'il était le genre de reporters qui n'avaient pas froid aux yeux et qui ne se laissaient pas intimider.

Naïvement, il avait cru que le journaliste sauterait sur l'occasion. Il y avait de quoi faire : un innocent incarcéré, décidé à se sacrifier pour sauver sa sœur. Cette jeune fille capturée au Sinaï, torturée et violée, puis livrée en Israël en tant qu'esclave sexuelle. Une police rigide, aveugle devant la réalité, qui se hâte d'inculper le premier venu pour boucler l'affaire. Un assassin en liberté, qu'on peut raisonnablement suspecter d'appartenir à la pègre, rackettant les clandestins.

Mais Guiladi s'était montré sceptique :

— Ton gars s'est déclaré coupable, qu'est-ce que tu veux que j'écrive comme papier ?

Il avait fini par accepter de le rencontrer. Malgré son manque d'enthousiasme initial, Itaï avait semblé réussir à titiller la curiosité du journaliste au cours de leur rendez-vous. Guiladi notait scrupuleusement ses propos et avait l'air particulièrement intéressé quand il lui avait raconté comment et dans quel état Arami avait trouvé Lydie gisant dans la rue, et ce qu'elle avait enduré.

— Je veux interviewer Lydie et Arami, avait dit Guiladi. Pour Gabriel, on va attendre un peu, tant qu'il est détenu...

Il lui avait expliqué, bien sûr, que c'était impossible. Arami et, *a fortiori*, Lydie étaient trop faibles et trop apeurés pour se faire interviewer. Ils avaient vécu sous un régime dictatorial et avaient appris à obéir aux pouvoirs publics s'ils souhaitaient continuer à vivre. Même s'il arrivait à les convaincre qu'en Israël il n'y avait aucun risque qu'on leur fasse du mal, il n'aurait pas la capacité de dissiper la crainte qu'un tel article ne les place sur le radar de l'Office d'immigration, qui se vengerait d'eux d'une manière ou d'une autre. Les demandeurs d'asile sont transparents aux yeux de la population israélienne, mais cela sert les intérêts des deux parties : les Israéliens ne veulent rien savoir. Les demandeurs d'asile ne veulent pas se faire remarquer ; leur pire crainte est d'attirer l'attention.

Guiladi ne s'était pas démonté :

— Bon, donne-moi au moins des photos, quelque chose qui...

Là encore, il avait dû refuser. Il n'avait pas de photos et, même s'il en avait eu, il n'aurait pas pu les lui donner sans leur accord.

Dépité, Guiladi avait lâché avant de s'en aller :

— Dommage qu'ils ne soient pas israéliens ! Une histoire comme celle-là aurait été un véritable scoop...

* * *

Itaï consulte à nouveau l'horloge en bas de l'écran. Quarante minutes se sont écoulées, et toujours rien. Exaspéré, il se lève. Un peu trop vite. Ses côtes lui font toujours mal, surtout quand il fait des gestes brusques. Il pense à Michal, aux coups qu'elle a reçus. Elle l'avait appelé pour lui raconter, et il l'avait filtrée. Pourquoi avait-il fait ça ? La question « Que serait-il arrivé si ? » ne cesse de le hanter.

Bien qu'il ne veuille pas se montrer trop pressant, il ne peut s'empêcher d'envoyer un texto à Guiladi : « Que se passe-t-il ? » Moins de dix secondes plus tard, la réponse lui parvient : « Regarde dans la rubrique infos. »

Quel naïf ! Pendant tout ce temps-là, il attendait l'article en une...

L'émotion le submerge quand, après la minute interminable qui permet à son ordinateur d'actualiser la page, il repère enfin le papier.

Certes, il n'apparaît pas là où il l'attendait mais l'essentiel est qu'il soit là.

Il ne peut s'empêcher d'être déçu en découvrant le titre : « Un avocat des droits de l'homme accuse la police de bavures dans une enquête mettant en cause un clandestin africain ». Il n'est pas né de la dernière pluie : la dénomination « avocat des droits de l'homme » provoquera la nausée de la majorité du public israélien et jettera une ombre immense sur la crédibilité de ses propos.

Son moral s'effondre lorsqu'il survole le contenu de l'article. Laconique, factuel et, surtout, trop court. Les gens accrochent à des histoires d'individus, auxquelles ils peuvent s'identifier. Michal est décrite comme « une bénévole, célibataire, âgée de trente-deux ans, résidant à Tel-Aviv ». Point. Itaï avait pris la peine d'expliquer pendant une demi-heure qui était Michal, son dévouement, son amour des autres, comment ils le lui rendaient, et tout ce qu'il a trouvé à écrire, c'est ça ? « Célibataire, âgée de trente-deux ans. »

Il arrive rapidement aux dernières lignes. Selon la police, « les accusations à son encontre sont infondées ». Itaï comprend que, malgré les attentes et les espoirs qu'il nourrissait d'une telle publication, rien ne se produirait. Guiladi lui avait pourtant dit de façon très claire : le public israélien est indifférent aux problèmes qui l'accaparent toute la journée à l'association.

Malgré la brièveté de l'article, il remarque qu'il a suscité de nombreux commentaires. Tous, sans exception, sont négatifs et appellent à l'expulsion d'Israël des demandeurs d'asile, de leurs sœurs, de leurs amis et connaissances. Les lecteurs ne l'épargnent pas non plus et suggèrent toutes sortes de mise à mort pour ce type de traître. Au moins, ils avaient lu l'article. Peut-être qu'il allait trop vite en besogne. Peut-être que quelque chose de positif en sortirait, un effet boule de neige qui obligerait la police à repenser une nouvelle piste.

Il fait remonter le curseur en haut de la page et le relit.

Son cœur s'arrête au moment où l'ordinateur finit de charger les images en marge du texte. Non seulement les photos d'Arami et de Gabriel apparaissent, mais leurs noms aussi. Maintenant, il réalise qu'ils sont aussi donnés dans le corps de l'article, ce qu'il n'avait pas remarqué à la première lecture.

Comment Guiladi a-t-il pu faire ça ? C'était sa condition, et le journaliste avait promis de respecter leur accord.

Il n'a aucun doute sur la provenance des photos. La police. Celle de Gabriel avait été prise après son arrestation, et pour Arami, il s'agissait sans doute de sa carte de travail d'interprète.

Il fixe les portraits de Gabriel et d'Arami qui semblent lui lancer un regard accusateur.

55

L'apparition d'une vieille femme surgissant de derrière les arbustes fait sursauter Anat.

— Je peux vous aider, madame la policière ?

Décontenancée, elle la fixe, sans comprendre d'où cette créature est sortie et surtout comment elle sait qu'elle est policière. Aujourd'hui, elle est en civil.

Au lieu de rester au bureau, à faire face à l'indifférence de ses collègues, elle avait décidé de retourner parler à Chmouel et Dvora Gonen, les interroger sur les hommes blancs qui fréquentaient éventuellement l'appartement de Michal. Peut-être y avait-il quelqu'un d'autre que Yariv Ninio qui pouvait lui en vouloir ?

— Que des Noirs, elle voyait, cette fille, avait maugréé Chmouel, et Dvora avait acquiescé.

Non, ils n'avaient jamais vu un homme correspondant au signalement de Yariv Ninio. Chmouel Gonen qui, un instant auparavant, savait tout s'était transformé en parfait ignorant. Anat avait noté qu'il avait prononcé au moins trois fois la même phrase : « Je vous ai dit tout ce que je savais, je n'ai rien de plus à ajouter. » Lorsqu'il s'était rendu aux toilettes, sa femme lui avait répété le même couplet.

En remontant dans sa voiture, sur la route du commissariat, elle s'était dit que c'était le bon moment pour vérifier la distance entre l'appartement de Yariv Ninio et celui de Michal.

La vieille lui tend la main :

233

— Sarah Glazer. La voisine du troisième. J'habite le quartier depuis quarante ans. C'est moi qui nourris les chats... Les pauvres minous. Tout le monde s'en fiche. Surtout maintenant, en plein hiver. Qu'est-ce qui va leur arriver quand je ne serai plus là ? Je ne veux même pas y penser. Je vous ai aperçue de là-haut, de chez moi, avec votre lampe bleue, à tourner par ici, à fouiner... Si vous cherchez quelqu'un, je peux peut-être vous aider ?

— Inspectrice Anat Nahmias. Nous enquêtons sur des vols de vélos dans le quartier, improvise-t-elle avant que cette Mme Glazer ne se lance dans un nouveau monologue.

Le gyrophare bleu sur le tableau de bord pour signaler aux contractuels d'éviter de mettre un P-V l'a trahie. Pas grave. Parfois, les voisins un peu trop curieux se révèlent un levier d'enquête précieux. Yariv Ninio avait prétendu être tombé de vélo sur le chemin de son travail, sauf que, dans le local de l'immeuble, elle n'avait trouvé aucun vélo. Ni de cadenas.

— Eh bien, il était temps, non ? Vous savez combien de fois on a volé leur vélo aux voisins ? Et je vais vous dire autre chose, madame la policière, c'est pas seulement là-dessus qu'il faut enquêter, mais aussi sur ceux qui encombrent le passage avec leurs engins. J'aime pas dire du mal des gens, mais il y en a ici qui s'en fichent. Combien de fois je l'ai demandé...

— Pouvez-vous me dire quels résidents possèdent un vélo ici, et à qui les a-t-on volés ? lance Anat.

— Vous me posez là une question très difficile. Il faut que je réfléchisse. Tout de même, ça fait bien quarante ans que j'habite ici...

— Je me contenterai des dernières semaines, répond Anat en tentant de ravaler un sourire.

— Y a la voisine du premier. Youli Rosenthal. Ça fait des années qu'elle a un vélo. Mais son vélo, même les voleurs n'en voudraient pas. Elle ne l'attache même pas. Et puis, il y a... bien sûr. Le monsieur avocat, à qui on a volé son vélo il y a quelques mois.

— Yariv Ninio ?

— Exactement. Ça lui a fait beaucoup de peine. Plusieurs fois, il a m'a arrêtée dans l'escalier pour me demander si j'avais vu quelque chose.

— Et vous avez vu quelque chose ? lui demande-t-elle pour gagner du temps, avant de décider la manière dont elle allait orienter ses questions.

— Et pourquoi j'aurais vu ? Je m'occupe de mes propres affaires. À mon âge, vous savez, on a pas mal de soucis, c'est pas facile...

— Depuis, il en a racheté un neuf ?

Mme Glazer fait non de la tête. Anat lance alors une phrase énigmatique, dont elle espère qu'elle va déclencher quelques bavardages sur le couple qui pourraient lui révéler un pan de leur intimité.

— Si j'ai bien compris, ils vont bientôt se marier...

— Ah bon ? Je n'en avais aucune idée, répond Mme Glazer sur un ton signifiant : je sais tout de ce mariage.

Anat décide d'attiser la flamme, le moyen le plus efficace pour lui tirer les vers du nez.

— Ne me dites pas qu'ils ne vous ont pas invitée...

— Je ne m'y attendais pas trop. Ils ne sont pas obligés s'ils ne veulent pas de moi. D'un autre côté, si je puis me permettre, c'est juste une question de politesse : vous habitez en face de quelqu'un et vous ne lui proposez même pas ?

Anat approuve énergiquement.

— Ceci dit, ça m'étonne pas de lui. Un type très content de lui, si vous voyez ce que je veux dire. Il se croit sorti de la cuisse de Jupiter. À peine s'il dit « Bonjour » dans l'escalier. Mais j'en attendais plus de sa fiancée. Elle est si charmante. Toujours souriante, toujours à vous saluer poliment. Mais bon, c'est leur affaire. S'ils veulent pas m'inviter, je vais pas m'imposer.

Anat éprouve soudainement le besoin de consoler cette pauvre femme seule.

— Pour quand le mariage est prévu ? Peut-être qu'ils n'ont pas envoyé encore les faire-part ?

— Si vous voulez mon avis, je ne suis pas sûre que ce mariage aura vraiment lieu.

Mme Glazer se penche vers elle, comme pour lui confier un secret. Anat lui lance un regard étonné. Yariv Ninio a insisté à plusieurs reprises sur le fait qu'il était sur le point de se marier.

— Écoutez-moi, à mon âge, on comprend bien des choses...

— Qu'est-ce qui vous fait dire ça ?

Mme Glazer hoche la tête.

— Je ne vous ai rien dit, hein, qu'on ne raconte pas que j'ai parlé, fait-elle, la main sur le cœur.

— Ce que vous me direz restera entre nous, madame Glazer.

Sa mère est aussi spécialiste du genre. Elle déclare d'une voix théâtrale qu'elle ne dira rien pour qu'on ne pense pas qu'on ne peut pas lui faire confiance, et alors elle se lance dans un soliloque interminable sans omettre une virgule de ce qu'elle « ne voulait pas dire ».

— Ça va pas bien en ce moment. Ils se disputent tout le temps et se hurlent dessus. Surtout lui. Quand mon Séfi et moi, paix à son âme, nous allions nous marier, je sautillais dans la rue tellement j'étais heureuse. Vous n'êtes pas mariée, n'est-ce pas ? dit-elle sur un ton réprobateur, les yeux rivés sur son annulaire dépourvu d'alliance.

Anat décide de ne pas relever.

— Bon, après tout, c'est comme ça, aujourd'hui, vous, les filles, vous n'êtes pas pressées. Vous croyez que vous avez toute la vie devant vous, et puis, le jour où vous voulez, il n'y a plus personne pour vous dire oui. Écoutez-moi bien, madame la policière, il y a des choses qu'il vaut mieux boucler quand on est encore jeune et beau.

— Connaissez-vous le motif de leurs disputes ?

Autant ramener la conversation sur le droit chemin. Parce que, dans un instant, elle va sûrement lui fourguer que son petit-fils, lui, qui est si brillant...

— Tout a commencé quand elle est partie en voyage quelques jours, poursuit la vieille femme, manifestement trop contente de cancaner sur le dos de ses voisins.

— Qu'est-ce qui s'est passé ?

— Si vous voulez mon avis, elle s'est aperçue à son retour qu'il la trompait, chuchote Mme Glazer, la mine épanouie.

— Eh bien, dites donc !

— Vous êtes sûre qu'il y a un rapport avec les vélos ? s'enquiert Mme Glazer, brusquement méfiante.

— Tout est lié.

— Bien. Tout son visage était gonflé. Un type rentre ivre au beau milieu de la nuit avec le visage abîmé. Où se trouvait-il selon vous ? Je vais vous le dire moi. Chez sa maîtresse.

Anat opine. Mme Glazer avait une curieuse théorie sur les liens entre blessures et liaison adultère. Mais maîtresse ou non, cela ne changeait rien : Yariv Ninio lui avait encore menti.

56

Le nez dans les comptes, Itaï les voit s'approcher. Impossible de les rater. D'habitude, l'allure des individus qui viennent les voir pour la première fois est hésitante, le regard perdu, affolé. En général, ils viennent d'être relâchés des camps de rétention et de débarquer à Tel-Aviv. Ils veulent de l'aide : les vêtements qu'ils ont sur le dos sont leur seule possession.

Les trois hommes noirs qui viennent d'entrer dans les locaux de l'association, eux, sont vêtus de costumes coûteux en laine peignée pour les protéger du froid hivernal. Ils avancent d'un pas décidé, sûrs d'eux, ignorant les regards stupéfaits des gens qui encombrent les bureaux à cette heure.

Depuis hier, jour où l'article a été publié, il a tenté à plusieurs reprises de contacter Arami sur son portable, en vain. Aujourd'hui encore, l'interprète n'est pas venu au bureau. Il n'a jamais manqué un seul jour de travail et a toujours été ponctuel depuis qu'il collabore avec eux. Itaï voulait s'excuser, lui promettre qu'il ne courait aucun risque, qu'il le protégerait personnellement si quelqu'un songeait à lui faire du mal.

— Maître Itaï Fischer ? le questionne l'un des trois, un quadragénaire à l'accent l'anglais prononcé.

Les deux autres se tiennent en retrait.

— Lui-même. À qui ai-je l'honneur ? répond-il, hésitant, en se levant.

Une partie de son travail consiste à recueillir des dons, et il sollicite régulièrement des subventions. L'espoir le saisit :

et si ces trois-là étaient des représentants d'une telle organisation ?

L'homme lui sourit et lui tend la main. Itaï remarque qu'il porte une montre en or.

Il serre la main de l'individu.

— Enchanté, je m'appelle Tesfa-Maryam Aferkewi et je suis le vice-consul d'Érythrée en Israël, déclare l'individu d'un ton doucereux.

Le sourire d'Itaï s'efface d'un seul coup. L'Érythrée. Une dictature. Sans liberté d'expression, de la presse, de culte, de circulation, où le service militaire est obligatoire pour les hommes jusqu'à ce qu'ils meurent. Les citoyens de ce pays vivent dans une terreur permanente. En réalité, ce pays détient le record mondial de réfugiés échappés de ses frontières, et pas seulement vers Israël. Des dizaines, voire des centaines de milliers d'entre eux séjournent dans des camps de réfugiés en Afrique. Hagos lui a amplement décrit la vie dans ces endroits, affirmant qu'il était important qu'il soit au courant, même s'il ne pouvait jamais vraiment comprendre. Selon lui, quiconque est né dans un pays comme Israël, une démocratie, ne sera jamais capable de concevoir une existence placée sous le signe d'une frayeur constante. Différentes organisations des droits de l'homme ont acté le fait que le gouvernement de ce pays figurait parmi l'un des plus répressifs de la planète. Le fait qu'Israël entretienne des relations diplomatiques avec un tel régime constitue un pur scandale.

— Que désirez-vous ? lui demande Itaï sur un ton qui ne dissimule pas son dégoût.

On ne peut pas dire qu'il soit un excité, et il déteste les formules toutes faites, mais pour lui, ces hommes sont les envoyés du diable. Comment a-t-il pu les prendre pour des mécènes ? Ces vêtements onéreux, ces cravates en soie, ces montres en or, ce parfum entêtant d'après-rasage : tous les signes d'un régime corrompu et corrupteur dont ils sont les émissaires. Ils dépouillent leur peuple sans vergogne.

— Nous recherchons M. Arami Ligues. Si j'ai bien compris, il travaille ici, et vous êtes en relation avec lui. Nous avons pensé que vous pourriez peut-être nous aider... poursuit le vice-consul avec la même courtoisie affectée.

— Qu'est-ce que vous lui voulez ? répond Itaï avec une agressivité manifeste.

— Lui parler, répond-il d'un air détaché.

— De quoi ? fait-il en haussant légèrement la voix.

Silence. Ce mutisme l'agace et l'effraie à la fois.

Le vice-consul rompt le silence :

— M. Ligues est citoyen de notre pays, nous souhaitons nous entretenir avec lui... Jusqu'à hier, nous ignorions qu'il séjournait en Israël...

— Je vous prie de vous en aller, le coupe Itaï, sans réussir à surmonter sa peur. Vous n'avez rien à faire dans ce bureau. Les gens que vous voyez ici sont des victimes du gouvernement que vous représentez. Je n'ai aucune envie de vous aider.

— Inutile de vous emporter, monsieur Fischer...

— Sortez, s'il vous plaît !

Leur ton doucereux, leurs bonnes manières, leur anglais excellent... Et c'est avec cette mascarade qu'ils veulent l'amadouer ?

— Pas de problème, monsieur Fischer, nous partons. Nous ne voulions pas vous déranger. Si vous voyez M. Ligues, merci de lui transmettre que nous serions heureux de nous entretenir avec lui.

Le vice-consul lui tend une carte de visite au fort grammage et aux lettres gaufrées couleur or.

— Nous serions tout autant heureux de discuter avec vous, au cas où vous le souhaiteriez.

— Je n'ai aucune envie de discuter avec vous.

Il tremble de colère. Si l'État d'Israël a expulsé Hagos de manière injuste, ce n'est pas lui qui l'a assassiné : il a été assassiné en Érythrée par le gouvernement que ces types représentent.

— Dommage, M. Fischer, vraiment dommage. En ce qui concerne notre pays et ses problèmes... comment dites-vous déjà ? Tout n'est pas toujours ou tout noir ou tout blanc.

57

Éveillée, Anat est étendue sur son lit au milieu d'un monceau de documents. Ces dernières nuits, elle n'a pas réussi à fermer l'œil. Dehors, la pluie tombe, elle écoute le bruit des gouttes se briser sur sa fenêtre. Les yeux lui brûlent à force de lire à la lumière de sa lampe de chevet.

Yariv Ninio lui a menti, ainsi qu'à l'Ordre des avocats. Cela en fait-il pour autant un coupable ? Elle sait bien que tout ce qu'elle a découvert jusqu'à présent ne lui donne pas la fameuse « preuve tangible » que les flics dégotent dans les séries policières, et sûrement pas quand tous, dans son entourage, sont persuadés de détenir le véritable assassin. Elle a besoin d'autres preuves. Et de temps.

David l'a appelée une demi-heure plus tôt et lui a demandé de passer le voir dans son bureau, demain à la première heure : « Nous avons beaucoup de choses à nous dire... » Sans autre commentaire. Sa voix avait l'air enjouée, ni accusatrice ni en pétard. Elle le connaît suffisamment pour comprendre que la nouvelle reconstitution s'est déroulée comme sur des roulettes. Yaron a dû certainement cuisiner Gabriel, et ce dernier leur a servi sur un plateau tout ce qu'ils avaient envie d'entendre, voire davantage peut-être.

Qui allait l'écouter ? Tout ce qu'elle a, c'est une hypothèse fondée sur les propos de deux femmes ayant franchi depuis belle lurette la barre des soixante-dix ans...

Son portable sonne, le bruit dans le silence de la maison la fait tressaillir.

Elle tend la main et soulève l'appareil.

Gricha.

— Ton assassin est blanc, lance-t-il sans autre forme de procès.

58

Avant d'éteindre la lumière et de s'endormir, Itaï décide d'appeler une dernière fois Arami. Depuis la visite des « trois anges », il a tenté de le contacter sans relâche. En vain. Avant que ces types ne débarquent, il éprouvait déjà un certain malaise à l'égard d'Arami pour avoir trahi sa confiance. Arami était un militant des droits de l'homme en Érythrée et avait été contraint de prendre précipitamment la fuite pour sauver sa peau. Itaï ne s'était pas imaginé que l'article lui ferait courir un danger réel, qu'il inciterait les représentants de l'un des régimes les plus cruels et les plus pervers à le traquer à nouveau.

— Où étais-tu ? Nous nous sommes fait du souci pour toi, lui dit-il, soulagé, en entendant la voix d'Arami à l'autre bout du fil.

Arami l'interrompt :

— Je n'ai pas l'impression que tu t'inquiètes tant que ça à mon sujet. Comment as-tu pu faire une chose pareille ? Je t'ai donné ma confiance…

— Je suis désolé… Le journaliste… Il m'avait promis… bredouille Itaï.

Silence.

— Je t'ai cherché pour m'excuser, et aussi… il s'est passé quelque chose aujourd'hui…

Il inspire un bon coup et raconte à Arami la visite des gens du consulat.

Arami continue à se taire.

— Arami, tu vas bien ?

244

— Qu'est-ce que tu as fait, Itaï ? As-tu la moindre idée de ce que cela signifie ?

— Je suis vraiment désolé... S'il y a quelque chose que... Comment a-t-il pu commettre une telle erreur... Son boulot était d'aider ces gens, pas de les enfoncer.

Silence d'Arami.

— Il vaut peut-être mieux que tu évites prochainement de venir à l'association, lâche-t-il, étouffé par le remords. S'ils se rendent compte que tu ne viens pas, ils finiront peut-être par laisser tomber.

— Je ne peux pas faire ça. Les gens ont besoin de moi, et moi, de mon salaire pour l'envoyer à ma famille...

— On se débrouillera ici, lui promet Itaï, bien qu'il n'ait aucune idée de la manière dont il allait travailler sans interprète. (Depuis l'expulsion d'Hagos, Arami était seul à la barre.) C'est juste pour un petit moment... Et, bien sûr, nous continuerons à te payer...

Silence d'Arami.

— Y a-t-il quelque chose que je puisse faire pour t'aider ?

— Tu en as déjà assez fait comme ça, rétorque Arami en raccrochant.

59

Anat prend une grande inspiration avant de pénétrer dans le bureau de David.

— Je pense que tu as eu raison de faire ce que tu as fait, désamorce-t-il aussitôt.

Carré dans son fauteuil, sa jambe droite plâtrée surélevée sur un repose-pied, il fume, comme d'habitude. Elle se retient pour ne pas lui montrer à quel point elle est soulagée de sa réaction. Elle est si heureuse qu'il soit d'accord avec elle. Son avis compte pour elle. Et puis, elle en a assez de passer pour une pestiférée parmi ses collègues.

— Tu as eu raison mais tu n'as pas été très fine, ajoute David, la faisant immédiatement redescendre de son nuage.

Sa déception peut se lire sur son visage. Elle aurait dû s'y attendre. C'est sa manière d'encadrer à lui et aussi d'enquêter : la carotte et le bâton, en boucle.

— Est-ce que tu connais ton problème ?

Anat croit percevoir un peu plus que de l'empathie dans sa voix. Elle espère qu'elle a raison.

— Je suis sûre que je vais bientôt l'apprendre, riposte-t-elle.

— Tu es une excellente inspectrice. Intelligente, méticuleuse, l'une des meilleures avec qui il m'ait été donné de collaborer. Et alors, tu me diras ? Eh bien, voilà : tu n'es pas diplomate pour deux sous…

— Et qu'est-ce que ça signifie exactement ? Que je ne fais pas de la lèche aux personnes adéquates ?

— Que tu ne comprends pas comment le système fonctionne et de quoi il a besoin, poursuit-il d'un ton calme. Tu n'aurais jamais dû interrompre la reconstitution. En aucun cas. Surtout quand un journaliste attend dehors. Et surtout quand il s'agit d'une reconstitution avec le seul suspect dont dispose la police.

— Qu'est-ce que j'aurais dû faire alors ? La fermer et laisser Yaron lui fourrer les aveux dans le bec ?

— Écoute, Nahmias, il va falloir que tu comprennes une chose une fois pour toutes : un assassinat, ça rend tout le monde hystérique. Surtout les boss. On leur prend la tête : le commissaire, le directeur général de la Sûreté, le ministre, les médias, la famille de la victime. Surtout dans une enquête comme celle-là, dont des politiciens comme ce Réguev font leurs choux gras pour en tirer des bonus politiques. L'unique façon de faire baisser la pression, c'est de trouver un suspect. Quand on en a un sous le coude, soudain, tout se calme. Plus de pression. Et quand tout le monde est plus calme, alors, on peut commencer à enquêter comme il faut. Toi, tu as fait exactement le contraire. Au lieu de rassurer le système, tu l'as mis sous pression. Tu l'as obligé à reconnaître que le seul suspect qu'il avait sous la main n'était pas le bon.

— Bon, et maintenant ? réplique-t-elle d'un ton agacé.

Elle n'a pas la force de supporter les divagations de David sur le système.

— Maintenant, rien. J'ai parlé à Yohaï. Il est prêt à passer l'éponge. Une première enquête pour assassinat est toujours compliquée, fait-il en lui soufflant la fumée au visage.

— Je voulais dire : « Que fait-on de Gabriel ? », bredouille-t-elle d'une voix étranglée.

— Il va aller en prison, fait-il en écrasant son mégot dans le cendrier.

— Mais il n'a rien fait ! Il n'a pas assassiné Michal Poleg !

— Ce n'est pas ce qu'il dit. Ni son avocat. Le dossier a été renvoyé chez le procureur. Si tu veux mon avis, ils vont bientôt se mettre d'accord sur une transaction judiciaire.

Il allume une nouvelle cigarette. Un bref instant, elle se demande comment il a pu s'accommoder de l'interdiction de fumer dans l'avion.

— Je suis persuadée que la reconstitution s'est parfaitement déroulée... Gabriel a dû révéler point par point tous les détails cachés de l'enquête.

Elle n'essaie même pas de dissimuler son cynisme.

— En effet, la reconstitution s'est déroulée comme sur des roulettes. Comme je viens de te l'expliquer, à cause de ton cirque, tout le monde est encore plus déterminé à garder au chaud l'unique suspect qu'on possède.

— Tu es en train de me dire que c'est à cause de moi qu'il va en prison ? Malgré tout le respect que je te dois, David, c'est de la pure connerie !

— Ce n'est pas ce que j'ai dit, et tu le sais parfaitement. Gabriel va en prison à cause de ses propres aveux, répond-il d'une voix égale.

Il est clair qu'il n'a pas envie de se disputer avec elle.

— Mais ce que tu avais l'intention de me dire, c'est que, si j'avais gardé Gabriel comme suspect, il se peut que les choses aient évolué différemment...

— Pas complétement, parce que tu as, en l'occurrence, des aveux donnés de plein gré. Mais, grosso modo, oui. Retiens ça pour la prochaine fois : si tu avais des doutes concernant Gabriel, tu aurais dû laisser Yaron poursuivre l'enquête et mener discrètement la tienne en parallèle. Priorité absolue : ne pas causer de scandale. C'est comme ça que ça marche : un suspect contre un suspect. Ne jamais les laisser les mains vides, sourit-il.

— Eh bien, je vois que les grands esprits se rencontrent alors. J'ai un autre suspect, sourit-elle à son tour.

David lui jette un regard étonné.

— Comme j'ai dit à Yohaï, tu as une tête bien faite. Bon, vas-y, fait-il en se carrant sur son siège dans un nuage de fumée.

Elle se met à tout débiter, ravie de son écoute attentive et encourageante. Elle lui décrit la conduite troublante de

Yariv Ninio au cours de l'audition dans son bureau, le mémorandum du ministère des Affaires étrangères qu'il a dissimulé, le fait qu'il ait fourni une information mensongère sur sa blessure et, surtout, le résultat des analyses labo de Gricha.

David l'écoute sans piper mot. De temps à autre, il se penche sur son bureau et griffonne quelques notes.

— Aucune chance, Nahmias, dit-il quand elle en a fini. Oublie ça. Tu ne convoques Yariv Ninio à aucun interrogatoire.

Tout s'effondre.

— Dis-moi, David, tu ne m'as pas écoutée ? Je ne comprends pas. Pourquoi ne pas le convoquer ?

— J'ai un million de raisons à ta disposition ! Un : parce que c'est trop tard. L'affaire est entre les mains du procureur. Deux : parce que, pour troquer un suspect africain contre un avocat général du parquet, il faut beaucoup plus que ce que tu as. Trois : parce que tout ce que tu viens de me dire de Yariv Ninio n'en fait pas un assassin. Ce ne sont, tout au plus, que des conjectures...

— Eh bien, convoquons-le... nous lui prendrons ses empreintes digitales, un échantillon d'ADN, et nous les comparerons à ce que nous avons trouvé sur la scène de crime !

— Aucune chance, Nahmias. Je te l'ai déjà dit : laisse tomber !

Il hausse la voix pour la première fois.

— Il m'a menti sur presque tout. Il a bien reçu la note du ministère des Affaires étrangères. Il ne s'est pas blessé en tombant de vélo. Et cerise sur le gâteau : lorsque nous comparerons son ADN à celui trouvé dans l'appartement, contrairement à ce qu'il a prétendu quand il m'a dit qu'il n'avait pas vu Michal depuis des mois, nous constaterons qu'ils se sont rencontrés pendant la nuit où elle a été assassinée...

— Tu veux que je te rafraîchisse la mémoire, Nahmias ? Le sang a été trouvé à l'extérieur de la porte. Et pas dans l'appartement.

— D'accord, mais c'est un début. Voyons où l'enquête nous conduit. Il y a aussi des empreintes digitales sur la scène de crime dont nous ignorons l'appartenance. Je suis prête à parier avec toi que ce sont les siennes. (David ne relève pas.) Pourquoi a-t-il menti au sujet du mémorandum ? de sa chute de vélo ?

David secoue la tête.

— Il n'en est pas question, Nahmias. As-tu la moindre idée de ce que signifie la mise en examen d'un procureur ? Il faut l'autorisation du conseiller juridique du gouvernement, du procureur de l'État… Qui va nous délivrer ces mandats sur les maigres éléments que tu as entre les mains alors que nous avons un suspect qui a avoué son crime et que son avocat mène actuellement des pourparlers en vue d'une transaction judiciaire ?

— Toi et moi, nous savons parfaitement ce que valent les aveux…

— Dans ces conditions, explique-moi, s'il te plaît, pourquoi il s'est accusé ? Vous avez fait pression sur lui ? Vous lui avez tordu le bras ?

Il tente de se soulever, puis se souvient de sa jambe cassée. Elle devine ce qu'il cherche et lui attrape un paquet de cigarettes dans le tiroir de la table.

— « Un million de raisons », dit-elle reprenant ses propos. Un : nous l'avons traqué avec acharnement, mis en branle des indics, payé des gens. Il s'est senti acculé…

Il écarte d'un revers de la main dédaigneux son plaidoyer.

— Deux : il se peut que quelqu'un l'ait payé…

Elle entend en écho la voix d'Itaï Fischer.

— Et qui l'a payé ? Yariv Ninio ? C'est ça, ta piste ? Yariv Ninio a assassiné Michal Poleg, puis s'en est allé payer un clandestin quelconque pour qu'il endosse le crime à sa place ?

Elle ne dit mot. Elle n'a pas encore la réponse. Cela la taraude depuis l'instant où elle a décidé de suivre la piste Yariv Ninio. Il faut qu'il y ait un rapport quelconque entre Ninio et Gabriel. Et si quelqu'un les avait mis en relation ? Peut-être se sont-ils rencontrés par le truchement de Michal ?

Au procès d'Hagos ? Pour le moment, elle ne sait pas mais elle va trouver.

— Anat, ne te ronge pas les sangs. Nous avons des aveux obtenus sans pression. Le détenu a un avocat. Ça suffit, laisse tomber, affaire classée, glisse-t-il d'une voix accommodante.

— Pour inculper quelqu'un sur la base d'aveux, il faut une preuve. Quelle est cette preuve dans le cas présent ?

— Le témoignage de Gonen, par exemple...

— Il s'est trompé pendant le tapissage des suspects.

— Eh bien, la reconstitution...

— Celle que j'ai organisée ou la vôtre, écrite depuis le début.

— Bon, la récréation est finie. Je te l'ai déjà expliqué. On tourne en rond, fait David en écrasant son mégot. C'est entre les mains du procureur désormais. Point final.

60

Itaï est surpris de découvrir son nom sur l'écran de son portable. Après leur récente conversation, il était persuadé de ne pas l'entendre avant un moment.

— Je quitte Israël, lui annonce Arami d'emblée. J'ai réussi à convaincre votre ministère de l'Intérieur de me donner un visa de sortie...

Itaï se montre impressionné. Un visa de sortie israélien est le rêve de beaucoup de clandestins car il permet de quitter le pays et d'y revenir. L'État le délivre avec parcimonie, pour ne pas dire jamais. Car le gouvernement serait aux anges, bien sûr, si tous les demandeurs d'asile se taillaient en masse. Le problème est le suivant : les pays de destination exigent un engagement gouvernemental à accueillir le titulaire du visa de sortie, si ce dernier souhaite revenir. Et cela, l'État le refuse. Il préfère signifier aux demandeurs d'asile que les frontières d'Israël sont comme les murs d'une prison : une fois sorti, on n'y rentre plus. Peut-être que ça les inciterait à réfléchir à deux fois avant d'y débarquer...

— Toutes mes félicitations, Arami, je suis fier de toi. Tu as réussi l'impossible, s'écrie Itaï, se retenant de lui demander comment il s'y est pris.

— Ne crois pas que ç'a été facile, répond Arami à la question qui ne lui a pas été posée. Le fait que le consul d'Érythrée a commencé à me pister, à cause de toi, a joué en ma faveur.

Il ignore quelle réaction Arami attend de lui. S'excuser, une fois de plus, pour l'article ? Se réjouir de l'avoir aidé à obtenir le visa de sortie ?

Arami interrompt ses tergiversations :

— J'ai besoin de mon salaire... Je ne peux pas attendre la fin du mois.

— Bien sûr, je vais m'en occuper... ça va prendre quelques jours... tu sais comment ça se passe...

Jusqu'à présent, il a toujours refusé les avances sur salaire. La trésorerie est toujours sur le fil du rasoir, mais, là, les circonstances sont exceptionnelles.

— Vous êtes les rois pour faire des promesses, toi, la police, les patrons des restos. Moi, j'ai besoin de l'argent tout de suite, je ne peux pas attendre.

— Laisse-moi vérifier ce que je peux faire... Je te contacte dès que j'ai les sous, je te le promets...

Silence.

— Où comptes-tu te rendre ?

— En France... Je vais essayer d'amener ma famille là-bas. Ton article les a mis en danger. Ce ne sera pas facile, mais je pense qu'on a une chance. Les Français ne considèrent pas chaque Africain comme une menace mortelle pour leur pays.

— S'il y a quelque chose d'autre que je peux faire... ajoute-t-il, hésitant à lui présenter sa propre requête.

Silence.

— Arami, lâche-t-il doucement, j'ai besoin que tu me rendes un service... Je sais que je n'ai pas le droit de te le demander... Ce n'est pas pour moi mais pour Gabriel. Avant de partir, dis-moi qui a payé Gabriel pour qu'il s'accuse du meurtre de Michal.

Pas de réponse.

— C'est sa dernière chance, il n'y en aura pas d'autre. Gabriel va croupir en prison pendant de longues années si nous ne l'aidons pas...

Aucune réaction.

— S'il te plaît... tu sais que c'est la seule chose à faire. C'était un Africain ? Un Israélien ?

253

Arami brise son silence.

— Tu as parlé avec Gabriel ? Tu as son autorisation ?

— Je lui ai parlé, mais laissons ça de côté. Il est déboussolé, paniqué…

— Pourquoi vous croyez tout le temps savoir ce qu'il y a de mieux pour nous ? Gabriel a pris sa décision. Il sait ce qu'il fait. Pourquoi t'en mêles-tu ? Que sais-tu vraiment de lui ? De ses raisons ? Et si, au lieu de nous regarder comme des enfants qui ont besoin d'aide et de protection, vous commenciez par nous respecter ? Qu'en dis-tu, Itaï, tu crois que tu peux faire ça ?

— Je comprends ce que tu me dis, mais je pense que, là, les circonstances sont particulières…

— Au revoir, Itaï, tâche d'obtenir la somme que vous me devez, j'en ai besoin.

Sur ce, Arami coupe la communication.

61

Derrière son bureau, Anat tente de réfléchir à la prochaine étape – comment faire avancer son enquête sans enfreindre les ordres de David – lorsque Yariv Ninio fait irruption dans la pièce.

— Tu vas m'écouter et tu vas m'écouter jusqu'au bout, lui lance-t-il, en agitant un doigt menaçant sous son nez.

Elle lui jette un regard un peu interloqué.

— Tes harcèlements et tes agressions, c'est fini. J'y mets fin. Non, mais pour qui tu te prends ? Eh oui, je suis au courant de tout. Tes furetages dans ma maison, la « grande enquête sur les vols de vélos » que tu mènes. Tout est noté et enregistré, et bientôt sur le bureau de la police des polices.

Elle se retient de lui demander ce qui a incité sa voisine à parler. Ils ont peut-être fini par l'inviter à leur mariage. Maintenant, Mme Glazer va pouvoir se plaindre auprès de ses amies : « Comme si je n'avais que ça à faire… » va-t-elle sûrement ronchonner, pour répondre aussitôt : « Mais je suis obligée d'y aller. Ils ont tellement insisté, ça ne serait pas poli de refuser. »

— Depuis que mon vélo a été volé, j'utilise des vélos de la municipalité, madame l'inspectrice de troisième caté-gorie, fait-il en abattant ses mains sur la table. C'est avec un de ces vélos que je suis tombé et que je me suis fait mal, compris ? Alors tu vas arrêter avec tes questions à la con tout de suite.

Elle garde le silence, même quand il menace de s'adresser à ses supérieurs, de s'occuper de mettre un terme à sa brève carrière avant qu'elle n'ait commencé.

Même quand il l'accuse de vouer un amour malsain aux Africains et une haine sans merci aux Israéliens, là encore, elle se tait.

Pendant tout ce temps, elle fixe les mains de Yariv Ninio. Décidément, les gens ne retiennent rien : ils commettent les mêmes erreurs, à chaque fois. Les flics comptent là-dessus. Ça les aide à élucider des crimes.

Depuis sa conversation avec David, elle s'est creusé la cervelle pour imaginer quel piège tendre à Yariv Ninio. Malgré la tentation irrésistible, elle ne voulait pas enfreindre ouvertement l'ordre de le laisser en paix. Ni, bien sûr, effectuer quelque chose qui pourrait, plus tard, être considéré comme illégal.

Et voilà que tous ses problèmes étaient résolus.

L'arrogance de Ninio a eu raison de lui. Péché d'orgueil, quand tu nous tiens.

Désormais, il ne lui reste plus qu'à vérifier si elle a raison.

Et, à ce moment-là, on verra bien s'ils osent lui refuser un mandat d'arrêt.

62

Déchaîné, Yariv quitte le commissariat. La conversation avec Anat Nahmias a été déroutante et elle le préoccupe. Il espérait des excuses, s'attendait à une discussion, à des éclats de voix et, en fin de compte, motus et bouche cousue. Elle n'a pas pipé mot alors qu'il l'engueulait, l'accusait et la menaçait.

— Tu n'as rien à répondre ? l'a-t-il apostrophée, après avoir fini de hurler.

— J'ai noté, a-t-elle répondu d'une voix morne.

— Quoi ?

— J'ai noté. C'est tout.

— Qu'est-ce que tu as noté ? Est-ce que tu as compris au moins ce que je t'ai dit ? Si tu ne cesses pas de me harceler, je ferai en sorte que tu ne sois même pas agent de la circulation !

— Bonne chance !

Son indifférence lui avait cloué le bec. Il avait tourné les talons et quitté son bureau, la tête haute. D'abord, il s'était dit que son mutisme était dû à son incapacité à répondre à ses griefs, mais, maintenant, il n'en était plus tout à fait certain.

Tout avait commencé la veille, à son retour chez lui.

Il était de bonne humeur. Kobi avait rencontré au tribunal l'avocat du clandestin assassin de Michal, et il lui avait révélé, en passant, qu'il était sur le point de conclure une transaction judiciaire. Son client avait déjà donné son accord, et il n'attendait plus que les ultimes validations du parquet. Kobi avait conclu leur conversation ainsi : « Tout est bien qui

257

finit bien », et lui avait eu du mal à cacher son soulagement. La pression avait commencé à retomber après la visite impromptue de Nahmias dans son bureau. Il avait appelé Réguev sur-le-champ pour l'informer que la police enquêtait sur la plainte déposée par Michal. Bien que Réguev lui-même se soit un peu alarmé d'être potentiellement nommé, il s'était aussitôt ressaisi après que Yariv avait juré que son nom n'avait pas été cité. Réguev avait conseillé de faire profil bas : « Ça va se tasser. De toute façon, celle qui a monté toute cette affaire n'est plus de ce monde... »

Néanmoins, Yariv redoutait une anicroche.

— Inbar, chérie, je suis là, a-t-il lancé d'une voix guillerette en pénétrant dans leur appartement.

Il s'était montré impatient et désagréable avec elle au cours des dernières semaines. Les obsessions interminables de sa fiancée au sujet des préparatifs du mariage, toutes ces futilités, alors qu'un lourd nuage planait au-dessus de sa tête et menaçait de tout bouleverser, l'avaient rendu dingue. Quand elle lui avait demandé son avis sur l'endroit où placer la tante Bella et l'oncle Éphraïm, il avait perdu toute patience. Il ne pouvait pas être plus indifférent à la table que devait occuper le frère de sa mère. « Démerde-toi avec eux, à la fin. » Il s'était levé, avait quitté le salon et gagné la chambre à coucher. En entendant Inbar pleurer, il avait claqué la porte.

* * *

Il l'a trouvée dans la salle de bains, en train de fumer une cigarette, l'air furieux.

En fait, elle venait de se rendre chez Sarah Glazer, la vieille cancanière de l'appartement d'en face, pour l'inviter au mariage. Ils n'avaient pas prévu de l'inviter, ils n'avaient rien de commun avec elle. Pourquoi auraient-ils dû ? Ça suffisait comme ça, avec la grand-mère d'Inbar dans son fauteuil roulant et sa femme de ménage philippine... En ce qui le concernait, il n'avait pas besoin d'autres vieillards pour leur pourrir l'ambiance. Il croyait qu'Inbar était de son avis.

Mais c'était sans compter sa volonté d'être aimée de la Terre entière. Inbar ne pouvait plus supporter les regards furieux et lourds de reproches que la voisine lui lançait chaque fois qu'elles se croisaient sur le palier, et donc, elle avait été la voir.

Mme Glazer, que cette invitation ravissait, avait parlé à Inbar de la policière qui furetait dans l'immeuble et posait des questions sur des vélos volés, en particulier sur celui de son fiancé.

Tourmenté, Yariv avait gagné l'appartement de Mme Glazer, qui lui avait confirmé que le nom de l'inspectrice, comme il s'en doutait, était bien Anat Nahmias.

Le fait que Nahmias manigance dans son dos, s'insinue jusque chez lui pour poser des questions à son sujet, le faisait bouillir de rage. Il n'était pas moins furieux qu'elle ne l'ait pas cru et qu'elle aille vérifier s'il possédait un vélo, comme s'il était un criminel.

* * *

Au matin, il avait demandé à Inbar de lui prêter sa voiture. Après avoir allumé le contact, il avait démarré pied au plancher. À cause de la pluie, un feu tricolore était tombé en panne, et il était resté coincé dans un embouteillage. Il martelait le volant de colère et klaxonnait le véhicule devant lui qui laissait tout le monde se glisser dans sa file.

Il élaborait des plans grandioses quant à sa discussion avec Nahmias, avec la ferme intention de la remettre à sa place et de lui coller la trouille de sa vie.

Il avait certes crié et menacé. Il avait même utilisé une des tactiques de Réguev et l'avait accusée de préférer les Africains et d'agir contre les intérêts de l'État d'Israël. Mais elle n'avait pas cillé et avait gardé un visage serein.

Il klaxonne longuement une voiture qui tente de lui passer devant. En fin de compte, elle avait renversé la situation. Le silence de cette Nahmias l'épouvantait.

63

Simon Faro arbore un sourire jusqu'aux oreilles. Il vient d'avoir un appel de Boaz qui l'informe que tout s'est déroulé comme sur des roulettes. Allons, il s'est inquiété pour rien. En affaires, il faut savoir prendre des risques, et il se félicite de les avoir pris dans le cas présent.

J'ai agi dans le noir total, mais j'ai toujours gardé une main sur le volant – il élabore déjà les phrases qu'il servirait au journaliste au cours de l'interview qui ne verrait jamais le jour.

La veille, la boîte israélienne qu'il a créée avait vendu des armes à une société argentine, comme elle s'était engagée à le faire en postulant à l'appel d'offres du ministère de la Défense. Tous les formulaires ont été signés en bonne et due forme et ont été renvoyés en Israël.

Ce qu'ils ignorent, les fonctionnaires du ministère de la Défense, c'est que, de son côté, la société argentine s'apprête à enfreindre ses obligations. Au lieu de revendre les surplus à l'armée d'Argentine, elle va négocier avec une société péruvienne qui, à son tour, va les refourguer à l'armée du Soudan du Nord.

Si on venait lui chercher des poux, il prétendrait qu'à son grand regret il ne contrôlait pas l'État argentin, qui avait violé dans le même temps leur accord.

Bien sûr, ce n'était pas la stricte vérité : l'Argentine a bien violé leur accord, mais difficile de prétendre qu'il ne la contrôle pas. Il connaît quelqu'un là-bas, un membre du directoire nommé par une entreprise brésilienne. Et il se trouve que ce membre n'est autre que Boaz Yavin.

Les bonnes nouvelles continuent de tomber. Cette fois de la part d'Izik, contre lequel il est encore en pétard d'avoir pu laisser cette Michal photographier Boaz.

Izik lui a annoncé que le « Général » les avait aidés à faire tomber dans les mailles de leur filet un procureur. Son vieux rêve se réalisait enfin. Il avait recruté des fonctionnaires de ministères, des policiers, mais jamais un procureur. Cet homme de loi représentait l'État dans les procès des Africains. Il pourrait traire cette vache jusqu'à la dernière goutte.

Quand Izik lui avait raconté ce qui était arrivé, il s'était exclamé :

— Il a fait quoi, le « Général » ? Il a déraillé ou quoi ?

Il est déçu. Il pensait que le « Général » était plus malin que ça, plus prudent et, en tout état de cause, qu'il ne dissimulerait pas aussi longtemps une telle information.

Izik a tenté de l'amadouer :

— Bon, l'essentiel, c'est que, à la fin, il a fourni la marchandise...

Le « Général », en charge de leur dénicher de nouveaux clients, ôte à Izik un sacré poids.

Bien qu'il lui en veuille encore, Faro décide de ne pas en faire tout un plat. Trop ému pour ça. En fin de compte, tout s'arrange du mieux possible. Le « Général » a peut-être merdé, mais il a nettoyé derrière lui comme il faut, pas comme certains de ses gars.

Et maintenant ? Dans ce genre d'affaires, il ne faut surtout pas se hâter. Savoir attendre. Ne pas bouffer le poisson à peine pêché.

Sa nouvelle recrue a joué au rebelle. Plus ils mettent les doigts dans la confiture, plus ils ont peur, et mieux on peut en tirer profit. Quand Izik avait contacté Boaz à l'époque, il lui avait expliqué qu'il avait deux possibilités : travailler avec eux ou croupir à l'ombre. Boaz ne voulait pas travailler avec eux, mais il n'avait pas le choix. Et voilà qu'aujourd'hui le petit comptable lui boucle des affaires de dizaines de millions de dollars et habite une belle maison à Ramat Ha-Sharon. Pas de quoi se plaindre. Recruter des personnes compétentes n'était pas chose facile, c'est pourquoi il ménageait ses employés. Yariv Ninio, une fois qu'il aura surmonté le choc et son opposition de départ, comprendra qu'en fin de compte collaborer avec Faro valait le coup.

Mais il doit y aller doucement. Un procureur, ce n'est pas rien, ce n'est ni un fonctionnaire de l'Intérieur ni un politicien corrompu. Il serait vraiment dommage de passer à côté pour une erreur stupide. Mais il faut faire comprendre à Ninio le plus vite possible qu'ils savent tout. Et puisqu'ils sont au courant, désormais, il a un nouveau patron et de nouvelles priorités. Il ferait mieux de s'y habituer, et vite.

Le mieux, c'est de lui envoyer Chouki Borochov pour lui parler. Il aime bien Chouki, bien qu'il soit avocat. Ça fait des années qu'ils travaillent main dans la main et, rendons-lui justice, il n'y en a pas un comme lui pour pêcher du gros poisson dans l'appareil judiciaire.

64

— Je peux vous aider ? grommelle Yariv Ninio à l'adresse
de l'individu en costume qui l'attend à la porte de son bureau.
Il n'a ni la force ni la patience pour quiconque en ce
moment. Sa rencontre avec Nahmias le secoue encore.

— Maître Chouki Borochov, enchanté, lui sourit l'individu
en lui tendant la main.

Il lui rend sa poignée de main sans conviction, mais ce
Borochov ne la lâche pas et la presse chaleureusement,
longuement.

— Je me trouvais dans l'immeuble et j'ai souhaité vous
rencontrer en tête en tête avant de m'en aller, dit-il et, sans
y être invité, il pénètre dans le bureau.

— Je suis désolé mais vous devrez attendre une autre
occasion, je suis un peu pressé en ce moment...

Yariv demeure sur le seuil de son bureau.

En temps ordinaire, il aurait consacré un peu plus de temps
à cet avocat. Il lui suffit d'un rapide coup d'œil à ses vêtements pour saisir que celui-là ne travaille pas au parquet.
Peu de chance qu'il représente des clandestins. Il lui importe
beaucoup de nouer des relations avec des avocats du privé, et
a fortiori les plus réputés. Mais, aujourd'hui, il n'a vraiment
plus une once d'énergie. Il veut rester seul et réfléchir.

Borochov ne cesse de lui sourire.

— Bien sûr, je comprends, je suis persuadé qu'un procureur
comme vous est très occupé... Je n'ai pas l'intention de vous

déranger. Je voulais tout simplement vous féliciter pour l'excellent travail que vous faites.

Ces derniers mots sont comme du miel à ses oreilles et l'amadouent un peu, mais les échos de son éclat au commissariat résonnent encore à ses oreilles. Aussi il se tait, se contentant de marcher vers son bureau et d'indiquer un siège de la main. Borochov s'installe aussitôt, le sourire encore accroché aux lèvres.

— Je viens de parler de vous à l'instant avec Aloni, dit Borochov. J'ai eu l'occasion de lire quelques sentences de procès dans lesquels vous avez plaidé… Il est évident, à en juger par vos conclusions, que nous sommes en présence d'une brillante intelligence juridique. Il me semble que vous n'avez jamais perdu un seul procès d'appel, je me trompe ?

— Vous êtes impliqué dans les jugements des clandestins ? l'interroge Yariv sur ses gardes.

Depuis quand les avocats s'autocongratulent-ils ? Au cours de toutes ces années, il n'a jamais reçu le moindre compliment d'un confrère, bien qu'il l'ait incontestablement mérité.

— Pas du tout, pas du tout ! Je m'y intéresse juste. Une question juridique si passionnante !

Borochov croise les mains sur le ventre et n'a apparemment aucune intention de s'en aller.

Même s'il serait très content de rester seul en ce moment, Yariv a le sentiment que ce serait une grave erreur de le chasser. Ce bonhomme connaît Aloni. Il ne traite pas les affaires de clandestins. Vêtu à la perfection… Anat Nahmias ne mérite pas qu'il rate une telle opportunité à cause d'elle… Il faut qu'il se calme.

— De mon point de vue, ce travail relève de l'apostolat. Parfois, j'ai l'impression que je représente le dernier rempart, vous savez ? Que si j'échoue, nous aurions ici une avalanche de…

Yariv débite à toute vitesse les phrases que Réguev aime entendre.

— C'est si réjouissant de constater qu'il existe encore des avocats idéalistes, vraiment… un rare plaisir, susurre

Borochov en caressant sa cravate en soie. Et ce n'est sûrement pas si facile de se consacrer à une telle problématique... poursuit-il.

Yariv se tait. D'expérience, il sait qu'il faut se montrer prudent : pour tout ce qui concerne lcs clandestins, il est difficile de deviner ce que les gens pensent vraiment. Il lui est arrivé plus d'une fois d'exposer sa « profession de foi » devant quelqu'un et de recevoir, en réponse, un long discours moralisateur sur les droits de l'homme, la compassion humaine et autres bêtises. L'inverse était vrai aussi. Qu'il défende en quelques mots les clandestins, et on lui déversait toute une diatribe à propos de bombes à retardement, de résultats catastrophiques et du caractère juif de l'État. Il n'avait de patience ni pour les uns, ni pour les autres.

Borochov se penche vers lui :

— Ces organisations de défense des droits de l'homme... elles doivent sûrement vous mener la vie dure.

— Les tribunaux, non plus, ne facilitent pas le travail...

Yariv décide de jouer sur ce terrain connu : les avocats sont toujours heureux de critiquer le système juridique.

Borochov éclate de rire, et Yariv fait un gros effort pour le suivre.

— Moi, je dis toujours, poursuit Borochov, que si on les caresse dans le sens du poil aujourd'hui, ce sera d'autant plus cruel pour eux le jour où nous serons forcés de ne plus le faire. Je suis sûr que vous voyez ce que je veux dire ?

Il opine de la tête. Paraphrase connue d'une des maximes favorites de Réguev.

— Eh bien, avec ce qui est arrivé dernièrement, ils ont peut-être eu le déclic... J'ai lu qu'une fille de ce genre a été assassinée... C'est comme ça. « Quand on dort avec les chiens... » C'est comment, l'expression ?

— « ... on se réveille avec des puces », répond Yariv d'instinct.

L'évocation de Michal le met mal à l'aise.

— Je représente un grand groupe financier qui emploie, ici ou là, des Africains. Alors, croyez-moi, je connais bien les problèmes qu'ils peuvent soulever...

— Quel est le nom de votre société ? le questionne Yariv, tout heureux de changer de sujet.

— Aucune importance. Un travail monotone. Je manipule des chiffres toute la journée. Toute la journée, on ne parle que d'argent. J'aurais bien aimé effectuer un travail aussi fondamental que le vôtre...

Yariv acquiesce et, pour la première fois, affiche un sourire qui n'a rien d'emprunté.

— Maintenant que j'y pense, il me semble même que nous pourrions nous entraider.

Borochov frappe dans ses mains avec une allégresse qui semble à Yariv un brin excessive.

— Nous entraider ?

— C'est mon leitmotiv dans la vie, Yariv. Je peux vous appeler Yariv ? En coopérant, on obtient de bien meilleurs résultats. Ceux qui réussissent vous le confirmeront. Vous n'êtes pas de mon avis ?

— Je suis un fonctionnaire du service public, maître Borochov. Je ne pense pas que je puisse vous aider... Vous comprenez... avance-t-il prudemment.

Il connaît nombre de procureurs qui auraient indiqué la porte à Borochov après de telles suggestions. Lui-même l'aurait peut-être fait, si sa première discussion avec Réguev ne s'était pas déroulée de la même manière. S'il lui avait claqué la porte au nez, il serait passé à côté d'une connexion capitale dans sa carrière aujourd'hui.

— Chouki... Je vous en prie... appelez-moi Chouki... Et ce n'est pas vous qui allez nous aider... mais plutôt l'inverse ! glisse-t-il d'une voix suave, en lissant à nouveau sa cravate.

— M'aider ? En quoi ?

— À faire en sorte que votre réussite soit fulgurante, mon cher. Votre succès sera le nôtre.

Yariv se tait. Il est clair que ce Borochov veut obtenir quelque chose mais quoi, ça, il n'en a pas encore la moindre idée.

— Il existe des gens à l'esprit obtus qui passent leur temps à dire des choses... Vous voyez bien, n'est-ce pas...

Borochov baisse la voix jusqu'à chuchoter.

— Des gens à l'esprit obtus ? Je ne comprends pas... Qu'est-ce qu'ils disent ?

Yariv essaie de donner le change, mais ne sait absolument pas où Borochov veut en venir.

— Oh... des bêtises... rien qui ne vous concerne évidemment... sourit Borochov d'un air entendu.

De quoi est-il en train de parler à la fin...

Yariv se lève de son siège.

— Je suis vraiment très occupé.

S'il a quelque chose à dire, qu'il le fasse. Son temps est trop précieux pour jouer à ce genre de partie de cache-cache.

Borochov se lève à son tour et lui tend la main.

— On dit que la fille qui a été assassinée vous causait des ennuis, lâche-t-il tandis qu'ils se serrent la main.

Yariv retire sa main précipitamment.

Borochov agite un doigt sous son nez comme si Yariv était un garçon désobéissant.

— Je veux dire... cette plainte déposée devant l'Ordre des avocats...

— Ah, ça ! Un non-sens... Je n'appellerais pas ça des « ennuis ».

— Oui, bien sûr. Un non-sens, comme vous dites. J'ai mes entrées à l'Ordre des avocats et je vous le dis comme je le pense Yariv, je me suis vraiment mis en colère en lisant ce qu'elle a écrit contre vous. Je ne peux que m'imaginer à quel point cela a dû vous mettre hors de vous, susurre Borochov en le gratifiant d'un regard pénétrant.

— Eh bien, pas tant que ça, figurez-vous. Ce genre de broutilles ne m'émeut pas vraiment, réplique Yariv en se forçant à sourire.

— « Dépit amoureux », c'est ainsi que j'aurais intitulé cette plainte. Car il est évident que cette fille était encore amoureuse de vous et qu'elle voulait se venger. Surtout maintenant que vous allez vous marier… ajoute Borochov d'un ton posé, presque dans un murmure.

Yariv lui jette un regard étonné. Comment est-il au courant de son histoire avec Michal ? La plainte, évidemment, n'y faisait pas allusion.

— Bien, je dois partir. Je ne voudrais pas vous retarder, fait Borochov en lui tapotant l'épaule.

Yariv hoche la tête, trop heureux que cet entretien énigmatique prenne fin.

La main sur la poignée de la porte, Borochov s'immobilise et se tourne vers lui.

— J'ai juste un petit conseil, mon ami : faites attention. Certaines personnes, des sales gens, veulent votre peau, lance-t-il, le visage grave.

— De quoi parlez-vous ? demande-t-il, la voix étranglée.

— Ne vous inquiétez pas. Je suis de votre côté… Je me soucie de votre carrière, répond Borochov, le regard rivé sur Yariv.

Son sourire s'était évanoui.

— Vous soucier de ma carrière ? Comment ça ?

— Écoutez, les gens font parfois des bêtises, surtout quand ils ont trop bu et qu'ils ne se maîtrisent plus. Vous le savez bien, non ? On boit un verre de trop, et puis on perd la tête. Surtout quand on est en colère contre quelqu'un. Ensuite, à un autre de nettoyer le bordel… pour ne pas briser sa carrière… C'est pour ça que vous avez besoin d'amis comme moi. Ne vous tracassez pas, Ninio. Comme je vous l'ai dit, mon leit-motiv dans la vie, c'est l'entraide. On travaille ensemble, on coopère, et à la fin… tout le monde est content, dit Borochov et, à part ses lèvres, pas un muscle de son visage ne frémit.

— Je ne sais vraiment pas à quoi vous faites allusion… répond Yariv, la bouche sèche.

— Je crois pourtant que si, Ninio. Que vous le savez fort bien.

65

Jetant un coup d'œil à son rétroviseur, Itaï s'aperçoit qu'il a inconsciemment lissé ses cheveux. Il se demande pourquoi. *Où tu te crois ?*

L'idée d'emmener Nahmias avec lui semble soudainement insensée, mais il ne peut s'en prendre qu'à lui-même.

Cela fait plusieurs jours qu'il fait pression sur Dalia pour qu'elle laisse Lydie l'accompagner voir Gabriel. Jusqu'à maintenant, elle s'y oppose. Elle affirme que Lydie se trouve dans un état physique et psychologique déplorable, et qu'une telle rencontre est susceptible de la traumatiser. Lydie elle-même n'a pas particulièrement envie de rendre visite à son frère, même si elle ne le formule pas explicitement. En arrivant en Israël, elle n'avait pas pris contact avec lui : à l'époque, la honte de ce qu'elle avait subi au Sinaï était trop forte. Aujourd'hui, en plus de ce sentiment, elle devait porter le fardeau de la culpabilité. Voir son frère en prison, entouré de criminels et de gardiens, ne ferait qu'accroître sa détresse.

Sauf qu'Itaï s'est acharné. Depuis l'article sur Internet, depuis le départ d'Arami en France, il se retrouve soudain à court de munitions et d'idées. Il ne reste plus beaucoup de temps avant la conclusion d'un compromis judiciaire, qui ne laisserait plus aucun recours. Lydie est l'ultime chance de Gabriel. En son for intérieur, il espère qu'en la voyant Gabriel comprendra à quel point elle a besoin de lui, changera d'avis et ne s'obstinera plus à avouer un meurtre qu'il n'a pas commis. En tout cas, c'est son plan.

Itaï a finalement réussi à convaincre Dalia de laisser Lydie aller voir son frère. « Je ne peux plus supporter ton harcèlement ! Je ne savais pas que tu pouvais être aussi casse-pieds ! » Voilà les mots qu'elle avait employés.

Deux jours plus tôt, ils avaient tous les trois rendu visite à Gabriel : Lydie, Dalia et Itaï. Itaï a même téléphoné au préalable pour être sûr qu'il n'y aurait pas de difficultés et a emprunté la voiture de sa mère pour l'occasion. Ils ont fait le trajet jusqu'à la prison Hadarim en silence. Lydie était assise à l'arrière, recroquevillée, tremblant un peu malgré le chauffage réglé sur la température maximum. Elle semblait craindre la réaction de Gabriel en apprenant ce qui lui avait été infligé. Dalia était à côté d'elle, la caressant, l'enlaçant, lui promettant que tout irait bien.

Itaï ne s'était pas imaginé qu'on leur interdirait l'entrée. Il savait que Dalia n'aurait pas la permission de voir Gabriel mais il était persuadé qu'avec Lydie, sa sœur, il n'y aurait aucun problème. On lui avait assuré au téléphone que les proches au premier degré étaient autorisés à rencontrer les détenus. Mais cette règle avait quelques clauses restrictives. La gardienne, à l'entrée, a demandé à Lydie de prouver qu'elle était la sœur de Gabriel. Et Lydie, qui ne possédait aucun papier d'identité, n'avait rien eu à lui fournir.

Le plaidoyer d'Itaï n'a été d'aucune utilité, pas plus que sa carte d'avocat et ses menaces de porter plainte contre les gardiens.

— Sans un document d'identité, on n'entre pas, j'ai pas été assez claire ? s'était emportée la surveillante.

Désemparé, il a appelé Yossi Knoller, l'avocat de Gabriel, qui lui avait signifié qu'il ne voulait pas s'en mêler. Comment pouvait-il être certain qu'elle était vraiment sa sœur ? Il y avait suffisamment de cas d'avocats qui avaient eu des ennuis pour avoir tenté de faire entrer en prison des gens qui n'auraient pas dû y pénétrer... Il ne désirait pas se compliquer la vie, cette affaire l'avait déjà assez empoisonné...

Ce n'est qu'en arrivant à Tel-Aviv qu'Itaï s'était brusquement souvenu d'elle. Certes, elle représentait l'une des raisons pour lesquelles Gabriel était en prison, sans doute même la principale, mais il s'était rappelé comment elle s'était adressée à lui avec émotion à la fin des funérailles de Michal. Même Gabriel avait dit qu'elle avait été gentille avec lui, en tout cas comparé aux autres flics. Et, de toute façon, quelle autre possibilité avait-il ?

— Ce n'est pas normal qu'ils ne laissent pas entrer sa sœur, a affirmé Nahmias après l'avoir écouté. Retournez demain à Hadarim. Je vais m'assurer qu'un permis d'entrée sera prêt au guichet de la prison.

Itaï a craint que Nahmias profite de l'occasion pour lui faire des reproches à propos de l'article sur Internet, dans lequel il accusait la police d'être insensible et incompétente. Mais, à sa grande surprise, elle n'a rien dit. Il s'est demandé si elle avait décidé de se taire ou si l'article d'Internet ne revêtait aucune importance à ses yeux.

Ce n'est qu'en soirée, seul dans son bureau, que lui est venue soudain l'idée de l'inviter à les accompagner. Peut-être que, si Nahmias assistait aux retrouvailles entre le frère et la sœur, elle serait convaincue que Gabriel ne pouvait pas être l'assassin. Qu'avait-il à perdre ? En son for intérieur, il reconnaissait qu'il souhaitait qu'une femme soit présente pendant qu'il était aux côtés de Lydie. Il avait conscience que cette dernière avait peur des hommes, à juste titre d'ailleurs, et il ne voulait pas lui imposer sa présence. Dalia ne pouvait pas venir le lendemain, et il n'avait pas réussi à trouver une femme pour la remplacer.

À sa grande surprise, Nahmias avait accepté d'emblée sa proposition.

Il était si enchanté de sa réponse qu'il lui proposa de se retrouver au foyer de Dalia pour y prendre Lydie. La tristesse de cet endroit laissait des traces sur tous les visiteurs. Pour que son plan réussisse, il avait besoin de son empathie.

— Ce n'est pas grave, je passerai vous prendre au commissariat, s'est-il entendu répondre après qu'il se fut embrouillé pour lui expliquer comment arriver jusqu'au foyer.

Il n'avait jamais eu un sens exceptionnel de l'orientation.

* * *

Itaï a bien l'intention de profiter du temps pendant lequel ils sont seuls dans la voiture pour lui expliquer pourquoi il est impossible que Gabriel soit l'assassin et qu'eux, la police, commettaient une terrible erreur. Mais, pour une raison incompréhensible, le moment venu, il est nerveux et incapable de prononcer un mot.

En montant dans la voiture, Nahmias a moins l'air d'une policière que d'une fille de son âge.

— J'ai pensé que l'uniforme pourrait l'effrayer, dit-elle en le voyant examiner ses vêtements.

Il opine de la tête. À force de préparatifs et de supputations, il n'a même pas songé à cet aspect essentiel. Il se réjouit que sa première impression à son égard se vérifie. Cette fille est sensible, elle saisit les nuances, pas de doute là-dessus…

— Eh bien, nous devons remercier votre mère pour cette expédition, dit-elle, rompant le silence qui règne dans la voiture.

— Vous êtes un vrai Sherlock Holmes, Nahmias.

Malgré l'air enjoué qu'il essaie de se donner, il ne peut s'empêcher de prendre un ton cynique.

— Comment l'avez-vous déduit ? De la couleur de la voiture ?

— Élémentaire, mon cher Watson ! répond Nahmias en riant.

Itaï est tout heureux qu'elle ne prenne pas pour elle son ton ironique.

— En fait, ce n'est pas à cause de la couleur de la voiture mais de celle du rouge à lèvres, répond-elle en faisant un geste vers les accessoires de maquillage disséminés à côté du levier de vitesses. Le permis de conduire collé sous le rétro-viseur m'a aussi aidée.

Il rit d'un air penaud.

— Puisque nous en sommes déjà à parler de votre mère, est-ce que vous pouvez mettre une station de radio qui passe autre chose que les infos ?

— C'est moi qui ai décidé de la fréquence, s'excuse Itaï.

— Vous êtes un geek de l'information ?

— Vous me traitez de masochiste ?

— Vous savez, les infos ne diffusent pas que des mauvaises nouvelles

— Dans mon domaine, c'est souvent le cas... répond Itaï, redevenant sérieux.

— Oui, bien sûr, je suppose qu'en la matière nous avons beaucoup de choses en commun...

Un texto interrompt la réponse de Nahmias. Il lui jette un regard à la dérobée pendant qu'elle le lit. Elle a une petite fossette qu'il n'avait pas remarquée jusque-là.

— Bonne nouvelle ? demande-t-il en la voyant sourire.

— Oui, très bonne. Quelque chose que je rêvais d'entendre depuis longtemps.

66

Gabriel s'était juré de se montrer fort et de ne pas craquer. Itaï l'avait préparé au fait que Lydie n'était pas au mieux et qu'elle avait subi des épreuves douloureuses. Il n'avait pas imaginé à quel point ce serait dur de se conformer à cette décision. Il ne la reconnaît même pas au premier regard. Le visage tuméfié, le dos courbé, elle boitille de la jambe droite et a l'air d'avoir vieilli de dix ans. Mais ce qui l'effraye davantage, ce sont ses quintes de toux. Elle tousse sans arrêt et ressemble aux réfugiés des camps du Soudan, ceux qu'on évitait comme des lépreux. Ceux qui n'avaient plus long-temps à vivre.

Qu'est-il arrivé à sa sœur ? Que lui ont-ils fait ? Le cœur de Gabriel se brise.

Son père l'appelait « Princesse » quand elle était petite, et ce surnom lui était resté. Depuis l'assassinat de leur père, Gabriel était responsable de Lydie. Leur mère avait été obligée de travailler pour subvenir aux besoins de la famille et elle n'avait pas pu s'occuper de Lydie.

Gabriel l'emmenait partout avec lui. Y compris en classe. Il la portait sur ses épaules sur des kilomètres, lui racontait des histoires, lui chantait des chansons. Elle n'avait que deux ans. Et, malgré cela, elle avait commencé à lire et à écrire avant des enfants plus âgés qu'elle. « Votre princesse est très intel-ligente », disait toujours l'instituteur Jackson quand il croisait leur mère, qui lui souriait de bonheur. Gabriel se souvient à la perfection de ce sourire car, après le meurtre de leur père, il ne le revit jamais.

Il aimait sa sœur, il était fier de son intelligence et de sa beauté. Quand sa mère lui avait demandé de partir et d'emmener Lydie avec lui, il avait aussitôt accepté. Comme il se languissait de son rire pétillant et contagieux ! Il a tant rêvé du moment où ils se retrouveraient. Elle rirait, et il rirait de concert, et tout ce qui leur était arrivé quand ils étaient séparés disparaîtrait.

Et maintenant, que reste-t-il d'elle ? La femme brisée qui se tient devant lui ne ressemble en rien à la fille riante dont il se souvient.

Peut-être aurait-il dû lutter davantage, là-bas dans le Sinaï ? Ne pas faiblir. Peut-être que, s'il s'était battu contre eux, leur avait montré qu'il était aussi fort qu'eux, ils l'auraient laissée ? Que dirait leur mère en voyant Lydie aujourd'hui ? Elle penserait qu'il n'avait pas respecté sa promesse. Qu'il n'avait pas défendu sa petite sœur.

Aussi, malgré sa résolution, il ne peut empêcher le flot de larmes qui noie ses yeux en l'apercevant.

Il s'approche d'elle et l'enlace sans un mot. Ses larmes baignent la chevelure de Lydie

Elle aussi sanglote dans ses bras.

En la serrant contre lui, il sent sa maigreur, sa fragilité. En général, il s'est toujours abstenu d'étreindre ainsi sa sœur, surtout devant les gens, mais en ce moment il ne s'en soucie guère. Ni d'Itaï ni de cette policière, qui les dévisagent. Il veut lui prouver qu'il est là, qu'il veille sur elle et qu'il ne l'abandonnera plus.

— Tu te souviens, lui chuchote-t-il à l'oreille, quand le chauffeur nous a brusquement fait descendre du camion, au milieu de la route qui nous a menés jusqu'ici ?

Il se détache d'elle et plonge ses yeux dans les siens. Cela s'était produit quelque temps après avoir franchi la frontière égyptienne. Le chauffeur leur avait ordonné de descendre et, devant leur refus, les avait tirés de force du véhicule. Ils

275

étaient restés seuls dans le désert. Sans eau. Sans nourriture. Abandonnés.

Elle acquiesce et continue de pleurer en silence.

— Tu te souviens que nous avons cru que c'était la fin ? Que nous n'en sortirions jamais vivants ?

— Tu as dit que tout allait s'arranger, que Dieu nous sauverait, répond-elle dans un murmure.

— Et Dieu nous a sauvés, Lydie, Il nous a sauvés. Il a écouté nos prières.

Il se réjouit de sa réaction, qu'elle partage leurs souvenirs, qu'elle réagisse.

— Il va nous sauver, dit-il sans détacher son regard. Tu vas voir, sois forte, et Dieu nous sauvera !

— Il m'a dit, répond Lydie en se tournant vers Itaï qui se tient au côté de la policière, que tu as assassiné quelqu'un pour m'aider.

Gabriel se tait. Il regarde les deux Israéliens. La policière le scrute de manière insistante. Il baisse les yeux.

— Tu n'es pas un assassin, Gabriel, s'écrie Lydie en lui agrippant le bras. Tu es incapable de faire du mal à quelqu'un. Je ne veux pas que tu dises que tu es un assassin à cause de moi.

— Tout va bien, Lydie, tout va bien, tente-t-il de la rassurer.

— Je ne veux pas ça, Gabriel. Je ne veux pas que tu meures à cause de moi. Dis-leur la vérité, demande-leur qu'ils te libèrent d'ici, l'implore-t-elle.

Il sait que ce qu'il doit lui répondre, c'est qu'il a bien assassiné Michal. Comme ça, elle pourra continuer à vivre. Et lui aussi. Mais, malgré sa volonté, il se montre incapable de dire quoi que ce soit.

— Dehors, Lydie, il y a des gens mauvais, lui chuchote-t-il à l'oreille pour qu'Itaï et la policière ne l'entendent pas.

— N'aie pas peur, Gabriel. (La voix de Lydie est plus ferme.) Des gens bien me protègent. Ils te défendront, toi aussi. Et s'il le faut, nous nous enfuirons. Comme avant. Juste toi et moi.

Gabriel ne répond pas.

— Tu te souviens dans le désert, quand que je croyais qu'aucun camion ne s'arrêterait, que nous allions mourir comme des bêtes, et quelqu'un s'est soudain arrêté ?

Il opine de la tête.

— Il ne nous a même pas pris d'argent et nous a conduits jusqu'au Caire !

Il lui sourit. Ali avait été l'un des rares individus miséricordieux qu'il avait croisés en chemin.

— Exactement ce que tu avais prédit, Gabriel, exactement, reprend-elle en lui caressant délicatement le visage. J'ai besoin de toi, Gabriel. Je ne tiendrai pas le coup, seule dehors. J'ai peur qu'on m'attrape encore une fois, murmure-t-elle en baissant les yeux.

Les larmes noient à nouveau les yeux de Gabriel. La vérité est trop dangereuse. Arami l'a averti de ne pas enfreindre leur accord. L'homme qui a payé est très puissant, a-t-il dit. Il se vengera sur Lydie et sur lui si Gabriel ne tient pas ses engagements.

— Nous ne devons pas renoncer, fait-elle en levant les yeux vers son frère.

Soudain, Gabriel a l'impression qu'elle est son aînée, et lui, son cadet.

— Dis à ces personnes que tu n'es pas l'assassin. Je t'en supplie, Gabriel, laisse-les nous aider.

Il ne peut pas se dédire. Ou peut-être que si ? Lydie risquerait de ne pas survivre dehors, tandis qu'il croupit en prison. Il se sacrifierait donc pour rien. Que faire ?

67

Yariv grimpe quatre à quatre les marches de l'immeuble. Après avoir compris de quoi il retournait, il n'a pas pu attendre une minute de plus, remarquant à peine qu'il pleuvait des cordes. La fin de sa conversation avec Borochov lui a glacé le sang. Aucune équivoque : il est au courant. Certes, il n'a rien dit d'explicite, mais ses allusions étaient limpides. Il sait que Yariv se trouvait chez Michal la nuit de sa mort, et il semblait penser qu'il l'avait assassinée. Et maintenant, il voulait quelque chose en échange de son silence.

— Il est là ?

La secrétaire le regarde, interloquée. Yariv est en sueur, dégoulinant de pluie.

— Il est là ? répète-t-il avec impatience.

Elle opine de la tête mais le prie d'attendre.

Il se rue vers les bureaux, sourd aux protestations de la secrétaire.

— Espèce de fils de pute, tu m'as trahi ! crie-t-il en claquant la porte derrière lui.

Kobi se lève, décontenancé.

— Hein ? De quoi tu parles ?

Yariv se plante sous son nez.

— Jamais ! Tu m'entends ? Jamais, je ne te le pardonnerai ! Tu m'as détruit, tu as détruit ma vie ! hurle Yariv en poussant violemment Kobi.

278

Kobi perd l'équilibre et s'effondre sur son siège.

Penché au-dessus de lui, Yariv serre les poings. La seule raison qui explique que Borochov soit au courant, c'est que Kobi lui a parlé. Impossible autrement. Dès que Borochov a quitté son bureau, il a cherché son nom sur Google et, à sa stupeur, il a découvert que ce type rondouillard avec son costume coûteux et sa cravate en soie, qui ressemblait à première vue à un « tonton gâteau », était en fait « l'homme à tout faire de la mafia ». Kobi est avocat pénaliste et défend des criminels. Pas besoin d'être un génie pour faire le rapport.

— Dis-moi, t'as perdu la boule ? Qu'est-ce qui t'arrive ? Non, mais regarde-toi ! Qu'est-ce qui te prend, mec ?

Kobi tente de se lever, mais Yariv le repousse violemment sur son siège.

— Kobi, j'appelle la police ? entend-il la secrétaire derrière lui.

— Non, inutile, répond Kobi en se relevant. Nous allons tous nous calmer...

Yariv recule. L'intervention de la secrétaire l'a affolé. Dans sa fureur, il n'a même pas envisagé les conséquences de son esclandre.

— Yariv, assieds-toi et raconte-moi ce qui s'est passé. Ora, fermez la porte derrière vous, merci.

Une fois la secrétaire dehors, Yariv, toujours debout, fait face à Kobi. Son cœur bat à cent à l'heure. Il est en nage, trempé par la pluie et la sueur.

— C'est toi qui as raconté que je me trouvais dans l'appartement de Michal ?

— Quoi, ça va pas ?

Kobi a l'air sidéré et furieux à la fois.

Il n'a même pas le courage de lui dire la vérité en face ! Alors qu'il le considère comme son ami ! Mais, avant qu'il n'ait le temps de lever la main, Kobi s'écarte, et Yariv manque de tomber sur la table.

— Ne me raconte pas de conneries, je sais tout !

Yariv se redresse et se tourne vers Kobi. L'humiliation qu'il éprouve à s'être effondré augmente d'autant sa fureur.

— Tu ne sais rien, parce que je n'ai rien raconté. Et maintenant, au lieu de hurler comme un putois, je te suggère de te calmer et de me dire ce qui s'est passé, lui lance Kobi en s'éloignant de lui.

— Ne joue pas à ce jeu-là avec moi et ne me dis pas de me calmer, je sais que tu as parlé. Ton pote, Chouki Borochov – il crache presque son nom –, est venu me voir aujourd'hui dans mon bureau.

— Borochov ? Chouki Borochov ? Il est venu te voir dans ton bureau ?

Malgré son agitation, Yariv ne manque pas de remarquer le regard stupéfait de Kobi.

La porte s'ouvre, laissant passer la secrétaire.

— Tout va bien ?

— Oui, tout va bien, Ora, merci, la rassure Kobi. N'est-ce pas que tout va bien, Yariv ?

Il acquiesce. La dernière chose dont il ait besoin en ce moment, c'est que la police débarque.

La secrétaire s'en va, et Kobi verse de l'eau dans deux gobelets.

— Au cinéma, c'est à ce moment-là qu'on s'envoie un whisky, non ?

Malgré les efforts de Kobi pour détendre l'atmosphère, Yariv lui jette un regard glacial. Il n'était pas là pour plaisanter.

— Assieds-toi et raconte-moi tout, lui dit Kobi d'une voix engageante en lui tendant le gobelet.

Yariv, bras ballants, indécis, demeure inerte.

— Yariv, assieds-toi, calme-toi, je peux peut-être t'aider...

De mauvaise grâce, Yariv s'assoit et lui raconte la visite de Borochov dans son bureau. Guère convaincu que Kobi lui dise la vérité, il commence pourtant à parler, ayant un besoin désespéré d'une oreille compréhensive.

Kobi ne dit mot.

Son mutisme épouvante Yariv.

— Effectivement. Ils savent que tu te trouvais là-bas et ce qui s'est passé précisément, lâche à la fin Kobi.

Exactement ce qu'il ne voulait pas entendre. Il espérait secrètement que Kobi interpréterait différemment cette visite et lui expliquerait qu'il se trompait.

— Qui ça, « ils » ? l'interroge-t-il d'une voix tremblante.

— Va savoir... Borochov est maqué avec tout le monde, c'est le pote de tout ce beau linge mafieux : Assouline, Faro, les frères Dabah, Rosenfeld, tous.

— Comment sont-ils au courant ?

Kobi hausse les épaules. Remarquant le regard sceptique de Yariv, il s'écrie :

— Ce n'est pas moi ! Si tu ne me crois pas, tu peux croire au moins ceci : professionnellement, je me situe à sept échelons de Borochov. Même si j'avais voulu lui parler, je doute qu'il aurait pris la peine de m'écouter. Moi, je travaille avec les sardines, pas avec les requins.

— Qu'est-ce qu'ils me veulent ?

Il s'imagine déjà poursuivi par un requin, gueule ouverte.

— Toi. C'est leur manière habituelle d'agir. C'est comme ça qu'ils recrutent les gens. Ils repèrent un maillon faible, puis ils tirent, tirent...

— Mais pourquoi ? Qu'est-ce que je peux bien leur apporter ?

Un frisson lui parcourt l'échine.

— Ils veulent un procureur.

Réponse évidente.

Dans une certaine mesure, elle le soulage.

— Vois-tu, Yariv, la situation n'est peut-être pas si catastrophique... J'ai croisé par hasard au tribunal Yossi Knoller, l'avocat du réfugié incarcéré pour l'assassinat de Michal Poleg. Il m'a dit qu'ils étaient sur le point de conclure une transaction judiciaire...

— Et alors, en quoi ça m'aide par rapport à eux ?

— Ça peut t'aider, répond Kobi d'un air pensif, parce qu'à partir du moment où cette transaction est signée Borochov et son employeur auront moins de moyens de pression pour te faire chanter. Et sûrement plus aucune une fois que le tribunal aura inculpé le garçon. Or, puisqu'il est question d'une transaction, aucune raison qu'on ne l'inculpe pas...

— Qu'est-ce que tu suggères ? Qu'est-ce que je dois faire maintenant ?

Yariv a du mal à comprendre. L'image du requin lancé à ses trousses l'obnubile.

— Reste chez toi. Ne réponds pas au téléphone, même si Borochov t'appelle. Et prie pour que cet Africain ne change pas sa version des faits.

68

Après la confession de Gabriel, la joie d'Itaï laisse vite la place à une immense frustration. Auraient-ils raté le coche ? Anat va-t-elle croire Gabriel maintenant ? Qu'est-il possible de faire désormais, après que son avocat s'est montré enclin à conclure une transaction judiciaire ?

Surtout, il éprouve une profonde culpabilité. Il aurait dû insister pour que Dalia permette à Lydie de retrouver son frère plus tôt. Son plan avait fonctionné. Elle avait réussi en quelques minutes tout ce à quoi il avait échoué à tant de reprises.

Il avait tenté de capter le regard d'Anat quand Gabriel avait avoué la vérité, de saisir ce qu'elle pensait, mais elle était trop concentrée.

Gabriel avait avoué avoir menti, admis qu'il n'avait pas assassiné Michal. Il se disait incapable de lui faire du mal. Il l'aimait et la respectait. Elle était une grande sœur pour lui, avait-il déclaré, les yeux gonflés de larmes. Lydie était assise à côté de lui, lui tenant la main, et peu disposée à la lâcher. Il avait raconté comment il s'était rendu chez Michal pour lui demander son aide pour la rançon et c'est là qu'il l'avait trouvée morte. Croisant le voisin avec son chien, il avait aussitôt pris les jambes à son cou. Arami lui avait raconté qu'un Israélien puissant le cherchait, prêt à lui donner l'argent en échange de quoi il devrait se rendre à la police et avouer le meurtre de Michal. Il devait sauver sa sœur, voilà pourquoi il avait accepté.

Anat s'était montrée surprise.

— Arami ? L'interprète ?

Gabriel avait acquiescé.

Quand Itaï était intervenu pour dire qu'Arami avait reçu un visa de sortie pour la France, tous deux lui avaient lancé un regard consterné.

Encore une erreur... Comment avait-il pu laisser partir Arami sans qu'il raconte ce qu'il savait ? Pourquoi, comme avec Dalia, ne s'était-il pas acharné davantage ? Il aurait dû expliquer à Arami que, certes, sa volonté de rester loyal à l'égard de Gabriel était louable, mais que son rôle était de se comporter en adulte responsable. Maintenant, il était sûrement trop tard. Le bout du fil menant aux assassins de Michal s'était sans doute perdu à l'instant où l'avion d'Arami s'était envolé.

La veille, il pensait encore que le départ d'Arami était une bonne chose. Lorsqu'il était arrivé ce matin à son bureau, un type en costume noir l'attendait. Il le reconnut sur-le-champ. Il faisait partie de « la délégation du consulat » venue lui rendre visite.

— Nous souhaitons apporter notre contribution à votre association, a-t-il déclaré sur le même ton courtois qui semblait propre à ces émissaires. Nous avons appris qu'hier vous avez accueilli deux femmes dans votre foyer...

Itaï n'avait pu s'empêcher de s'emporter :

— Comment êtes-vous au courant ?

— Nous savons beaucoup de choses...

Itaï l'avait prié de vider les lieux. Bien qu'ils aient énormément besoin d'argent, il n'accepterait pas un sou de ce consulat. Le type était parti, non sans l'inviter une fois de plus à leur rendre visite dans leurs bureaux au cas où il désirerait « apprendre des choses relativement intéressantes ».

* * *

Anat se lève et arpente la pièce exiguë. Itaï la fixe. Elle n'a toujours rien révélé de ce qu'elle pense. La dernière fois qu'ils s'étaient rencontrés, elle l'avait écouté patiemment, puis avait repoussé ses propos des deux mains. Cette fois, il espérait que la situation serait différente. Après tout, elle avait aussi assisté à l'échange entre Gabriel et sa sœur – nulle trace de comédie là-dedans.

— Avez-vous entendu parler de Yariv Ninio ? demande-t-elle à Gabriel, en se rasseyant.

— Le procureur ? intervient Itaï, perplexe.

Qu'est-ce que Yariv Ninio venait faire dans l'histoire ?

Anat opine de la tête.

— Non, je ne le connais pas, répond Gabriel d'une voix égale.

— Il connaissait Michal, ils se fréquentaient autrefois. Vous ne savez pas qui c'est ?

Gabriel fait non de la tête.

— Gabriel, il est très important que tu dises ici tout ce que tu sais, intervient Itaï, bien qu'il ignore où Anat veut en venir. Comme nous te l'avons expliqué, nous t'aiderons, nous te défendrons. Mais il faut que tu racontes toute la vérité.

— Je ne sais pas.

— Savez-vous si Arami le connaissait ?

Cette fois encore, il fait non de la tête.

— Bien, j'ai entendu tout ce que je désirais savoir, fait Anat en se relevant. Maintenant, j'ai du boulot.

— Qu'est-ce que ça signifie ?

Itaï voulait être sûr que cette rencontre avait été aussi fructueuse qu'il l'espérait.

— Que je crois Gabriel, tout simplement.

69

Après lui avoir rendu compte des résultats d'analyse du labo, Anat jubile en contemplant le visage décontenancé de David : concordance parfaite entre les empreintes digitales sur la porte de Michal et celles laissées par Yariv Ninio sur son bureau quand il était venu l'engueuler. Mieux encore : selon les inspecteurs de la cellule de l'identification judiciaire, la localisation de ces empreintes et leur état de conservation démontrent qu'elles ont été posées là récemment. Yariv Ninio ne pourra pas prétendre qu'elles dataient de l'époque où il fréquentait Michal.

David a encore du mal à le croire.

— Et tu affirmes qu'il t'a donné ses empreintes digitales de son plein gré ?

— Il est venu me voir à mon bureau et me les a remises.

— Comment ça ? Aussi naturellement ?

— Il a même étalé ses doigts pour faciliter la tâche au labo, rit-elle en montrant à David comment Yariv Ninio s'était dressé devant elle, avait abattu ses paumes sur son bureau en hurlant.

Maintenant, David s'esclaffe à gorge déployée.

— J'espère que tu as dit à l'Africain de la boucler et à Fischer de ne pas commencer à organiser des conférences de presse ? lui dit-il droit dans les yeux.

— Ils ne savent rien au sujet de Yariv Ninio, le rassure-t-elle. Crois-moi, David, il suffit de me dire les choses une fois, et je pige. Pour le moment, je garde pour moi le fait que Gabriel soit revenu sur ses aveux. Ni Yariv, ni Fischer ne diront quoi que ce soit. Avant que Yariv soit arrêté et inculpé de l'assassinat de Michal Poleg, personne ne saura que Gabriel est revenu sur ses aveux. Comme tu me l'as suggéré, je laisse un suspect derrière les barreaux, ainsi, tout le monde est content.

— Et que fait-on de la transaction judiciaire ?

— En stand-by pendant quelques jours. Le défenseur de Gabriel ne saura même pas pourquoi.

David allume une nouvelle cigarette et recrache la fumée au visage d'Anat.

— Bien, bien... Et donc, ce que tu dis, c'est que Yariv Ninio a assassiné Michal Poleg à cause de cette plainte déposée devant le barreau, quand elle a découvert qu'il avait dissimulé une information majeure au tribunal ?

— Exactement, répond-elle en toussant.

Bien qu'elle eût prévu de se précipiter voir David dès qu'elle aurait les résultats du labo, elle avait finalement changé d'avis et avait pris un peu de temps pour digérer la nouvelle. Elle avait voulu rester détachée, se concentrer sur les faits et ne pas s'abandonner à l'excitation, mais la rencontre entre le frère et la sœur l'avait bouleversée. Elle était fille unique – ce qui expliquait pourquoi sa mère ne la lâchait pas une minute. Et puis il y avait eu ces frissons qui avaient parcouru son corps à chaque fois qu'Itaï lui traduisait ce qu'ils venaient de se dire. Qu'est-ce qu'il lui arrivait ?

— Mais tu ne m'as pas encore expliqué : si Ninio est bien l'assassin, pourquoi cet Africain est-il passé aux aveux ? Après tout, tu l'as dit toi-même : ils ne se connaissaient pas.

Il la noie à nouveau sous un nuage de fumée. Comme à chaque fois, elle devra se laver les cheveux dès son retour à la maison.

— J'ai une petite idée, mais je la garde pour moi tant que nous n'aurons pas Ninio entre les mains.

Cette fois, elle réussit à enrayer la quinte de toux. Elle n'a pas cessé de chercher un rapport entre Gabriel et Yariv Ninio et, désormais, elle pense avoir trouvé : Arami. Il a servi d'interprète non seulement à la police, mais aussi aux tribunaux. Voilà comment ils auraient pu se rencontrer.

— Tu me donnerais un petit indice, Nahmias ? Parce que tu réalises que si nous arrêtons un procureur et qu'il n'a rien à se reprocher, on sera tous les deux pendus en place publique, n'est-ce pas ?

— C'est tellement invraisemblable que c'est forcément vrai, sourit-elle.

— T'es devenue Sherlock Holmes, ma parole ! lui dit David en écrasant sa cigarette.

Elle songe à lui dire que quelqu'un d'autre l'a surnommée ainsi aujourd'hui, mais préfère se taire.

70

Yariv reconnaît immédiatement le numéro qui s'affiche sur l'écran de son portable : Chouki Borochov lui avait remis sa carte de visite avant son départ et promis de « reprendre contact très bientôt ». Depuis, son cœur cesse de battre chaque fois qu'il entend la sonnerie. Il espérait qu'un peu plus de temps passerait avant qu'il ne lui téléphone. Tu parles ! À peine six heures s'étaient écoulées qu'il se rappelait déjà à son bon souvenir.

Yariv fixe l'appareil, paralysé par la terreur. 22 heures. Qu'est-ce qu'ils lui veulent à une heure pareille ? Kobi lui a conseillé de ne pas répondre, d'attendre que la transaction judiciaire soit conclue. Mais il n'était toujours pas sûr de pouvoir faire confiance à Kobi à cent pour cent.

— Riv ? Pourquoi tu ne réponds pas ? entend-il Inbar l'appeler de la chambre.

Il s'empare en hâte de l'appareil et active l'option « Silencieux ». La dernière chose dont il ait besoin, à cette heure, c'était que sa fiancée lui pose des questions.

— C'était qui ? lui demande-t-elle en pénétrant dans le salon.

Il ne répond pas. Il n'a pas la patience d'engager la conversation. Surtout pas maintenant.

— Riv ? Qu'est-ce qui se passe ? Pourquoi tu ne me réponds pas ?

Il se lève précipitamment du canapé, l'ignorant.

— Il y a un problème ?

Elle tend la main pour effleurer doucement son épaule. Il se dégage de son contact. Dans sa main, le portable vibre. Un frisson lui parcourt le corps au moment où il aperçoit du coin de l'œil le même numéro.

— Parle-moi, Yariv ! Qu'est-ce qu'il t'arrive ces derniers temps ? Tu te conduis comme si j'avais fait quelque chose de mal. Tu es en colère contre moi ?

Il lui fait face, l'air furieux, sur le point de lui crier que tout ne tourne pas autour d'elle, qu'elle n'est pas le centre de l'univers et, surtout, qu'elle lui fiche la paix, mais le téléphone fixe se met à sonner.

La sonnerie monotone et stridente fait vriller son corps et assourdit ses oreilles.

— Ne réponds pas, hurle-t-il à Inbar qui s'avance vers l'appareil.

— Hein ?

— Ne réponds pas et ne pose pas de questions.

— Pourquoi ? C'est sûrement le DJ du mariage de Nourit...

Elle avance en direction du téléphone mais il se précipite derrière elle pour lui agripper le bras.

— J'ai dit : « Ne réponds pas. »

— Ça va pas ?! Lâche-moi ! Tu sais depuis combien de temps j'attends cet appel ? Tu sais à quel point ce type est débordé ? Combien de gens lui courent après ? Mais est-ce que t'en as vraiment quelque chose à faire au fond ? Tu te conduis comme si ce mariage ne te concernait pas !

— Il rappellera demain. Non, toi, tu l'appelleras demain. Peu m'importe, Inbar... Tu m'écoutes ? Ne réponds pas. Fais ce que je te dis, j'en ai marre de ces discussions, hurle-t-il en lui empoignant à nouveau le bras.

— Je suis ici chez moi, moi aussi, monsieur ! Ce n'est pas toi qui vas me dire ce que je dois faire...

Son obstination ne fait qu'exacerber sa colère ; il la plaque contre le mur et se dresse devant elle.

— Tu ne vas nulle part ! lance-t-il en lui barrant le passage.

Le téléphone cesse de sonner.

Face à face, ils se défient du regard, haletants.

— Mais qu'est-ce qu'il t'arrive...

Elle se met à sangloter, se réfugie dans la chambre à coucher et referme la porte derrière elle.

Il sait qu'il devrait la suivre et s'excuser, mais le téléphone vibre à nouveau dans sa main. Numéro masqué.

Il entend Inbar pleurer dans la chambre.

Soudain, elle s'arrête.

Le portable d'Inbar sonne.

Il se précipite pour lui dire de ne pas répondre mais, en ouvrant la porte, il l'aperçoit l'appareil à l'oreille.

— De la part de qui ?

Elle tente de dissimuler le fait qu'elle vient à peine de cesser de pleurer.

Il lui fait des signes désespérés : surtout qu'elle ne lui passe pas la communication, qu'elle dise juste qu'il n'est pas là.

— Yariv n'est pas là, dit-elle d'une voix tremblante et elle coupe l'appel.

Le téléphone fixe se remet à sonner.

— Riv, c'est quoi ? Qu'est-ce qui se passe, là ?

Elle se remet à pleurer. Ses gémissements décuplent son angoisse.

— Qui c'était ?

Elle ignore sa question. Le téléphone du salon ne cesse de sonner.

— Il n'a pas dit... Mais qu'est-ce qui se passe ?

Il se rue hors de la chambre à coucher.

Ça suffit ! Ça suffit !

Il ne peut plus supporter ce bruit. Ça le rend dingue.

D'un coup sec, il débranche le câble du téléphone. L'appartement est plongé dans le silence.

Planté au milieu du salon, Yariv halète.

— Je ne peux plus supporter ton attitude, tu m'entends ? J'exige que tu me répondes. Tu ne peux pas faire comme si je n'existais pas !

Des coups puissants à la porte les font sursauter.

Il pose un doigt sur ses lèvres, lui faisant signe de se taire.

Les coups redoublent d'intensité. Inbar s'affaisse sur le canapé, enfouit son visage dans ses mains, pleurant à chaudes larmes.

Une sonnerie à la porte le fait tressaillir.

Ils sont venus pour l'embarquer.

Le portable tremble dans sa paume. Les coups sur la porte redoublent. La sonnette aussi.

C'est la fin. Ces types ne supportent pas qu'on ne leur réponde pas illico. Il aurait dû se rendre à la police au lieu d'écouter Kobi. Au moins, comme ça, il serait resté en vie.

Il se gratte le front nerveusement. Qu'est-ce qu'il était supposé faire ? Ils habitent au troisième étage. Impossible de s'enfuir. Piégé.

— Police ! Ouvrez !

— La police ?

Apeurée, Inbar le fixe du regard.

Le portable recommence à vibrer, et il le laisse tomber comme si c'était une braise brûlante. Le portable d'Inbar sonne, lui aussi.

— Assez ! crie-t-il en se tenant la tête. Assez !

— Yariv, ouvre la porte. Nous savons que tu es là, entend-il de l'autre côté de la porte.

Il connaît cette voix. C'est celle de cette inspectrice, Anat Nahmias.

71

Anat reconnaît à peine Ninio. Non seulement parce qu'il est vêtu d'une chemise à manches courtes et d'un pantalon de survêtement, mais surtout à cause de son regard, celui d'un être traqué dans lequel se lisent la confusion et la peur.

— Ils veulent me tuer, dit-il d'une voix tremblante.

Il lui fait signe d'entrer.

Une demi-heure plus tôt, elle a obtenu une mise en examen. David avait voulu attendre 4 heures du matin pour le cueillir au saut du lit, fatigué et déboussolé. C'est comme ça qu'on obtient les meilleurs résultats dans une enquête.

Elle s'y est opposée. Elle ne voulait pas laisser à Ninio la moindre chance de prétendre qu'on lui avait soutiré des aveux grâce à des manœuvres de bas étage. Cette enquête doit obéir scrupuleusement aux règles, et c'est pourquoi elle a refusé que Yaron se charge seul de l'interpellation. Cette fois, elle suivra en personne chaque étape de la procédure.

— Ils n'arrêtent pas d'appeler, s'écrie Yariv, affolé.

Derrière elle, elle voit une femme, probablement sa fiancée, en train de pleurer discrètement sur le canapé. En apercevant son vernis bleu et son petit nez trop parfait pour ne pas être passé par la case chirurgie esthétique, elle s'étonne que Mme Glazer n'ait pas lâché l'une de ses perfidies à ce propos, mais cette idée s'évanouit aussi vite qu'elle lui est venue.

— Qui ça « ils » ?

Manifestement, il ignore que c'est la police qui l'a appelé, comme elle le fait toujours, pour vérifier qu'il se trouvait bien chez lui. Comme il ne répondait pas sur le portable, les agents avaient appelé sur le fixe, puis sur le téléphone de son amie. De retour au poste, elle demandera à Yaron de vérifier les appels entrants et sortants de Ninio. Elle doit savoir avec qui il a parlé, qui il redoute à ce point.

— Borochov, ses hommes... Ce n'est pas pour ça que vous êtes là ? dit-il en dévisageant l'un après l'autre les policiers.

Elle se tait, espérant qu'il poursuive sur sa lancée.

Ninio la regarde, décontenancé, et recule.

Pas un muscle du visage d'Anat ne frémit. Comme dit David, l'enquête débute à la première minute de l'arrestation.

— Borochov, Borochov, je sais que c'est lui !

Elle garde le silence.

— Attendez une minute, pourquoi êtes-vous là ?

Son regard se concentre un peu plus.

— Pourquoi crois-tu que nous sommes là ?

— Je ne sais pas, madame l'inspectrice, peut-être pour vous excuser ?

Le ton de sa voix redevient celui qu'elle connaît.

— Riv, qu'est-ce qui se passe ? intervient sa compagne.

— Rien du tout, Inbar, ils partent. L'inspectrice Nahmias est venue me faire ses excuses, répond-il d'un air dégagé, sans même se retourner.

Anat hésite à continuer à le cuisiner sur les appels mystérieux et sur ce Borochov, mais décide de s'abstenir. Ce qui est fait est fait. Yariv récupère ses esprits. Elle aura tout le temps de l'interroger plus tard.

— Tu es mis en examen, lui dit-elle d'une voix neutre.

— Hein ? Pour quelle raison ?

L'affolement est revenu dans sa voix.

— On en parlera au commissariat.

— Si tu ne me dis pas maintenant de quoi il s'agit, je refuse de vous suivre. Je suis avocat, tu as oublié ? Les petites manigances habituelles que tu sers à tes délinquants minables ne prennent pas avec moi !

Elle décide de ne pas réagir devant ce regain d'arrogance. Ne jamais vendre la peau de l'ours avant de l'avoir tué. Dans deux heures, il se conduira comme tous les autres prévenus. En fin de compte, dans la salle d'interrogatoire, ils sont tous pareils.

— Eh bien, Nahmias, j'attends, poursuit-il de la même voix péremptoire qui ne parvient pas à dissimuler la tension qui l'étreint.

— C'est très simple, maître Ninio, ou tu nous suis immédiatement et de ton plein gré, ou nous t'arrêtons. Tu as une préférence ?

Silence.

— Eh bien, Ninio, j'attends...

— Je viens. Je viens, fait-il avec un regard de défi. Mais ça va te coûter cher.

72

Yariv broie de sa main le gobelet en plastique. Cela fait une demi-heure qu'ils le font mariner là. Il se lève et arpente la pièce nue à l'exception d'une table, de trois chaises et d'une pile de gobelets vides. Il sait bien sûr qu'il n'est pas vraiment seul : le moindre de ses geste est filmé, des caméras sont dissimulées dans les murs.

Qu'est-ce qu'ils attendent ? Qu'est-ce qu'ils lui veulent ?

En chemin, l'idée l'a effleuré que tous les appels de Borochov avaient pour but de le mettre en garde. Il a eu tort d'écouter Kobi. Il aurait dû répondre au téléphone, écouter ce que Borochov avait à lui dire. Il s'est trompé. Borochov n'a pas envoyé Nahmias. Elle ne le connaît même pas.

Une question subsiste : qu'est-ce que les flics lui veulent ? Impossible qu'il y ait un rapport avec Michal. L'affaire se trouve désormais au parquet, sur le point de se conclure par une transaction judiciaire. Il sait comment ça fonctionne : dès que l'affaire quitte la police, ils s'en lavent les mains. Ils n'aiment rien tant que les affaires bouclées vite fait, bien fait.

Bon, alors, c'est quoi le truc ? La note du ministère des Affaires étrangères, peut-être ? Et si la police avait tout de même examiné la plainte de Michal et découvert qu'il avait dissimulé ce mémorandum ? Dans ce cas, aucune inquiétude : il avait une tonne d'arguments qui pouvait justifier son choix. Mieux : Réguev prendrait sa défense. Quant à cette inspectrice, ils ne la laisseront même pas faire la circulation à la sortie des écoles une fois que tout sera réglé.

Il s'étire sur sa chaise. Ces réflexions lui insufflent une énergie nouvelle. Un moment, il s'interroge s'il ne vaut pas mieux demander un avocat. C'est sans doute la chose la plus intelligente à faire, c'est la règle de base. Mais pourquoi s'emmerder ? Plus il y pense, plus il est certain qu'ils veulent lui parler de cette note. S'il demande un avocat, il confirmera leurs soupçons. Non. Il vaut mieux affronter ça tout seul.

Sa réflexion est interrompue au moment où Nahmias pénètre dans la salle, flanquée d'un grand policier barbu qui se présente sous le nom de Yaron Waldman, son adjoint.

Ne pas laisser transparaître le stress qui l'étreint. Si l'affaire était si grave, ils l'auraient déjà incarcéré. Le fait qu'elle ait employé l'expression « mis en examen » et non « arrestation » n'est pas anodin. Cela signifie que son dossier est vide, qu'elle n'a aucun prétexte pour l'incarcérer. Ils oublient qu'il connaît deux ou trois choses en matière de droit pénal...

— Souhaites-tu l'assistance d'un avocat avant que nous ne commencions ? lui demande-t-elle en s'asseyant en face de lui.

— Ma mignonne, je *suis* un homme de loi, lui réplique-t-il dédaigneusement, et la première chose que je souhaite, c'est de savoir ce que je fous là.

— Dans ces conditions, tu comprends la signification du terme « mise en examen » ?

— J'espère que *toi*, tu la connais.

— Tu m'as menti, Ninio, rétorque-t-elle.

— Pardonne-moi, nous sommes mariés, peut-être ? Tu m'as mis en examen parce que je t'ai offensée ? tente-t-il de plaisanter, en se tournant vers le policier qui garde une mine impassible.

— Le ministère de la Justice t'a transmis le mémorandum du docteur Yigal Chémech...

Il n'essaie même pas de dissimuler le sourire qui s'étale sur son visage. Il avait donc raison : tout ce foin, à cause de cette stupide note. S'il avait répondu au téléphone, c'est ce que Borochov lui aurait sûrement annoncé.

Le policier le rabroue :

— Je te conseille de ravaler ce sourire.

— Et moi, je vous conseille à tous les deux de me demander poliment pardon et de m'appeler un taxi pour me ramener chez moi. Quand bien même j'aurais reçu cette note, et je ne dis pas que je l'ai reçue, alors quoi ? Si vous aviez appris un peu mieux votre leçon, vous sauriez que je n'avais aucune obligation de m'en servir. Il existe d'autres notes qui affirment exactement le contraire. Tout ce que peut rédiger je ne sais quelle belle âme, qui se fiche par ailleurs des intérêts du pays, n'est pas forcément parole d'Évangile... J'ai agi selon ma conscience d'homme de loi et, de toute façon, j'ai reçu toutes les validations requises...

— De qui ? le coupe-t-elle.

— Je n'ai pas à répondre à cette question, inspectrice. Avec tout le respect que je vous dois, à toi et à la petite comédie à laquelle j'ai assisté... ça ne vous regarde pas du tout. Ce sont des considérations du ressort du parquet, qui plane à une centaine d'échelons au-dessus de vous...

— Ce mémorandum revêtait une signification dramatique pour plusieurs centaines d'individus. Il aurait pu éviter leur expulsion, les sauver d'une mort certaine. Michal prétendait que, parce que tu l'avais dissimulé, Hagos, qui travaillait avec elle, a été expulsé puis assassiné. Ce mémorandum aurait aussi interrompu le flot de tes victoires au prétoire dont tu t'enorgueillis tant, alors ne viens pas me dire que, de ton point de vue, ce mémorandum n'a aucune valeur...

Cette tirade vertueuse lui porte sur les nerfs.

— Dommage, vraiment dommage que tu n'écoutes pas et que tu ne fourres pas ce que je viens de te dire dans ta cervelle. Bon, eh bien, je vais le répéter spécialement pour toi : il existe d'autres avis. Et ils affirment exactement le contraire. Tu piges ou je vais devoir le répéter une troisième fois ?

Anat ne dit mot.

— Mets-toi bien ça dans le crâne ! Cet Hagos a été expulsé parce qu'il est éthiopien. Ce n'est pas moi qui l'ai décidé mais le ministère de l'Intérieur. Dès cet instant-là, rien ne pouvait arrêter la procédure d'expulsion. Rien ! Ni moi, ni le ministère de la Justice, ni Michal Poleg qui a sûrement dû s'envoyer en l'air avec lui. C'est pourquoi je te suggère de te calmer et de ne pas fourrer ton nez dans des affaires auxquelles tu ne comprends rien.

Les deux policiers gardent le silence.

Tout ce qu'on raconte sur les flics est donc vrai. Une bande de clowns.

— Bon, pour ma part, j'en ai fini avec vous.

Il se lève.

— Tu restes assis ! lui ordonne le policier barbu qui se dresse à son tour.

— Nous n'avons pas encore fini, je te prie de t'asseoir, l'invite posément Nahmias.

Après une courte hésitation, il obéit.

— Je te donne cinq minutes, lance-t-il à Anat, qui acquiesce de la tête.

— Quand as-tu vu Michal Poleg pour la dernière fois ? le questionne-t-elle, en griffonnant quelque chose sur une feuille de papier.

Il se tait. C'est quoi, ces questions ?

— Tu m'as dit que cela faisait des mois que vous ne vous étiez pas vus.

— Je ne sais pas si ça fait des mois... Peut-être, ici ou là, dans le quartier... à l'épicerie... je ne sais pas, bredouille-t-il. Qu'est-ce que ça à voir ?

— Et donc tu ne t'es pas rendu chez elle dernièrement, je suppose ? continue-t-elle de la même voix égale qui commence à l'oppresser.

— Non ! Bien sûr que non ! Je te l'ai dit, nous nous sommes séparés. Je vais me marier. Mon histoire avec Michal a duré un temps, et on a rompu, fait-il d'un ton impatient.

Nahmias reste silencieuse.

— Bien. Je suppose que c'est terminé maintenant.

Il frappe dans ses mains et se lève.

— Vois-tu, Ninio, c'est bien ça, mon problème : tu me mens tout le temps... fait-elle en se penchant vers lui, la tête entre ses mains.

— Hein ? Mais de quoi tu parles ? J'exige des excuses immédiatement ! riposte-t-il, bien que la tournure de cet interrogatoire l'angoisse sérieusement.

— Veux-tu modifier ta déposition et nous dire quand, pour la dernière fois, tu t'es rendu dans l'appartement de Michal Poleg ? réplique-t-elle, les yeux rivés à ceux de l'avocat.

— Je te l'ai dit...

Yariv a désormais perdu toute son assurance.

— Qu'est-ce que tu m'as dit ? lui demande-t-elle avec ce ton calme qui l'exaspère.

— Des mois... Pourquoi toutes ces questions ? dit-il, le cœur sur le point d'exploser.

— Nous avons trouvé tes empreintes digitales, répond-elle sèchement en s'adossant à son siège.

— Quoi ?

— Tu m'as menti, Ninio, tu étais chez Michal Poleg la nuit où elle a été assassinée...

— Je ne... De quoi tu parles ? Dis-moi, tu as perdu la raison ?

Il passe une main fébrile sur son front. Jusqu'à maintenant, il n'avait pas prêté attention à la chaleur régnant dans ce cagibi.

— Alors, comment expliques-tu la présence de tes empreintes digitales là-bas ?

Pour la première fois, elle élève la voix.

Que se passe-t-il ? Comment savent-ils que ce sont ses empreintes ? Kobi lui avait assuré que, même s'ils les trouvaient, ils ne feraient jamais le rapprochement avec lui. Après tout, il n'a jamais été arrêté. La police ne possède pas ses empreintes dans ses archives. C'est pourquoi il n'a pas craint de leur affirmer que cela faisait des mois qu'il n'avait pas été là-bas. Que s'est-il passé ? Comment le savent-ils ? A-t-il oublié quelque chose dans l'appartement ? Fait tomber un objet ?

— Bon, vous avez trouvé des empreintes digitales, et alors ? Elles datent sûrement de l'époque où nous nous fréquentions, vous y avez pensé ?

— Mauvaise réponse, monsieur l'avocat, lance le policier barbu. Aucune chance que ces empreintes datent de cette époque-là. Les gars de notre labo estiment qu'elles sont récentes. Très récentes.

Yariv est sans voix.

— Nous t'incarcérons pour l'assassinat de Michal Poleg, lui déclare Nahmias.

— Hein ? Vous ne pouvez pas faire ça... Je ne... Dites-moi, vous êtes tombés sur la tête ? Vous n'avez rien d'autre à faire ?

— Tu l'as assassinée, espèce de menteur, crie le policier. Qu'est-ce que tu croyais ? Qu'on n'allait pas te débusquer ? Que nous sommes des clowns ? Que, parce que tu es procureur, on passerait l'éponge ?

Soudain, il comprend. Quel idiot ! Au lieu de taire sa conversation avec Borochov, il a été la rapporter à Kobi. Et eux l'ont filé. Et comme il n'a pas répondu à leurs appels téléphoniques, ils ont vu rouge. Ce sont eux qui l'ont vendu. C'est pour ça que la police est au courant. Borochov n'a sûrement pas appelé directement la police. Il s'est arrangé pour que d'autres le fassent à sa place.

— Dis-moi, Ninio, comment l'as-tu assassinée ? entend-il Nahmias le questionner.

Il s'est totalement planté. Désormais, il est fichu. Ils sont au courant de tout. Peut-être même de choses que lui-même ignore.

73

Anat observe en silence Yariv Ninio pleurer. Elle fait signe à Yaron d'apporter de l'eau. Elle a besoin qu'il se calme pour qu'il raconte comment il a assassiné Michal Poleg.

— Je n'ai pas assassiné Michal, lâche-t-il en levant les yeux vers Anat, à l'instant où la porte se referme.

Elle l'examine consciencieusement, tous les sens en éveil. Bien qu'elle soit déçue de l'entendre nier l'évidence, elle ne s'attendait pas à ce qu'il craque aussi vite.

— Des empreintes digitales ? On a voulu me mettre ce meurtre sur le dos. Quelqu'un veut me régler mon compte et il a apposé là-bas mes empreintes digitales, souffle-t-il d'une voix implorante.

Anat ne dit mot. Elle a du mal à refaire le décompte de toutes les fois où elle a entendu ces théories du complot dans cette salle. Ninio n'est pas différent des autres. Ils passaient tous par là avant d'avouer.

— On veut me faire endosser ce crime. Il y a des gens qui n'aiment pas ce que je fais, qui haïssent Israël, ils pensent que je dérange, poursuit-il en tentant de capter le regard d'Anat. Tu dois me croire, je te dis la vérité…

— Dommage que tu persistes dans cette voie, Ninio, vraiment dommage… le coupe-t-elle.

— Quand vous êtes venus chez moi, fait-il, haletant, je croyais que vous étiez là pour me protéger, qu'il avait envoyé des gens pour m'abattre. Je vous l'ai dit…

— Qui ça ?

— Borochov, Chouki Borochov...

— Borochov ? Qu'est-ce que tu as à voir avec lui ?

Surprise, elle s'efforce de garder un visage impassible, en vain. Elle sait parfaitement qui est Chouki Borochov. Comme elle sait que Yariv Ninio est décidément stupide d'accuser Borochov de le faire incriminer d'assassinat. Soudain, une petite voix s'insinue en elle : est-il stupide ou sincère ?

Elle écoute en silence Ninio lui raconter la visite de Borochov dans son bureau, les allusions au fait qu'ils savaient des choses sur l'assassinat de Michal, et que, s'il ne coopérait pas avec eux exactement comme ils le souhaitaient, ils se vengeraient en lui faisant endosser ce meurtre.

— Et qu'est-ce qu'ils savent ?

Ninio hausse les épaules.

— Peut-être que, tout simplement, ils savent la vérité ? Que tu l'as assassinée ? Les types comme Borochov ne menacent pas pour rien, le mitraille-t-elle.

— Ce n'est pas moi... s'empresse-t-il de répondre. Je te l'ai dit, tout ça, c'est une fausse incrimination.

— Et tu ne te trouvais pas dans son appartement, la nuit de son assassinat ?

Il fait non de la tête.

— Vous devez me protéger... La pègre essaie d'infiltrer le parquet, de remettre en cause le règne de la loi... Nous sommes dans le même camp, vous et moi. Ce qui m'est arrivé peut arriver à chacun d'entre nous...

Elle jette un œil en direction de la caméra cachée, adressant un sourire reconnaissant à David. C'était son idée de procéder par étapes. Ne pas accabler Ninio en lui balançant toutes les preuves d'un seul coup. Le groupe sanguin trouvé sur la porte de Michal est le même que celui de Yariv : A-. L'armée leur a transmis cette information extraite de son dossier militaire la veille et ce n'est qu'alors que le procureur d'État a autorisé son interpellation.

— Tu sais, Ninio, j'étais sur le point de te croire, lâche-t-elle tranquillement, sachant qu'elle va désormais abattre ses dernières cartes.

— J'ai dit la vérité... Tu dois me croire... balbutie-t-il.

Elle l'a sous-estimé. Il est plus malin qu'elle ne le croyait. Après qu'il sera passé aux aveux, elle l'interrogera au sujet de Borochov. Pas de doute que, derrière ce paravent, se dissimule toute une tactique sophistiquée.

— Croire qu'ils ont placé tes empreintes digitales sur la scène de crime ? le questionne-t-elle avec une incrédulité flagrante.

Ninio opine.

— Eh bien, c'est là que j'ai un problème, Ninio. Il n'y a aucune logique dans ce que tu racontes, fait-elle en détachant chaque mot.

— Pourquoi ? C'est la chose la plus facile au monde... On le voit à la télé, tous les jours... Pas besoin d'être un génie...

— Parce que nous n'avons pas seulement trouvé tes empreintes digitales. Nous avons aussi trouvé ton sang, le coupe-t-elle. Alors, peux-tu m'expliquer, Ninio, comment ton sang s'est-il retrouvé sur la porte de Michal ? C'est aussi Borochov qui l'a étalé ?

74

Yariv jette un regard interloqué à Nahmias.

Comment n'y a-t-il pas pensé ? Il s'est concentré sur ses empreintes digitales et il a complétement oublié qu'il était reparti en sang de l'appartement de Michal.

Bien sûr qu'il y avait là des traces de sang. Il avait creusé sa propre tombe et mêlé pour rien le nom de Borochov à l'enquête.

Il avale goulûment le verre d'eau que le grand policier barbu a posé devant lui à son retour dans la pièce. Tous deux le fixent d'un air glacial. Il s'est montré trop insolent, il n'aurait pas dû les sous-estimer.

Il est temps de demander un avocat. Parce que, pour le moment, il a juste réussi à s'enfoncer. Mais, s'il demande d'interrompre maintenant l'interrogatoire, et qu'il leur raconte plus tard ce qui s'est vraiment passé, jamais ils ne le croiront. Ils en déduiront que c'est ce que son avocat lui aura conseillé, une nouvelle explication abracadabrante.

Il faut gagner leur confiance. Cesser de jouer au plus malin. Leur raconter exactement ce qu'il sait ou, du moins, ce qu'il croit savoir.

Oui, il se trouvait dans l'appartement de Michal cette nuit-là. Mais il ne l'a pas assassinée. S'il l'avait fait, il s'en souviendrait. Or, il ne se souvient de rien.

75

Faro verse à Borochov encore un peu de l'excellent whisky que ses hommes lui rapportent des boutiques hors taxes.

— Vraiment, très bonne, cette tourte, s'exclame l'avocat en enfournant une nouvelle bouchée.

Il sait que Borochov aurait préféré un bon steak, et non une quiche aux aubergines et à la mozzarella, mais depuis qu'il est devenu végétarien, personne ne touche à la viande en sa présence.

Ça fait plus de vingt ans que Borochov bosse pour lui. Néanmoins, encore aujourd'hui, il s'interroge sur ce qui attire un type comme lui dans leur univers. Lui-même est né dans une famille pauvre, dans un quartier misérable et délabré et, pour survivre, il n'avait pas eu d'autre choix. Borochov, en revanche, est issu d'une famille riche. Son père était juge d'un tribunal d'instance. Au cours des premières années de leur collaboration, cela le préoccupait : il est important de connaître l'origine de la motivation de ses employés pour leur faire confiance. Borochov avait justifié ça par l'excitation que ce secteur d'activités lui procurait. Faro avait une autre théorie : c'était sa manière de se venger de ceux qui avaient empêché son père d'être nommé à la Cour suprême de justice. De toute façon, ça ne change rien : Borochov a surmonté toutes les épreuves qu'il lui a imposées, et Dieu sait qu'il y en a eu.

Eytan, le fils d'Izik, entre pour leur demander s'ils souhaitent encore des raviolis à la moutarde noire. Quelques années auparavant, Izik était venu trouver Faro, en larmes, pour lui raconter qu'il s'était produit une terrible catastrophe : son fils voulait devenir cuisinier. Aujourd'hui, Eytan possède un des meilleurs restaurants de Tel-Aviv. Grâce à lui.

Généralement, Faro rencontre Borochov à son bureau, mais par les temps qui courent, cela devient un peu risqué. Avec ces flics qui fouinent partout, ils doivent garder leurs distances. La salle derrière le restaurant d'Eytan offre une excellente alternative.

— Bien, bien, au fond, c'est dommage ce qui s'est passé avec ce Ninio... lâche-t-il, en faisant signe à Eytan d'apporter une nouvelle part de quiche.

— Il aurait pu représenter une excellente acquisition. Le genre de gars à l'ambition démesurée, qui ne pense qu'à sa gueule. Parce que, ces histoires de réfugiés l'intéressent autant que sa première chemise... approuve Borochov.

— Bon. Nous avons essayé de l'aider. Ça n'a pas marché, lâche Faro en avalant une gorgée de whisky.

— Dès que j'ai appris que la police était sur le point de l'arrêter, je l'ai appelé moi-même sur son portable, mais cet idiot n'a pas décroché.

Borochov mâche d'un air avide un tartare de thon rouge importé directement du Japon par avion pour Eytan.

— Y a-t-il une chance qu'il ait l'intelligence de ne pas leur rapporter la petite visite que tu lui as faite ? dit Faro en s'essuyant les lèvres.

— Selon moi, aucune... il doit être en train de cracher le morceau en ce moment même, répond Borochov, la mine grave.

— Bien. Tu sais ce que ça signifie : ils vont te convoquer à un interrogatoire... peut-être même, pour une mise en examen...

Tous deux éclatent d'un rire tonitruant.

Au cours des dernières années, Borochov a été convoqué à des dizaines d'interrogatoires. Le plus souvent, il se tenait là, muet comme une carpe, se contentant de répondre que ses informations étaient couvertes par le secret professionnel entre l'avocat et son client. Du coup, les policiers étaient pieds et poings liés. Ces réponses plaisaient tant à Faro que, quelques années plus tôt, il avait pensé envoyer tous les débiles qui bossaient pour lui étudier le droit. De cette manière, ils seraient tous avocats et opposeraient le secret professionnel. Cabinet d'avocats Simon Faro et associés. Avec toutes les facultés de droit qui poussaient comme des champignons, l'idée lui semblait excellente.

— Que va-t-il arriver d'après toi ? Ils vont produire un acte d'accusation contre le Noir ou contre le procureur ?

— Galit Lavi est en charge de cette affaire, et du coup, difficile de savoir... répond Borochov.

Depuis que David Méchoulam a tenté de s'en débarrasser, celle-là ne cesse de prendre du galon.

— Au fait, que se passe-t-il avec ton « Général » ? lui demande Borochov, tandis qu'Eytan entre dans la pièce avec les plats principaux. Tu ne crois pas qu'avec les derniers événements il serait temps qu'il sorte du paysage ?

Faro s'abstient de relever et se concentre sur ses spaghettis à la carbonara. Il n'aime pas que ses employés s'expriment avec une telle désinvolture sur ce genre de chose. Un assassinat, c'est une affaire sérieuse. Il devrait peut-être demander à Borochov d'abattre quelqu'un pour constater par lui-même comment la vie s'achève en un millième de seconde, puis écouter ce qu'il a à en dire.

Même si le « Général » lui a menti au sujet de Ninio, et il est probable que ce soit le cas, il lui pardonnera. Il est toujours en manque de personnel de qualité et il n'a pas l'intention de s'en passer.

Il a quelques projets pour lui, même si, à la lumière des derniers événements, ils ne se réaliseront pas en Israël. Après tout, les Africains ne posent pas un problème uniquement à Israël mais au monde entier. Peut-être que, dans d'autres pays, on aurait besoin de ses services financiers ? Il entend réaliser une étude de marché dans ce secteur. Si c'était le cas, l'entreprise qu'il a créée prendrait encore de ampleur.

Faro International Banking Ltd. Quelque chose dans ce genre.

Non. Il n'a aucune intention de renoncer aux services du « Général ».

76

Sur l'écran de son ordinateur, Anat observe Ninio en train d'arpenter la salle d'interrogatoire. Il semble que sa crise d'hystérie soit passée et qu'il se soit calmé.

Yaron la titille :

— Qu'est-ce qui te préoccupe, Nahmias ? C'est quoi, cette tête ?

Elle jette un regard à David en train de fumer sa cinquième cigarette de suite et se tait. Lui, il comprend.

Elle s'est montrée très déçue de ce que lui a raconté Ninio sur cette nuit-là. Aussi l'a-t-elle agressé, elle lui a envoyé à la figure qu'elle ne croyait pas à son histoire. Elle aurait dû garder son sang-froid et le laisser s'embrouiller tout seul. Désormais, plus de marche arrière possible : Ninio a demandé un avocat, et elle a été contrainte d'interrompre l'interrogatoire. Elle a utilisé les techniques classiques : « Pourquoi as-tu besoin d'un avocat ? Il va juste aggraver ton cas. Si tu coopères, nous t'aiderons. Tu es toi-même avocat. Tu as besoin de payer quelqu'un pour un boulot que tu pourrais faire ? » Ça a foiré. Ninio s'était mis à crier : « Avocat, avocat ! », et ils n'avaient rien pu faire.

— En quoi, explique-moi, Nahmias, s'entête Yaron, cette histoire d'incrimination te préoccupe ? C'est n'importe quoi. Tu l'as dit toi-même : nous avons trouvé son sang sur la scène de crime. Il ne l'a pas nié. Et son truc, c'est qu'il ne se souvient de rien ? Allons, vraiment, ne me dis pas que ça t'a impressionnée. Combien de fois nous cueillons des types qui prétendent qu'ils ont tout oublié ? C'est la ficelle la plus vieille du monde.

Elle réfléchit. Au début, elle a pensé que Ninio jouait au naïf avec elle, maintenant, elle n'en était plus si sûre.

— Il y a une semaine, il y a eu cette histoire, tu sais... l'homme d'affaires qui a écrasé deux enfants. Lui aussi, il ne se souvenait de rien, tiens donc. Et tu crois que ça l'a aidé à ne pas se faire pincer ? Le tribunal a compris qu'il mentait et l'a envoyé dix ans derrière les barreaux. Ninio aussi va s'y retrouver, crois-moi.

Yaron cherche par tous les moyens à la rassurer.

— En plus, Nahmias, t'as un diplôme d'avocate, non ? Qu'est-ce que ça change s'il était ivre ou pas quand il l'a assassinée ? Comment disent tes amis juristes, déjà : « En buvant, il a pris en considération le fait qu'il puisse perdre le contrôle de ses actes et, en conséquence, c'est son problème s'il a assassiné. Il ne peut s'en prendre qu'à lui-même », quelque chose dans ce genre. Ça peut lui offrir une requalification d'assassinat en homicide, mais ça ne l'empêchera pas de rester longtemps en taule... J'ai raison ou pas ?

— Le problème, l'interrompt David en rallumant une cigarette, c'est que sa version concorde avec les preuves que nous avons en main. Certes, nous avons trouvé ses empreintes digitales et aussi son sang, mais c'était à l'extérieur de la porte. À l'intérieur de l'appartement, nous n'avons rien trouvé. D'un point de vue médico-légal, ça se tient : il est arrivé à l'appartement, a frappé suffisamment fort sur la porte pour se faire mal à la main, puis il est parti sans pénétrer dans l'appartement.

— En tout cas, c'est assez pour avoir un doute raisonnable.

— Bon, alors, c'est ça, on arrête tout, là ? Dites-moi, vous êtes tombés sur la tête ? s'emporte Yaron.

— On n'arrête rien, on réfléchit, l'apaise David en lui soufflant la fumée au visage.

Anat reprend :

— Je suis sûre qu'il l'a assassinée. Il joue la comédie. Mais tout le monde a des points faibles. Il faut simplement trouver les siens.

— Et si on faisait venir Borochov ? Comme ça, on entendrait ce qu'il a à dire, suggère Yaron.

David fait non de la tête :

— Pas de temps ni d'argent à perdre avec celui-là. On connaît le bonhomme. Il va prétendre qu'il ne s'est jamais rendu chez Ninio et que, même s'il lui avait rendu visite, eh bien, Ninio ne l'aurait pas bien compris et que, de toute façon, tout ce qu'il sait est protégé par le secret professionnel, etc. On n'en tirera rien. Nous avons essayé de le faire craquer plusieurs fois, et que dalle !

David se tourne vers Anat :

— Nahmias, des idées ?

— David, laisse-moi cinq minutes seul avec ce gars dans la salle et, crois-moi, il va nous déballer tout ce que tu as envie d'entendre... intervient Yaron.

Anat le coupe, furieuse :

— Allons, allons... je croyais qu'on n'en était plus là...

Yaron fait mine d'ignorer Anat :

— C'est lui qui a lâché le nom de Borochov. Eh bien, on va lui annoncer ce qui va lui arriver si on diffuse cette information. Il ne survivrait pas à une nuit passée à Abou-Kabir... Et même si nous le relâchons, les types de Borochov le pendront par les couilles... J'aimerais bien voir s'il n'avoue pas le crime après ça !

— Il est procureur, il bénéficiera d'une protection judiciaire, objecte-t-elle.

— Il l'ignore, riposte-t-il.

David tente de calmer les esprits :

— Ça, ça peut attendre, Yaron ! Pour le moment, Nahmias, des idées ? Avant que les grands de ce monde nous pendent tous les deux haut et court ?

— Gabriel a dit, répond-elle en se raclant la gorge, qu'Arami lui a raconté que l'Israélien qui a donné l'argent était un homme puissant...

— Et toi, tu penses que c'est Ninio… l'interrompt David.

— C'est une possibilité.

Yariv Ninio avait avoué qu'il avait connu Arami au tribunal mais avait nié farouchement l'hypothèse d'Anat selon laquelle il lui aurait parlé en d'autres circonstances.

— Et l'autre possibilité ? demande David.

— Ninio a assassiné Michal alors qu'il était totalement soûl, et, d'une manière ou d'une autre, la bande de Borochov en a eu vent et a décidé d'en profiter pour le faire chanter.

— L'aide que Borochov lui a promise, à en croire Ninio ? intervient David.

Anat confirme de la tête.

— Comment, d'après toi, la bande de Borochov a-t-elle appris que Ninio était l'assassin ? insiste David.

Elle hausse les épaules.

— Ils ont menacé Michal et l'ont agressée. Elle a découvert quelque chose de pas net dans le coin de la gare routière, sans doute en rapport avec un transfert illégal de fonds, et ils ont voulu la faire taire. (Anat réalise soudain que l'hypothèse qu'elle est en train d'exposer est celle d'Itaï.) Il se peut qu'ils l'aient aussi filée, et c'est ainsi qu'ils ont pu voir Ninio pénétrer chez elle. Lorsque nous saurons qui sont ces « ils », nous aurons la réponse.

— Et tu crois vraiment qu'une fille haute comme trois pommes a réussi à trouver ça toute seule ?! la nargue Yaron.

Elle songe à lui lancer une repartie bien fielleuse mais, au lieu de quoi, elle répond :

— Cette fille était très obstinée et elle avait foi en ce qu'elle faisait.

— Peut-être qu'après tout « ils » l'ont assassinée ? renchérit David.

— J'y ai pensé, mais ce n'est pas logique, répond-elle. Michal connaissait son assassin et lui a ouvert sa porte. La pègre ne frappe pas aux portes, ne cause pas de vacarme en pleine nuit…

— Bref, nous avons un assassin, mais il nous manque des témoins. Nous avons besoin d'un bout de fil pour remonter jusqu'à eux et nous ne l'obtiendrons pas de Borochov, résume David.

Elle approuve.

Yariv Ninio se remet à crier : « Un avocat ! Un avocat, tout de suite ! » Ils ne peuvent pas attendre plus longtemps. Dans moins de vingt-quatre heures, ils devront aller au tribunal pour demander une prolongation de la garde à vue. Cela ne sera pas aussi facile que ça l'a été pour Gabriel. Les deux hommes ne sont pas défendus de la même manière.

— On doit remonter la piste de l'argent... avance-t-elle.

— D'accord, acquiesce David. Commençons par cet Arami. C'est lui qui a récupéré l'argent de l'Israélien. Si on peut l'identifier, nous nous rapprocherons de l'assassin.

— Eh bien, en avant, amenons-le ici, voyons ce qu'il sait et nous ferons une petite confrontation. *Yallah*, en route !

Yaron se lève, déjà sur les starting-blocks.

— Il a reçu un visa de sortie et s'est envolé il y a quelques jours, murmure faiblement Anat.

— Où se trouve-t-il ? demande David, dépité.

— En France.

Yaron fulmine.

— Sais-tu comment le contacter ?

David le fait taire et pompe nerveusement sa cigarette.

— Je connais quelqu'un qui le sait peut-être.

— Ton petit copain ? le questionne Yaron.

— Qui ?

Elle sent son visage s'empourprer.

— Comment il s'appelle déjà ? Cet Itaï Fischer... Celui qui t'a incendié les hormones, tu pouvais pas le lâcher des yeux... Ne crois pas qu'on n'a rien vu, Nahmias... ricane Yaron.

— Oui. Itaï Fischer.

Son visage est cramoisi.

77

À travers les barreaux de sa cellule, Gabriel contemple la lune pointant, par intermittences, derrière les nuages. Dehors, le monde continue de tourner, alors que sa propre vie menace, elle, de s'arrêter.

Aujourd'hui, l'inspectrice est venue le voir pour le filmer. Il a dû s'adresser à Arami pour lui demander de les aider. Quand il l'a questionnée pour savoir quand il pourrait sortir de là, elle lui a dit qu'il fallait être patient. Mais, depuis qu'il a retrouvé Lydie, il n'en peut plus d'être patient, justement. Il ne peut plus attendre. Que fait-elle en ce moment ? Comment se débrouille-t-elle ? Comment se sent-elle ? Il est dévoré d'inquiétude, de crainte que les salauds qui l'ont déjà capturée une fois ne reviennent. Quand ils se sont séparés, il lui a promis qu'il sortirait bientôt. Il est sûr que l'attente est tout aussi douloureuse pour elle.

La retrouver a changé sa vision des choses. Il avait renoncé à la vie, mais sa sœur cadette lui a insufflé une nouvelle énergie et de l'espoir. Il ne voulait plus servir de pion et remettre son destin entre les mains d'autres individus.

Plus tard, son avocat était venu le voir pour lui dire que la transaction n'était plus d'actualité. On ne le rappelait pas.

Gabriel ne comprenait rien.

— C'est une bonne ou une mauvaise nouvelle ?

— Très mauvaise, avait répondu l'avocat qui s'était levé et avait quitté le parloir.

La policière lui a promis de les protéger Lydie et lui, qu'elle ne laisserait personne leur faire du mal. Elle n'abandonnerait pas celui qui l'aidait à rattraper l'assassin de Michal. Peut-il faire confiance aux Israéliens ? Hagos aurait répondu que oui. Arami, non. Maintenant, il est seul. Hagos et Arami ne sont plus là. Il se demande ce que Michal aurait dit. « À une partie d'entre eux, oui, aux autres, non », aurait-elle certainement répondu. Il est sûr qu'Itaï et l'inspectrice appartiennent à la première catégorie. Ces derniers temps, il pense beaucoup à Michal. Il aurait dû lui faire rencontrer Lydie. Elles se seraient bien entendues, et Michal aurait su comment aider sa sœur à surmonter les terribles épreuves qu'elle avait subies. Il sait qu'elle se serait portée volontaire au foyer des femmes victimes de viol. Peut-être que ce qu'il fait permettra à la police d'arrêter son assassin. Si seulement !

Un nuage noir voile la lune, et, dehors, il fait plus sombre. Bientôt, il va se mettre à pleuvoir.

78

Plus la réunion avance, plus la tête d'Anat menace d'exploser. En fin de compte, tout était entre les mains des bureaucrates et des administrations. Elle n'imaginait pas devoir se plonger dans les conventions internationales et les lois aux intitulés à rallonge pour pouvoir se rendre en France et poser quelques questions à Arami. Maintenant, elle comprend que, pour mener une enquête hors d'Israël, elle doit obtenir des autorisations d'Interpol, du ministère de la Justice israélien, de son homologue français et de la police française.

La veille, Yohaï a pris contact avec le délégué de la police israélienne en France, un officier à deux doigts de la retraite, afin qu'il accélère la procédure de son côté. Le délégué, qui pensait avoir bouclé ce chapitre, avait marmonné des réponses évasives avec un manque évident de bonne volonté. À la fin de leur entretien, il avait conclu qu'on ne pourrait rien en tirer.

David avait lui aussi mis à contribution ses propres connexions. Il avait appelé un officier de police français rencontré à un séminaire en Autriche. L'officier avait éclaté de rire quand David lui avait expliqué le problème des réfugiés en Israël, et le fait que cet assassinat risquait de mettre le feu aux poudres, et ironisé :

— Mon Dieu, vous, les Israéliens, vous avez le don de faire un drame d'une broutille ! Vous donnez l'impression d'avoir inventé chaque problème. C'est quoi, soixante mille personnes ? Pfff… Est-ce que vous savez combien d'Africains nous avons en France ? Des millions, mon cher ami ! Et ça dure depuis des décennies. Ah, David, ce que nous avons eu le temps d'oublier à ce sujet, vous, vous n'avez pas encore commencé à l'apprendre...

Même si, en fin de compte, il avait promis d'essayer de l'aider, David n'y comptait pas trop.

Yohaï ne cesse de lui jeter des regards accusateurs. Toute cette enquête est pour lui une perte de temps. L'affaire Michal Poleg aurait pu être bouclée depuis longtemps, par une accusation évidente, accompagnée d'une transaction non moins évidente qui aurait laissé sortir Gabriel d'ici quelques années. Il espérait, du moins, que l'enquête sur Yariv Ninio serait simple et rapide. Et voilà qu'elle s'annonçait difficile et loin d'être terminée.

Le parquet aussi exerce des pressions sur eux : y a-t-il une justification à la détention de Gabriel ou de Yariv ? Lequel des deux est l'assassin ? Ils ne peuvent pas les laisser derrière les barreaux indéfiniment. Ils doivent décider : Gabriel ou Yariv ?

— Noir ou blanc ? avait ironisé Yaron.

* * *

Le temps de délibération au département des relations internationales du ministère de la Justice s'étire jusqu'à la nausée. En écoutant pérorer les hommes de loi, Anat se souvient de la raison pour laquelle elle a décidé de fuir ce métier. Tant de textes, de procédures, de paperasse et de lois qui ne cessaient de soulever des problèmes sans jamais suggérer de solutions.

Même si elle obtenait toutes les autorisations, la route serait encore longue. Ils doivent trouver Arami en France et le convaincre de raconter qui achetait le silence des Africains. Deux obstacles majeurs.

Ce soir, elle a fixé un rendez-vous avec Itaï pour voir s'il pouvait apporter son aide et de quelle manière. Elle a proposé qu'ils se retrouvent dans un café, s'imaginant qu'une ambiance plus détendue faciliterait la coopération. Il a accepté sur-le-champ. Anat s'en réjouit. Elle a envie de le voir dans un lieu plus chaleureux qu'un bureau gris et déprimant.

Au moment où l'avocate Hen Sabbataï proclame : « Nous devons tous faire preuve de patience, nous nous heurtons à un certain nombre de problèmes juridiques », elle sent que la sienne s'évapore. Cette enquête est en train de lui filer entre les doigts.

— J'ai une proposition susceptible de résoudre quelques problèmes de procédure, suggère-t-elle.

Tous les regards se tournent vers elle. Jusque-là, seul David s'exprimait.

La procureure brise net son élan :

— Selon moi, en l'occurrence, le sujet est d'ordre juridique, inspectrice Nahmias, aussi, malgré tout le respect...

— Nous n'avons pas besoin d'Arami pour témoigner devant la cour. À ce stade, nous devons juste le persuader de révéler ce qu'il sait. Ce que je propose...

— Inspectrice Nahmias, si vous aviez prêté attention à l'analyse juridique... intervient à nouveau la procureure.

— J'ai parfaitement écouté les arguments. Les policiers d'un État ne peuvent pas enquêter à l'étranger sans toutes les habilitations. J'ai compris. C'est le nœud du problème. Mais si la personne qui interrogeait Arami n'était pas de la police ?

Surprise, la procureure feuillette ses documents, en quête de l'intitulé de la loi.

— J'ai vérifié, maître Sabbataï, et il n'y a aucun obstacle, poursuit-elle d'un ton ferme. Les lois et les conventions traitent uniquement des enquêtes policières. Nous allons envoyer un citoyen, familier du témoin, pour lui parler, le convaincre de nous raconter ce qu'il sait. Moi-même, je l'accompagnerai, non en tant qu'inspectrice mais comme guide, si on peut dire. Si cela doit provoquer des problèmes juridiques, je peux ne pas assister à la rencontre entre les deux. Et si l'information obtenue est de poids et nécessite un témoignage que nous pouvons utiliser devant le tribunal, à ce moment-là, nous actionnerons tous les mécanismes requis, comme vous nous l'avez longuement et patiemment expliqué.

— Et comment paierons-nous le voyage de ce citoyen ? En outre, il y a des problèmes d'assurances, il faut vérifier la loi en matière d'appels d'offres, ce n'est pas si simple... chicane la procureure.

C'est bien connu : les hommes de loi n'aiment pas les solutions simples : elles démonétisent leur travail.

— Nous sommes convaincus qu'un cerveau juridique aussi brillant que le tien saura trouver une solution à tous ces problèmes techniques, lance David en se levant, appuyé sur ses béquilles.

Anat s'empresse de l'imiter. David lui lance un coup de coude en chemin vers la sortie.

— Alors, Nahmias ? Si je comprends bien, tu t'es concoctée une petite escapade romantique à Paris...

— Arrête tout de suite, lui rétorque-t-elle d'un ton sec.

79

Yariv plaque le combiné du téléphone public contre son oreille droite, tout en bouchant la gauche d'une main pour essayer de s'isoler.

La police lui a donné une cellule individuelle, à la fois pour le protéger des autres détenus, étant donné sa qualité de procureur, et de lui-même. (La pensée ne l'a même pas effleuré. N'exagérons rien...) La cellule est exiguë, hermétique, les murs l'oppressent. Il ignore s'il fait jour ou nuit. Son corps, moite de sueur, pue. Et, par-dessus tout, il y a le vacarme incessant vingt-quatre heures sur vingt-quatre des détenus, des gardiens, des policiers... Il franchit les murs et s'insinue, tel un supplice chinois, sous sa peau.

Tout ce dont il aurait besoin en ce moment, c'est de silence. Réfléchir. Décider de la manière d'agir. Planifier sa victoire. Le bruit le rend dingue. Il est sûr qu'ils le font exprès. Ils essaient d'ébranler ses nerfs. Il ne les laissera pas faire.

Aucun droit de visite. Il a aperçu ses parents et son frère au tribunal pendant l'audience de prolongation de la garde à vue. Ils se tenaient derrière les équipes de la télé et de la presse – qui le filmaient sans interruption et le mitraillaient de questions –, lui faisaient des signes de la main et lui envoyaient des baisers du bout des doigts.

Inbar ? Rien.

Comme prévu, les débats avaient été expéditifs. La magistrate avait validé une prolongation de cinq jours, et il avait été ramené à Abou-Kabir. Au moins, le tribunal avait-il émis une interdiction expresse de révéler le secret de l'instruction dans les médias. Pas un mot sur son arrestation n'avait été publié. Il ne pouvait pas supporter l'idée que tout le monde le voie rabaissé au tribunal et le considère comme le pire des criminels. Il n'avait pas besoin de photos humiliantes qui le poursuivraient le reste de son existence. Parce que, lorsque cette mésaventure sera derrière lui, il compte revenir dans le jeu, et plus fort que jamais.

Il avait demandé à Kobi de le représenter, mais ce dernier était dans l'impossibilité de le faire parce que cité comme témoin. L'avocat qu'avaient engagé ses parents était un âne : il pérorait à coup de preuves, de décisions de justice, d'arguties juridiques.

Il avait fini par le virer.

Est-il le seul à savoir ce qui se passe ?

Tout cela n'est qu'un vaste complot. Des gens qui ne pouvaient pas s'en prendre au député Réguev, et peut-être à Borochov, l'ont choisi comme cible. Son boulot avec les Africains n'a pas plu à quelques bonnes âmes qui ont décidé de le neutraliser.

Comment expliquer autrement le tournant pris par la police ? Après tout, ils détenaient un Africain passé aux aveux de son plein gré. Alors, qu'est-ce qui s'est passé ? Ils ont sûrement eu peur qu'au cours du procès ce Gabriel ne révèle que Michal et lui avaient eu une liaison. Ils ont eu peur que la vérité sur ces associations d'aide n'éclate au grand jour, sur la symbiose entre ces derniers et la police, qui, elle, ne souhaite qu'une chose : la paix sociale. À cette fin, elle aurait pu se montrer prête à coopérer avec quiconque pouvait la garantir. Y compris les ennemis d'Israël.

Il ne serait pas étonné que quelqu'un ait pris soin de l'enivrer au pub ce soir-là. Peut-être même de le droguer.

Il ne faut en aucun cas perdre espoir. Tous ces flics ne pigent pas qu'ils devront retourner leur veste dès que Réguev révélera la vérité.

Le portable de Réguev sonne dans le vide.

La veille, il a réussi à le contacter mais, avant qu'il puisse lui dire quelques mots, Réguev s'est excusé : il ne pouvait pas lui parler parce qu'il se trouvait au Parlement, en séance plénière, dans l'attente du vote d'une loi importante.

Cette fois, il ne laissera pas tomber. Il va l'impliquer dans son combat. Tout ce qui arrive n'est qu'une vengeance pour contrer leur entreprise.

Si Réguev hésite, il lui rappellera qu'il a fait l'impasse sur le mémorandum du ministère des Affaires étrangères avec sa bénédiction. S'il doit tomber, lui aussi l'accompagnera dans sa chute. Il prétendra qu'il a compris que cette note du ministère produirait l'effet d'un tremblement de terre au premier regard. Que Réguev l'a incité à la dissimuler parce que, pour lui, un bon migrant est un migrant mort.

Leurs intérêts se rejoignent. Ils doivent travailler ensemble.

Sauf que, pour le moment, Réguev ne répond pas au téléphone.

80

Anat sent un léger frisson parcourir son corps lorsqu'elle l'aperçoit dehors qui l'attend. Déroutant.
Elle lui tend la main, baissant les yeux de crainte qu'il ne lise son trouble.
— Salut, lui lance-t-elle.
— Salut.
Sa poignée de main est chaleureuse, son sourire aussi.
— Pardon pour le retard... fait-elle en s'asseyant.
Il a un épais chandail noir, un peu étriqué, qui semble l'étrangler. S'il portait des vêtements un peu plus seyants, il pourrait faire tourner des têtes.
— Et alors, où en est la guerre contre le crime ?
— Plutôt contre la bureaucratie... soupire-t-elle en écartant une mèche de son front.
— Ça ne semble guère excitant.
— En effet. Bon, tu connais bien ça. Tu es avocat, après tout ! La bureaucratie, c'est votre domaine.
Elle réalise qu'elle vient de le tutoyer. Cela ne semble pas le perturber.
— Je plaide coupable, sourit-il en découvrant une rangée de dents blanches.
— Eh bien, il semble que personne ne soit parfait ! ose-t-elle lâcher.
Grands dieux, elle ne possède vraiment pas le sens de la repartie... Elle a toujours un air balourd, emprunté. Surtout quand elle essaie de faire impression.

— Bien, dis-moi ce qui est arrivé ? Je veux dire, comment as-tu changé de voie professionnelle ? demande-t-elle en essayant de relancer la conversation.

Il hausse les épaules.

— Au début, j'aimais bien. J'ai effectué mon stage à la Cour suprême de justice, et, après la prestation de serment, j'ai commencé à travailler dans l'un de ces cabinets d'affaires où tous les jeunes avocats veulent être embauchés parce qu'ils sont persuadés que, là, on fréquente des gens puissants.

Elle approuve. Elle sait pertinemment de quoi il parle.

— Contrairement à d'autres, à qui ça prend beaucoup de temps pour comprendre qu'en fait ils ne sont rien d'autre que des esclaves modernes, j'ai très vite saisi que ce n'était pas pour moi. Faire de gens riches des gens encore plus riches, ça ne me branchait pas. Je n'ai jamais autant souffert qu'au cours de cette année passée dans ce cabinet.

— Dans ce cas, pourquoi es-tu resté ?

Elle aime l'écouter. Il a une belle voix grave, caverneuse.

— Un : complexe de culpabilité, deux : ma mère, réplique-t-il en se raclant la gorge. Elle ne manquait jamais de me rappeler, le plus souvent possible, que son médecin était persuadé que son cœur ne tiendrait pas si je quittais le métier. Mais que, bien sûr, j'étais libre de faire comme je l'entendais, puisque c'était ma vie...

Elle éclate de rire. La phrase « C'est ta vie » était l'une des préférées de sa propre mère.

— En fin de compte, ils m'ont rendu service : j'ai été licencié. Le directeur associé m'a déclaré : « Que tu détestes les clients du cabinet, pas de problème. Mais que tu les haïsses davantage que les clients de la partie adverse, là, ça ne va pas. » Une semaine plus tard, je commençais à travailler à l'association La Ligne directe d'aide aux travailleurs. Pendant six mois. Quand l'Association d'aide aux réfugiés a cherché un directeur, j'ai postulé.

— Et le médecin de ta mère ? Interdiction d'exercer ?

— Si j'en crois ma mère, ils sont parvenus à la conclusion commune qu'ils avaient bénéficié d'une intervention divine spéciale : là-haut, on avait décidé de ne pas la laisser mourir tranquillement. Elle devait continuer à se morfondre à petit feu devant mon diplôme d'avocat en train de prendre la poussière dans le salon.

— Ah... le rêve brisé de la mère juive polonaise !

Une serveuse prend leur commande. Elle demande une bière pression. Lui aussi. En général, elle ne boit pas, et sûrement pas pendant le service. Mais Itaï lui plaît, et elle a envie de se détendre.

Cette ambiance agréable l'empêche d'aborder le sujet de leur rendez-vous.

Elle s'interroge pour savoir s'il lui aurait autant plu s'il s'était agi d'un rendez-vous de flirt. Dans ce genre d'occasions, elle se montre à chaque fois tendue, à tenter de deviner si cela va déboucher sur une histoire sérieuse, quelle va être l'étape suivante, et si tout cela va tenir plus d'un mois. Alors qu'avec lui elle se sent totalement décontractée. Qui l'eût cru ? Nahmias se laisse aller...

— Au fait, moi aussi, je suis une avocate contrariée.

Elle décide de leur accorder encore quelques minutes agréables avant de parler d'Arami et de Gabriel.

— Vraiment ? Ça ne se voit pas...

Chaque fois qu'il sourit, de fines rides plissent le coin de ses paupières. Elle remarque qu'il a de beaux yeux verts.

— Qu'est-ce qui t'est arrivé ? Comment es-tu passée d'avocate à inspectrice ?

— Mon père est avocat, et donc, dès mon plus jeune âge, je pensais que je suivrais ses traces. Au moment de m'inscrire à l'université, je n'en étais déjà plus sûre, mais nous devons être les descendants de jumeaux séparés à la naissance, parce qu'une pression formidable s'est exercée sur moi pour que je décroche un double diplôme en comptabilité et en droit. À la fin, j'ai craqué. J'ai fait mon stage en fiscalité internationale. Et avant que tu poses la question : oui, c'est aussi fascinant que ça en a l'air.

— Et donc, ce que tu fais aujourd'hui n'est pas ton rêve d'enfant ? Tu ne t'es jamais déguisée en policier à Pourim ?

Sa voix est si charmante et si profonde que, pour une fois, elle n'éprouve pas le besoin de justifier son métier.

— J'ai débarqué dans la police par hasard. En fait, à cause du formulaire d'affectation qu'on reçoit à l'armée, à la fin des mois de classes. Je n'avais aucune envie d'être secrétaire, ni aspirante éducatrice, ou chargée du bien-être des soldats, et il ne restait plus que la police où compléter mon service. Je n'y connaissais pas grand-chose, et ce que j'en savais n'était pas spécialement reluisant, mais l'idée de restée coincée deux ans dans un bureau exigu et de préparer le café d'un lieutenant-colonel quelconque a suffi à me convaincre d'essayer. J'avais l'intention de quitter la police à la fin du service obligatoire, sauf qu'on m'a proposé de continuer à travailler comme enquêtrice. J'ai accepté aussi parce que j'aimais ce travail et parce que les horaires flexibles en font un boulot commode pour un étudiant. Le reste appartient à l'histoire...

— Tu aimes ton travail ?

— Il y a des jours avec et des jours sans. Et toi ?

— Il y a des jours avec et des jours sans, répond-il en riant aux éclats.

— Je suppose que ce n'est pas pour l'argent...

— Nous ne gagnons pas les millions que vous vous faites dans la police...

— Et ce n'est sûrement pas très facile, en ce moment, avec le tapage autour des réfugiés, fait-elle, la mine grave.

— Ce n'est jamais facile de travailler dans un domaine qui n'a pas vraiment la faveur du public.

— Tu m'en diras tant !

Et tous deux de rire à gorge déployée.

81

Mal à l'aise, Itaï se tortille sur son siège. L'atmosphère agréable qui régnait entre eux s'est dissipée aussitôt qu'elle a évoqué Gabriel et Arami.

— Ce que nous suggérons, c'est que tu lui envoies un mail. Écris-lui que tu te rends en France pour effectuer une collecte de dons et propose-lui de le rencontrer. Et que, par la même occasion, tu pourras lui remettre son dernier salaire...

Itaï se tait. Il remarque qu'elle s'est exprimée au pluriel : « Nous suggérons. » Il ne souhaite pas mentir à Arami ou lui causer des ennuis avec la police. Le fait aussi qu'elle ait parlé à Gabriel à son insu et l'ait filmé ne lui plaît pas du tout.

— Il suffit qu'il nous fournisse un début de piste. Le téléphone de cet homme, sa description, quelque chose... Nous poursuivrons à partir de là.

Il aimerait tant lui faire confiance. L'idée qu'ils se rendent ensemble en France l'a surpris. Il ne pensait pas que la police pratiquait ce genre de chose. Elle lui explique qu'au contraire c'est assez courant. Ils effectuent un nombre significatif d'enquêtes à l'étranger. Cette fois ils ne devraient pas aller loin : la France, ce n'est pas l'Australie. En outre, on parle d'un assassinat. La priorité absolue de l'État. Si Arami peut être d'une aide quelconque dans la traque du tueur, alors la police doit remonter jusqu'à lui.

Ces propos le rassurent. Pourtant, il tergiverse encore. Quand il lui avait dit où se trouvait Gabriel, elle avait promis que l'interpellation se déroulerait sans violence. Gabriel lui

328

avait raconté, ensuite, que les policiers s'étaient rués sur lui, arme au poing.

— Nous n'avons pas d'autre moyen de trouver l'assassin de Michal. C'est aussi la seule manière de convaincre mes supérieurs de passer l'éponge sur les aveux de Gabriel.

La pression qu'elle exerce sur lui l'irrite. Il ne désire rien tant que voir Gabriel à l'air libre, la manifestation de la justice, l'arrestation et le jugement de l'assassin de Michal. Jouer de cette façon sur la corde sensible n'est pas juste : en fin de compte, c'est à cause d'Anat que Gabriel se trouve en ce moment derrière les barreaux.

— Il n'y a pas d'autre moyen ?

Elle fait non de la tête.

— J'ai peur pour Arami. Ce n'est pas évident d'obtenir un visa de sortie. Hors de question de le mettre en péril. Il n'a aucune envie de revenir ici.

— Il n'a aucune raison de s'inquiéter, tout se passera bien, sourit-elle.

— Je peux te jurer qu'il en a !

La légèreté insoutenable avec laquelle elle soutient qu'Arami n'a rien à craindre l'exaspère. Qu'est-ce qu'elle y comprend ? Que sait-elle de la vie des demandeurs d'asile dans ce pays ? Des dangers qui les guettent ? Arami n'est pas parti en France pour sa gastronomie. Il avait de bonnes raison de monter dans cet avion.

— Lesquelles, par exemple ?

— Le régime érythréen qui le pourchasse, notamment.

— C'est la raison précise pour laquelle nous avons besoin de ton aide ! Car tu ne veux tout de même pas que nous employions d'autres moyens d'action, du genre qui puissent nuire à Arami...

Il ne dit mot. Il a eu tort d'entamer cette discussion. La police a son propre plan. Les mots « d'autres moyens d'action » ont été lâchés gentiment, mais il est évident qu'ils sont lourds de menaces. La police peut dénicher Arami avec lui ou sans lui, et comme un idiot, il vient de leur offrir une nouvelle piste. Il s'en veut de s'être montré si naïf, d'avoir fait confiance à cette inspectrice, d'avoir succombé à son sourire charmant et son écoute attentive. Et même, un instant, il a pensé que… peu importe. Elle est flic. Elle l'a bien eu.

— Je vais le faire, mais pas pour vous aider. Et sûrement pas après que tu m'as menacé… dit-il d'une voix dure en interrompant le silence retombé entre eux.

— Je ne t'ai pas précisément menacé… répond-elle d'un air contrit.

— Je vais le faire, pour rendre justice à Michal, à Gabriel et à Arami. Point final.

82

Boaz Yavin remonte d'un pas pressé la rue Finn. La pluie tombée la nuit précédente a fait déborder les égouts et a dispersé les ordures sur les trottoirs. Il resserre autour de son corps le manteau en laine que lui a acheté Irit. Il a froid, et le spectacle qui s'étale sous ses yeux le révulse. L'aspect misérable des gens qui le suivent du regard lui répugne. Il exècre tout simplement cet endroit.

Enfant, son grand-père maternel l'emmenait avec son frère se payer du bon temps à la gare routière. Il se souvient parfaitement de ces jours-là, l'abondance des légumes du marché, les nombreux magasins de jouets. Il n'y a plus rien. Les immeubles délabrés sont sur le point de s'écrouler. Les lampadaires sont brisés, et l'odeur des pots d'échappement des bus se mêlent à celle, acide, de l'urine.

Un jeune type juché sur un vélo fonce dans sa direction, il s'écarte à la dernière minute et manque de trébucher sur un monceau de détritus.

La vente d'armes en Argentine s'est déroulée à merveille. En grande partie grâce à lui et à sa méticulosité. Pour que les affaires de la pègre soient florissantes, il faut, semble-t-il, un bon comptable. Il faudrait qu'il en cause à Faro, qu'il le dispense désormais de ces tournées. Après tout, il a payé plus que son dû pour ce qu'il a commis chez ses anciens patrons. Il était peut-être temps de le laisser tranquille, non ?

Il se retourne, jette un œil sur la voiture blanche dont il vient de descendre. Les deux hommes assis à l'intérieur l'observent, visage fermé. Izik leur a ordonné de s'arrêter, à chaque fois dans un endroit différent. Il veut que tout se déroule dans un calme exemplaire. Ne jamais attirer l'attention. En aucun cas. L'agression de Michal Poleg était un incident exceptionnel, qui ne devait plus jamais se répéter. Il y a quelques jours, il a rêvé d'elle. Elle gisait sur la chaussée, dans ce coin. Et s'il s'agissait d'une vision prémonitoire ? Elle était célibataire, mais lui, il a une femme et des enfants. Que deviendraient-ils s'il lui arrivait quelque chose ? Les gars qui l'attendent dans la salle au fond du restaurant lui font peur. Surtout, il ne supporte pas le « Général », qui maugrée tout le temps et le noie sous les instructions, comme s'il était son troufion. Une fois, il n'a pas pu s'empêcher de questionner Izik à son propos : « Qui est-ce ? Que fait-il ? Pourquoi on l'appelle "Général" ? » Mais Izik est resté muet comme une carpe.

Et si l'un d'eux se mettait en tête de l'abattre ? Beaucoup d'argent circule là-dedans. Izik lui a dit qu'ils n'oseraient jamais, parce qu'ils savent qu'ils en paieraient le prix. Ça ne l'a pas rassuré. Car, au final, c'est lui qui serait au tapis, mort.

Un autre type à vélo pédale dans sa direction. Il s'écarte à temps, agrippant sa sacoche noire de toutes ses forces.

Tout se déroule à la vitesse de l'éclair. Un millième de seconde avant de le dépasser, le cycliste braque son guidon dans sa direction et le heurte. Le choc est violent, il s'affaisse, la sacoche lui échappe des mains. Il tend la main pour la reprendre, mais le cycliste, plus agile, lui décoche un coup de pied au visage et le fait chuter sur le trottoir. Avant qu'il n'ait le temps de réagir, le voleur s'empare de la sacoche et fonce dans la direction opposée. Boaz se fige sur place en entendant le sifflement des balles au-dessus de sa tête ; il jette un regard derrière lui. La voiture blanche qui l'a déposé arrive en trombe vers le cycliste, le type à côté du conducteur tire dans sa direction, à travers la fenêtre.

Boaz protège sa tête avec ses mains, tremblant de peur.

Le cycliste bifurque dans une ruelle, la voiture stoppe dans un crissement de pneus. Le tireur se lance à la poursuite du vélo, tandis que le conducteur redémarre.

Boaz reste le nez collé au trottoir. Brusquement, il comprend qu'il est seul. Ils l'ont abandonné. Il essuie son visage de la main, en retire du sang.

Des passants s'approchent prudemment. Que doit-il faire ? Où aller ?

Ils pensent qu'il a encore de l'argent, comprend-il en les voyant resserrer leur cercle autour de lui. Ils vont le tuer. Un lynchage dans le secteur de la gare routière. Il se relève en hâte et se met à détaler, sans savoir où. D'abord, prendre la poudre d'escampette.

De loin, il entend les sirènes des voitures de police. Il est hors d'haleine.

Il ne doit pas se faire coincer. Comment expliquer aux flics son visage couvert de sang ? Il continue à courir, affolé.

Une moto freine à sa hauteur.

— Monte, lui lance le motard, la bouche dissimulée sous son casque.

— Qui es-tu ?

— Monte, espèce de con, Izik veut que je te fasse décamper d'ici !

Les sirènes de la police se rapprochent.

Il grimpe en hâte sur la moto qui redémarre pleins gaz.

83

La première chose que remarque Yariv est l'absence de l'alliance au doigt d'Inbar. Aucune trace de la bague onéreuse qu'il avait choisie avec sa mère et qu'elle tenait tant à porter. Les flics ont cessé de l'interroger. Son nouvel avocat prétend que ça peut être une bonne comme une mauvaise nouvelle. Difficile à dire. Plus probable que ce soit mauvais signe. Ils savent tout et préparent leur acte d'inculpation. Dans trois jours, l'audience au tribunal pour la prolongation de garde à vue aura lieu, et là, ils seront obligés d'abattre une partie de leurs cartes.

Ils lui ont réservé un parloir privé avec Inbar, « pour le protéger », selon eux. Yariv craint surtout qu'ils ne veuillent écouter ce qu'il va lui dire.

Il tend la main pour lui caresser le visage, mais elle recule, l'air répugné. Il a demandé un nombre incalculable de fois à son avocat de lui dire de venir le voir, mais c'est la première fois qu'elle accepte. Elle ne s'est pas rendue non plus à l'audience de prolongation de sa détention. Il lui en parlera à son retour à la maison. Là, ce n'est pas le moment. Il faut qu'elle soit de son côté, qu'elle montre qu'elle le croit.

— Comment vas-tu, ma chérie ?

Silence.

— Tout ça, c'est un cauchemar, mon Inbar. Ça va passer, tu verras.

Il essaie de conserver un ton optimiste, bien qu'il soit sur le point d'exploser.

Pas un mot.

— Notre relation va sortir renforcée de cette épreuve. Notre amour est plus fort que tout. Ce qui compte, c'est que nous soyons ensemble...

Ce ramassis de platitudes a du mal à franchir le seuil de sa gorge.

— Est-ce que tu l'as tuée ? l'interrompt-elle d'une voix tremblante.

— Hein ? Ça va pas ? Comment peux-tu me poser une question pareille ?

— C'était ton ex ! Tu as été la voir pendant que je me trouvais à Eilat, pour fêter nos fiançailles... Tu ne m'as rien dit !

— C'était une erreur de ma part... Je suis désolé... J'avais bu. Je ne contrôlais plus rien... Tu me manquais alors je me suis soûlé.

Il essaie de se montrer conciliant, même s'il bout de rage contre elle. Il s'attendait à son soutien, sûrement pas à ce qu'elle l'accuse.

— Ah, bon, donc, c'est ma faute ?

— Non, bien sûr que non... ce n'est la faute de personne. Ce qui est arrivé, c'est que...

— Je croyais qu'il n'y avait pas de secrets entre nous.

— Il n'y en a pas, mon Inbar... bien sûr qu'il n'y en a pas...

— Ah, vraiment ? Et cet appel en pleine nuit quand tu m'as dit de ne pas répondre... Qui t'a appelé ?

— Inbar... chérie, c'est compliqué, tu ne peux pas comprendre...

Il tente de clore cette discussion aussi vite que possible. Il n'en pouvait plus.

— Quoi ?

— Vraiment, Inbar, c'est compliqué...

— Compliqué, hein ? Tu m'as toujours considérée comme une conne ! fait-elle en se levant brusquement. Tu sais quoi, Yariv ? Je suis suffisamment intelligente pour comprendre que je n'ai aucun avenir avec toi. C'est terminé.

Lui aussi se lève.

— Inbar, de quoi tu parles ? C'est quoi, ces conneries ?

— Désolée, Yariv. Je… je ne peux pas, répond-elle, les larmes aux yeux. J'ai dit à ton avocat qu'il valait mieux que je ne vienne pas, mais il a insisté, alors, j'ai accepté. Je suis désolée. Je n'en peux plus…

Yariv est tétanisé. Tout le monde l'abandonne. Même Réguev ne lui répond pas. Il a envoyé son avocat pour lui parler, le menacer un peu, mais ce faux cul a prétendu qu'il n'avait jamais eu vent de la note du ministère des Affaires étrangères, que leurs relations étaient superficielles. Des bavardages, à l'occasion. Un ou deux mails d'encouragement à quelqu'un dont il pensait qu'il effectuait du bon travail. Son avocat l'avait imité : « Moi ? Dissimuler un mémorandum ? Pas question ! Jamais au grand jamais ! » Michal Poleg ? Il avait également prétendu ne pas la connaître. « Des manifs, ici ou là, rien de bien méchant. Je n'en tenais pas compte », avait-il menti effrontément.

Il s'est montré si candide, si stupide. Ce n'est qu'après coup qu'il se souvient que toute cette histoire a été traitée entre eux de manière orale. Rien qui puisse prouver que Réguev était au courant. S'il racontait ça à la police, aux médias, Réguev démentirait. Et qui vont-ils croire ? Un député respectable ou un procureur détenu, soupçonné d'assassinat ?

Il s'effondre sur sa chaise en plastique.

— Yariv ? Ça va ?

Il entend la voix d'Inbar au-dessus de lui.

Il balaie l'air d'un geste dédaigneux. Qu'elle se casse. Il n'a pas besoin d'elle.

S'il avait pensé que cela avait un sens, il aurait peut-être tenté de la convaincre, mais il savait que c'était inutile.

— Je suis désolée.

Idiote.

Elle toque légèrement à la porte.

— Tout va bien ? questionne le gardien.

— Oui. J'ai fini. Je m'en vais.

84

La sonnerie du portable interrompt les réflexions d'Anat. Derrière son bureau, elle épluche des documents et des notes afin de préparer le questionnaire qu'Itaï doit soumettre à Arami. Elle doit en tirer le maximum car Itaï n'a aucune expérience ni autorité en matière d'interrogatoire, et Arami pourrait tout simplement refuser de répondre. C'est pourquoi il faut se préparer soigneusement, ils n'auront que cette unique occasion. S'ils la ratent, Yariv Ninio retrouvera la liberté. Son avocat invoquera un doute raisonnable puisque le prévenu prétendra « ne plus se souvenir » et que son sang a été trouvé seulement de l'autre côté de la porte. Il pointera du doigt l'absence d'empreintes digitales à l'intérieur de l'appartement.

Ce qui la préoccupe, c'est qu'entre-temps Arami n'a pas répondu au mail d'Itaï. Le règlement de son salaire était censé offrir un appât irrésistible. Auraient-ils raté le coche ?

Elle relit attentivement le rapport établi par l'Office d'immigration concernant Arami, après son passage de la frontière entre l'Égypte et Israël, de même que tous les documents rapportant ses démarches auprès de tous les pouvoirs publics. Elle a même mis la main sur les formulaires d'expulsion d'Hagos.

* * *

Le portable continue à sonner. Itaï.

— Salut.

Un léger frisson lui parcourt l'échine.

337

— Salut, répond-elle, d'une voix brusquement étranglée.

— J'ai reçu un mail d'Arami.

Son ton est strictement factuel. Elle est consciente que la pression qu'elle a exercée sur lui au cours de leur dernier rendez-vous l'a blessé, mais pouvait-elle faire autrement ? C'était son boulot.

— Il refuse de me voir et demande que je lui prépare un chèque. Il dit qu'il enverra quelqu'un le prendre.

— Dommage, dit-elle, se doutant cependant que ce serait le cas.

Anat n'est pas dupe : Itaï est soulagé.

— Peux-tu me transférer son mail ?

C'est le service informatique qui lui a donné cette instruction. Dès qu'ils auront une copie du mail, les techniciens seront en mesure de repérer son adresse IP. L'intitulé du courrier électronique contient un chiffre identifiant de manière irréfutable la connexion de l'ordinateur à Internet. Ainsi sera-t-il possible de déterminer le navigateur utilisé pour l'envoi du mail qui fournira la localisation de l'expéditeur.

— Pourquoi en as-tu besoin ? Tu ne me crois pas ?

— Pas du tout, ça n'a rien à voir. J'en ai besoin pour le dossier, pour valider le déplacement.

— Bon, donne-moi ton adresse.

Elle lui épelle.

— Je te l'envoie immédiatement, l'informe Itaï.

Avant qu'elle ne raccroche, il lui glisse :

— Et maintenant, quelle est la prochaine étape ?

Elle a honte. Tout comme lui, elle déteste les manœuvres et autres coups fourrés. Il ne mérite pas ce qu'elle lui inflige, mais elle n'a pas le choix. Quand tout ça sera derrière eux, elle lui expliquera.

— Laisse-moi y réfléchir, je dois parler à mes supérieurs, les tenir au courant de la réponse d'Arami, dit-elle évasivement avant de raccrocher.

85

Itaï fait les cent pas dans son bureau. Le besoin d'agir, et vite, le ronge. La police ne connaît pas le régime érythréen aussi bien que lui. Si les inspecteurs se rendent au consulat et demandent de l'aide pour localiser Arami, ils ne l'auront jamais : les règles et les conventions internationales sont le cadet des soucis de ce régime corrompu. Ils se lanceront eux-mêmes aux trousses d'Arami, le retrouveront et l'interrogeront. La police française n'en saura rien, et celle d'Israël n'en entendra plus jamais parler. Il disparaîtra comme si la terre l'avait englouti. On ne peut s'attendre à rien d'autre, à partir du moment où on collabore avec un régime totalitaire qui n'hésite pas à exécuter ses propres citoyens.

D'un autre côté, il se peut que, pour aider Arami, il n'y ait pas d'autre moyen que celui-là. Le vice-consul lui a fait comprendre qu'il détenait des informations au sujet d'Arami. Il faut faire en sorte de pouvoir obtenir ces renseignements avant la police. Parce que lui, au moins, sait à qui il a affaire.

Il ferme les yeux. La dernière chose qu'il souhaite, c'est se rendre là-bas. Entrer en contact avec ces gens-là. Si Michal était encore en vie et apprenait son intention de leur parler, elle aurait poussé des hurlements. Il l'entend déjà : « Je n'arrive pas à croire que tu vas faire ça ! Tu bazardes tous tes principes en allant les voir ! Comment peux-tu même y songer une minute ? »

86

Même si elle s'attendait à cette réponse, Anat rumine sa déception après l'appel du service informatique quant à la localisation d'Arami. Jusqu'au dernier moment, elle espérait quelque erreur des services du recensement, de la police des frontières, des compagnies aériennes...

Mais non.

Elle ramasse ses documents et ses clés de voiture et les fourre dans son sac. Elle éteint l'ordinateur et range en piles plus ou moins ordonnées les papiers éparpillés sur son bureau. Face à la vitre, elle tente de mettre de l'ordre dans sa coiffure.

En quittant la pièce, elle jette un regard en arrière. Il se passera quelques jours avant son retour. Ils sont à deux doigts d'atteindre Arami.

Son portable sonne. Itaï. Au cours de l'après-midi, il l'a appelée plusieurs fois. Elle redoute de lui parler. Ils ont agi dans son dos pour débusquer Arami et, maintenant qu'ils sont presque arrivés à leurs fins, ils n'ont plus besoin de lui.

Son téléphone vibre. Un texto d'Itaï.

« Anat ! Réponds-moi, c'est important !!! » Ce message aux trois points d'exclamation la surprend. Itaï n'est pas du genre à rédiger ce type de textos hystériques.

Elle s'apprête à le rappeler quand Yaron se précipite vers elle.

— On s'envole pour Paris, *mon amour* ? lui lance-t-il avec un sourire de défi.

— Beer-Sheva, lui répond-elle sèchement.

87

Simon Faro arpente le jardin de sa villa. Même ses fleurs qu'il aime tant ne réussissent pas à le calmer. La bruine persistante l'exaspère.

Son business avec les Noirs est en train de s'écrouler. Il a ordonné de tout mettre en œuvre pour retrouver le voleur, mais, pour l'heure, l'oiseau s'est envolé. Près d'un demi-million de shekels évaporés dans la nature.

Ce n'est pas une question d'argent. Mais de principe. S'il ne réagit pas, il va passer pour un faible. Ces derniers temps, il s'est laissé aller. Depuis que le ministère de l'Intérieur, avec l'aide de ce député, Réguev, a commencé à mener la vie dure aux Noirs, il n'a cessé d'empocher toujours plus d'argent. Le postulat est simple : dès que l'État barre un accès, les gens cherchent des solutions de rechange, des moyens contournés.

Tout cela l'a rendu trop confiant. Il a perdu sa paranoïa, la condition *sine qua non* de la réussite dans des affaires comme les siennes.

Quelques minutes plus tôt, il a annoncé à Boaz qu'il le dessaisissait du dossier des Noirs. Après ce qui s'est produit, il ne peut plus courir le risque de le laisser vadrouiller là-bas. Trop de gens l'ont vu.

Bien que Boaz ait tenté de jouer l'indifférence, il a noté l'esquisse d'un léger sourire en entendant sa décision. Sans la migraine qui lui martelait le crâne, il aurait écrabouillé cette vermine. Même pas la reconnaissance du ventre ! Quant à la loyauté… S'il ne lui avait pas sauvé la mise naguère, il serait encore au trou et non dans sa magnifique villa de Ramat Ha-Sharon. Mais pour qui se prend-il ? Il croit que ça y est : c'est fini ? Qu'on va le laisser en paix et lui permettre de choisir sa branche d'activités ? Que dalle ! Faro a encore les moyens de lui donner une bonne leçon...

Il lève le regard vers les nuages qui ne font qu'assombrir son humeur. Qui va le remplacer ? Son problème est toujours le même : pas assez de personnel de qualité.

Il rappelle Izik.

— Rien pour le moment. Nous continuons à vérifier, lui répond-il, manifestement stressé.

Avec celui-là aussi, il va falloir avoir une discussion sérieuse. Le rôle d'Izik était de veiller sur la sacoche et sur Boaz. Qu'est-ce qui leur a pris, à lui et à Jonathan, de se lancer dans une course-poursuite en voiture et de se livrer à un échange de tirs au beau milieu de la gare routière ? Où ils se croient, à Chicago ? Dans un western ? Ils savent pourtant à quel point il déteste ce genre de spectacle. C'est sale, stupide et pas bon pour le business. De la négligence criminelle, voilà ce que c'est.

Mais, de tous les incidents survenus ces derniers temps, un seul l'inquiète par-dessus tout : la disparition du « Général ». Où diable s'est-il envolé ?

88

Arami se lève d'un bond au moment où Anat pénètre dans la pièce. L'interpellation a été effectuée par les policiers de Beer-Sheva, avec l'instruction expresse de ne pas lui en révéler la cause. Nul doute qu'il ne s'attendait pas à la voir là.

— Inspectrice Anat, qu'est-ce que vous faites ici ?

Derrière elle, son adjoint Yaron lit la frayeur dans le regard d'Arami.

— Asseyez-vous, s'il vous plaît, nous voulons juste discuter, répond-elle avec un sourire.

Elle a donné des instructions claires aux policiers du coin : ni menottes, ni violence, juste le retenir pour l'interroger. Au cours des deux derniers jours, ils ont organisé une surveillance constante du cybercafé d'où il avait envoyé son mail à Itaï. Deux heures plus tôt, un appel : Arami venait d'y pénétrer.

— Discuter de quoi ? Qu'est-ce qui se passe ? Ma femme, en Érythrée, est très malade, j'avais besoin de temps pour moi, de m'éloigner de Tel-Aviv pour réfléchir à ce que je dois faire.

David, Yaron et elle-même ont planifié l'interrogatoire jusqu'au moindre détail mais, tout de suite, elle n'est plus tout à fait convaincue du bien-fondé de leur décision. Tant d'informations lui sont parvenues au cours de ces trois derniers jours qu'elle ne sait plus par quoi commencer.

— Vous avez dit à Itaï Fischer que vous partiez en France, que vous aviez reçu un visa de sortie.

Itaï et David se tiennent dans la salle adjacente et les observent. Elle ne serait pas étonnée que Yohaï fasse la même chose dans son bureau de Tel-Aviv : ce genre de rebondissements est plutôt rare dans la police.

— Oui, bon, je voulais mettre un peu de distance, je traverse une période difficile...

— Bon, alors, comme ça, vous êtes parti en vacances ? à Beer-Sheva ? ironise Yaron.

Elle lui lance un regard courroucé. Ce genre de piques ne va pas aider.

— Je suis désolé... J'ai eu d'autres problèmes ces derniers temps, s'excuse-t-il en baissant les yeux.

Yaron en revient au scénario qu'ils ont élaboré :

— Dites-moi... Connaîtriez-vous par hasard un gars du nom d'Imanaï Kabri ?

Les traits d'Arami se figent d'un seul coup, et il se cabre sur son siège, comme si la seule évocation de ce nom incitait un marionnettiste mystérieux à tirer des fils invisibles et à lui redresser l'échine. Le fin sourire étalé sur ses lèvres s'efface. Son visage s'assombrit.

— Vous le connaissez ? répète Yaron.

Il lui met sous le nez les photos qu'Itaï a reçues du consulat sur lesquelles apparaît un officier en uniforme.

— Alors, c'est pour ça que je me retrouve ici ? fait-il d'un ton rogue, bras croisés sur la poitrine, avec une expression insolente et déterminée. À cause des racontars qu'on vous a balancés au consulat ?

Les deux policiers ne répondent pas.

— Vous êtes devenus fous. Vous croyez ce qu'ils vous racontent ? Ces gens-là... et c'est à cause de ça que je me retrouve ici ? éructe-t-il avec mépris.

— Non, ce n'est pas à cause de ça.

Le brusque changement d'attitude d'Arami la stupéfie et l'effraie à la fois. L'évocation de ce nom l'a transformé, en un tour de main, en un individu différent, en celui qu'il fut : Imanaï Kabri, ex-général de l'armée érythréenne.

— Alors c'est ça ? Ou je vous ai simplement manqué ? fait-il d'une voix goguenarde.

Anat sait qu'il connaît exactement la raison de leur présence.

— Nous voulons que vous nous racontiez comment vous avez assassiné Michal Poleg, lui répond-elle en le fixant au fond des yeux.

89

Devant le spectacle d'Arami ou, plus exactement, d'Imanaï Kabri, sur l'écran du circuit fermé, Itaï a le souffle coupé. Grâce à sa contribution, la police l'a autorisé « de manière dérogatoire et exceptionnelle », comme elle l'a spécifié, à assister à l'interrogatoire.

Au début de leur rencontre, il n'avait pas compris les intentions du consul quand ce dernier avait posé les photos sous ses yeux. Il n'avait pas identifié l'homme en uniforme, la poitrine bardée d'une batterie de médailles et de rubans et coiffé d'une casquette.

— Regardez attentivement le visage, avait suggéré le consul.

Même à ce moment-là, il ne l'avait pas identifié et avait mis quelque temps à reconnaître l'individu dissimulé sous l'uniforme et la fonction.

— Arami ? avait-il questionné d'une voix tremblante.

— Le général Imanaï Kabri, l'avait corrigé le consul.

— Arami, général ? Qu'est-ce que vous racontez ?

Une sueur froide l'avait inondé.

Sans un mot, le consul avait glissé une autre photo.

— Je ne vous crois pas. C'est impossible, je connais bien Arami !

Itaï s'était levé d'un bond. Ce régime corrompu, sans conscience ni frein ! Ses sbires n'hésiteraient pas une seconde à monter des accusations de toutes pièces pourvu que cela serve leurs objectifs.

Le consul ne s'était pas démonté. Il avait étalé d'autres photos. Une profusion de photos. Des coupures de presse. Itaï était resté bouche bée après avoir compris qu'Arami, ou Imanaï Kabri, n'était pas simplement général mais chargé de la mobilisation des enfants dans l'armée.

Itaï connaissait à la perfection la nature de cette tâche ; il avait entendu suffisamment de témoignages et de récits de la bouche de réfugiés sur des soldats faisant irruption dans des écoles et y arrachant par la force de jeunes adolescents pour les enrôler. Ces jeunes étaient mobilisés sur place sans pouvoir même faire leurs adieux à leurs parents et, dès cet instant-là et pour les trente prochaines années, ils seraient soldats ou, plus exactement, au service de la junte militaire gouvernant le pays. Ni sorties, ni permissions, ni famille. Des enfants transformés en un clin d'œil en esclaves. Hagos, qui était instituteur en Érythrée, lui avait raconté qu'il était interdit de regarder les soldats en face sous peine d'être abattu sur place.

« Là où il y a des victimes de guerre, les criminels de guerre ne sont jamais loin » – les mots de son grand-père, survivant de la Shoah, lui revenaient en écho, tandis qu'il scrutait les photos. Dressé de toute sa taille, le consul l'avait apostrophé sur un ton arrogant :

— Alors, monsieur Fischer, vous constatez que la réalité n'est pas ou toute blanche ou toute noire, n'est-ce pas ?

En quittant le consulat, les jambes flageolantes, il avait appelé aussitôt Anat.

* * *

Dans la salle d'interrogatoire, Anat fait écouter à Kabri l'appel enregistré au numéro 100 dans lequel il racontait qu'il avait aperçu Gabriel au jardin Lewinsky. Non seulement il n'avait pas aidé Gabriel mais, en outre, il avait tenté de le faire tomber.

Kabri ricane à l'écoute de l'enregistrement.

Qui est réellement cet homme qui a travaillé si longtemps avec eux ? Auquel ils faisaient confiance et qu'ils affectionnaient ?

90

Anat le toise, sans prononcer un mot, tentant de dissimuler le bouillonnement des sentiments qui l'agite. Ses soupçons se sont éveillés à son sujet à partir du moment où ils n'avaient pas trouvé son nom sur la liste des passagers en partance d'Israël, puis s'étaient renforcés après avoir reçu le script de son interrogatoire au camp de rétention de Kétsiot, à son arrivée en Israël. Il y affirmait que sa famille avait été décimée par le régime, qu'il en était l'unique survivant. Elle avait compris alors que tous ses récits sur son épouse malade, ses enfants laissés derrière lui n'étaient qu'un pur mensonge.

Elle avait été convaincue après avoir demandé à un autre traducteur de transcrire les propos échangés entre lui et Gabriel pendant l'interrogatoire de ce dernier.

— Bon, on n'a pas que ça à faire, rugit Yaron en abattant le poing sur la table. Racontez-nous comment vous avez assassiné Michal.

Kabri ricane à nouveau, son sourire carnassier fait frémir Anat. Ce que lui a révélé Itaï de sa découverte au consulat l'a sidérée. Elle n'a pas seulement l'assassin de Michal en face d'elle mais un criminel de guerre.

— Qu'est-ce que vous croyez ? Que j'ai peur de vous ? Pour qui vous prenez-vous ? Des parasites, voilà ce que vous êtes ! Avez-vous une idée de ce que j'ai traversé dans ma vie ? Vous croyez qu'en frappant sur la table je vais craquer ?

Yaron esquisse un mouvement pour se précipiter sur lui, mais elle l'arrête d'un geste. Si les empreintes digitales d'Arami... de Kabri ont été trouvées dans l'appartement de Michal, il leur manque encore deux choses : une pièce à conviction irréfutable et un mobile. Le seul moyen de les obtenir est à portée de main, durant cet interrogatoire. Tout dépend d'elle.

— Nous pouvons vous renvoyer là-bas, vous le savez, dit-elle, sans ciller. Que ce soit bien clair : si vous ne nous dites pas la vérité, nous vous faisons expulser dès aujourd'hui. Un général de l'armée érythréenne ne peut pas être considéré comme un réfugié.

Kabri lui fait un geste de dédain.

— Nous vous offrons une occasion, profitez-en, fait-elle d'une voix légèrement tremblante.

Tous ceux qu'elle a interrogés jusque-là n'étaient que du menu fretin en comparaison avec celui-là.

Il se tait.

Elle ne dispose pas de preuves scientifiques, mais circonstancielles. Cependant, elle n'a aucun doute : c'est bien lui, l'assassin. Tous les éléments concordent désormais.

— Les gens du consulat n'attendent qu'une chose : qu'on vous remette entre leurs mains... Parce qu'ils vous recherchent depuis longtemps...

Mais, pour qu'il avoue, il faut exercer une pression sur d'autres points sensibles.

— Avant de parler, je veux passer un accord avec vous, lâche-t-il d'une voix détachée.

— Je vous écoute.

— Je vous raconte tout ce que je sais, et vous me relâchez dans la foulée, en veillant à ce que je quitte votre pays de merde.

Yaron éclate de rire.

— Que savez-vous ? le questionne Anat, s'efforçant de paraître impassible, de ne pas laisser percer ses craintes et ses espoirs.

— Je connais beaucoup de choses sur le gang mafieux que vous recherchez. Sur ce type-là, comment vous l'appelez déjà, le « banquier » ? la défie-t-il avec un sourire.

— Parlez, et ensuite, nous déciderons. D'abord, je veux vous entendre sur le meurtre de Michal.

Kabri s'esclaffe.

— Qu'est-ce que vous croyez, inspectrice Anat ? Je ne suis plus le pauvre type que vous pouvez mener par le bout du nez. Vous voulez des infos ? Parfait. Je veux une contrepartie. Et pour que j'ouvre la bouche, je veux un avocat et des documents signés. Commencez à vous remuer, inspectrice Anat, et ramenez ici le véritable responsable de l'enquête. Parce que vous n'êtes pas taillée pour, vraiment pas.

91

Itaï jette un œil à Galit Lavi au moment où elle pénètre dans la salle et referme la porte derrière elle. Bien qu'on vienne de lui promettre que Gabriel serait libéré le soir même et que l'État songeait à lui verser une indemnité compensatoire pour sa détention, il se sent d'humeur exécrable. Ce qui va se dérouler, là-dedans, entre le parquet et les avocats de Kabri, le révulse.

Anat lui effleure l'épaule.

— Tu la connais ?

— Nous avons étudié ensemble le droit, à Jérusalem… lui sourit-il, soulagé de voir un visage amical.

— Je ne l'envie pas… Toute cette horreur des transactions judiciaires, soupire-t-elle.

— Ils vont le relâcher, dit-il, mi-affirmatif, mi-interrogatif.

Anat acquiesce.

— Michal ne méritait pas ça, soupire-t-il en enfouissant le visage entre ses mains. Elle aurait été encore plus horrifiée par ce que nous faisons. Elle n'aurait pas accepté que sa mort offre l'occasion de libérer cette pourriture.

— Tu sais, je ne suis pas sûre d'être d'accord avec toi, répond-elle, en se penchant vers lui et en lui chuchotant à l'oreille. Au cours du dernier mois, j'ai appris à connaître un peu plus Michal. Elle avait à cœur d'aller jusqu'à bout. Et nous, nous réalisons ce qu'elle souhaitait par-dessus tout : coincer le « banquier ». Dans quelques heures, cet individu qui a exploité et dépouillé tant de gens sera sous les verrous.

— Mais celui-là n'était pas seulement l'assassin de Michal, se braque-t-il. On va relâcher un criminel de guerre… Pense un peu au scandale si la Hongrie, par exemple, avait effectué une transaction avec un criminel nazi au profit de ses propres intérêts…

Ils sont assis face à face. Au-delà de la stupeur qui l'a frappé en découvrant la véritable identité d'Arami, Itaï éprouve une culpabilité indicible. Car, ce samedi soir fatidique, Michal l'avait appelé et lui avait dit qu'elle avait découvert quelque chose ; que, jusque-là, ils s'étaient montrés naïfs. Il avait refusé de l'écouter. Anat lui a révélé que Kabri avait dénoncé Hagos en appelant l'Office d'immigration pour les informer que l'interprète avait vécu quelques années avec sa famille en Éthiopie. Prétexte plus que suffisant fourni au ministère de l'Intérieur pour décider qu'il était éthiopien et passible d'expulsion. Michal avait-elle découvert la véritable identité d'Arami ? Qu'il était celui qui avait dénoncé Hagos ?

Itaï brise le silence.

— Galit m'a promis que, dans quelques heures, Gabriel serait libre.

— Oui, je sais. Je voulais m'excuser, devant toi, devant lui, pour tout ce qui s'est passé… mais tu dois me comprendre… Il est passé aux aveux de lui-même… Ce n'est tout de même pas rien.

Il éprouve le besoin de prendre sa défense, touché par la culpabilité qu'il perçoit dans sa voix.

— Je comprends. Ce n'est pas de ta faute… Toute cette histoire avec les demandeurs d'asile n'est pas simple… Il ne s'agit pas seulement de décider quoi en faire, comment les aider, mais aussi de les comprendre.

Elle lui sourit.

La porte s'ouvre, Galit glisse un œil à l'extérieur.

— La transaction est bouclée.

92

Ils sont quatre dans la pièce : Galit Lavi et Anat d'un côté de la table, Kabri et son avocat de l'autre.

— Des questions brèves conformément à notre accord, je vous prie, déclare l'avocat en s'éclaircissant la voix.

Anat lui jette un regard noir. Bien qu'elle comprenne parfaitement la fonction de l'avocat commis d'office, elle a toujours autant de mal avec cette corporation, surtout avec ceux qui représentent des types comme Kabri.

— Pour ma part, je vous rappelle, répond Galit d'une voix cassante, que la condition posée à cette transaction est que M. Kabri réponde à toutes les questions dans leur intégralité et fournisse des réponses sincères. Si nous avions le sentiment inverse, la transaction serait annulée immédiatement. Est-ce clair ?

L'avocat acquiesce.

Anat décide d'y aller bille en tête : la question capitale, d'abord.

— Avez-vous assassiné Michal Poleg ?

— Oui, répond-il du tac au tac.

Anat lâche un soupir de soulagement presque inaudible. Compte tenu des rebondissements de cette enquête, elle craignait qu'il ne nie.

— Comment ?

— Un coup de bouteille de bière sur la nuque. Ensuite, elle est tombée et a heurté la table, précise-t-il avec une sécheresse clinique.

Anat se demande ce qu'en pensent Yaron et Yohaï. Contrairement à Gabriel, qui n'avait aucune idée de la manière dont elle avait été assassinée, Arami décrit précisément le déroulement des faits. Autant de détails révélés au cours de l'enquête que seul l'assassin était en mesure de connaître.

— Pourquoi ?

— Elle a découvert mon lien avec le « banquier ». Elle m'a aperçu par hasard, un jour, alors que je sortais d'un relais de la banque. Elle a menacé de me dénoncer et m'a accusé d'avoir provoqué l'expulsion d'Hagos.

— Elle savait que vous aviez contacté l'Office d'immigration à propos d'Hagos ?

— Non. Elle l'a deviné.

— Pourquoi avez-vous contacté l'Office d'immigration ?

— Hagos était tout le temps dans mes pattes. Il me gênait dans mes activités.

Planté devant elle, bombant le torse, on aurait dit qu'il était encore en uniforme, arborant ses galons comme sur les photos qu'Itaï lui avait montrées.

— Quels sont vos rapports avec la banque ? Quel genre de travail avez-vous effectué pour elle ?

— Je recrutais des clients. L'Association d'aide aux réfugiés constitue un carrefour idéal : on repère qui a besoin de quoi.

— Et votre travail pour la police ?

— Un carrefour d'informations de plus, répond-il, d'un air dédaigneux.

— Vous connaissez Yariv Ninio ?

— Je sais qui c'est, réplique-t-il simplement.

— Vous collaboriez ?

Elle ne peut s'empêcher de poser la question, dans l'espoir de pouvoir justifier, au moins, cette garde à vue. En fait, la levée d'écrou de Ninio a déjà été ordonnée, de même que celle de Gabriel.

— Non, répond-il.

Elle s'apprête à lui poser la question suivante, quand il la surprend totalement :

— Au moment où je me trouvais chez Michal, cet homme a frappé brusquement à la porte. Il était ivre. Michal et moi, nous étions en pleine discussion : elle voulait que je me rende à la police pour raconter ce que je savais. Elle a essayé de se débarrasser de lui, mais il ne voulait rien entendre. Il a presque réussi à entrer. Je me tenais derrière la porte et je l'ai claquée de toutes mes forces sur son visage. Il s'est écroulé en pissant le sang. Au bout de quelques minutes, il s'est relevé, puis il est parti.

Soudain, tout fait sens : les empreintes digitales et le sang sur la paroi extérieure de la porte, la blessure, peut-être même l'amnésie passagère. Si Kabri avait frappé suffisamment fort le visage de Yariv avec la porte, il était possible qu'il lui ait causé un léger traumatisme crânien. Au moins, une énigme de résolue. Elle observe Kabri, suffisant, dans l'attente d'autres questions.

Elle reprend :

— Qu'avez-vous fait après le meurtre ?

— J'étais déboussolé et je songeais à m'enfuir. Mais, au moment où je m'apprêtais à quitter la ville, Gabriel est venu me voir, il m'a dit qu'il était passé chez Michal et qu'un voisin l'avait vu. J'ai saisi l'occasion. La police allait se lancer aux trousses de Gabriel. Je lui ai donc conseillé de se cacher dans le square puis j'ai appelé la police. Vos flics ne l'ont pas repéré. Du coup, je me suis arrangé pour le retrouver dans une ruelle et j'ai dit à quelques jeunes où il était, que la police le recherchait et qu'il y avait une belle somme d'argent à la clé. Gabriel a réussi à leur échapper.

— Et c'est alors que vous avez décidé de le payer pour qu'il endosse l'assassinat de Michal ?

— Non. Je ne pensais pas que le jeu en valait la chandelle, mais les flics qui grouillaient autour de la gare routière commençaient à gêner notre activité. Nous voulions trouver celui que la police traquait, pour faire dégager les flics du secteur. Et alors, j'ai effectué un calcul simple : Gabriel pourrait libérer sa sœur et la police aurait son coupable.

— Avez-vous été mêlé à la capture de la sœur de Gabriel ?

— Non.

— Vous avez essayé de faire du mal à Gabriel et, en même temps, vous avez aidé sa sœur...

— Je n'avais rien contre lui. J'aimais bien Gabriel. Je ne voulais pas lui faire du mal. J'ai compris que, si j'aidais Lydie, Gabriel avouerait le meurtre. J'étais heureux de faire quelque chose, disons, de bien, et qui m'épargnait des... désagréments.

Une grimace tord les traits d'Anat.

— Les gens comme vous... vous ne pouvez pas nous comprendre. Nous sommes nés au beau milieu de la jungle. Là où chacun dévore son prochain. On se trouve dans le camp des tueurs ou dans celui des tués. Pas d'alternative si l'on désire survivre.

Galit lui fait signe d'aller à l'essentiel. Cela n'a aucun sens de le laisser débiter ses élucubrations politiques.

— Votre banque sait-elle que vous avez assassiné Michal ?

Tant qu'à faire, autant utiliser ses propres termes.

— Au début, j'ai pensé aller leur raconter, mais Gabriel est arrivé dans l'histoire, et j'ai décidé de garder l'information pour moi. J'ai cru qu'ils n'auraient pas aimé savoir que je l'avais tuée.

— Pourquoi ? Elle les dérangeait, non ?

— Cela ne représentait pas un motif suffisant pour l'assassiner.

— Mais, ensuite, vous leur avez expliqué ?

— Oui. Cet article sur Internet, avec ma photo, a tout anéanti.

— Que leur avez-vous dit ?

— Que je me trouvais chez Michal et que Yariv Ninio s'était pointé et l'avait assassinée. Je savais que je leur donnais l'occasion d'exploiter cette information. J'espérais aussi que Ninio, dans son état, ne se souviendrait plus de son acte. En échange, je leur ai demandé de l'argent et qu'ils me fassent sortir d'ici.

— Avez-vous gagné beaucoup d'argent ?

— Je ne suis que leur sous-fifre. Sauf qu'ils paient mieux que vous ou à la plonge dans un restaurant, si c'est ce que

vous voulez savoir. Mais pas suffisamment pour rouler sur
l'or. Mon but était de ramasser trente mille dollars et de
m'en aller d'ici. J'ai mis de côté les deux tiers de la somme.

— La banque ne vous a pas aidé à quitter Israël après que
vous leur avez parlé de Yariv Ninio ?

— En ce moment, c'est difficile. Le ministère de l'Intérieur
a peur d'Ehud Réguev et ne délivre pas de visas de sortie.

— Avez-vous de la famille en Érythrée ?

Pour la première fois, il baisse les yeux.

— Non, je n'en ai pas. Ma femme et mes trois enfants
ont été tués.

Anat ne dit mot, hésitant sur la suite.

— Un beau jour, ils ont décidé que j'étais un traître. Ils
ont liquidé ma famille. Je suis le seul à en avoir réchappé.

Elle ouvre le dossier posé devant elle. Ces révélations sur
sa famille l'incitent à le prendre en pitié, mais elle ne veut
surtout pas compatir.

Elle désigne la photo prise par Michal.

— Connaissez-vous cet homme ?

— Boaz Yavin. Il habite à Ramat Ha-Sharon.

— C'est lui, le « banquier » ?

— Oui.

— Et pour qui travaille ce Boaz Yavin ?

Il lève à nouveau les yeux, avec une lueur sarcastique dans
le regard qui effraie Anat.

— Pour la banque.

93

Boaz Yavin vient d'achever la lecture de *L'Histoire des cinq ballons* à Sagui, quand il entend toquer à la porte. Il consulte sa montre, perplexe : qui cela peut bien être ? Irit est partie à son cours de Pilates. Les grands sont déjà couchés.

Pour l'heure, la vie est belle. Ce vol à l'arraché a incité Faro à le dispenser du micmac avec les réfugiés. Fini les tournées du mercredi. Fini la gare routière, l'odeur d'immondices, la misère et la détresse. Fini les salles enfumées. Plus de « Général ». Plus d'Izik. Son visage est encore couvert d'entailles et d'hématomes, souvenir cuisant de sa dernière expédition. Mais tout cela va cicatriser. À Irit et à ceux qui lui posent la question, il raconte qu'il a trébuché dans la rue. Personne ne le soupçonne. Et de quoi le soupçonnerait-on ?

Les coups à la porte redoublent.

Un petit minois pointe d'une chambre.

— C'est qui, papa ?

— Retourne dans ton lit, demain, tu as école, dit-il à son fils, tout en descendant l'escalier.

Une seconde avant de tourner le loquet, il entend les mots :

— Police, ouvrez !

Le sang se glace dans ses veines.

94

Gabriel caresse la tête de Lydie.
— C'est fini ? lui demande-t-elle, la voix étranglée. C'est vraiment fini ? Tu es libre ?
— Oui, Lydie, je suis libre. Ils m'ont relâché, lui répond-il, la gorge nouée.

Qu'Arami soit l'assassin de Michal l'a moins sidéré que la révélation selon laquelle il avait été général, responsable de la mobilisation d'adolescents. C'était à cause de gens comme lui que sa mère voulait qu'ils quittent l'Érythrée.

Itaï les a laissés seuls dans son appartement pour qu'ils puissent retrouver un peu d'intimité.

Pas un seul instant, Gabriel n'avait soupçonné Arami. Il était persuadé qu'il voulait l'aider. Itaï lui a révélé qu'il avait essayé de le dénoncer à la police, qu'il avait envoyé ces jeunes types pour le capturer. Il lui faisait tellement confiance pour libérer Lydie, en prendre soin. Et voilà qu'il avait jeté sa jeune sœur dans la gueule du loup – une fois de plus. Itaï lui assure qu'il n'a pas à s'en vouloir, que personne ne se doutait. Quant à Lydie, dès l'instant où Arami avait compris que Gabriel s'apprêtait à passer aux aveux, il avait veillé à ce que rien n'entrave ses projets. Et, pas un seul instant, il n'avait songé à s'en prendre à Lydie pour préserver ses propres intérêts.

Gabriel est heureux que les Israéliens l'aient attrapé. Pas seulement parce qu'il a assassiné Michal, mais parce que des gens comme lui ont ruiné la vie de trop d'individus. Arami croyait qu'en s'enfuyant en Israël il tirerait un trait sur son passé, mais la justice a triomphé. Ses actes l'ont poursuivi à des milliers de kilomètres, jusqu'à un autre continent, un nouveau pays. Il éprouve une certaine satisfaction de savoir que lui-même en est en partie responsable.

— Qu'est-ce qui va se passer maintenant ? demande Lydie, avec un regard perplexe.

Gabriel ne répond pas. Itaï lui a dit qu'ils pouvaient rester chez lui autant de temps qu'ils le souhaitaient, mais il désire s'en aller. Itaï en a assez fait pour lui. Il faut qu'il se débrouille tout seul.

Demain après-midi, une cérémonie commémorative autour de la tombe de Michal est prévue. Itaï a promis de l'y emmener. Il souhaite lui faire ses adieux. La remercier pour tout ce qu'elle a fait pour lui. S'excuser pour n'avoir pas réussi à la sauver. Il désire aussi rencontrer ses parents pour leur dire à quel point leur fille était une âme noble.

Lydie est prise d'une quinte de toux qui secoue son corps frêle. Il faut qu'il la protège. Il a échoué la première fois mais cela n'arrivera plus.

Que vont-ils faire ? Où habiter ? Il n'a pas fermé l'œil de la nuit qu'il a passée à écouter la pluie. Il faut qu'il déniche un endroit accueillant pour Lydie. Où va-t-il trouver l'argent pour les héberger tous les deux ? Itaï lui a raconté que l'État allait peut-être le dédommager, mais que ça prendrait du temps.

Pour le moment, il n'a ni argent ni travail. Demain matin, il se rendra chez Amir et lui demandera de le reprendre au restaurant, à la plonge. Amir est un type bien. Il ne paie pas trop mal et toujours à l'heure.

Il continue à caresser la tête de sa sœur. Il a rêvé si longtemps de cet instant. Et maintenant que c'est fait, l'angoisse étreint son cœur.

Ils n'ont pas leur place dans ce pays. Mais où peuvent-ils aller ? Il n'y a pas d'autre place pour eux dans le monde.

95

Même s'il savait qu'elle ne l'attendrait pas, Yariv a le cœur serré au spectacle de son appartement désert.

Il se tient à la porte du logement vidé de ses meubles, vide d'Inbar, vide d'avenir, sans réussir à y pénétrer.

Chancelant, il s'appuie au chambranle.

Pendant son incarcération, il rêvait du moment de sa libération, de ce qu'il ferait, de ce qu'il dirait. Il s'imaginait convoquer une conférence de presse au cours de laquelle il accuserait la police d'acharnement.

Personne ne l'a attendu à la porte d'Abou-Kabir, hormis ses parents. Ils n'ont pas prononcé un mot pendant le trajet.

— On va t'attendre en bas si tu souhaites rentrer à la maison, lui a dit son père.

— Inutile, a-t-il répondu, furieux. Pourquoi je reviendrais chez vous ? Je ne suis plus un enfant.

— On attendra un quart d'heure, lui a dit sa mère d'une voix calme.

Il est descendu du véhicule en claquant la portière.

Sa carrière est brisée. Kobi l'a informé que l'Ordre des avocats avait déposé une plainte contre lui et préconisé sa radiation. Il a certes été lavé de toute culpabilité dans l'assassinat de Michal, mais le mémorandum qu'il a dissimulé le poursuivra. Quant à un retour au parquet, inutile d'y songer.

Les larmes lui montent aux yeux. Où s'est-il trompé ? Qu'a-t-il fait pour mériter tout ça ? Il maudit le jour où il s'est laissé appâter par ces affaires de clandestins. Pour quoi faire ? Sans eux, sa vie ne se serait pas écroulée.

— Est-ce que je peux entrer ?

Sarah Glazer, la voisine cancanière.

— Elle est partie hier, elle a tout emporté.

Il ne répond pas.

— Venez, je vais vous préparer une tasse de thé, lui lance-t-elle d'un ton pressant.

— D'accord, merci, s'entend-il répondre, tout étonné.

96

Assis sur le siège arrière de la fourgonnette de police, Itaï se sent mal à l'aise. Non seulement l'idée d'aider indirectement une descente de police lui paraît inappropriée, mais Ayalon, l'officier de la direction de la Lutte contre la criminalité économique et financière, commence à brancher Anat de manière ostensible et grossière.

Anat l'a appelé quelques heures après son départ du commissariat pour qu'il leur montre où était situé exactement le restaurant de la rue Finn où il s'était rendu l'autre fois. Ses supérieurs avaient décidé de ne pas attendre la fin de l'interrogatoire de Boaz Yavin pour agir. Ils voulaient de beaux clichés des policiers déboulant en force dans des officines illégales, sur le vif, avant le bouclage des journaux de fin de semaine. Ce restaurant offrait une occasion en or.

Une heure auparavant, en compagnie d'Anat et d'Ayalon, Boaz leur avait indiqué l'endroit. Ensuite, les policiers s'étaient éloignés et garés à quelques rues de la zone d'intervention, « pour pouvoir entendre ce qui se passe à distance sûre », lui a expliqué Anat.

Ayalon se tourne vers lui, en faisant un signe de tête en direction d'Anat, assise à côté de lui :

— Tu le savais ? Elle a étudié la comptabilité avec mon frère. Quatre années de suite, elle a reçu les félicitations du recteur.

Anat laisse échapper un sourire gêné.

— Ce que tu dois faire, poursuit Ayalon, c'est quitter ton commissariat et te faire muter chez nous. Quelqu'un comme toi pourrait être une véritable star…

La fréquence radio transmet les derniers préparatifs des policiers avant leur descente. Anat remue légèrement et se rapproche de lui. Leurs épaules se touchent.

— Et alors, qu'est-ce que t'en dis, Anat, toi et moi ensemble ? On formerait une équipe extra, non ?! Dis-moi juste un mot, et j'arrange le coup…

Pourquoi n'a-t-il pas l'audace d'Ayalon ? Lui aussi aurait bien aimé lui parler comme ça.

— Sur secteur…

La voix du commandant de la force d'intervention s'échappe de la radio et fait enfin taire Ayalon.

La radio diffuse les bruits d'hommes en train de courir et les halètements du commandant. Itaï a une pensée pour Michal. Pour ce qu'elle souhaitait réussir au cours des derniers jours de son existence et qu'elle n'a obtenu qu'au prix de sa mort : Yariv Ninio radié du parquet et l'irruption de la police dans les affaires du « banquier ».

Gabriel lui a annoncé qu'il quitterait demain son appartement avec Lydie, malgré sa proposition de rester un peu. Gabriel s'est efforcé de paraître sûr de lui, mais Itaï savait qu'il était rongé par la crainte. Au lieu d'insister, il a décidé de faire ce à quoi Michal avait songé depuis longtemps : parler à son oncle, enseignant à l'école des beaux-arts Bezalel, et lui montrer les travaux de Gabriel. À toutes fins utiles. Oui, parfois, il ne faut pas attendre que les choses surviennent mais les provoquer. Michal lui a appris aussi ça, vivante et morte.

— Dans le restaurant. Progression vers salle écartée, halète le commandant.

— Le moment de vérité, lâche Ayalon.

Michal a réussi à démanteler une bande mafieuse. Qui l'eût cru ? Sûrement pas Itaï, qui avait douté d'elle.

— Rapport : qu'est-ce que tu vois ?

La voix d'un autre officier dans la radio :

— RAS. Vide. Stérile. Quelqu'un nous a devancés, hurle le commandant d'unité. Je répète : RAS. La salle est vide.

97

Boaz Yavin se lève de sa chaise, tout ému, au moment où Chouki Borochov pénètre dans la pièce. Izik lui avait donné en son temps des instructions précises sur la manière de se conduire au cas où il serait arrêté. Ainsi, dès que la police lui a annoncé qu'il était mis en examen, il a demandé un avocat. La police a essayé de le persuader que ça n'en valait pas la peine. Qu'il se mette plutôt à parler. Que Borochov était empêché. Mais il s'est tu. Les mots d'Izik – « Souviens-toi toujours de ça : la police, c'est de la petite bière par rapport à nous » – retentissaient à ses oreilles comme des signaux d'alerte.

Il pensait à Irit et aux enfants. Les policiers ne lui avaient pas donné le temps de leur dire au revoir, d'attendre le retour d'Irit de son cours de gym. Il avait dû s'adresser à Maya, la voisine, pour qu'elle surveille les petits. À en juger par le regard qu'elle lui avait lancé, il avait supposé qu'elle épuiserait sur-le-champ son forfait téléphonique pour raconter la scène à tout le quartier.

Qu'est-ce qu'ils lui veulent ? Le trafic d'armes ? Les réfugiés ? Mais comment sont-ils remontés jusqu'à lui ?

— Merci d'être venu. Merci beaucoup, bredouille-t-il au moment où Borochov pénètre dans la pièce.

Izik lui a dit que Borochov était l'avocat maison de Faro, un véritable magicien. Peut-être va-t-il l'aider…

— Tu as parlé à la police ?

Borochov le mitraille aussitôt en s'asseyant, visage figé.

— Non, pas un mot, répond-il en se rasseyant.

— Parfait. Et tu dois continuer comme ça, martèle l'avocat d'une voix aussi froide que l'expression de son visage.

— Les enfants vont bien ? Tu as parlé à ma femme ?

— Écoute-moi bien, Yavin, le coupe Borochov. Pas un mot. Pour chaque question qu'on te pose, tu réponds : « Selon les conseils de mon avocat, j'entends invoquer mon droit au silence. » Compris ?

— Mais sais-tu ce qu'ils me veulent ? Qu'est-ce qu'ils ont découvert ? demande-t-il d'une voix terrifiée.

Le ton de l'avocat l'épouvante. Boaz n'est pas stupide : Borochov n'est pas là pour lui. Ses instructions découlent uniquement de Faro.

— Je ne sais pas ce qu'ils ont, et ça n'a aucune importance, l'interrompt à nouveau Borochov. L'essentiel, c'est que tu te taises. Pas un mot sur Faro. Pas un mot sur les armes ou sur le « Général ».

Il se racle la gorge. Ses mains tremblent. Ainsi donc, ils veulent qu'il assume l'entière culpabilité.

— Jamais au grand jamais, je ne ferai rien contre Simon, je le jure… Mais, comprends-moi, je suis dans une situation difficile… Je ne sais pas…

— Allons, allons, ça suffit, fait Borochov en lissant sa cravate. Ta situation n'est pas si dramatique. Les délits dont tu es soupçonné sont qualifiés d'« économiques ». Dans le pire des cas, ça va chercher entre cinq et sept ans de prison. Dans le meilleur des cas, une amende. Ça pourrait être plus terrible, crois-moi.

Il se tait, sous le choc. Sept ans. Il n'y survivrait pas.

— Hé, mon gars, ne fais pas cette tête d'enterrement, c'est pas la fin du monde ! (Borochov lui tapote l'épaule et lui sourit pour la première fois.) Sept ans, c'est le pire scénario. Mais, même si c'était le cas, avec une remise de peine d'un tiers, ça fait quatre. Franchement, c'est quoi, quatre ans ?

Il ne dit rien, ne voyant rien de positif dans les propos de l'avocat.

Borochov lui sourit une nouvelle fois.

— Si tu te conduis en brave garçon, Faro ne te laissera pas tomber. Ta famille ne manquera de rien. Simon peut se montrer très généreux.

Yavin continue à garder le silence. Ils le mènent tout droit à la tombe et, en plus, ils voudraient qu'il saute de joie...

— T'es là, Yavin ? Tu comprends ce que je te dis ? Le calcul est enfantin. Tu n'as pas à hésiter et à te creuser la cervelle. Tu la fermes, tu reçois l'argent. Tu l'ouvres... je n'ai pas besoin de poursuivre, n'est-ce pas ?

Il fait non de la tête. Pas besoin de poursuivre. Il a compris le message. Maintenant, la seule question qui se pose est celle du prix. Il faut demander beaucoup. Un maximum.

98

Après l'appel de Borochov d'une cabine publique, Faro pousse un soupir de soulagement. Côté Boaz, tout est réglé. Sans son témoignage, la police va faire chou blanc. Dès l'annonce de l'interpellation de Boaz, il a fermé tous ses relais bancaires. Partout où la police se rendra, elle ne trouvera que des lieux abandonnés. Tout au plus, quelques Noirs en train de siroter un café ensemble.

Le « Général » l'a trahi, mais lui a laissé le temps de parer le coup. Il aurait pu facilement livrer son nom et celui de Boaz. Il y a, de sa part, du respect, sans aucun doute. Malgré la note finale grinçante, le « Général » lui a fait une faveur. Il sera récompensé : sa mort sera rapide et indolore.

L'avenir de Boaz est moins évident. Ce type aime l'argent, et beaucoup. Cela, il le sait déjà. L'aime-t-il suffisamment pour supporter la vie en taule ? Ses gars vont l'avoir à l'œil. S'ils notent des signes de faiblesse ou de remords, il n'aura plus le choix et devra alors le réduire au silence.

Dommage que tout ça se termine. Il a monté une belle affaire et était sur le point de la développer. Mais, au final, il s'en sort haut la main. Tout l'argent que ces Noirs lui ont confié servira à le dédommager de ses derniers déboires. Il a mis fin également à ses transactions à l'étranger. La banque a fermé et ne dispense plus de services. Tant mieux pour ceux qui avaient vidé leurs comptes avant. Tant pis pour les autres. Si Boaz ne se trouvait pas en détention, il lui aurait demandé d'effectuer un bilan comptable. Mais, à vue de nez, il a récolté quelques dizaines de millions. Oui, tout compte fait, ce n'est pas trop mal.

Et maintenant, on va voir comment l'État va s'y prendre avec le champ de mines qu'il laisse derrière lui. Les Noirs n'ont plus personne à qui confier leur argent, et beaucoup d'entre eux ont tout perdu.

La vague de criminalité qui va se répandre incitera tout le monde à regretter son affaire. Ces idiots ne l'ont pas encore compris. Sans lui, la situation va empirer.

Pour sa part, il en a sa claque des Noirs et il compte se consacrer à une autre branche.

Il a déjà quelques idées.

99

Anat dévale quatre à quatre les marches du commissariat. Elle veut s'en échapper avant qu'on ne l'appelle, avant de se laisser encore noyer par le tourbillon du travail. Dans les couloirs, lui parviennent des rumeurs d'émeutes dans le secteur de la gare routière. Africains contre Africains, Israéliens contre Africains, Africains contre Israéliens et Israéliens contre Israéliens. Des magasins saccagés. Des passants agressés. Des cocktails Molotov lancés dans des cafés. Par ailleurs, on annonce l'arrivée sur place du député Ehud Réguev, sur qui on peut compter pour jeter de l'huile sur le feu. Or, le travail dans la police ne se limite pas à la fonction qu'on occupe : quand des émeutes éclatent, ou quand il faut dépêcher des renforts dans un secteur, on embarque tout le monde sans réfléchir à deux fois.

Stop ! Elle a besoin d'une pause, de s'aérer.

Ayalon l'a appelée pour lui annoncer que Boaz est en salle d'interrogatoire et qu'il ne dit rien. Le fil qu'ils essayaient de tirer pour démanteler tout un gang est rompu.

Kabri lui-même sera relâché. Il a respecté leur accord et leur a livré le « banquier ». Le fait qu'ils n'aient pas réussi à empocher leur dividende, ça n'est pas son problème.

Cela l'exaspère, surtout à cause de Michal. En fin de compte, justice ne lui a pas été rendue. Anat s'est attachée à ce petit bout de femme, avec sa flamme dans les yeux, qui ne craignait pas de se dresser à contre-courant.

Après avoir quitté le commissariat, elle monte dans sa voiture. Au cours du dernier mois, elle a travaillé sans relâche. Le traitement de l'affaire Boaz Yavin, le « banquier », n'est pas du ressort du commissariat mais de celui de la direction de la criminalité financière. La radio diffuse une chanson qu'elle ne connaît pas. 16 heures. Dehors, il fait encore jour. L'hiver semble toucher à sa fin. Quand, pour la dernière fois, a-t-elle quitté son bureau avant qu'il ne fasse nuit ?

Elle observe les gens en goguette sur l'avenue Ibn-Gvirol, les cafés bondés. Parfois, elle a l'impression que personne ne travaille dans cette ville.

Elle se sent vidée. Que doit-elle faire désormais ? Sa mère a raison : elle s'enterre dans son boulot. Et maintenant qu'elle a simplement envie de boire un café ou d'aller voir un film, elle n'a personne pour l'accompagner.

Elle hésite encore un moment, puis retire en hâte son portable de sa poche, compose un numéro et le regrette aussitôt.

Itaï lui répond à la deuxième sonnerie. Assise à côté de lui dans la fourgonnette de police, elle s'était retenue de lui prendre la main. Inutile de jouer les hypocrites : il lui a plu au premier regard.

— Quoi de neuf ? répond-il, la voix manifestement tendue.

— Non... rien... je veux dire... bredouille-t-elle.

Mais qu'est-ce qu'elle croit ? Pour lui, elle est juste une flic, rien de plus. Cette conversation est si peu professionnelle...

Elle inspire une grosse bouffée d'air, son cœur bat la chamade.

— J'ai pensé... J'ai pensé... que peut-être tu voudrais... maintenant que tout est fini... j'ai pensé que peut-être...

Silence.

Mon Dieu, comme elle est tarte pour ce genre de truc !

À l'autre bout de la ligne, elle entend des gens crier. Quelle idiote ! En plein milieu des émeutes, et c'est maintenant qu'elle décide de l'inviter à boire un verre...

— Je serais très content qu'on se revoie...

Anat s'empourpre.

— En fait… moi aussi… j'ai pensé… je veux dire, tu me dois un voyage à Paris…

Cette fois, c'est à lui de bafouiller.

Après avoir fixé l'heure et le lieu de rendez-vous, elle sourit. S'il en sort quelque chose, ils devront trouver une autre histoire que : « Nous nous sommes rencontrés à un enterrement… »

Elle jette un œil sur la silhouette que lui renvoie une vitre de voiture. Que va-t-elle porter ? Elle n'a rien à se mettre. Et si elle profitait de son temps libre pour s'acheter quelque chose ? Elle ne se souvient même plus de la dernière fois où elle est allée faire les magasins.

Son téléphone sonne, et le bipeur dans son sac se met à vibrer.

— Nahmias ? entend-elle la voix d'Amnon, l'officier de service. Cadavre masculin, 25, avenue Ben-Yéhouda. Présomption de meurtre.

Elle regarde à nouveau son reflet dans la glace. Sa chevelure plus hérissée que jamais.

— J'y vais.

Remerciements

Au cours de la rédaction d'un livre, l'une des étapes les plus agréables, de mon point de vue, est celle de la recherche. Elle offre une occasion excellente d'étudier en profondeur de nouveaux sujets et de faire des rencontres. Jusqu'ici, j'avais toujours entamé mon travail avec une certaine connaissance de la matière. Le thème auquel est consacré ce livre m'était totalement inconnu. Le processus d'apprentissage, les personnes que j'ai rencontrées et les faits avec lesquels il m'a été donné de me familiariser m'ont passionné et m'accompagnent encore aujourd'hui. J'exprime du fond du cœur ma reconnaissance à ceux qui m'ont aidé et sans le soutien desquels ce livre n'aurait pas vu le jour.

En tout premier lieu, je tiens à remercier mon éditrice, Noa Manheim. Elle s'est tenue à mes côtés depuis le premier moment et fut pleinement associée au processus d'écriture. Ensemble, nous avons effectué des virées autour de la gare routière de Tel-Aviv, elle m'a soutenu, m'a donné d'excellents conseils et, surtout, fut si honnête qu'elle refusa de se montrer laxiste à mon égard. Une partie non négligeable des idées incluses dans cet ouvrage est la sienne, et à cause d'elle (et à ma grande joie), une partie non négligeable des miennes ne verra jamais le jour. Ma reconnaissance va aussi :

À Amnon Jackont, mon maître, dont les conseils et l'enseignement ne m'ont jamais quitté, bien qu'il n'ait pas édité ce livre.

À Michal Pinchuk, la directrice de l'Association d'aide aux réfugiés et aux demandeurs d'asile, qui fut, en fait, la première à me familiariser avec le sujet ; elle m'a offert les notions de base qui m'ont grandement aidé. L'histoire que raconte Itaï au cours des funérailles est inspirée d'un événement réel rapporté par Orit Rubin, de cette association, au cours d'un congrès organisé par l'association des Médecins en faveur des droits de l'homme en coopération avec l'hôpital Sheba et la délégation des Nations unies pour les réfugiés en Israël.

J'ai une lourde dette envers Sharon Harel, déléguée de l'ONU pour les réfugiés en Israël, qui m'a dispensé, au cours de quelques rencontres, sa vaste connaissance sur le sujet. Ses aperçus brillants et son approche équilibrée m'ont grandement inspiré au cours de la rédaction. La visite que Sharon m'a organisée, les choses que j'ai pu voir grâce à elle et les demandeurs d'asile avec lesquels j'ai pu discuter restent profondément gravés dans ma mémoire.

À Michal Zimri, l'assistante sociale dirigeant le foyer d'accueil des femmes à la gare centrale. Qualifier son activité d'« œuvre sacrée » ne rend qu'un pâle reflet de ses mérites.

À Ilan Lonaï, pour la visite captivante, un vendredi après-midi pluvieux, dans le secteur de la gare centrale, et pour les histoires personnelles qu'il a accepté de partager avec moi.

À Irit Gabber, qui a témoigné de sa patience pour répondre à mes nombreuses questions et m'a dispensé son expérience accumulée dans son travail à l'ONU. Je la remercie pour avoir accepté de lire une version antérieure du manuscrit et pour ses remarques pertinentes.

À tous ces individus qui vivent si près de nous, mais sont si éloignés de nous, qui ont consenti à me laisser entrevoir un pan de leurs dures conditions de vie et m'ont fait partager leur histoire. Plus d'une fois, j'ai écouté bouche bée, stupéfait, les épreuves qu'ils ont traversées. À mon grand regret, je confesse que ce n'est qu'après avoir entamé mon enquête que j'ai pris conscience de leur présence et que j'ai commencé à les voir dans nos rues.

À l'avocat Yadin Elam, qui se consacre chaque jour, avec un dévouement digne d'admiration, à des affaires que nombre de ses confrères répugnent à traiter et fait honneur à la profession d'avocat. Son esprit méthodique (y compris la consultation de nombreux arrêts de justice) m'a éclairé sur de nombreux points et m'a beaucoup aidé dans l'écriture. Au terme de ma rencontre avec Yadin, je savais comment se conduirait Itaï, et non moins essentiel : qui serait Yariv.

À l'avocat Erez Melamed, pour ses conseils juridiques et la mise à ma disposition de sources d'informations qui m'ont grandement aidé.

Au cours d'une grande partie de mon enquête, j'ai reçu le soutien de nombreux policiers israéliens. J'ai rencontré des femmes et des hommes dévoués à leur tâche, professionnels et perspicaces. En tant que citoyen, je n'ai qu'à me féliciter qu'ils opèrent dans la police.

La visite que j'ai effectuée avec l'inspecteur Aviv Shpentzer au commissariat Lewinsky, en me donnant le point de vue de la police, fut l'une des plus intéressantes de mon existence. Le dévouement et l'humanité avec lesquels la police traite le problème de société créé dans les quartiers sud de Tel-Aviv m'ont réchauffé le cœur.

Merci au commissaire divisionnaire Miri Peled, qui a accepté de me décrire son travail et son expérience d'enquêtrice. À la fin de notre rencontre, j'avais la conviction que mon héroïne serait une policière.

Un immense merci à Hila Gerassi, qui m'a expliqué longuement son travail à la police et a répondu à un nombre incalculable de questions. Nos rencontres furent toujours passionnantes, instructives et profitables. Ce fut un grand honneur que de la connaître.

Au journaliste de *Haaretz* Yaniv Kubovich qui, au cours d'une visite à Lod, m'a incité, grâce à ses histoires intéressantes, à approfondir mon sujet.

À mon beau-frère, Nimrod Ram, directeur technologique de la société Safraï, pour ses explications dans le domaine informatique.

À ma belle-mère, le Dr Daniela Ram, directrice de la sécurité informatique de Safraï, pour ses explications en matière de génétique (et, bien sûr, pour avoir gardé les enfants…) et, enfin, à ma sœur, Einav Shoham, conseillère juridique de Safraï.

À mon frère, Shiran Shoham, qui a lu une première version du manuscrit et m'a donné son point de vue particulier.

Merci à Lili Feller, pour ses judicieuses et excellentes observations sur les premières versions.

À Tamar Bialik, ma première lectrice de toujours, pour ses remarques intelligentes et notre collaboration.

Au metteur en scène Eitan Zur, qui a accompagné la rédaction de ce livre depuis le début, pour ses orientations, ses suggestions et, surtout, sa curiosité d'en savoir davantage.

À Eylon Ratzkovsky, pour son soutien chaleureux et indéfectible.

Aux éditions Kinneret, Zmora-Bitan, pour leur soutien tout au long des années (mon dixième ouvrage déjà !) et, en particulier, à Yoram Roz et à Eran Zmora pour leur attitude intelligente qui m'a beaucoup encouragé.

À Ziv Louis, qui a ouvert la voie à la traduction de mes ouvrages en langues étrangères (dont celui-ci, entre autres), pour m'avoir encouragé à écrire sur ce sujet, son dévouement, son affection, et aussi pour le fait qu'il réponde à chaque mail, à toute heure, dans les cinq minutes qui suivent sa réception.

À Riki Danieli, pour ses conseils éclairés au fil des années, qui m'aident à comprendre mes besoins et la manière de les combler.

À Omri Zartal, pour la couverture, que je trouve très belle.

À Daniel Roz, qui va bientôt entendre davantage la phrase : « Liad Shoham te cherche »…

Et, bien sûr, à Ido Peretz et à Sarah Barhom pour leur travail dévoué.

À mes parents, Haya et Avi, pour l'énorme encouragement qu'ils me prodiguent.

Et, en toute fin, aux derniers mais, en fait, aux premiers : à mes enfants, Rona et Ouri, et à mon épouse, Osnat, pour tout leur l'amour.

LES ESCALES

Jeffrey Archer
Seul l'avenir le dira
Les Fautes de nos pères
Des secrets bien gardés

Fatima Bhutto
Les Lunes de Mir Ali

Jenna Blum
Les Chasseurs de tornades

Chris Carter
Le Prix de la peur

Olga Grjasnowa
Le Russe aime les bouleaux

Titania Hardie
La Maison du vent

Cécile Harel
En attendant que les beaux jours reviennent

Casey Hill
Tabou

Victoria Hislop
L'Île des oubliés
Le Fil des souvenirs
Une dernière danse

Yves Hughes
Éclats de voix

Peter de Jonge
Meurtre sur l'Avenue B

Gregorio León
L'Ultime Secret de Frida K.

Amanda Lind
Le Testament de Francy

Owen Matthews
Moscou Babylone

Sarah McCoy
Un gout de cannelle et d'espoir

David Messager
Article 122-1

Derek B. Miller
Dans la peau de Sheldon Horowitz

Fernando Monacelli
Naufragés

Juan Jacinto Muñoz Rengel
Le Tueur hypocondriaque

Ismet Prcić
California Dream

Paola Predicatori
Mon hiver à Zéroland

Paolo Roversi
La Ville rouge

Eugen Ruge
Quand la lumière décline

Amy Sackville
Là est la danse

William Shaw
Du sang sur Abbey Road

Anna Shevchenko
L'Ultime Partie

Liad Shoham
Tel-Aviv Suspects

Priscille Sibley
Poussières d'étoiles

Pour suivre l'actualité des Escales,
retrouvez-nous sur www.lesescales.fr ou
sur la page Facebook Éditions Les Escales.